Charlotte Nash

AM ENDE DES HORIZONTS

Buch

Nach einem traumatisierenden Vorfall in dem Krankenhaus in Brisbane, in dem sie arbeitete, ist Dr. Daniella Bell zu dem Schluss gekommen, dass das kleine, abgelegene Ryders Ridge im Nordwesten Queenslands genau der richtige Ort ist, um sich eine Weile vor dem Rest der Welt zu verstecken. Sie unterstützt den dort ansässigen Arzt in seiner Praxis und gewinnt mit ihrer einfühlsamen, engagierten Art schnell das Vertrauen ihrer neuen Patienten. Und noch jemand wird auf sie aufmerksam: der attraktive Mark, der die Farm seines Vaters ein gutes Stück außerhalb des Ortes leitet. Als das Verhältnis der beiden immer enger wird, beginnt Daniella sich zu fragen, ob sie sich in Ryders Ridge vielleicht sogar ein neues Leben aufbauen könnte.

Aber auch in Kleinstädten auf dem Land verläuft nicht alles harmonisch. Daniella muss bald schon herausfinden, dass die örtliche Gerüchteküche sowohl neu geknüpfte Freundschaften als auch Karrieren bedrohen kann und dass auch kleine Orte ihre Geheimnisse haben. Wenn man es genau betrachtet, ist sogar Mark eine Komplikation – denn so glücklich die beiden auch zusammen sind, wie soll eine Ärztin eine Praxis führen und auch in Notfällen für ihre Patienten da sein, wenn sie auf einer Farm im Outback lebt? Doch gerade als Daniella ernsthaft darüber nachdenkt, ein weiteres Mal davonzulaufen, zwingt ein schrecklicher Unfall sie, sich endlich ihren traumatischen Erlebnissen in Brisbane zu stellen, und sie erkennt, dass sie Mark auf keinen Fall verlieren will …

Autorin

Charlotte Nash wurde in England geboren, wuchs jedoch in der Nähe von Brisbane in Australien auf, umgeben von Farmen und Pferdeweiden. Sie studierte Maschinenbau und Medizin, arbeitete als Ärztin auf einer Militärstation und baute als Ingenieurin Raketen (unter anderem), bevor sie 2010 anfing zu schreiben. Charlotte Nash ist immer noch eine Pferdenärrin, fährt außerdem gern Motorrad, hat ein Faible für Flugzeuge und liebt es, Geschichten zu erzählen.

Charlotte Nash

AM ENDE DES HORIZONTS

Australien-Roman

Aus dem Englischen
von Sabine Schilasky

blanvalet

Die Originalausgabe erschien 2013
unter dem Titel *Ryders Ridge* bei Hachette Australia, Sydney

MIX
Papier aus verantwortungsvollen Quellen
FSC® C014496

Verlagsgruppe Random House FSC® N001967
Das für dieses Buch verwendete
FSC®-zertifizierte Papier *Holmen Book Cream*
liefert Holmen Paper, Hallstavik, Schweden.

1. Auflage
Taschenbucherstausgabe Juli 2015
bei Blanvalet, einem Unternehmen der
Verlagsgruppe Random House GmbH, München

Dieses Werk wurde vermittelt durch die Literarische Agentur
Thomas Schlück GmbH, 30827 Garbsen.

Umschlaggestaltung: Johannes Frick, Neusäß
Umschlagmotive: Shutterstock
Redaktion: Melike Karamustafa
AF · Herstellung: sam
Satz: Uhl + Massopust, Aalen
Druck und Bindung: GGP Media GmbH, Pößneck
Printed in Germany
ISBN: 978-3-7341-0116-8

www.blanvalet.de

Für Dad.
Ich wünschte, du hättest dies hier sehen können.

1

Dr. Daniella Bell wusste, dass sich viele Menschen vor Krankenhäusern gruselten. Was auf sie nicht zutraf. Jedenfalls bisher nicht.

Laut der schlichten Wanduhr war es zwölf Minuten nach Mitternacht. Daniella stand in einem kleinen Behandlungszimmer, wo die gestärkte weiße Bettwäsche eine leuchtende Insel inmitten der bunten Materialbehälter an den Wänden bildete. Dieser Raum könnte sich ebenso gut in einem Krankenhaus in Brisbane befinden anstatt hier, im mehrere tausend Kilometer entfernten Ryders Ridge im Nordwesten von Queensland.

Daniellas Hände umklammerten das Krankenblatt, während ihr vor Panik schlecht wurde. Das kannte sie bis vor Kurzem überhaupt nicht von sich. Sie wurde nie panisch, verlor nie die Kontrolle. Sie war die ruhige Dr. Bell – gelassen wie ein Zen-Mönch.

So war sie immer gewesen. Die Patientin löste diese ungewöhnliche Reaktion aus: Sarah, ein kleines Mädchen mit Asthma, das nun unter einer gurgelnden Inhalationsmaske schlief. Im Grunde war schon alles getan worden. Daniellas Vorgesetzter, Dr. Martin Harris, der bisher als einziger Arzt in dieser Stadt praktizierte, hatte den Notfall aufgenommen. Er hatte Steroide und Bronchodilatatoren verabreicht, worauf Sarahs Atmung weniger angestrengt wurde. Die Sauerstoffwerte waren hervorragend, die Gefahr überstanden.

Trotzdem war Daniella beunruhigt.

Als sie Dr. Harris bei der Arbeit zusah, hatte sie in ihren Erinnerungen gekramt. Es bestand kein Grund, wegen Asthmas panisch zu werden; sie hatte schon dutzende Fälle in Brisbane gesehen. Aber das war *vorher* gewesen. Sie testete sich, indem sie mit den Fingern die Schritte bei Asthma-Behandlungen abzählte, und war froh, dass sie ihr auf Anhieb alle einfielen. Dennoch trennten sie Lichtjahre von ihrem alten, sachlichen Ich. Und das machte ihr Angst. Sie wollte sich ihrer selbst wieder sicher sein. Vergessen.

Nicht dass sie sich in dieser fernab gelegenen Stadt versteckte. Nun ja, vielleicht doch irgendwie. Aber sie zog es vor, von einer Auszeit zu sprechen. Ryders Ridge war so anders als Brisbane wie überhaupt nur möglich. Und hier arbeitete sie Seite an Seite mit einem erfahrenen Mediziner. Es war der ideale Ort, um ihr Selbstvertrauen wiederherzustellen.

Sarahs Eltern, Mac und Susan Westerland, waren besorgt, doch sie wussten um den Gesundheitszustand ihrer Tochter und kannten Dr. Harris gut. Während der Behandlung hielten sie sich dezent zurück und trösteten die Kleine, so gut sie konnten. Nun schob Dr. Harris seine Brille höher und entfernte sich vom Bett, um der Familie ihre Privatsphäre zu lassen. Daniella folgte ihm aus dem Zimmer.

»Alles in Ordnung?«, fragte Dr. Harris und richtete seine Manschetten. Diese Frage hatte er schon häufig gestellt, seit sie vor vier Tagen in der Klinik angefangen hatte. Dabei benutzte er diesen speziellen väterlichen Tonfall und zog die weißen Brauen so hoch, dass ihm seine Brille jedes Mal auf die Nasenspitze rutschte. Aber Daniella war sich nie sicher, ob er einfach nur ein Auge auf sie hatte oder sie durchschaute.

»Bestens«, sagte sie möglichst munter, als sie durch den Flur gingen.

»Ich weiß, dass Sie in Brisbane schon Notdienst gemacht haben«, fuhr er fort. »Doch hier läuft es etwas anders. Es gibt nicht jede Nacht Notfälle, dafür sind es insgesamt mehr Nächte, in denen man in Bereitschaft sein muss. Wie gesagt, ich bin sehr froh, Sie hier zu haben. Aber bis Sie sich richtig eingelebt haben, rufe ich Sie nur bei den interessanten Fällen hinzu.«

Dr. Harris trat ans Waschbecken. Daniella beobachtete, wie er sich die Hände wusch: erst abspülen, dann zwei Tropfen rosa Seife, einseifen, wieder abspülen und zum Abschluss ein Spritzer alkoholisches Desinfektionsgel. Der Mann war gewissenhaft und ordentlich. Er trug ein frisch gebügeltes weißes Hemd und eine tadellos sitzende dunkelblaue Hose, dabei war er wahrscheinlich aus dem Bett geklingelt worden.

»Sarah kommt recht häufig«, sagte er über seine Schulter. »Ich habe Mac und Susan gebeten, morgen mit ihr in die Praxis zu kommen, damit wir den Behandlungsplan noch einmal durchgehen können. Sie ist ein guter Fall, den wir ausführlicher besprechen sollten.«

Er war ein Arzt alter Schule, strahlte Vertrauen und Fürsorge aus. Eine der Schwestern hatte Daniella erzählt, dass Dr. Harris regelmäßig Dinnerpartys bei sich zu Hause gab, zu denen er die Mitarbeiter einlud. Was Daniella davon hielt, wusste sie noch nicht genau; solche Vertrautheit wäre in Brisbane undenkbar gewesen.

»Ich bleibe, bis der Inhalator fertig durchgelaufen ist, aber Sie können jetzt gehen«, sagte er. »Wir sehen uns um acht in der Praxis.«

Nachdem er den Flur hinuntergegangen war, steckte Daniella Sarahs dicke Krankenakte in das Aufnahmefach. In Brisbane waren alle Patientendaten elektronisch erfasst worden, doch anscheinend hatte es dieser Trend bisher nicht in den hohen Norden geschafft. Auf dem Flur blieb Daniella einen Moment stehen. Es fühlte sich falsch an, einfach zu gehen. In Brisbane hatte es immer noch irgendetwas zu tun gegeben: Entlassungspapiere fertig machen, Blutproben nehmen, Visiten. Andererseits war dies hier für Daniellas Begriffe auch kein richtiges Krankenhaus. Schließlich gab es nur zwei Betten, so dass es eher als anständig ausgestattete Ambulanz durchgehen konnte – mit einem Standardröntgengerät und gut bestückten Regalen, aber ohne besonders ausgefeilte Apparaturen. Für alle ernsteren Behandlungen wie Operationen und Intensivfälle war die Klinik lediglich eine Zwischenstation für den Patienten, von wo er zu einem größeren Krankenhaus weitertransportiert werden konnte.

Daniella sah auf ihre Uhr. In sieben Stunden machte die Praxis nebenan auf; dort arbeitete sie täglich im Zimmer neben Dr. Harris. Nachts wechselten sie sich mit dem Bereitschaftsdienst ab. Oder zumindest würden sie dies tun, sobald Dr. Harris ihr zutraute, es alleine zu schaffen.

Daniella schob die Doppeltüren auf und ging über die Veranda zum Gehweg hinunter. Kaum lagen die Lichter des Gebäudes ein Stück hinter ihr, wurde der Himmel zu einem dunkelblauen, sternengepunkteten Gewölbe hoch über ihr. Bis auf das leise Geräusch des Lufthauchs, der sie umwehte, waren ihre Schritte das einzige Geräusch in der Stille.

Sie wanderte um den kleinen Baggersee, gleich neben der Praxis, auf Ryders Ridge zu. Es waren nur zehn Minuten Fußweg bis zu ihrem Haus und in die Stadt ungefähr genauso weit. Achthundert Menschen lebten hier und noch einmal so viele im Distrikt rundherum, der sich über hunderte Kilometer weit in die Landschaft erstreckte. Einige Autostunden entfernt lag die Bergbaustadt Mount Isa mit der nächsten medizinischen Einrichtung. Sämtliche Entfernungen wirkten unglaublich groß, lagen jeweils Stunden mit den Flugzeugen des Royal Flying Doctor Service auseinander. Auf der riesigen Fläche dazwischen gab es nichts als Farmland und einige Minen. Es war seltsam, sich vorzustellen, dass dort draußen Menschen lebten; winzige, vereinzelte Wesen auf unendlich weitem Land.

Und alle waren sie quasi Daniellas Patienten.

Seufzend dachte sie an ihre Panik, als Sarah in die Ambulanz gebracht worden war. Als sie beschloss, den Job hier anzunehmen, hatte Daniella ihren Kollegen erzählt, sie wolle für eine Weile in ländlicher Idylle leben. Die Wahrheit jedoch war, dass sie Brisbane nicht mehr ertrug. Mit dem Daumen strich sie über das Handy in ihrer Tasche. Auch ihren Vater hatte sie zurückgelassen. Er war sicherlich noch wach; immerhin arbeitete er als Chirurg in einem großen Krankenhaus. Doch sie konnte ihn nicht anrufen. Sie hatten sich gestritten, als Daniella beschlossen hatte, die Stelle anzutreten. Er war der Meinung, dass sie hier oben ihr Leben vergeudete.

Hinter einer dunklen Koppel, vorbei an einigen verschlafen wirkenden Häusern, erschien ihr eigenes Heim weiß und im Mondlicht gespenstisch schimmernd vor ihr. Es war ein kleiner Würfel aus Faserzement, den ihr der Health Service großzügig zur Verfügung stellte. Zuerst hatte Daniella das Haus niedlich gefunden, aber nach vier Tagen konnte die Selbsttäuschung die traurige Wahrheit nicht mehr verbergen: Man konnte es bestenfalls als funktional beschreiben, und viel Zeit verbrachte sie dort ohnehin nicht. Sie stieg die zwei Stufen hinauf und ging nach drinnen. Gleich an der Tür streifte sie ihre Schuhe auf dem Linoleum ab. Die Vorhänge und der Wohnzimmerteppich rochen nach abgestandenem Qualm von einem vorherigen Bewohner, der die Nicht-rauchen-Regel wohl nicht allzu ernst genommen hatte.

Sie sank auf die Couch, ohne sich auszuziehen. Das Bett war zu hart und zu weit weg vom Fernseher, weshalb Daniella normalerweise hier schlief. Ihre Decke lag zusammengeknüllt auf dem Sofa – so wie Daniella sie zurückgelassen hatte, als Dr. Harris sie angerufen hatte. Sie schüttelte sie auf und breitete sie über der Couch aus.

Lange Zeit lag sie wach und dachte an ihre Familie: an

ihren Vater im fernen Brisbane und ihren Bruder, der noch weiter südlich bei der Army diente. Sie wälzte sich hin und her, um eine bequeme Lage auf dem alten Sofa zu finden. Es war besser, dass sie allein hier war, dachte sie. Sie wollte sich selbst wieder vertrauen, diese finstere Angst in sich loswerden und hoffen, dass sie nie wiederkehrte.

Frustriert vergrub sie ihr Gesicht in den Kissen und zuckte gleich wieder zurück. Der Bezug stank nach klammem, kaltem Rauch. Daniella rollte sich auf die andere Seite und befahl sich einzuschlafen.

Nach exakt fünf Stunden wachte Daniella mit steifem Genick wieder auf. Gähnend zog sie sich die Kleidung der letzten Nacht aus, schlüpfte in eine saubere Hose und ein Stricktop und öffnete die Speisekammer. Ein Weberknecht huschte von einer leeren Ecke in die nächste. Auf dem mittleren Regal stand eine einsame Fünf-Minuten-Terrine – der traurige Rest der Lebensmittel, die ein früherer Bewohner zurückgelassen hatte. Auch im Gefrierschrank hatte Daniella einige Fertiggerichte gefunden. Sie sah auf ihre Uhr. Nein, den Wasserkocher anzuwerfen würde zu lange dauern. Sie konnte einige Kekse aus der Dose in der Praxisküche essen, und nach der Arbeit würde sie sich auf die Suche nach einem Supermarkt begeben.

Beim Zähneputzen bog sie den Kopf hin und her, um ihr steifes Genick zu lockern. Ihre blonden Strähnen wuchsen langsam heraus, so dass ein hellbrauner Streifen an ihrem Scheitel sichtbar wurde, als würde ihre innere Unruhe genau dort durchzuscheinen beginnen. Vor sechs Monaten hätte sie es nie so weit kommen lassen. Wenn sie den Supermarkt gefunden hatte, musste sie als Nächstes dringend einen Friseur ausfindig machen.

Nachdem sie die Zahnpasta ausgespült hatte, betrachtete

sie ihr Gesicht: dunkle Ringe unter den grauen Augen, blasse Haut. Sie war erst siebenundzwanzig, warum sah sie so müde aus? Im Schein des Neonlichts über dem Spiegel zog sie eine Grimasse und fragte sich, wie viel Landluft und Sonne wohl nötig wären, um ihren fahlen Großstadtteint verschwinden zu lassen.

Es wurde Zeit, das herauszufinden.

Vom obersten Regal der Speisekammer angelte sie einen alten braunen Filzhut herunter. Auch der stammte von einem früheren Bewohner und war das Erste gewesen, was ihr bei ihrer Ankunft in die Hände gefallen war. Bei dem Hut hatte eine kurze Nachricht gelegen: *Den werden Sie brauchen!*

Daniella wanderte hinaus in den Morgen, die gerade, von gepflegten Häusern gesäumte Straße hinunter und vorbei an der Kirche am Ende der Straße. Eine Gruppe schlaksiger Jungen radelte vorbei. Sie riefen sich gegenseitig zu und fuhren in großen Bögen über den Asphalt, während ihre Helme an den Lenkern herabbaumelten. Daniella verzog bei diesem Anblick das Gesicht und hoffte inständig, dass keiner von ihnen in der Praxis landen würde.

Binnen kürzester Zeit hatte sie den See an der kleinen Klinik erreicht. Und sie war wahrlich dankbar für den Hut, denn schon am frühen Morgen war das Licht grell und stechend. Der Himmel war von einem verblüffenden Blau, wie eine stumme, greifbare Erscheinung, und Daniella hatte das Gefühl, sie könne ihm all ihre Ängste beichten. Wäre sie sicher gewesen, dass niemand sie hören konnte, hätte sie es wohl auch getan.

Um halb acht traf sie in der Praxis ein. Die beiden Krankenschwestern waren schon da. Jackie, eine junge Frau mit dunklen Locken, sortierte Akten hinter dem Schreibtisch. Die andere, eine ruhige, aber enorm effiziente Frau, stand an der Kaffeemaschine.

»Hi, Jackie«, rief Daniella.

»Hi, Doc – ich meine, Daniella«, erwiderte Jackie und blickte lächelnd von ihren Akten auf.

»Hi …«, Daniella zermarterte sich das Hirn nach dem Namen der anderen Schwester. Sie hatten erst eine gemeinsame Schicht gehabt, trotzdem ärgerte Daniella sich, dass ihr der Name nicht einfallen wollte. Sie konnte sich ganze Listen von Hustenursachen merken, aber nicht wie eine einzelne Schwester hieß? Zum Glück hatte die Frau ihr den Rücken zugewandt.

»Roselyn«, sagte Jackie stumm und grinste, während sie sich eine verirrte Locke hinters Ohr strich.

»… Roselyn«, endete Daniella und warf Jackie einen dankbaren Blick zu.

»Hübscher Hut«, sagte Jackie.

Daniella nahm ihn ab und legte ihn gerade oben auf den Aktenschrank, als Dr. Harris hereinkam. Wie immer in tadellos gebügelter Hose und Hemd mit Hosenträgern und Fliege.

»Guten Morgen, Daniella. Wie haben Sie geschlafen?«

Die Nettigkeiten gingen weiter, als sich alle zur Morgenbesprechung an den laminierten Tisch in der Küche setzten. Die Küche war gleichzeitig Pausen- und Besprechungsraum. Daniella war nach wie vor unbegreiflich, wie wenige Mitarbeiter für sechzehnhundert Leute zuständig waren: zwei Ärzte, zwei Schwestern und einige Ehrenamtliche, die als Fahrer für den Krankenwagen mit Allradantrieb einsprangen. Das schien nicht annähernd genug. Dr. Harris war seit zehn Jahren hier, wie er ihr stolz erzählt hatte, und die meiste Zeit als einziger Arzt. Der Bewunderung nach zu urteilen, mit der die Schwestern von ihm redeten, und ihrer eigenen Recherche zufolge wusste Daniella, wie außergewöhnlich es war, dass jemand so lange an einem solch isolierten Flecken Erde blieb.

Dr. Harris ging die Termine durch und sortierte die Akten in zwei Stapel, einen für ihn, einen für Daniella. »Also, Mr. McLeod … den nehme ich heute lieber … und Mrs. Blake …«

Bis die Besprechung vorbei war, hatte sich das Wartezimmer bereits fast bis zum letzten Platz gefüllt, und Dr. Harris' Stapel war doppelt so hoch wie Daniellas. Diese paar Patienten würden ihr kaum über die ganze Sprechstunde etwas zu tun geben. Sie holte tief Luft und neigte sich vor. »Dr. Harris, möchten Sie, dass ich heute Abend die Bereitschaft übernehme?«

Die Schwestern wechselten einen Blick, und Dr. Harris sah Daniella über seinen Brillenrand hinweg an.

»Ich meine nur, weil Sie letzte Nacht rausgerufen wurden«, erklärte sie und hoffte inständig, dass ihre Wangen nicht so rot glühten, wie sie sich anfühlten.

Dr. Harris schüttelte den Kopf. »Sehr freundlich, dass Sie das anbieten, aber lassen Sie uns vorerst bei diesem Dienstplan bleiben.«

Während Jackie und Roselyn gingen, um die Sprechzimmer vorzubereiten, nahm Daniella ihren Aktenstapel auf. Sie fühlte sich gedemütigt.

Dr. Harris lächelte freundlich. »Sie können es nicht erwarten, voll einzusteigen, was? Ich weiß, dass Sie mich wohl für übertrieben vorsichtig halten, und ich bewundere Ihren Enthusiasmus. Der ist gut. Aber mir ist auch klar, dass Sie bisher nur in der Stadt gearbeitet haben. Hier draußen laufen die Dinge ein bisschen anders. Ich möchte, dass Sie darauf vorbereitet sind und sich wohl fühlen, sich erst einmal einleben. Und ich sage Ihnen weiterhin Bescheid, wenn es etwas Interessantes zu sehen gibt, wie letzte Nacht. Einverstanden?« Er lächelte wieder.

Daniella nickte und schluckte. In der Stadt folgte man meist einer völlig anderen Strategie: Wirf die Jungen ins kalte Wasser, und sie werden entweder untergehen oder schwimmen. Daniella hatte die Zeit hinter sich, in der sie sich vor jedem Bereitschaftsdienst fürchtete – ein Jahr im Praktikum, zwei Jahre als Assistenzärztin. Sie hatte den Job geliebt und es geschafft, ihre Angst zu überwinden. Umso erschreckender war es für sie, wie verloren sie sich danach in einem großen Krankenhaus gefühlt hatte; ein nicht unwichtiger Teil der Gründe für ihren Umzug nach Ryders. Sie wollte nicht, dass sie ähnliche Ängste hier einholten.

Sie legte die Akten vorne auf den Empfangstresen und nahm sich die oberste herunter. Mandy Rawlinson. Daniella blickte ins Wartezimmer. Nahe der Tür saß ein älteres Ehepaar. Neben ihnen eine junge Frau in Jeans und Windjacke, die in einer alten Ausgabe von *Woman's Day* blätterte, dann folgten eine Frau mit wachem Blick und einem Kleinkind auf dem Schoß und ein junger Mann in einem Flanellhemd mit Ölschmiere im Gesicht und einigen Papieren in seinen von der schweren Arbeit vernarbten Händen. Daniella konnte selten auf Anhieb erkennen, warum Patienten kamen. Es war eines der Dinge, die sie an ihrem Job liebte: Was die Leute ihr hinter verschlossenen Türen erzählten, sprach für ein Vertrauen, das ihr heilig war.

Jackie sah Daniella an und nickte zu dem kleinen Mädchen auf dem Schoß der Frau. Daniella atmete tief ein und raffte ihren Mut zusammen. »Mandy?«, fragte sie.

Mandy und ihre Mutter standen auf. Daniella suchte nach Anzeichen für eine Krankheit – Mattigkeit, trübe Augen, Unruhe. Aber das kleine Mädchen hüpfte fröhlich den Flur hinunter und stieg auf die Untersuchungsliege im Sprechzimmer.

»Daniella Bell«, stellte sie sich Mandys Mutter vor und reichte ihr die Hand.

»Ich weiß, Sie sind der neue Doc«, sagte die Frau. »Ich bin Kirsty.«

»Und du bist Mandy«, wandte Daniella sich an die Kleine,

die nickte und zu ihrer Mutter blickte, als wolle sie ihre Zustimmung einholen. »Wie alt bist du, Mandy?«

»Bald vier«, sagte das Mädchen.

»Und wann hast du Geburtstag?«

Noch ein Blick zur Mutter. »Morgen.«

»Na super! Feierst du dann eine Party?«

Die Kleine nickte.

»Schön. Was kann ich denn heute für dich tun?«, fragte Daniella das Mädchen, sah dabei aber auch die Mutter an. Kinder sollte man grundsätzlich wie eigenständige Wesen behandeln, allerdings ohne die Eltern auszuschließen.

Kirsty warf ihrer Tochter einen aufmunternden Blick zu, und Mandy zog feierlich ihren Ärmel nach oben.

»Ah, du bist zum Impfen gekommen? Sehr gut.«

Das also waren die Fälle, die Dr. Harris ihr auf den Stapel legte. Auch wenn sich Daniella freute, dass mit dem Kind nichts Ernsteres war, ärgerte sie sich doch ein wenig.

»Also, Mandy, es sind drei Spritzen. Wir werden Schwester Jackie herholen und sie dir auf einmal geben. Danach bekommst du ein Spezialpflaster und kannst wieder nach Hause, um deine Party vorzubereiten.«

Daniella nahm eine Handvoll Kinderpflaster und ließ Mandy die aussuchen, die ihr am besten gefielen. »Wohnen Sie in der Stadt?«, fragte sie Kirsty, nachdem sie Jackie hereingerufen hatte.

»Nein, auf Benders Station.«

»Wo ist das?«

»Im Nordosten, ungefähr drei Stunden Fahrt von hier.«

»Drei Stunden?« Daniella, die gerade die Spritzen auf dem kleinen Tablett auslegte, hielt inne. »Wow, da müssen Sie beide aber früh aufgestanden sein.«

Kirsty lachte. »Nein, eigentlich wie immer.«

»Und was bauen Sie auf Benders an?«

»Kühe!«, antwortete Mandy.

Daniella und Jackie lachten, und Mandy schwenkte vergnügt ihre Beine.

»Klingt ja toll«, sagte Daniella. »Okay, Mandy, dann wollen wir mal.«

Jackie war eine echte Könnerin mit zwei Spritzen in der Hand. Einen Moment später war alles vorbei, und auf Mandys Arm klebten die bunten Pflaster. Jackie zauberte noch einen grellrosa Lolli hervor, und Kirsty drückte ihre Tochter an sich, bis Mandys Unterlippe nicht mehr bebte.

»Du bist das mutigste Mädchen, das ich kenne«, sagte Daniella aufrichtig erstaunt.

»Sie ist genau wie ihr Dad«, sagte Kirsty und küsste ihre Tochter.

Jackie lächelte den beiden zu und wandte sich ab.

Kirsty blieb auf dem Weg aus dem Sprechzimmer stehen. »Übrigens, wenn Sie die Farm mal sehen wollen, jederzeit gerne. Kommen Sie doch mal zum Abendessen. Wir würden uns freuen.«

Daniella versprach, dass sie versuchen würde, es einzurichten. Als Mutter und Tochter draußen waren, sagte sie kopfschüttelnd: »Unglaublich. So eine Vierjährige habe ich noch nie gesehen.«

Jackie nickte und gab ihr die nächste Patientenakte.

Daniella sah auf das Deckblatt und blickte sich im Wartezimmer um. »Shaun?«

Shaun Groves war ein Schafzüchter, der ein neues Rezept für sein Blutdruckmittel brauchte. Während Daniella seine Vitalfunktionen prüfte, erzählte er ihr lang und breit von seinen Schafen und seiner Frau, die ihm allesamt gleich am Herzen zu liegen schienen.

»Sie müssen mal zum Abendessen kommen«, sagte er zum Schluss.

»Das ist sehr freundlich von Ihnen«, antwortete Daniella. Sie stellte sein Rezept aus und schmunzelte; schon die zweite Einladung heute. »Ich komme gerne, wenn ich einmal dienstfrei haben sollte.«

»Sicher, sicher«, sagte Shaun. »Sie haben bestimmt eine Menge um die Ohren, gerade hergezogen und alles.«

Und so flog der Tag dahin. Auf Shaun folgten noch zwei weitere Kinder zum Impfen, dann zwei ältere Paare vom Campingplatz, die beide über Magen-Darm-Probleme klagten. Zwischen den Patienten aß sie Kekse, um ihr Bauchgrummeln zu unterdrücken, und mied den scheußlichen Kaffee, den Roselyn sich literweise hineinschüttete. Später rief Dr. Harris sie in sein Behandlungszimmer, damit sie ihm dabei helfen (oder vielmehr ihm dabei zusehen) konnte, eine Hautkrebsstelle bei einem Patienten namens Garry herauszuschneiden. Garry arbeitete auf einer Rinderfarm, wie sie erfuhr. Daniella hatte viele solche kleinen Operationen in Brisbane bereits selbst durchgeführt, doch sie schaute Dr. Harris geduldig zu. Wenigstens lud Garry sie nicht zum Abendessen ein.

Am Nachmittag kam Sarah, das kleine Mädchen mit der Asthmaerkrankung, in die Sprechstunde, um sich untersuchen zu lassen. Dr. Harris beobachtete, wie Daniella Sarahs Brust abhorchte und mit ihrer Mutter über den Behandlungsplan sprach.

Am Ende des Tages war Daniella erledigt. Nicht, dass es hektisch gewesen wäre, doch sie musste sich noch alles Neue und Ungewohnte merken. Angefangen bei den neuen Patienten bis hin zu dem Ort, an dem die Tupfer aufbewahrt wurden.

Als sie aus dem klimatisierten Gebäude trat, traf sie die Hitze des Tages wie ein Schlag ins Gesicht. Dabei war es bereits Anfang Juli, also praktisch Spätherbst. Sie lehnte sich an die Mauer und sog die Sonne in sich auf wie eine Echse. Drinnen war alles klinisch rein, hell und kühl, hingegen lag hier draußen über allem ein Staubfilm, in dem winzige Mineralpartikel glitzerten. Der blaue Himmel spannte sich wie eine gigantische Zeltplane über das Land.

Die Glasschiebetür neben ihr öffnete sich. »Ab nach Hause?«, fragte Jackie und hängte sich ihre Tasche über die Schulter.

»Ja«, sagte Daniella, dann fiel ihr die einsame Suppenterrine ein. »Das heißt, nein, ich muss einen Supermarkt finden. Können Sie mir sagen, wo einer ist? Am Montag hatte ich nur die Blitzführung, und ich kann mich an nichts mehr erinnern.«

»Mein Gott, Sie haben fünf Tage lang Suppe und Kekse gegessen?«, fragte Jackie entgeistert. »Ihr Ärzte seid doch alle gleich. Na, kommen Sie, ich nehme Sie mit. Ich hole meinen Jungen bei meiner Mum ab. Der Supermarkt ist gleich nebenan.«

Dankbar folgte Daniella Jackie zu ihrem Geländewagen. Als sie die Beifahrertür aufzog, musste sie ihre Augen gegen die Sonnenspiegelung im Glas abschirmen. Irgendetwas fehlte.

»Eine Sekunde!«, rief sie Jackie zu und rannte zurück in die Praxis.

Dr. Harris holte gerade seine Tasche hinter dem Schreibtisch hervor, als Daniella den alten Hut vom Aktenschrank klaubte. Der Arzt grinste ihr zu.

»Dieser alte Staubfänger«, sagte er. »Sie ahnen nicht, auf wie vielen Köpfen der schon gesessen hat. Mindestens auf denen sämtlicher Bewohner des Health-Service-Bungalows.« Nachdenklich tippte er sich ans Kinn. »Ich glaube, mein erster Famulant brachte ihn seinerzeit mit und ließ ihn hier. Das Ding hätte schon vor Jahren von jemandem in Rente geschickt werden sollen.« Er bedeutete Daniella, voraus nach draußen zu gehen. »Aber ich schätze, er tut es noch eine Weile. Ach, und ehe ich es vergesse: Am Sonntagabend mache ich einen Braten, zu dem ich einige Leute eingeladen habe. Sie müssen kommen. Und sagen Sie bitte auch Jacqueline Bescheid.«

2

Fünf Kilometer entfernt stand Mark Walker auf der hinteren Veranda des Ryders-Wohnhauses und klopfte seinen Hut aus. Der Staub vom Viehtrieb haftete überall. Der honigbraune Stein, in dem das Haus gemauert war, hatte denselben Ton wie die Naturholzböden, was zu jeder Tageszeit wunderschön aussah – bei Sonnenuntergang allerdings spektakulär wirkte. Mark hatte schon einiges von Australien gesehen, insbesondere von Queensland, doch nichts löste dasselbe Gefühl in ihm aus, das er beim Anblick dieser Steine empfand. Sie gehörten zu ihm, waren ein Teil von ihm.

Er blieb stehen und blickte von der Veranda über das Land. Weite Grasflächen erstreckten sich bis zum Horizont, über Gräben und fossilienreiche Hügel, nur hier und da von dürren Bäumen, Zäunen und Vieh unterbrochen. Näher beim Haus zeichneten sich die Geräteschuppen und Ställe als dunkle Umrisse gegen das letzte orange Tageslicht ab.

Das satte Gras hatte Ryders zum besten Weidegrund im ganzen Bundesstaat gemacht; zumindest war es früher einmal so gewesen. Zehn Jahre Dürre hatten ihre Spuren im Wohlstand der Region hinterlassen, und obgleich der Regen seit einigen Jahren zurückgekehrt war, erholte sich die Wirtschaft nur langsam. Mark sah zu dem geschwärzten Zaunpfahl, den sein Vater nahe dem Hof eingeschlagen hatte: zur Erinnerung an ein Buschfeuer, das gegen Ende der Dürre Weidezäune und Schuppen zerstört hatte, kurz bevor der Regen eingesetzt hatte. Alle jene Zäune hatten erneuert werden müssen; und das zu einer Zeit, als sie kaum Vieh verkauften. Und dann folgte auch noch die Ausfuhrsperre für Lebendvieh.

Mark stemmte die Hände auf die Verandabrüstung. Es waren finstere Zeiten gewesen, aber sie hatten es immer irgendwie geschafft. Sechs Generationen von Walkers hatten dieses Land geliebt, sogar als die Arbeitspferde Hubschraubern und Quads wichen. Sie hatten Darlehen aufnehmen und Anteile an Investoren verkaufen müssen, aber diese Erde steckte ihnen im Blut. Und nun bauten sie wieder einmal alles von vorne auf.

Im Moment wurde die um einiges verkleinerte Herde auf die oberste Koppel getrieben. Mark war dort gewesen und hatte nach dem Rechten gesehen. Wenigstens würden sie dieses Jahr endlich wieder einen größeren Verkauf erzielen. Er blinzelte zum rosa Horizont, dessen Licht den Boden rot und das Gras grau färbte, und ihm schwoll die Brust vor Stolz. Dies war das Land seiner Familie. Und das würde es immer sein.

Ein Jammer nur, dass sie nicht alle hier waren, um es zu genießen.

Mark fuhr sich mit einer Hand durchs Haar, das von Schweiß und Staub dick und steif war. An der Tür streifte er seine Stiefel und die schmutzigen Socken ab und ging lautlos den langen Flur hinunter zum Wohnzimmer mit dem großen Kamin. Er war schon fast vorbeigegangen, als er seinen Vater bemerkte, der am Sekretär stand und die Reihe der gerahmten Fotos betrachtete, die vom orangeroten Licht des Sonnenuntergangs, das durch das Fenster zum Westen fiel, angestrahlt wurden.

»Hi, Dad«, sagte er.

William Walker blickte sich um. In vielerlei Hinsicht sah er aus, wie er es immer getan hatte: ein großer, kräftiger Mann vom Lande, der sich draußen genauso heimisch fühlte wie in einem vornehmen Haus. Aber der Tod von Marks Mutter hatte ihn verändert. Beinahe über Nacht war er ergraut. Und erstmals in seinem Leben hatte er gesundheitliche Probleme bekommen, Brustschmerzen, gegen die er nun Medikamente nehmen musste. Aber darüber wollte er nicht sprechen. Und jetzt, in seiner sauberen Hose und dem Leinenhemd, mit frisch gekämmtem Haar und geschrubbten Händen, würde es auch niemand bemerken.

Einzig Mark konnte bisweilen einen Blick hinter die Fassade erhaschen.

Er ahnte, welches Foto sein Vater betrachtet hatte: das von der ganzen Familie, aufgenommen vor zwanzig Jahren, als Mark ungefähr acht Jahre alt gewesen war. Die Aufnahme zeigte sie vor dem Wohnhaus von Ryders; sein Vater und seine Mutter standen Arm in Arm. Ihre demonstrative Zuneigung überspielte, wie wechselhaft ihre Beziehung bisweilen gewesen war. Marks älterer Bruder, der damals zehnjährige William junior, hockte mit einem breiten, frechen Grinsen auf einem niedrigen Zaunbalken, die Augen gegen die blendende Sonne fast vollständig zugekniffen. Mark saß im Schneidersitz auf der Erde, während seine Schwester Catrina, die eben erst laufen gelernt hatte, stolz seine Hand hielt.

»Nicht mehr viel Ähnlichkeit mit uns heute«, sagte sein Vater, drehte sich um und sah blinzelnd aus dem Fenster. Nein, natürlich war zwanzig Jahre später vieles anders, dachte Mark. Will arbeitete jetzt in der Isa-Mine; Catrina studierte im letzten Semester Agrarwissenschaften an der Uni in Brisbane, nachdem sie vier Monate lang durch Europa gereist war. Und seit dem Tod seiner Frau, aber auch wegen seiner angegriffenen Gesundheit hatte William seinen Dienst bei der Landfeuerwehr aufgeben müssen. Jedoch hatte Mark noch nie erlebt, dass sein Vater sentimental wurde.

Als hätte er Marks Gedanken gelesen, wechselte William prompt das Thema. »Wie läuft der Viehtrieb?«, fragte er.

»Gut. Wir haben wie immer ein paar Leute zu wenig, aber danach haben wir nicht mehr genug zu tun, um die Aushilfen alle zu beschäftigen.«

Sein Vater presste die Lippen zusammen. »Dann gehen sie in die Minen, schätze ich.«

»Wer weiß? Falls wir jemanden ersetzen müssen, kümmere ich mich morgen darum. Und wir sollten langsam planen, wie es mit den finanziellen Mitteln nach dem Verkauf der Rinder aussieht. Vielleicht können wir mit der Roma Station etwas von der Flaute abfangen.«

Sein Vater nickte. »Gut, jetzt geh dich waschen«, sagte er. »Kath serviert in einer Stunde das Essen, und Stephanie Morgan kommt dazu.«

Mark stutzte. »Ist alles in Ordnung?«

»Soweit ich weiß, ja. Steph ist für ein paar Tage hier, um irgendwelche lokalen Veranstaltungen zu organisieren, also wollte sie mal vorbeischauen. Sie übernachtet im Cottage, bevor sie wieder in die Stadt zurückfährt.«

Mark entspannte sich ein klein wenig. »Ist Maria auch hier?«

»Noch nicht, aber Steph sagte, dass sie übers Wochenende herkommt.«

»Ich gehe mich waschen«, sagte Mark. Er bemühte sich, unbesorgt zu klingen, aber ihm war nicht wohl bei der Sache. Weder seinem Vater noch ihm behagte, dass Teile ihres Besitzes Investoren gehörten, nur war ihnen nach der Dürre und dem Ausfuhrverbot nichts anderes übrig geblieben, als das Angebot der Morgans anzunehmen, größere Summen in die Station zu investieren. Mark hatte Stephanie schon länger nicht gesehen; überhaupt sahen sie sich selten, seit Stephanie vor einigen Jahren nach Townsville gezogen war. Das war noch vor der Geldspritze der Morgans gewesen und nachdem Mark die kurze Beziehung mit Stephanie beendet hatte.

Im Bad zog er sein schmutziges Arbeitshemd und die Lederhose aus und inspizierte die Schnitte an seinen Rippen, die er einer undankbaren Begegnung mit einem Stacheldrahtzaun zu verdanken hatte. Dann nahm er eine ausgiebige Dusche, bis sein Gewissen ihn ermahnte, nicht unnötig viel Wasser zu verbrauchen.

In seinem Zimmer holte er sich ein sauberes Hemd und eine Jeans aus dem Schrank. Als er angezogen war, setzte er sich auf sein Bett gegenüber dem großen Fenster. Eigentlich war er viel zu müde für Besuch, änderte seine Meinung jedoch schnell, als sein Blick im schwindenden Tageslicht auf die Wirtschaftsgebäude fiel: Das Stalldach war nur eines der vielen Dinge, die dringend einer Reparatur bedurften. Er liebte diesen Ort, hatte es geliebt, hier aufzuwachsen. Er hatte dieses Land mit seinen Händen geformt, und es hatte dasselbe mit ihm getan. Deshalb wünschte er sich, dass Ryders Station auch in zehn, zwanzig Jahren noch hier war, und er würde einen Weg dafür finden. Beim Abendessen sollte er also besser erscheinen.

Er sah über die Schulter zum Telefon auf dem Dielentisch – ein antikes Erbstück seiner Mutter mit passendem Stuhl daneben. Gerne hätte er jemanden angerufen, mit dem er alles besprechen konnte, aber sein bester Kumpel Dave war draußen beim Viehtrieb, flog den Helikopter und unterstützte die Männer am Boden; sein Vater wollte nicht einsehen, dass sich die Zeiten geändert hatten, und Catrina war eben erst von einer langen Reise zurück.

Nein, er musste sich dem alleine stellen. Also saß er da und grübelte über die Farm, während die Abendröte schwand und es dunkel wurde.

Nachdem das letzte Tageslicht verschwunden war, verließ Mark sein Zimmer. Vom Flur aus hörte er Stephanie und

Kath, die Haushälterin, die sich in der Küche unterhielten. Mark strengte sich an, sein mulmiges Gefühl zu verdrängen, als er hineinging.

»Es riecht köstlich«, sagte er zu Kath. Genüsslich sog er die Aromen von karamellisiertem Roastbeef und knusprigen Kartoffeln ein, als Kath die Ofentür aufklappte.

»Hi, Steph.«

Stephanie, die gerade Tomaten schnitt, unterbrach ihre Arbeit und sah lächelnd zu ihm auf. »Hi, Mark.« Sie war braungebrannt und sah schick aus in ihrer Jeans und der karierten Bluse mit den Perlenohrringen und den lackierten Fingernägeln. Offensichtlich ging es ihr in Townsville gut, und Mark war erleichtert, keine Anzeichen eines schalen Nachgeschmacks ihrer kurzen Affäre zu spüren.

Sie legte ihr Messer hin und gab ihm ein Bier. »Darf ich dich mal für eine Sekunde ausleihen?«, fragte sie.

»Klar.« Mark ging nach draußen auf den Flur. Nun wurde er doch nervös.

Kath rief ihnen nach: »In fünf Minuten serviere ich das Essen, Mark!«

Auf der Veranda lehnte Stephanie sich an die Brüstung. Eine kleine Falte bildete sich zwischen ihren Augenbrauen. »Tut mir leid, dass ich dich so überfalle, aber ist mit deinem Vater alles in Ordnung? Ich hatte bisher noch keine Gelegenheit, mit ihm zu reden.«

Mark fuhr sich mit der Hand durchs Haar, bemüht darum, ihr eine möglichst glaubhafte Halbwahrheit zu präsentieren. »Ich denke schon. Nun ja, es war hart für ihn, aber er hält sich ganz gut. Warum?«

»Weil ich beim Essen mit dir über die Spendenveranstaltung sprechen wollte und ich dachte, dass es für ihn vielleicht zu bedrückend ist, weil es um die Feuerwehr geht.«

Achselzuckend lehnte Mark sich neben ihr an die Verandabrüstung. »Er weiß schon davon. Und es bedrückt ihn nicht – falls doch, zeigt er es zumindest nicht. Er ist nur frustriert, weil er nicht mehr helfen kann, besonders nachdem bei uns das Feuer gewütet hat.« Er sah Stephanie an.

Sie nickte zustimmend. »Okay, gut. Es wird ein Freiluft-Filmabend auf dem großen Spielfeld im Park. Dafür muss schweres Gerät aus dem Gemeindesaal in den Park und anschließend wieder zurückgeschafft werden. Ich werde den Ticketverkauf und die Bar übernehmen, aber ich brauche noch einige Helfer. Kann ich auf dich zählen? Auf Dave vielleicht auch?«

»Wann soll das sein?«

»Erst in einigen Wochen«, antwortete sie.

Mark blickte zum Himmel und ging im Geiste durch, was er die nächsten Wochen zu erledigen hatte. »Ich tue mein Bestes, aber du weißt ja, wie es hier zugehen kann.«

»Oh ja, das weiß ich. Danke.« Sie legte eine Hand auf seinen Arm.

Mit einem Lächeln ließ sie ihn rasch wieder los, doch Marks Unbehagen ließ ihn gleichzeitig einen weiteren Schritt beiseitetreten. »Wie läuft es in Townsville?«, fragte er.

Eine Minute lang machten sie Smalltalk: ihrer Mutter ging es gut, die Kanzlei machte Fortschritte. Dann fragte Stephanie: »Wie geht es mit dem Viehtrieb?«

Wieder wurde Mark unwohl, diesmal jedoch aus einem anderen Grund. Der Viehbestand erholte sich zwar, aber das Geld der Morgans steckte in diesem Besitz. Mit Stephanie als Teil der Investoren-Familie darüber zu sprechen war etwas ganz anderes als mit einem Freund. Die Morgans waren fortgezogen und ganz darauf konzentriert, ihre Anwaltskanzlei in Townsville aufzubauen. Stephanie war jetzt für ihre Beteiligung an Ryders zuständig. Eine Menge hatte sich verändert, seit sie zusammen zur Schule gegangen waren. »Wirklich gut«, sagte er vorsichtig. »Die Herde sieht gut aus. Vielleicht springt in diesem Jahr sogar mal ein Gewinn für euch heraus.«

»Schön. Und vielleicht finde ich sogar noch andere Wege, dabei zu helfen«, sagte Stephanie grinsend.

Ehe Mark fragen konnte, was sie meinte, rief Kath von drinnen zum Abendessen.

Zu viert aßen sie an dem großen, blankgescheuerten Tisch. Die Unterhaltung plätscherte mühelos dahin, dennoch ertappte Mark sich bald dabei, wie er seine Kartoffeln auf dem Teller umherschob, als ihn eine lähmende Müdigkeit überkam.

Plötzlich fühlte er Kaths Hand auf seiner Schulter. »Du kippst gleich in deine Bratensauce«, flüsterte sie.

Mark zwang sich, die Augen weit zu öffnen. Sein Vater erklärte Stephanie gerade die Zuchtstrategie, die sich Mark und er überlegt hatten, um die Herde wieder zu vergrößern, und Stephanie lauschte ihm aufmerksam. Während Mark noch versuchte, der Unterhaltung wieder zu folgen, wandte sie sich ihm zu und fragte: »Was hältst du davon, Mark?«

»Es ist vernünftig«, sagte er. »Wir bekommen mehr vom Markt und von den Züchterverbänden mit.«

Sie nickte bedächtig. »Ja, aber könnt ihr so die Ausgaben über die nächsten Jahre decken?«

Mark schluckte. Was sollte er darauf antworten? Er glaubte es nicht, doch sein Vater war da anderer Meinung.

»Mach dir deswegen keine Sorgen«, sagte sein Vater und tätschelte Stephanies Arm.

Sie schenkte ihm ein geübtes Lächeln. »Nein, ich mache mir überhaupt keine Sorgen, William. Ich möchte nur, dass der Betrieb weiterläuft. Und dabei möchte ich euch helfen. Es gibt noch andere Wege, die Liquidität zu sichern.«

Um seinem Vater zuvorzukommen, sagte Mark hastig: »Ja, natürlich.«

Doch sein Einschub stieß auf taube Ohren. »Ich lasse diese Mistkerle von der Minengesellschaft nicht auf unserem Land herumstochern!«, donnerte William und fing sich gleich wieder. »Verzeih meine Ausdrucksweise, Stephanie.«

»Ist schon gut. Natürlich möchtet ihr, dass euer Land mit dem gebührenden Respekt behandelt und eure Privatsphäre geschützt wird. Aber vergessen wir nicht, dass es auch Interessenten aus Übersee gibt.«

Mark wurde zusehends beunruhigter. »Interessenten aus Übersee? Was soll das heißen – meinst du ausländische Investoren?«

Stephanie lachte unbeschwert. »Ich fantasiere bloß ein bisschen, Mark. Selbstverständlich habt ihr das Sagen, keine Frage. Und ich bin absolut gegen alles, was sich nachteilig auf die Viehzucht auswirkt. Gott, nein! Ich liebe dieses Land. Wir haben hier vor drei Jahren investiert und wollen – genau wie ihr – nur das Beste für Ryders Station. Trotzdem bieten sich immer wieder Möglichkeiten, und Mum möchte, dass ihr sie kennt. Ihr wisst schon, damit ihr informiert seid, welche Chancen sich bieten. Und ich habe ihr versprochen, es zu erwähnen.«

»Wo kommt das auf einmal her?«, fragte William streng.

Zum ersten Mal wirkte Stephanie verlegen. Sie blickte zu Mark, als wollte sie ihn um Unterstützung bitten. »An uns sind Leute aus Übersee herangetreten, die daran interessiert wären, die Station zu kaufen. Und wir wissen, dass mindestens eine andere Gruppe hier nach Mineralien suchen will. Sie wollen Proben nehmen, das ist alles. Nichts Ernstes. Noch ist nichts konkret, aber ihr wisst hoffentlich, dass sie keine Genehmigung vom Grundeigentümer brauchen, um Tests zu machen. Es tut mir so leid, doch ich wollte es euch unbedingt wissen lassen. Und ihr dürft mich beim Wort nehmen: Ihr behaltet die Kontrolle, aber so ist die Lage.«

Sie sah Mark bedauernd an, und für einen Moment fragte er sich, ob sie es ernst meinte. So oder so durfte er ihr keinen Vorwurf machen; das Geld ihrer Familie steckte in diesem Betrieb, und sie erledigte nur ihren Job. Falls sie die Unterstützung der Morgans verloren … Er dachte noch über eine Antwort nach, da läutete das Telefon. Mark entschuldigte sich und ging den Flur hinunter, um das Gespräch anzunehmen, während sein Vater mehr Fragen stellte. Ihm war mulmig, als er den Hörer aufnahm.

»Ah, Mark, sehr gut«, meldete sich die Stimme am anderen Ende.

Kaum hörte Mark die Stimme seines Bruders, ließ er sich auf den Stuhl neben dem Telefontischchen fallen. »Will, wie läuft's?«

»Ich lass mich vom Boss scheuchen, kleiner Bruder. Ist mit Dad alles okay?«

Mark blickte den Flur hinunter, um sich zu vergewissern, dass sein Vater außer Hörweite war. »Ja, er nimmt seine Pillen, glaube ich. Nicht dass er darüber reden würde.«

»Tja, na ja, das ist eben seine Art. Er ist stark. War er schon immer.«

Mit solch einem Anflug von Ehrfurcht konnte Will nur über ihren Vater sprechen, solange er sich in einer anderen Stadt, vorzugsweise in einem anderen Staat, aufhielt. Sie beide wussten, dass Will in den Augen seines Vaters eine Enttäuschung war. Zu den Minen abzuwandern, anstatt auf dem geliebten Land der Familie zu bleiben, war das Schlimmste, was ein Sohn William Walker antun konnte. Aber Mark hatte gesehen, wie unglücklich Will hier gewesen war und wie häufig er und sein Vater sich in die Haare bekommen hatten. Will hätte niemals bleiben können.

»Und, wie läuft's in Isa?«, fragte er.

»Viel los. Es steht eine große Schließung an. Ich wollte fragen, ob du interessiert bist.« Der allzeit pragmatische Will kam direkt zur Sache.

»Du fragst mich, ob ich kommen und in der Mine arbeiten will?«

»Nicht für immer. Vielleicht für zwei Monate, maximal. Gute Arbeit, gutes Geld, ein bisschen Abwechslung, das ist alles. Du weißt schon, falls du mal Abstand brauchst.«

Mark schnaubte. Von Ryders wegzugehen fiele ihm nicht im Traum ein. Ja, er war herumgereist, als er noch jünger war, aber nach der letzten Reise hatte er gewusst, dass er für immer bleiben würde. Hier wollte er leben. »Danke, Kumpel, aber nein.«

Will lachte. »Hey, ich hatte auch nicht ernsthaft erwartet, dass du ja sagst! Wie auch immer, es wäre nicht ab sofort. Und das Angebot steht. Kennst du sonst jemanden, der Arbeit sucht? Ich hätte nichts gegen ein paar Leute, die du empfehlen kannst.«

Mark musste nicht lange nachdenken. »Dave ist gut mit Werkzeugen und Maschinen. Er ist zum Viehtrieb hier, hat aber erzählt, dass bei ihm derzeit wenig los ist und er nebenbei viel als Mechaniker jobben muss. Er könnte Interesse haben.«

»Klar, jederzeit. Sag mir Bescheid.« Und damit beendete Will das Gespräch.

Einige Zeit später – sicher waren es nur Minuten – bemerkte Mark, dass er am Dielentisch eingenickt war. Das vertraute Heulen eines der Geländemotorräder, das von der hinteren Koppel kam, hatte ihn geweckt. Mark rappelte sich hoch und ging zur Hintertür. Draußen traf er auf Dave, der von Kopf bis Fuß mit dickem, grauem Staub bedeckt war und gerade dabei war, den Ständer seines Bikes auszuklappen. Er stieg ab und rollte die verspannten Schultern. Seine blauen Augen waren die einzige staubfreie Stelle an ihm.

»Alles okay?«, fragte Mark verwundert. Dave musste mindestens eine Stunde gefahren sein, wenn die Herde inzwischen da war, wo Mark sie vermutete.

Dave schüttelte sich eine Sandwolke vom Hemd. Sein dunkles Haar kräuselte sich unter der Mütze hervor, die schweißgetränkt war. »Bei einem der Quads ist das Bremskabel hinüber. Ich habe hier noch irgendwo ein neues herumliegen, also bin ich hergekommen.«

»Oh Mann, wieso hast du nicht den Geländewagen genommen?«

Dave grinste. »Der steckt mit einem Platten im Sand fest. Ich habe Simmo gesagt, er soll sich darum kümmern.«

»Dann fahre ich mit dir zurück und helfe euch«, sagte Mark.

»Nein, wir kommen klar«, erwiderte Dave. »Außerdem steht ihr Chefs sowieso immer nur im Weg herum, und ich muss in zwei Tagen fertig sein.« Er zwinkerte Mark lachend zu und warf die schmutzige Mütze in seine Richtung. Mark wich dem Geschoss geschickt aus. »Na, dann umarme mich wenigstens«, forderte Dave, der wild entschlossen war, noch jemand anderen dreckig zu machen.

Mark lachte. »Bleib mir ja vom Leib! Und lass dir von Kath etwas zu essen geben, ehe du wieder zurückfährst.«

Dave holte seine Mütze, setzte sie sich wieder auf und ging mit Mark um das Haus herum zur Küchentür.

»Will hat eben aus Isa angerufen«, sagte Mark. »Bist du interessiert, bei einer Minenschließung mitzuarbeiten? Sie suchen noch Leute.«

»Wie bald?«

»Erst in ein paar Wochen.«

Dave überlegte. »Ja, vielleicht. Ich bin in einer guten Woche sowieso in der Gegend. Dann rufe ich ihn an.«

Sie erreichten die Küchentür, und Kath begrüßte Dave mit in die Hüften gestemmten Händen: »Jetzt sieh dich einer an!

Mehr Staub als Mann. Wenn du reinwillst, zieh wenigstens die Stiefel aus.«

»Geht nicht«, antwortete Dave. »Dann marschieren die Socken von alleine weg.«

Kath lachte. »Okay, warte hier.« Eine Minute später kehrte sie mit einer Riesenportion Fleisch und Kartoffeln zurück.

Stephanie folgte ihr. »Hi, Dave. Ich wusste gar nicht, dass du hier bist.« Sie stellte sich dicht neben Mark.

Dave, der an der Wand lehnte, hatte den Mund voll. Er hob seine Gabel, sagte aber nichts. Mark spürte die Anspannung in der Luft. Die beiden hatten sich nie sonderlich gut verstanden.

»Aha«, sagte Stephanie. »Wie geht's so?«

Dave kaute weiter. »Kaputtes Quad«, sprang Mark ein und schob sie behutsam beiseite. »Dave ist nur hier, um Ersatzteile zu holen.«

»Ach, na dann bist du sicher noch einige Zeit in der Gegend, nicht?«, fragte sie Dave, der als Antwort lediglich mit den Schultern zuckte. Stephanie ließ sich nicht abwimmeln. »Wir könnten noch Hilfe bei der Spendenveranstaltung gebrauchen, und du musst unbedingt zu dem Ball kommen. Der wird lustig.«

Kath mischte sich ein. »Lass den Mann essen, Kindchen!«, schalt sie. »Für alles andere ist später noch reichlich Zeit. Aber ihr drei solltet wirklich mal abends ausgehen. Wie wäre es, wenn ihr morgen Abend in die Taverne geht, wenn der Viehtrieb vorbei ist? Auf ein kühles Bier?«

»Ganz wie in alten Zeiten«, sagte Stephanie mit einem Lächeln zu Mark.

Mark konnte ihre nostalgische Begeisterung zwar nicht teilen, doch es war tatsächlich eine ganze Weile her, seit er das letzte Mal in der Stadt gewesen war, und Dave und Stephanie würden ohnedies beide wieder dorthin zurückfahren. »Klingt gut. Ich sollte mal nachsehen, ob sie noch steht.« Er zwinkerte Kath zu.

»Oho, die ist noch da, keine Bange. Der Schlachter hat seinen Laden vergrößert, und überall hängen die Plakate für das Rugby-Turnier nächste Woche. Ach ja, es gibt auch einen neuen Doc.« Kath hatte eine Menge für Klatsch übrig.

»Wo kommt er her?«, fragte Stephanie.

»Sie.«

Mark zog die Augenbrauen hoch. »Dr. Harris geht doch nicht weg, oder? Dad muss demnächst zur Untersuchung, und ihr wisst ja, wie er mit Ärzten ist. Es ist schon schwer genug, ihn zu Dr. Harris zu kriegen, aber zu einer Neuen?«

»Ist er krank?«, fragte Stephanie, und wieder zeigte sich die kleine, steile Sorgenfalte über ihrer Nasenwurzel.

Sofort bereute Mark, das Thema angesprochen zu haben. Er wollte nicht, dass sich die Morgans um die Gesundheit seines Vaters sorgten. Außerdem lag die Attacke mit den Brustschmerzen bereits sechs Monate zurück.

Nachdem Dave seinen Teller restlos leergegessen hatte, entschuldigte er sich und ging nach draußen zum Geräteschuppen. »Kannst du mir beim Suchen helfen?«, rief er Mark zu. Während Kath drinnen Teller und Töpfe stapelte, blickte Stephanie den beiden von der Küchentür aus nach.

Kaum waren sie in dem Schuppen, wo sich Kisten mit verschiedensten Geräten in den Metallregalen stapelten, fragte Dave: »Was ist mit den Morgans? Alles friedlich?«

Mark rieb sich übers Gesicht. »Ja, wieso?«

Dave sah sich zum Haupthaus um, bevor er anfing, in den Ersatzteilkisten zu wühlen. »Nur so. Im Moment haben die Leute überall zu kämpfen, und ich habe gehört, dass einer der großen Viehbetriebe in der Gegend an Ausländer verkaufen will. Viele glauben, dass Investoren aus Übersee dickes Geld bezahlen. Vor allem aber traue ich den Morgans nicht. Die sind schon immer vor allem auf ihren eigenen Vorteil aus gewesen.«

»Sie erkundigen sich nur, wie es um Ryders steht«, sagte Mark, musste jedoch zugeben, dass ihm beständig unwohler wurde. Er sollte dringend mit seinem Vater über die Buchhaltung sprechen und prüfen, ob wirklich alles gut lief.

»Gefunden«, sagte Dave und zog eine Kiste vom zweiten Regal.

Dave machte sich bald auf den Weg, doch Marks ungutes Gefühl hatte sich hartnäckig eingenistet. Die Welt veränderte sich, und er wusste, dass Ryders Station es früher oder später ebenfalls tun musste. Seine Gedanken überschlugen sich, als er in Richtung des Büros ging. Stephanies Anspielung auf Schürfrechte und ausländische Investoren war gewiss kein Zufall, und für ihre Familie war ein Verkauf allemal attraktiver, als abzuwarten, dass sich Ryders erholen würde. Gott sei Dank war der Morgan-Anteil nicht groß genug, dass sie allein Entscheidungen über das Schicksal der Ranch treffen durften. Und so musste es auch bleiben. Es war höchste Zeit zu überlegen, welche anderen Möglichkeiten Ryders in Zukunft das Überleben sichern könnten. Andere Farmen schafften es ja auch, neue Wege zu finden, Geld zu verdienen; manche holten sich sogar Touristen auf ihr Land.

Marks Blick fiel auf das Bürotelefon. Wieder kam ihm die Idee, Cat anzurufen, denn sie liebte es, mit neuen Ideen zu spielen. Aber wahrscheinlich kämpfte sie noch mit ihrem Jetlag. Also wanderte Mark durch die Dunkelheit zum Haus zurück, sank ins Bett und schlief, erschöpft wie er war, bald ein.

3

Nach einer relativ ruhigen Woche herrschte am Samstagmorgen Hochbetrieb in der Praxis. Das lag nicht allein an der überdurchschnittlich hohen Anzahl an Patienten, die bereits innerhalb eines halben Tages aufgetaucht waren; überdies waren Probleme aufgetreten, mit denen Daniella nicht gerechnet hatte.

Einer der Patienten von ihrem Stapel bestand darauf, von Dr. Harris und nicht von ihr untersucht zu werden. Grundsätzlich war das verständlich. Rusty war ein raubeiniger Typ mit wettergegerbtem Gesicht, einem von harter Arbeit gezeichneten Körper und grauem Brusthaar, das ihm oben aus dem blauen Trägerhemd quoll. Seine drahtigen Arme vor sich verschränkt, saß er vor Daniella und erklärte, dass sie ihm ja nicht zu nahe kommen solle. Zweifellos hatte sich Dr. Harris Rustys Vertrauen hart erarbeiten müssen. Leider bedeutete dieser Zwischenfall, dass sich die Wartezeiten für die anderen Patienten von Dr. Harris verlängerten, und einer von ihnen beschwerte sich bereits lautstark.

»Wie lange dauert das hier denn noch?«, hörte Daniella ihn fragen. Sie dachte gerade über ein weiteres Mittagessen aus trockenen Keksen nach, das wegen Rusty sogar früher als gedacht stattfinden würde, und linste durch das verspiegelte Fenster zwischen Küche und Empfang. Ein Mann lehnte auf dem Tresen und krümmte sich, als hätte er starke Schmerzen.

Einen Moment später kam Jackie in die Küche.

»Probleme?«, fragte Daniella.

»Ein neuer Patient«, sagte Jackie. »Er sagt, dass er Kopfschmerzen hat. Eigentlich hätte er heute Morgen schon einen Termin gehabt, der abgesagt werden musste.

»Ist er von hier?«, fragte Daniella und überlegte gleichzeitig, wie Dr. Harris reagieren würde, wenn sie ihm einen seiner Patienten wegschnappte.

»Nein, ich habe ihn noch nie gesehen. Er hat eine Adresse in Mount Isa angegeben.«

»Okay, ich übernehme ihn.« Daniella schnappte sich die leere braune Mappe und las den Namen vor. »Pete?«

Der Mann war groß und dünn. Er trug, wie für die meisten Minenarbeiter üblich, ein T-Shirt und eine blaue King-Gee-Hose. Daniella hatte sie viel in Mount Isa gesehen, hier hingegen kaum. Als er auf das Sprechzimmer zuging, fiel ihr auf, dass er nervös wirkte und ihr nicht in die Augen sehen konnte. Andererseits war er vielleicht wegen einer heiklen Beschwerde gekommen und deshalb verlegen.

»Was kann ich für Sie tun?«, fragte sie, nachdem sie sich gesetzt hatte.

»Ich habe höllisches Kopfweh, Doc. Und dagegen brauche ich was.« An seinem Haaransatz glänzten Schweißperlen.

»Was für Kopfschmerzen?«

»Echt üble.« Er hielt eine Hand an seinen Kopf und verzog das Gesicht.

»Hatten Sie vorher schon einmal solche Kopfschmerzen?«

»Nicht so schlimm. Können Sie mir was dagegen geben?«

»Okay, Pete«, sagte sie ruhig. »Wo genau sind die Schmerzen?«

»Na, praktisch überall«, antwortete er, während er unruhig auf seinem Stuhl hin und her rutschte.

»Wenn Sie den Schmerz auf einer Skala von eins bis zehn einordnen müssten, wobei zehn der höchste Wert wäre, was würden Sie sagen?«

»Zehn. Eindeutig zehn.«

Daniella überlegte. Könnte es ein blutendes Hirnaneurysma sein? Das sollte sie auf jeden Fall ausschließen können. »Wie lange haben Sie die Schmerzen schon?«, fragte sie.

»Ungefähr seit einer Stunde.«

»Okay, dann legen Sie sich mal auf die Untersuchungsliege, damit ich mir Sie genauer ansehen kann«, sagte sie und griff nach ihrer kleinen Taschenlampe.

»Können Sie mir nicht einfach Tabletten geben?«

Daniella zögerte. Ihr Gefühl sagte ihr, dass etwas nicht stimmte. Wie es ein Kollege einmal beschrieben hatte: der Bullshit-Radar schlägt an. Möglichst gelassen antwortete sie: »Nur ein kurzer Blick.«

Widerwillig legte er sich hin, und Daniella nahm rasch eine neurologische Einschätzung vor. Sie fand keine eindeutigen Symptome, keine Erschlaffung oder Fehlfunktion der Gesichtsmuskulatur. Andererseits würden sich diese im Fall eines Aneurysmas auch nicht zwingend zeigen. Die Praxis hatte kein CT-Gerät, nicht einmal ein Pathologie-Labor. Sie verfügten einzig über ein Röntgengerät, eine Zentrifuge und eine einfache Laborausstattung. Daniella könnte eine Lumbalpunktion nehmen – eine Probe aus der Flüssigkeit an der Wirbelsäule –, nur verlor sie damit unter Umständen wertvolle Zeit, in der Pete schon unterwegs zu einem Krankenhaus mit einer besseren Ausstattung sein könnte.

»Okay, Pete, wie schnell ist der Schmerz gekommen?«

»Sehr schnell.«

»Wird er durch irgendetwas schlimmer? Oder besser?«

»Es ist einfach nur schlimm«, stöhnte er.

Daniella nagte an ihrer Lippe. »Pete, es könnte sein, dass es etwas Ernstes ist. Eine Hirnblutung kann ich nicht ausschließen, deshalb würde ich gerne Dr. Harris hinzubitten.«

Das schien den Mann jedoch noch nervöser zu machen.

»Jetzt mal halblang, Doc. Ich habe Migräne! Mein Arzt gibt mir normalerweise Endone, und gut ist's.«

Daniella merkte auf. Endone war ein Opiat. »Endone? Gegen Migräne?«

»Ja.«

»Aber sagten Sie nicht, dass Sie noch nie vorher solche Schmerzen gehabt haben?«

»Nicht so üble.« Der Mann leckte sich die Lippen.

Daniella bekam langsam eine Idee davon, was hier los war und stellte ihre Theorie auf die Probe. »Ich befürchte, dass es ein Aneurysma sein könnte, und das wäre eine sehr ernste Sache. Deshalb halte ich es für besser, wenn ein erfahrener Arzt Sie sich mal ansieht. Falls ich nämlich recht habe, müssen wir Sie zu einer größeren Klinik fliegen lassen.«

»Ich habe kein Aneurysma! Ich brauche einfach Endone!«, erwiderte er trotzig. Er stieg von der Liege und verschränkte die Arme vor dem Oberkörper.

»Das kann ich Ihnen nicht gegen Migräne verschreiben«, sagte Daniella, während sie sich langsam und vorsichtig an ihm vorbeischob. »Aber ich kann Ihren bisherigen Krankheitsverlauf aufnehmen und Ihnen etwas Geeigneteres verschreiben.«

»Hören Sie mal, junge Frau, Sie geben mir jetzt Endone!« Seine Stimme wurde lauter.

Daniella öffnete die Tür. »Danke. Bitte warten Sie draußen, solange ich mich mit Dr. Harris berate.«

Der Mann blickte zwischen ihr und dem Flur hin und her. »Fick dich, Schlampe!«, brüllte er und stürzte aus der Praxis.

Daniella hörte, wie die Schiebetür vorne so heftig zugestoßen wurde, dass sie in ihren Schienen vibrierte. Sie stützte eine Hand an die Wand. Drei tiefe Atemzüge!

Jackie kam herbeigelaufen. »Daniella, alles okay?«

Daniella hörte, wie die Patienten im Wartezimmer aufgeregt durcheinanderredeten, und im nächsten Moment den draußen aufspritzenden Kies, als ein Wagen schlingernd vom Parkplatz raste. Dr. Harris bat alle, ruhig zu bleiben, bevor er in Daniellas Sprechzimmer kam.

Daniella schloss die Tür und stellte zufrieden fest, dass ihre Hände nur noch leicht zitterten. Es würde aber sicher noch schlimmer werden, wenn ihr gestiegener Adrenalinspiegel seine Wirkung zeigte.

»Sind Sie verletzt?«, fragte Dr. Harris.

»Nein, er hat mich nicht angerührt. Mir geht es gut.«

»Was ist passiert?«

»Er wollte Endone. Angeblich ein akuter Kopfschmerz, zehn von zehn, aber nichts beim Neuro-Check. Als ich erwähnte, dass ich Sie konsultieren möchte, sagte er, es wäre eine Migräne, gegen die er normalerweise Endone bekomme. Ich bat ihn, draußen zu warten, aber da war er schon aus der Tür.«

Dr. Harris kniff den Mund zusammen und studierte Daniellas Gesicht. Sie bemühte sich, so ruhig wie möglich zu bleiben. »Gut«, sagte er, als wäre er zu einer Entscheidung gekommen, und ging hinaus.

Daniella blickte fragend zu Jackie, die nur sagte: »Wahrscheinlich ruft er die Schmerzklinik in Mount Isa an, um herauszufinden, wie dieser Kerl hier gelandet ist. Ihn habe ich hier noch nie gesehen, aber wir hatten schon andere Leute von dort in der Praxis, die so etwas versucht haben.«

»Wirklich?«

»Ja, sicher. Die wissen, dass es nur einen Arzt gibt und kein Sicherheitspersonal. Da glauben sie gerne, dass sie hier frech werden können.«

»Wow.« Daniella schluckte. Noch nie hatte sie sich so direkt bedroht gefühlt.

»Geht es Ihnen wirklich gut?«

Daniella glaubte schon, aber sollte sie wieder gefragt werden, wäre sie sich wohl nicht mehr ganz so sicher. Sie räusperte sich. »Würden Sie mir bitte die nächste Akte holen?«

Jackie tat wie ihr geheißen. Der nächste Patient hatte eine Halsentzündung; alles, was sie für ihn tun konnte, war ihm zu versichern, dass es ihm bald wieder gut gehen würde. Als sie den Patienten aus dem Sprechzimmer begleitete, sah sie Rusty in seinem blauen Trägerhemd in Dr. Harris' Sprechzimmer verschwinden. Sie arbeitete weiter die Patientenliste ab, während die grelle nördliche Sonne sich ihren Weg über den vollkommen blauen Himmel brannte. In der Praxis konnte man diese Bewegung einzig durch die veränderten Winkel der Jalousien nachvollziehen. Jedes Mal, wenn Daniella mit einer neuen Akte und dem dazugehörigen Patienten in ihr Sprechzimmer trat, hatten sich die Strahlen, auf denen die Staubkörnchen tanzten, ein wenig verschoben ... als würde sich die Welt ohne sie weiterdrehen. Seit fast einer Woche war sie nun an diesem von rauer Schönheit geprägten Ort, doch außer der kleinen Klinik und der Praxis hatte sie noch nicht viel gesehen. Ebenso gut könnte sie immer noch in Brisbane leben.

Als sie die letzte Patientenakte zum Empfangstresen brachte, war die Sonne schon wieder auf halbem Weg nach unten. Offenbar war »Vormittagssprechstunde« als Bezeichnung schlecht gewählt. Würde es ab jetzt immer so sein? An einem der heißesten Flecken des Landes zu leben, aber nie die Sonne zu sehen? Was für eine Verschwendung!

Eine Hand tippte ihr auf die Schulter. »Daniella?«

»Verzeihung, wie bitte?« Sie hatte zusammengesunken auf ihrem Stuhl gesessen und aus dem Fenster gesehen. Nun setzte sie sich erschrocken auf.

Dr. Harris hockte auf ihrer Schreibtischkante und berichtete ihr von seinem Anruf bei der Schmerzklinik in Mount Isa. Dort bat man ihn um einen schriftlichen Bericht. »Der typische Pillen-Junkie«, sagte er kopfschüttelnd. »Sie haben das heute gut gemacht. Und ich frage mich, ob Sie mir einen Gefallen tun könnten ... Aber nur, wenn es Ihnen wirklich gut geht.«

Daniella machte sich noch gerader. »Sicher.«

»Mrs. Turner wohnt in der Stadt, ist aber nicht mobil. Sie hat aufgrund ihrer Diabetes ein Ulkus. Mit dem Geschwür kann sie nur schlecht in die Sprechstunde kommen. Könnten Sie einen Hausbesuch bei ihr machen? Eigentlich gehe ich immer hin, aber ich denke, sie freut sich über ein neues Gesicht.«

»Ja, klar«, sagte Daniella, eifrig darauf bedacht, sich nicht hängen zu lassen.

Dr. Harris ging, und Daniella gönnte sich einige Minuten, um sich zu sammeln und ihren Arztkoffer zu entstauben, der seit einer Woche ungenutzt unter ihrem Schreibtisch stand.

Als sie aus ihrem Sprechzimmer trat, war Jackie eben dabei, ihre dunklen Locken aus dem Haargummi zu befreien. Sie hatte eine dicke Akte unter den Arm geklemmt. Kaum bemerkte sie Daniella, drehte sie sich zu ihr um. »Wie ich höre, übernehmen Sie den Turner-Hausbesuch. Soll ich mitkommen und Ihnen zeigen, wo es ist? Und vielleicht als moralische Stütze dienen?«

»Das wäre super«, sagte Daniella und nahm die Akte mit der Aufschrift *Turner, Valerie*, in der jede Menge bunter Papiere steckten.

»Jamie schläft bei meiner Mum. Wie wäre es mit einem Drink hinterher?«, schlug Jackie vor.

»Und wo?«, fragte Daniella, die unsicher war, ob sie nicht doch lieber direkt nach Hause wollte.

Jackie grinste. »In der Taverne natürlich! Was anderes gibt's hier nicht. Kommen Sie schon, ich gebe einen aus.«

»Was ist mit Dr. Harris? Sollten wir ihn nicht auch dazubitten?«

»Nein, der kauft für das Dinner morgen ein. Übrigens sollen wir um sechs bei ihm sein. Und heute Abend, nehme ich an, steckt er bis zu den Achselhöhlen in Marinaden.« Jackie verdrehte die Augen. »Also sind wir zwei für uns.«

Daniella wischte sich nachdenklich übers Gesicht. Ihr Anspruch an sich, jederzeit professionell aufzutreten, hatte ihr verboten, den Zwischenfall mit Pete als zu ernst einzustufen. Und sie hatte durchaus schon brenzlige Situationen in der Notaufnahme und mit einigen Psychiatriepatienten erlebt, aber da war sie in einem großen Krankenhaus gewesen, mit jeder Menge anderer Leute und Sicherheitspersonal um sich herum. Heute war sie hautnah mit reeller Gefahr in Berührung gekommen, und auf einmal wollte Daniella dringend ganz viele Leute um sich. Noch dazu könnte sie wahrlich einen Drink vertragen.

»Okay, prima«, sagte sie.

Sie schritten hinaus in den staubigen Nachmittag, wo sie sofort von einer wohltuenden Hitze umfangen wurden. Daniella stieg in Jackies Geländewagen und legte die Akte und ihren Arztkoffer auf ihre Knie. Die Fahrt zu dem hellen Ziegelsteinbau in der Stadt dauerte nur wenige Minuten. Dann ging es über einen kurzgestutzten Rasen zu einem von Niaoulibäumen umstandenen Haus, dessen Dachüberstände unter den vielen Hängetöpfen ächzten. Alles war so grün wie am St. Patrick's Day.

»Mrs. Turner greift übrigens gerne mal zur Flinte«, sagte Jackie beim Aussteigen.

Auf ihr Klopfen folgte eine lange Pause, ehe eine Stimme von innen brüllte, dass die Tür offen sei.

Jackie ging voraus durch einen Flur in ein L-förmiges Zimmer. Mit den klobigen braunen Sofas an der einen und dem großen Esstisch voller gerahmter Fotos an der anderen Wand war der Raum entschieden zu vollgestopft. Noch mehr Fotos standen auf einem wackligen Fernseher in der Ecke, in dem eine stummgeschaltete Anglersendung lief. Einige der Fotos zeigten einen jungen Mann bei seiner Highschool-Abschlussfeier im Talar und mit dem typischen dreieckigen Hut auf dem Kopf.

Valerie Turner selbst belegte eine Ecke eines Dreiersofas, ihr verbundenes Bein auf einem Hocker ausgestreckt. Sie trug ein geblümtes Kleid, und ihr knautschiges Gesicht wurde von einem Gewirr aus grauen Haaren gerahmt. Ihre dicke Brille, die gegenwärtig an einer Halskette baumelte, hatte einen roten Abdruck auf ihrem Nasenrücken hinterlassen. Den Rest des Sofas nahm ein apathisch aussehender, betagter Kelpie ein.

»Na, wollten Sie auch mitkommen, was?«, sagte die alte Dame zu Jackie. Valerie machte keinen besonders mobilen Eindruck, am Sofa lehnte ein Gehstock. Trotzdem war alles sauber und ordentlich, ungeachtet des alten Mobiliars und des abgewetzten grauen Teppichs.

»Hallo, Valerie. Das ist Dr. Bell«, antwortete Jackie freundlich. »Sie sieht nach Ihrem Verband.«

»Tut sie das?«, fragte Valerie und blinzelte kurzsichtig zu Daniella.

»Nennen Sie mich bitte Daniella. Es freut mich, Sie kennenzulernen, Valerie.«

»Mrs. Turner«, korrigierte Valerie. »Dr. Harris hat mich wohl aufgegeben, was? Woher weiß ich, dass Sie überhaupt ein richtiger Arzt sind?«

Daniella holte tief Luft, als sie ihren Arztkoffer auf einem Beistelltisch abstellte. Das würde nicht einfach werden, also probierte sie es mit Humor: »Na ja, ich habe den Koffer.« Valerie bedachte sie mit einem strengen Blick, der Daniella rasch ihre Taktik ändern ließ. »Ich muss mir nur Ihr Ulkus ansehen und mich vergewissern, dass nichts entzündet ist. Ich mache auch genau so schnell oder langsam, wie Sie möchten.«

Valerie brummelte etwas Unverständliches vor sich hin, was Daniella in Ermangelung von Alternativen als Zustimmung auffasste. Sie zog sich ein Paar Einweghandschuhe über und wickelte vorsichtig den Verband ab. Diabetes konnte die Durchblutung und das Gefühl in den Beinen beeinträchtigen – was die Ursache für das Ulkus war –, und Daniella wollte nicht noch mehr Schaden anrichten. Das Geschwür saß direkt über dem medialen Malleolus, dem Innenknöchel. Durch den Verband hatte sich eine leichte Flüssigkeitsschwellung gebildet, doch ansonsten war es eine recht oberflächliche Wunde, die nur wenige Hautschichten betraf. Daniella tränkte einen Wattebausch in steriler Kochsalzlösung und säuberte die Wundränder sorgfältig.

»Es sieht ganz gut aus«, sagte sie zu Valerie. »Nichts deutet auf eine Infektion hin.«

»Aber weg ist es auch nicht!«

Daniella entging nicht, dass Valerie bei aller Schroffheit auch verzweifelt klang. Es musste entsetzlich sein, eine Wunde zu haben, die anscheinend nicht heilen wollte. »Noch nicht«, beruhigte sie die Frau. »Jetzt machen wir Ihnen erst einmal einen frischen Verband.«

Nachdem die Wunde wieder verbunden war, versuchte Daniella, Valeries Krankengeschichte mit ihr durchzugehen: wie lange sie das Geschwür schon hatte, welche Medikamente sie nahm und welche sonstigen Symptome es gab. Doch der alten Dame schwebte etwas anderes vor: »Hatten Sie etwa keine Lust, das Ding zu lesen?«, fragte sie und wies auf ihre Krankenakte.

Zunächst blieb Daniella noch hartnäckig, wollte wissen, wie beweglich Valerie war und ob sie Gymnastik machte. Derweil starrte Valerie auf die stumme Anglersendung und weigerte sich, zu antworten oder sonst irgendwie zu kooperieren. Schließlich gab Daniella es auf.

Ihr Rücken schmerzte, als sie ihren Arztkoffer packte. Sie spürte, dass Jackie gerne gehen würde, aber das hier war nicht gut gelaufen. Daniella gefiel der Gedanke nicht, Valerie zu verlassen, ohne einen Draht zu ihr gefunden zu haben. Sie blickte sich nach etwas um, mit dem sie die Situation retten könnte.

»Ist das Ihr Sohn?«, fragte sie und nickte zu einem Foto auf dem Fernseher. Sicher war die Familie ein guter Ansatz.

»Was geht Sie das an?«, konterte Valerie schnippisch.

Zwei Minuten später waren Jackie und Daniella aus dem Haus.

»Charmant, nicht?«, sagte Jackie.

Daniella wollte nicht darüber reden. Etwas an Valerie ließ ihr keine Ruhe. Ja, sie war froh, von ihr wegzukommen, aber auch unzufrieden. Am liebsten würde sie wieder reingehen und es noch einmal versuchen. Doch sie zwang sich, alle Gedanken an die Arbeit beiseitezuschieben. »Jackie, Sie können mir einen Tipp geben.«

»Mhm?«

»Wohin fahre ich am besten, wenn ich mir ein bisschen die Gegend ansehen will? Morgen habe ich frei, und da möchte ich mal etwas anderes als die Praxis oder mein Haus sehen.«

Jackie zückte ihre Autoschlüssel. »Sie waren die ganze Woche über ganz schön eingespannt, was?«

»Ja.«

»Na, dann kommen Sie morgen mit Jamie und mir zum Stausee.«

»Ist das Ihr Sohn? Wie alt ist er?«

Jackie öffnete die Wagentür. »Fast drei«, sagte sie und grinste Daniella zu. »Und jetzt auf zur Taverne.«

»Okay«, sagte Jackie. »Regel Nummer eins, nie Angst zeigen. Das riechen die.«

Daniella stand an der Tür und blickte sich um. Die Taverne sah wie alle anderen ländlichen Pubs aus, die sie kannte: Die Einrichtung war eine Mischung aus einem altmodisch rustikalen Look in Holz und Filz sowie moderner Glas-Chrom-Ausstattung. Und natürlich fehlte es nicht an der obligatorischen Neonbeleuchtung, die nach hinten zum »Spielautomatenraum« intensiver wurde – eine etwas übertriebene Bezeichnung für die staubige Ecke, in der zwei alte Automaten ihr Dasein fristeten. Daniella bemerkte, dass sie die Hände tief in den Taschen vergaben und ihre Schultern nach vorne gekrümmt hielt, wie sie es immer tat, wenn sie unsicher war. Sofort stellte sie sich gerader hin. »Okay, Regel Nummer eins befolgt«, murmelte sie.

Köpfe drehten sich in ihre Richtung. Ja, dachte Daniella, du bist nicht mehr in Brisbane. Zwei Drittel der Leute trugen breitkrempige Hüte, von abgegriffenen und hässlichen bis hin zu elegant gebogenen hellen, die Daniella an Rodeos erinnerten. Unweigerlich hielt sie nach Männern in T-Shirts und KingGee-Hosen Ausschau und war froh, dass diese Beschreibung auf keinen hier passte.

Sie gingen zur Bar, und Jackie bestellte zwei Bier. »Sie müssen der neue Doc sein«, sagte die Frau hinter der Theke lächelnd und musterte Daniella von oben bis unten. Sie hatte eine Naturkrause, mehrere geplatzte Gefäße auf der Nase und ein herzliches Lächeln. »Wie gefällt's Ihnen bisher?«

»Sehr gut«, antwortete Daniella. »Viel zu tun, aber gut.« Es schien ihr eine angebrachte Antwort, nur merkte sie selbst, wie wenig begeistert sie klang.

Die Frau streckte ihre klobige Hand über den Tresen, die nass von den Biergläsern war. »Donna«, stellte sie sich freundlich vor. Daniella schüttelte ihre Hand ein bisschen linkisch über die hohe Theke hinweg und war erstaunt, wie warm sich Donnas Handfläche anfühlte. »Tja, super, Sie hier zu haben,

Doc. Die Küche öffnet in einer halben Stunde, und die Band fängt um sieben an.«

Daniella und Jackie trugen ihre Pints zu einem Tisch in der Nähe der Bar, ein Stück abseits von dem Bereich, in dem die meisten Männer zusammenhockten. In der hinteren Ecke machte sich ein junger Mann in einem ausgeblichenen schwarzen T-Shirt an einigen Lautsprecherboxen zu schaffen.

»Kennen Sie die Band?«, fragte Daniella.

Jackie verdrehte die Augen. »Wahrscheinlich ist es diese Shania-Twain-Revival-Band. Ich habe schon gehört, dass sie wieder da sind. Und sagen wir doch einfach Du, wo wir schon zusammen Bier trinken.«

»Gerne. Taugen die was?«

»Ach, kann sein. Aber es ist eben Shania Twain. Alle denken, nur weil wir im Outback leben, ist das die einzige Musik, die wir mögen.«

»Und welche Musik magst du?«

Jackie grinste. »Im Moment hauptsächlich die Wiggles. Und wie ich gehört habe, treten die auch in Brisbane auf.«

»Warst du in letzter Zeit mal in Brisbane?«

Jackie senkte den Blick. »Nein, schon länger nicht mehr.«

Eine Pause trat ein. Daniella hatte unwissentlich ein schwieriges Thema angesprochen, und sie hakte lieber nicht nach. Es schien zu persönlich, um es unter Kolleginnen zu besprechen, die sich kaum eine Woche kannten. Sie fragte sich gerade, ob sie Jackie auf ihren Sohn ansprechen sollte, als die ihr zuvorkam. »Na, dann verrate ich dir mal, um wen du in dieser Stadt am besten einen großen Bogen machst.«

Daniella lachte. »Jackie, ich bin Ärztin. Ich kann niemanden meiden!«

»Nein, du weißt schon, was ich meine. Nicht in der Praxis, bloß wenn du im Supermarkt oder bei Gemeindeveranstaltungen bist, klar?«

»Sind das viele?«

»Supermärkte oder Gemeindeveranstaltungen? Nein, war ein Scherz. Wir haben zwei Supermärkte – der, an dem ich dich gestern abgesetzt habe, ist der bessere. Aber Veranstaltungen, ja. Eigentlich ist an den meisten Wochenenden irgendetwas los. In ein paar Wochen ist der B&S-Ball für Singles in Julia Creek. Und dann, warte mal, ach ja, das Rugby-Match nächstes Wochenende auf dem Feld im Park. Puh, da kriegen wir wieder reichlich zu tun!«

Als Daniella sie verwundert ansah, erklärte Jackie: »Ein Haufen Kerle, die sonst nie Rugby spielen und sich auf einmal wie die Blöden gegenseitig umhauen? Da lassen die Gehirnerschütterungen nicht lange auf sich warten. Du wirst schon sehen, unser Röntgengerät wird heiß laufen.«

»Aha«, sagte Daniella. »Ist Dr. Harris eigentlich in Radiologie ausgebildet? Wir hatten diese Woche keine Röntgenpatienten, und ich habe vergessen, ihn danach zu fragen.«

»Nein, er hatte nie die Zeit, zu der Fortbildung zu fahren. Ich mache das«, sagte Jackie, und ihre Augen leuchteten. »Ich bin die Königin der Strahlen.«

»Ach ja?«

Jackie tat übertrieben beleidigt. »Ja, die einfache Schwester. Nein, war ein Witz. Hier draußen muss man bereit sein, alles zu machen. Ich war bei einem Radiologen in Townsville, der mir alles gezeigt hat. Und ich habe eine Lizenz von Queensland Health und alles.« Sie trank einen großen Schluck Bier und wechselte das Thema. »Ach ja, es soll auch noch einen Freiluftkino-Abend im Park geben. Sie wollen eine große Leinwand zwischen die Torpfosten spannen.«

»Und was wird da gezeigt?«

Jackie schnaubte verächtlich. »Sicher *Jurassic Park*. Du weißt schon, wegen der Fossilien.«

»Fossilien?«, fragte Daniella verdutzt.

»Ja, die Meeressaurier und haufenweise anderes Zeug. Wir haben hier dauernd Fossilienjäger. Manchmal kommen sie von irgendwelchen Unis, aber die Wohnmobiltouristen versuchen auch ihr Glück. Das geht schon seit mindestens hundert Jahren so. Die größten Funde gab es allerdings in den Zwanzigern – ist also schon ziemlich lange her.«

Jackie erzählte von dem Binnenmeer, das es hier zu Urzeiten gegeben hatte, und wie die Fossilien hierhergekommen waren.

Daniella erinnerte sich bruchstückhaft aus ihren Studienanfängen daran, bevor die Medizin ihre gesamten Hirnzellen in Anspruch genommen hatte.

»Woher weißt du das alles?«, fragte sie, als Jackie fertig war.

Jackie stöhnte. »Jamie ist verrückt nach Dinos, darum musste ich mich schlaumachen. In Richmond haben sie einen großen Kronosaurus ausgestellt, das ist nicht weit von hier. Und ich werde dir nicht verraten, wie oft wir schon dort waren.« Sie lachte.

Als mehr Gäste eintrafen, drehte Donna die Musik vom Mixtape lauter. *The Gambler* endete nun schon zum zweiten Mal. Daniella blickte sich um und sah Paare in zueinanderpassenden Flanellhemden, Arbeitskollegen und Familien, die zum Essen hergekommen waren. Auf der Bühne waren Instrumentenständer, ein Schlagzeug und Mikrofone aufgebaut. Kasey Chambers ertönte aus den Lautsprechern über der Bar, und im Fernsehen wurden die aktuellen Lottozahlen gezeigt.

»Entschuldige, ich bin abgeschweift«, sagte Jackie plötzlich. »Ich wollte dir doch Überlebenstipps geben.«

»Wie den, keine Angst zu zeigen?« Daniella lachte. Sie spürte die Wirkung des Biers und genoss es, die Gäste zu beobachten. Wenn man in Krankenhäusern oder Arztpraxen arbeitete, konnte man leicht den Eindruck gewinnen, dass alle Welt krank war. Aber hier waren reichlich gesunde Leute, die meisten in der Blüte ihres Lebens; sie redeten, scherzten und hatten Spaß. In Brisbane war Daniella selten ausgegangen, und wenn, hatte sie es selten besonders nett gefunden. Diese Taverne hingegen war erfrischend frei vom Schickimicki der Großstadt. Und überhaupt nicht einschüchternd, trotz Daniellas anfänglicher Bedenken.

Dann musste sie plötzlich an Pete denken.

Jackie tippte ihr auf den Arm. »Alles okay?«

Rasch schüttelte Daniella die bösen Erinnerungen ab. »Ja. Entschuldige.«

Jackie hielt einen Finger in die Höhe. »Na gut, erstens, wenn dich ein Mann, irgendeiner, zum Stausee mitnehmen will, lehnst du ab. Kapiert?«

»Okay«, sagte Daniella lächelnd. Irgendwie konnte sie sich nicht vorstellen, dass sie jemals in die Situation kam, eine Einladung annehmen oder ablehnen zu müssen.

»Und dasselbe gilt für jeden, der dich bittet, in einem Organisationskomitee mitzumachen. Ich sage nicht, dass die Leute nichts Gutes tun, denn das tun sie durchaus. Alle Veranstaltungen, die ich vorhin erwähnt habe, sind zugunsten der Flying Doctors, des Roten Kreuzes oder der Feuerwehr. Und wir konnten mit solchen Mitteln eine Zentrifuge für die Praxis anschaffen. Aber die Komitees saugen dir das Blut aus. Das willst du ganz bestimmt nicht, glaub mir. Es ist vermintes Morgan-Terrain.«

»Morgan?«

»Eine alte Familie aus dieser Gegend. Früher hatten sie auch eine Farm, nebenher haben sie aber immer schon jede Menge anderer Geschäfte betrieben. Alles wohl legal. Sie sind stinkreich. Inzwischen leben sie hauptsächlich in Townsville und kommen nur noch hierher, um Sachen zu organisieren. In der Stadt haben sie irgendeine Kanzlei. Mrs. Morgan ist Anwältin und hat die Farm vor Jahren verkauft, dennoch tun sie gerne so, als würden sie noch hier wohnen – alles reine Show. Und deshalb kreuzen sie regelmäßig auf, um auf tief verwurzelt zu machen. Ich bin mit Steph, der Tochter, zur Schule gegangen. Na, wenn du sie siehst, wirst du wissen, was ich meine.«

»Gibt es sonst noch alteingesessene Familien, von denen ich wissen sollte?«

»Hmm, ja, die Walkers. Ihnen gehört Ryders Station, ungefähr vierzig Minuten Fahrt von hier. Ein großer Rinderzuchtbetrieb. Die Familie lebt schon ewig hier.«

»Und sie haben ihren Betrieb nach der Stadt benannt?«

Jackie schluckte und hustete, als hätte sie ihr Bier in den falschen Hals bekommen. »Nein, nein, die Stadt ist nach der Station benannt worden. Die war zuerst da. William Walker führt sie heute. Seine Frau ist Anfang des Jahres gestorben. Das war richtig traurig.«

»Aha?« Daniella baute ein Kartenhaus aus den Bierdeckeln. Als das Erdgeschoss fertig war, blickte sie auf. An der Bar hatte sich inzwischen eine Schlange gebildet. Viele der Leute hätten ihrem Aussehen nach einem Katalog für ländlich-lässige Outdoor-Bekleidung entsprungen sein können. Einer der zwei Männer, die gerade ihr Bier an der Bar bekommen hatten, fiel Daniella auf. Im Gegensatz zu vielen anderen hier standen ihm die Jeans richtig gut. Er war groß, hatte exakt die richtige Beinlänge und trug sein Hemd ordentlich hinter den Gürtel gesteckt. Von seinem sandblonden Haar fiel ihr Blick auf seinen ansehnlich breiten Rücken, und als er sich zur Seite drehte, zeigte sich ein gut aussehendes Profil.

Daniella spürte, wie sie erstarrte. »Wer ist das?«

Jackie folgte ihrem Blick und zögerte merklich. »Wenn man vom Teufel spricht ... Das ist Mark Walker.«

»Wirklich?«

»Ja. Übrigens ein netter Kerl. Williams Sohn.«

In diesem Moment drehte sich Mark Walker um und sah

Daniella direkt in die Augen. Sein Blick verharrte kurz auf ihr, bevor er zu dem Kartenhaus auf dem Tisch wanderte. Er lächelte. Daniella war es peinlich, bei ihrer kindischen Spielerei ertappt worden zu sein, zugleich aber war sie zu fasziniert, um sich von seinem Anblick loszureißen. Er hatte ein sehr offenes Gesicht, das Neugier und Intelligenz ausstrahlte. Unwillkürlich zuckte ihre Hand, und das Bierdeckelhaus stürzte ein.

Jackie half ihr, die Deckel vom Boden aufzuheben. »Ziemlicher Hingucker, was?«, flüsterte sie.

Daniella sagte nichts, sondern stapelte eilig die Bierdeckel wieder auf. Als sie erneut zur Bar sah, unterhielt Mark sich mit dem dunkelhaarigen Mann neben ihm, der ein Stück kleiner war als er. Beide blickten in Daniellas Richtung. Eine Frau in Jeans und karierter Bluse kam zu ihnen, lehnte sich vor, um zu hören, was die beiden sagten, und lachte, wobei sie eine Hand an ihren Hals legte.

»Wer sind die anderen beiden?«, fragte Daniella.

»Ich wiederhole mich ungern, aber wir sprechen mal wieder vom Teufel«, murmelte Jackie.

»Wie?«

»Das ist Steph Morgan, die ich vorhin erwähnte. Meide die Komitees, weißt du noch?«

»Und der Mann?«

»Das ist Dave Cooper«, antwortete Jackie. »Ein Freund von Mark. Ich bin mit ihnen allen zur Schule gegangen.«

»Und was macht Dave?«, fragte Daniella.

Jackie zog eine Grimasse. »Den siehst du eventuell nie wieder, denn er reist viel herum. Er ist Pilot, Mechaniker, Handwerker und vieles mehr.«

»Mhm«, machte Daniella. Während Jackie weiterredete, konnte sie spüren, dass Mark zu ihr herübersah. Mehrmals strich sie sich übers Haar und vergewisserte sich, dass ihre

Blusenknöpfe geschlossen waren. Dann, um sich auf etwas anderes zu konzentrieren, begann sie, ein neues Kartenhaus zu bauen.

Auf einmal fiel ein Schatten auf ihr Bauwerk. »Hi«, sagte eine tiefe Männerstimme.

Daniella sah auf. Direkt neben ihrem Tisch stand Mark Walker. Aus der Nähe war er noch beeindruckender. Er strahlte ein Selbstvertrauen und eine Autorität aus, wie man sie sonst nur bei einem deutlich älteren Mann vermuten würde. Daniella suchte nach dem richtigen Wort und entschied sich letztlich für »würdevoll«.

»Hi, Mark«, sagte Jackie. »Dich habe ich ja lange nicht mehr gesehen.«

»Nein, ich war länger nicht in der Stadt«, gestand er. »Viel zu tun, wie immer. Wie geht es Jamie?«

»Gut. Ein ziemlicher Wirbelwind. Er wächst und wächst. Wie geht es deinem Dad?«

»Alles in Ordnung.« Obwohl er mit Jackie sprach, bemerkte Daniella, dass sein Blick immer wieder zu ihr abschweifte. Unterdes saß sie unsicher und stumm da, weil sie noch nicht vorgestellt worden war, genoss allerdings auch seine Aufmerksamkeit.

Jackie wurde es im selben Moment klar. »Entschuldigt bitte. Das ist übrigens Daniella Bell. Daniella, das ist Mark Walker.«

»Freut mich«, sagte Daniella.

»Mich auch.« Mark lächelte ihr zu, und Daniellas Scheu verflog. So einschüchternd seine Erscheinung auch war, gab Mark sich natürlich und kein bisschen anmaßend.

»Daniella ist die neue Ärztin«, ergänzte Jackie.

»Ah ja.« Mark setzte sich zu ihnen. »Kath hat mir schon von dir erzählt.«

Bevor Daniella fragen konnte, wer Kath war, schnellte eine

Hand in ihr Sichtfeld. »Steph Morgan«, stellte sich die Frau in der Karobluse vor.

Daniella schüttelte ihr die Hand, wobei ihr unangenehm bewusst war, dass ihre sich vom Bierglas klamm und kalt anfühlen musste. »Hi«, sagte sie.

»Und, worüber reden wir?«, fragte Steph und legte ihre Hand demonstrativ auf Marks Schulter, als wollte sie klarstellen, dass er ihr gehörte. Daniella wischte sich die Finger unter dem Tisch an ihrer Hose ab. Stephs misstrauischer Tonfall hatte die so angenehm dahinplätschernde Unterhaltung ins Stocken gebracht.

Schließlich winkte Jackie ab. »Eigentlich über nichts Bestimmtes. Wir plaudern nur.«

Mark veränderte seine Haltung, so dass Steph ihre Hand wegnahm, und fragte: »Möchtet ihr zu uns kommen?« Er zeigte zur Bar. »Wir sind heute mit dem Viehtrieb fertig geworden, da können wir uns ein paar Bier gönnen.«

Daniella sah hinüber. Marks Kumpel Dave stand mit dem Rücken zu ihnen und redete mit einigen Männern in blauen Latzhosen. Mark wirkte vollkommen ruhig, wohingegen Steph eindeutig nicht erwarten konnte, das Gespräch an sich zu reißen. Nach dem langen Tag meldete sich bei Daniella ein dumpfer Kopfschmerz, wenn sie nur daran dachte, dass sich das ruhige Bier zu einer Fragestunde auswachsen könnte.

Umso erleichterter war sie, als Jackie antwortete: »Nein, danke. Wir wollten nur schnell ein Bier trinken.«

»Alles klar«, sagte Mark, stand widerwillig auf und kehrte an die Bar zurück. Steph blieb noch stehen und bedachte Daniella und Jackie mit einem kritischen Blick, bevor sie ihm folgte.

Daniella wandte sich zu Jackie. »Ist schon okay. Wir können zu ihnen gehen, wenn du willst«, sagte sie, obwohl es nicht okay war. Steph machte nicht den Eindruck, als könnte es mit ihr ein netter Abend werden.

Jackie trank ihr Bier aus und schüttelte den Kopf. »Nein, ist schon gut. Was hältst du von einem Spaziergang, wenn du ausgetrunken hast?«

Einen Moment später schritten sie über die Veranda der Taverne auf die Straße. Über ihnen verdunkelte sich der Himmel.

»So, jetzt hast du deine erste Begegnung mit den Einheimischen überstanden«, scherzte Jackie. »Keine Bange, bald wirst du nicht mehr von allen begafft. Wie sieht es aus, willst du morgen mit zum Stausee kommen? Da sind weniger Leute.«

Daniella lachte. »Sollte ich nicht jede Einladung zum Stausee ablehnen?«

»Ha! Test bestanden. Aber das bezieht sich nur auf Männer, und Jamie zählt nicht. Na komm, ich fahr dich nach Hause.«

Daniella schaute zum Himmel auf. »Danke, ich möchte lieber laufen. Wann wollen wir morgen los?«

»Ich hole dich um zehn ab. Du musst mal ausschlafen.«

Kurz darauf fuhr Jackie davon, und Daniella war allein. Es waren eine Menge Autos auf der Straße, größtenteils Vans und staubige Geländewagen. Das Land war wirklich sehr flach, wahrscheinlich ein Grund dafür, warum einem der Himmel hier so weit vorkam. Jackie hatte Daniella erzählt, dass diese Gegend früher ein riesiges Binnenmeer gewesen war, was sowohl die Fossilien erklärte als auch, warum es so flach war. Jetzt war es, als hätte sich das Meer in die große Himmelskuppel über ihnen verwandelt.

Zum Abend hatte sich die Luft abgekühlt, und der Weg zu Daniellas Haus war nicht weit. Während der Lärm aus der Taverne hinter ihr verebbte, kehrten Daniellas Gedanken zu Mark Walker zurück. Er schien einen unauslöschlichen Eindruck auf ihrer Netzhaut hinterlassen zu haben. Im Geiste ermahnte sie sich, dass jetzt nicht die Zeit war, sich von attraktiven Männern ablenken zu lassen. Sie war aus einem einzigen

Grund in diese Stadt gekommen: um ihr Selbstvertrauen zurückzugewinnen. Und da konnte sie weder emotionale Verwicklungen noch sonst etwas gebrauchen, das ihre Genesung behinderte.

Trotzdem kehrten ihre Gedanken zu ihm zurück, wie bei einer Platte mit einem Sprung, bei der die Nadel immer wieder auf dieselbe Stelle zurückhüpft. Als sie zu Hause war, sperrte sie Ryders Ridge für die Nacht aus und legte sich auf die Couch, wo ihre Gedanken weiter um Mark kreisten, bis sie einschlief.

4

Daniella zog sich ihren alten Hut weit über die Ohren, als Jackies Wagen am nächsten Morgen vor ihrem Haus hielt. Die Sonne schien in ihrer ganzen erbarmungslos heißen Pracht, und nur ganz entfernt am Horizont waren einige weiße Wattebauschwolken zu erahnen. Daniella schwitzte jetzt schon. Zum hundertsten Mal prüfte sie, ob sie ihr Handy eingesteckt hatte.

»Hi!«, rief Jackie vom Fahrersitz aus durch das offene Beifahrerfenster.

»Guten Morgen«, sagte Daniella und öffnete die Tür. »Sag mal, hat man bei dem Stausee Handy-Empfang?«

»Mal ja, mal nein, und nur, wenn du bei Telstra bist.«

»Okay.« Daniella nagte an ihrer Unterlippe. Natürlich hatte Dr. Harris Bereitschaft, aber falls etwas Wichtiges reinkam…

»Keine Sorge, Dr. Harris steht den ganzen Tag in der Küche. Und falls er doch gerufen wird, freut er sich eher. Außerdem wolltest du etwas von der Gegend sehen, oder nicht?«

Daniella stieg ein und drehte sich gleich zu dem kleinen Jungen um, der hinten im Kindersitz saß. Er hatte die dunklen Locken und Augen seiner Mutter, und auf seinem Schoß saßen gleich drei Plastik-Dinosaurier.

»Jamie, das ist Daniella, die neue Ärztin«, sagte Jackie.

»Hi, Jamie«, begrüßte Daniella ihn.

»Willst du Daniella nicht Hallo sagen, Jamie?«

»Hi, Nella«, sagte der kleine Junge, auf dessen Wangen sich beim Lächeln zwei Grübchen zeigten.

Daniella grinste. »Wow, sind das Dinosaurier?«

Der Junge drückte die drei Figuren fest an seine Brust und strahlte über das ganze Gesicht.

»Meinst du, wir können beim Staudamm nach Dinosaurierknochen Ausschau halten?«, schlug Daniella vor.

Jamie nickte energisch, zu aufgeregt, um ein Wort herauszubringen.

»Er ist entzückend, Jackie. Und er sieht dir so ähnlich«, sagte Daniella.

Jackie, die auf die Straße sah, nickte. »Ja, das tut er.« Dabei entging Daniella nicht, dass Jackie ein bisschen angespannt klang, was sie jedoch sofort überspielte. »Magst du Scifi?«

»Du meinst so etwas wie *Star Trek*?«, fragte Daniella.

»Na ja, wenn man auf Retro steht. Aber es gibt haufenweise andere gute Serien. Kennst du *Firefly*? Nein? Also dann muss ich dich dringend fortbilden.«

Sie fuhren fünf Minuten, bis der Asphalt zur Sandpiste wurde, dann weitere zehn, bis die Bodenwellen so heftig wurden, dass es sie im Auto durchrüttelte. Jamie war begeistert und kicherte, als seine Zähne unkontrollierbar aneinanderklackerten.

»Mist, diese Straße sollte schon längst repariert werden«, stöhnte Jackie.

Nach weiteren fünf Minuten erreichten sie den Kamm eines flachen Hügels, und vor ihnen erstreckte sich eine glitzernde Wasserfläche, deren funkelnde Wellen sanft gegen die Eukalyptusbäume am Ufer schlugen. Das vom See reflektierende Licht blendete so stark, dass Daniella ihre Sonnenbrille aufsetzen musste. Sie wusste, dass der Stausee ebenso wenig natürlich war wie der See bei der Praxis. Beiden sah man an, dass sie von Menschenhand geschaffen worden waren, und dennoch waren sie hübsch. Auf der anderen Seite des Sees war nichts als weites, sanft abfallendes Land bis zum flirrend grauen Horizont. Anscheinend gefiel es hier auch anderen gut. Vier Fahrzeuge standen am Ufer. Drei von ihnen waren

Wohnmobile, deren Fahrer unter den seitlichen Markisen saßen und Tee aus Thermoskannen tranken. Sie alle winkten, als Jackie neben ihn einparkte.

Jackie holte eine Decke aus dem Wagen, und die beiden Frauen legten sich in den Schatten eines Eukalyptusbaums, während Jamie am Ufer mit seinen Sauriern spielte. Nachdem sie eine Weile zufrieden geschwiegen hatten, fragte Jackie: »Und, hast du einen Freund in Brisbane?«

»Nein, mit Männern hatte ich bisher nicht viel Glück.«

»Zu beschäftigt?«

»Ich war eine Zeit lang in einer Beziehung. Er war Notfallmediziner. Wir haben uns nicht sehr oft gesehen.« Tatsächlich traf dasselbe auch auf ihre beiden vorherigen Beziehungen zu. Daniella hatte eine Schwäche für engagierte, ehrgeizige und kluge Männer, die wussten, was sie wollten. Leider nahm sie bei denen zwangsläufig den zweiten Platz hinter genau den Ambitionen ein, von denen sie sich angezogen gefühlt hatte, und so versandeten die Beziehungen oft schlicht und einfach.

»Deshalb bist du nicht hier, oder?«, fragte Jackie.

Daniella schluckte. »Nein, das ist schon eine ganze Weile vorbei. Ich bin hergekommen, um mehr Erfahrungen zu sammeln, und ich wollte in einer Kleinstadt wohnen. Brisbane ist zu groß. Und mein Dad hatte gerade eine Stelle in meinem Krankenhaus angenommen. Da dachte ich, dass es Zeit für eine Veränderung ist.«

»Ah, Vaterprobleme.« Jackie nickte. »Will er, dass du heiratest und Kinder bekommst?«

Daniella ließ den Blick zum Ufer schweifen, wo Jamie auf dem Bauch lag und mit seinen Dinosauriern Spuren in den feuchten Sand malte. »Eigentlich eher das Gegenteil. Er ist Chirurg und möchte, dass ich in seine Fußstapfen trete. Aber ich wünsche mir eine andere Art von Leben«, sagte sie selbstsicher. Und das tat sie doch auch, oder?

»Was meint deine Mutter dazu?«

»Sie ist schon vor vielen Jahren gestorben.«

»Oh, das tut mir leid«, sagte Jackie.

»Ist schon gut. Ich war noch sehr klein und erinnere mich kaum an sie. Für mich war es normal, dass es nur Dad, meinen Bruder Aiden und mich gab. Wir waren uns sehr nahe. Dann ging Aiden zur Army, und mein Vater und ich blieben allein zurück. Ich denke, mein Vater sieht in mir seine Nachfolgerin, darum die Sache mit der Chirurgie.«

Jackie sah nachdenklich aus. »Wow, da denken die Leute hier völlig anders! Du hättest mal erleben sollen, was geredet wurde, als ich Jamie bekam. Das klang, als wollte man mich am liebsten an den Herd ketten oder so. Jeder erwartete, dass ich heiraten und eine Vollzeitmutter werden würde. Aber das ist nichts für mich. Ich will mehr vom Leben haben.«

»Was zum Beispiel?«

»Du weißt schon, studieren, die Welt sehen. Ich möchte wieder reisen und einige Zeit in Brisbane leben. Versteh mich nicht falsch, ich liebe diese Stadt, und meine Mum ist hier. Aber ich möchte auch wissen, was die Welt sonst noch zu bieten hat. Mein Studium in Brisbane war die beste Zeit meines Lebens.«

Daniella lächelte über Jackies leidenschaftlichen Ton. »Ich wusste gar nicht, dass du in Brisbane studiert hast. Hast du dort Krankenpflege gelernt?«

»Ja. Allerdings habe ich das Studium nicht abgeschlossen. Ich musste einiges anstellen, um meine Zulassung als Schwester zu kriegen. Aber das war nicht mein eigentliches Ziel.«

»Und was wäre das?«

»Radiologie«, antwortete Jackie. »Ich hatte dir doch erzählt, dass ich eine Röntgen-Fortbildung in Townsville gemacht habe, nicht? Da war Jamie noch ganz klein, was mir fast das Herz gebrochen hat, aber es war unglaublich interessant. Mit der Zulassung für Radiologie, die ich jetzt habe, kann ich nicht allzu viel anstellen, und die Ausstattung bei uns ist auch nicht die beste. Bei allem, was über das normale Röntgen von einem Bein oder Arm hinausgeht, muss ich einen ausgebildeten Radiologen hinzuziehen, nur erwischt man die hier eher selten, wenn man sie gerade braucht. Deswegen habe ich mich nach richtigen Studiengängen umgesehen. Anscheinend gibt es einen an der QUT, der technischen Hochschule von Queensland. Hast du zufällig davon gehört?«

Daniella überlegte. »Ja. Ich selbst habe wenig Ahnung von Radiologie, aber ich kann ein paar Freunde dort bitten, mehr in Erfahrung zu bringen, wenn du willst.«

»Das wäre klasse! Aber bitte unauffällig, okay? Ich will nicht, dass jemand in der Stadt darüber tratscht, dass ich angeblich wegziehe. Es war die letzten Jahre schon hart genug, und ein wenig muss ich noch sparen, damit Jamie und ich weggehen können. Auch wenn ich neben dem Studium ein paar Schichten arbeiten kann, brauche ich Startkapital für Kaution und Miete, nicht zu vergessen die Lehrbücher und die Kinderbetreuung. Und dabei kommen jetzt schon dauernd Sachen dazwischen, die bezahlt werden wollen.«

»Wie lange sparst du schon?«, fragte Daniella. Jackies Entschlossenheit beeindruckte sie.

Jackie blickte hinüber zu Jamie, der aufsah und ihnen ein freches Grinsen zuwarf. Beide Frauen grinsten zurück und winkten. »Eine Weile«, murmelte Jackie.

»Was ist mit Jamies Dad? Könnte er euch helfen?«

Jackie schüttelte den Kopf. »Er ist nur jemand, mit dem ich in Brisbane eine Zeit lang ausgegangen bin. Mit unserem Leben hat er nichts zu tun.«

Jamie war in der Zwischenzeit aufgestanden und kam über den Sand zu ihnen gelaufen. Er warf sich Jackie entgegen, die ihn in die Arme nahm und abküsste, bis er quiekte. »Was ist los, du kleiner Chaot?«, fragte Jackie lachend und kitzelte ihn.

Daniella betrachtete die beiden lächelnd. Trotz Jackies schwieriger Situation war offensichtlich, wie nahe sich die beiden waren.

Schließlich hörte der Kleine auf zu zappeln und ließ seine Dinos fallen. »Suchen wir jetzt Knochen?«, fragte er.

Daniella sprang auf. »Und ob! Ah, ich glaube, ich sehe schon einen!« Damit rannte sie los über das sandige Ufer, und Jamie und Jackie eilten ihr lachend nach.

Daniella puhlte noch Sand unter ihren Fingernägeln vor, als sie überlegte, was sie zu dem Dinner bei Dr. Harris anziehen sollte. Jamie und sie hatten an diversen Stellen nach Knochen gegraben, aber keine gefunden. Was Jamie nichts auszumachen schien. Er schlief im Wagen, als Jackie Daniella vor ihrem Haus absetzte. Jackie war erledigt gewesen und hatte gesagt, dass sie sich bei Dr. Harris entschuldigen würde.

Mit einer weiteren Sechs-Tage-Woche vor sich hätte auch Daniella den Abend lieber mit Fernsehen oder Lesen verbracht, doch wie es sich anhörte, gab Dr. Harris sich große Mühe bei den Vorbereitungen für das Essen, und darum sollte sie lieber erscheinen.

Sie entschied sich für die Jeans, die sie schon tagsüber getragen hatte, weil ihre anderen Hosen zu sehr nach Arbeit aussahen, wie sie fand, und ein Kleid besaß sie nicht. Ihre Blusen lagen zu einem unordentlichen Haufen aufgetürmt auf dem Boden. Mist, sie hatte vergessen zu waschen. Prüfend hob sie die am wenigsten zerknüllte Bluse auf und schnupperte an ihr. Puh! Na gut, von denen würde sie schon mal keine anziehen. Womit nur noch T-Shirts blieben. Am Ende wählte sie ein schlichtes weißes aus. Es hatte noch die Legefalten aus dem Koffer, aber das musste reichen.

Mit dem Fuß schob sie den Wäschestapel zur Seite und hängte das T-Shirt auf einen Bügel. Sie würde es einfach während des Duschens im Bad hängen lassen und hoffen, dass es sich dadurch glättete.

Würde das bei ihrem Gesicht doch bloß auch funktionieren. Daniella hatte keine Ahnung, was mit ihr los war. Normalerweise ernährte sie sich recht gesund – nun ja, das hatte sie zumindest in Brisbane getan. Hier war es ihr bisher nicht gelungen, einen festen Rhythmus zu finden. Sie trieb Sport, wann immer sie konnte, hatte einen Job, der ihr Spaß machte, und dennoch sah sie … müde aus.

Um kurz nach halb sieben klopfte sie an Dr. Harris' Tür. Er wohnte nicht weit von ihr in einem hübschen zweigeschossigen Haus mit doppelten Ziegelmauern inmitten eines großen Gartens. Die Haustür, zu der eine langgezogene Treppe hinaufführte, lag im ersten Stock.

Dr. Harris öffnete. Im Verandalicht wirkte sein graues Haar gelblich. »Ah, kommen Sie herein, meine Liebe!«, begrüßte er sie und führte sie an dem gemütlichen, wenn auch etwas sehr vollgestellten Wohnzimmer vorbei. Die Häkelüberwürfe auf den Sessellehnen, Lampenschirme mit üppigen Rüschen und dunkelrote Wände deuteten auf einen Innenarchitekten mit einem Faible für die Siebziger hin, trotzdem wirkte es behaglich. Hinter dem Wohnzimmer lag eine große, gut ausgestattete und recht moderne Küche, von der aus man auf eine riesige Veranda gelangte. Der köstliche Duft von gebratenem Lamm und Rosmarin füllte den Raum. In der Küche standen zwei große blonde Frauen mit Weingläsern in der Hand. Daniella erkannte Steph aus der Taverne wieder.

Dr. Harris stellte sie vor: »Daniella, dies sind Maria Morgan und ihre Tochter Stephanie. Maria und Stephanie, darf ich vorstellen, Dr. Daniella Bell.«

Beide Frauen drehten sich zu ihr um, und unweigerlich dachte Daniella, dass sich die zwei zum Verwechseln ähnlich waren. Beide trugen blütenweiße Jeans, maßgeschneiderte blaue Blusen und winzige Ohrstecker. Sie waren sonnengebräunt und hatten ausgeblichenes Haar, wobei die Bräune in Marias Fall ein wenig ledriger wirkte und ihre Ohrstecker mit Diamanten anstelle von Perlen bestückt waren.

Daniella wurde mit einem mehrfach geäußerten »wie wunderbar« umarmt und geküsst. Der ungewohnte Körperkontakt ließ Daniella schnell einen Schritt zurückweichen, eine Geste, die den Morgans nicht weiter aufzufallen schien. Dann ergingen sich die beiden Frauen geschlagene zehn Minuten in einen Lobgesang auf Dr. Harris' köstlich duftendes Essen und baten um das Rezept. Der Arzt entgegnete bescheiden, dass die Qualität des Essens weniger ihm als der Tatsache zu verdanken sei, dass das Fleisch aus Ryders das beste sei, das man bekommen könne. Nach einigem weiteren Drängen verriet er sein Geheimnis, das Fleisch mit Milch zu bepinseln und in Folie zu wickeln. Kaum wurde der Braten präsentiert, wurde noch ausgiebiger geschwärmt.

Daniella hatte das Gefühl, dass diese Unterhaltung nicht zum ersten Mal stattfand. Sie beobachtete die Morgans, gebannt von ihrem unablässigen Geplapper und ihren perfekten Zähnen. Bei diesem Gespräch war sie eindeutig außen vor, was ihr jedoch wenig ausmachte. Sobald das Essen auf die Veranda gebracht worden war und alle sich gesetzt hatten, wandten sich die beiden Frauen ihr zu.

»Also, Daniella, Sie sind aus Brisbane?«, begann Maria.

Daniella straffte die Schultern. »Ja, ich war am PM, dem Princess Mary Hospital im Norden, und vorher am PA, dem Princess Alexandra im Süden.«

»Und wie lange bleiben Sie?«

Die direkte Frage überraschte Daniella, und sie musste sich kurz sammeln, bevor sie antwortete: »Nun, ich möchte mich für ein Weiterbildungsprogramm bewerben.« Dieser Teil stimmte immerhin. »Dort kann ich mich zur Allgemeinmedizinerin für den ländlichen Raum schulen lassen, und dafür ist dies die ideale …«

»Wie hieß noch gleich dieser andere junge Arzt, den Sie hier hatten, Dr. Harris?«, unterbrach Maria sie. »Dieser reizende junge Mann aus Sydney?«

»Stuart Masterson«, antwortete Dr. Harris abwesend, konzentriert darauf, den Lammbraten zu zerlegen.

»Ah ja«, sagte Maria zu Daniella. »Talentiert. Sehr attraktiv. Er wollte sich dann spezialisieren, nicht wahr, Martin?«

»Ja, Anästhesie.«

»Hach, alle hier waren ein bisschen in ihn verliebt, glaube ich.«

Daniella hatte dem nichts hinzuzufügen, deshalb schluckte sie den Rest ihres angefangenen Satzes hinunter und widmete sich ihrem Essen.

Während Maria weiter nach ehemaligen Assistenzärzten und Famulanten fragte, zupfte Steph an Daniellas Ärmel. »Dani, wir veranstalten einen Filmabend zur Unterstützung unserer Feuerwehr«, sagte sie. »In dieser Gemeinde gibt es viele solcher Veranstaltungen. Du solltest dir überlegen, dich dem Komitee anzuschließen.«

Seit der Grundschule hatte sie niemand mehr Dani genannt, und Jackies Warnung fiel ihr wieder ein. »Danke, aber mit Sprechstunden an sechs Tagen die Woche nehme ich mir vorerst lieber nichts anderes vor. Wie lange sind …«

Doch Steph hatte sich schon wieder von ihr abgewandt. »Dr. Harris, haben Sie die Walkers heute Abend nicht eingeladen?«

»Doch, habe ich. Mark entschuldigte sich und sagte, sie müssten sich um Geschäftliches kümmern.«

»Ach, na da erfahren wir sicher noch Genaueres«, tat Maria es ab. »Mit dem Zusammentrieb der Herde für den Verkauf sind sie gestern fertig geworden.«

Das Gespräch ging weiter, und Daniella stellte fest, dass sie immer wieder ausgeklammert wurde. Dr. Harris versuchte, sie in die Unterhaltung mit einzubeziehen, aber jedes Mal fielen ihr die Morgans ins Wort oder sprachen über Verwandte oder Einheimische, die Daniella nicht kannte. Zunächst bemühte sie sich, aufmerksam zuzuhören, weil es eventuell nützlich sein könnte, die Beziehungen zwischen ihren potenziellen Patienten zu kennen. Nach einigen Minuten jedoch hatte sie so komplett den Überblick verloren, dass sie es aufgab und schweigend ihren Wein trank.

Als Dr. Harris und Maria das Geschirr in die Küche brachten, saß Daniella plötzlich allein mit Stephanie auf der Veranda. Das Schweigen zwischen ihnen war unangenehm. Daniella sah zu den Eukalyptusbäumen, die den Garten am hinteren Ende begrenzten, und überlegte, was sie sagen könnte.

»Wie ich höre, lädt Dr. Harris häufiger zum Essen ein«, versuchte sie es.

»Ja, er kocht gerne. Seine Frau ist gestorben, als er noch nicht lange in der Stadt war. Seitdem lebt er allein.« Steph senkte die Stimme. »Er will übrigens bald in den Ruhestand gehen. Hat er dir das erzählt?«

Daniella runzelte die Stirn. »Nein, ich …«

»Ja, jedenfalls glaube ich, dass er nach jemandem sucht, der die Praxis übernimmt. Du weißt schon, jemand, der hierbleibt.«

Daniella hatte keine Ahnung, was sie sagen sollte. Ihre Anstellung hier war zeitlich befristet, doch der Gedanke, dass Dr. Harris seine Pläne ihr gegenüber nicht erwähnt hatte, beunruhigte sie. Zugleich fragte sie sich, ob sie Stephs Äußerungen Glauben schenken durfte.

»Wie auch immer, denk mal über das Komitee nach«, plapperte Steph weiter. »Ich weiß ja, dass du viel zu tun hast, aber es ist für einen guten Zweck, und wir brauchen Leute, die Ideen einbringen, Plakate machen und das alles. Im Grunde hilft jeder mit, der kann.«

»Wie nett«, sagte Daniella und merkte, dass sie im Begriff war nachzugeben.

»Oh, und du musst zum Rugby am nächsten Wochenende und dem Ball in der Woche darauf kommen. Die Karten kosten neunzig Dollar, und der Erlös geht an das Rote Kreuz. Soll ich dir eine reservieren?«

Daniella fühlte sich von Stephs falschem Enthusiasmus überrollt und überlegte fieberhaft, wie sie der Situation entkommen könnte. Kurzentschlossen stand sie auf. »Da habe ich Bereitschaft. Entschuldige mich.«

Sie floh ins Haus und fragte nach dem Bad. Drinnen setzte sie sich auf den kühlen Toilettendeckel und presste die Hände an ihre brennenden Wangen. Ihr fehlte Jackie, die Steph zweifellos mit einer witzigen Bemerkung abgebügelt hätte. Daniella hingegen bekam von Leuten wie den unerbittlichen Morgans Kopfschmerzen. Sie zählte die Handtücher, die fein säuberlich gestapelt neben drei Flaschen Krankenhausseife lagen, und spritzte sich etwas Wasser ins Gesicht.

Als sie schließlich wieder im Flur stand, bemerkte sie ein gerahmtes Foto auf einem kleinen Tisch am Fenster. Es zeigte ein junges Paar, Arm in Arm, beide in Schlaghosen und vor einer Art Torbogen. Die Aufnahme war so ausgeblichen und fleckig, dass man die Gesichter kaum erkennen konnte, dennoch strahlte sie Lebensfreude aus. Daniella fragte sich, ob der junge Mann Dr. Harris war.

Sie ging in die Küche zurück und stellte verwundert fest, dass die Morgans bereits gegangen waren.

»Sie bleiben nie lange, wenn sie allein sind«, erklärte Dr. Harris bedauernd. »Aber es ist sehr gut, dass Sie sie kennengelernt haben. Sie sind wichtig für diese Region, sammeln reichlich Spenden. Und die machen unsere Arbeit hier um ein Vielfaches leichter, glauben Sie mir.«

»Sind sie immer so …?« Daniella suchte nach einem anderen Wort als »dominant«.

»Von sich eingenommen?« Dr. Harris lachte. »Sie reden für ihr Leben gerne, aber daran gewöhnen Sie sich. Die beiden haben das Herz am rechten Fleck. In städtischen Krankenhäusern lernt man nicht, wie man hier draußen überlebt. Und ich rede nicht bloß von der medizinischen Versorgung. Man muss mit der Gemeinde zusammenarbeiten, die Leute verstehen. Das dauert seine Zeit.«

Daniella setzte sich auf einen Hocker. »Ja, kann ich mir vorstellen.«

»Ihr Vater ist Chirurg, sagten Sie?«

»Ja, ist er«, antwortete Daniella, der dieses Thema nicht sonderlich gefiel.

»Welches Spezialgebiet?«

»Trauma.«

Dr. Harris lächelte wissend. »Ah, also ein ziemliches Ego, was?«

Hierauf musste sie schmunzeln. Es fiel ihr schwer, ihren Vater aus der Sicht eines Außenstehenden zu betrachten. »Ich schätze, das würden manche Leute sagen, ja. Er ist sehr selbstsicher und hat seine eigenen Vorstellungen von meiner Karriere.«

»Meine Liebe, das haben alle Väter«, sagte Dr. Harris. »Vor allem, wenn sie selbst Ärzte sind.«

»Bevor ich beschlossen hatte hierherzukommen, wechselte er ins Princess Mary, wo sie ein spezielles Traumazentrum haben. Wahrscheinlich war es gut, dass ich wegging.« Daniella war unsicher, ob sie mehr sagen sollte. Wenn sie erst anfing, würde sie nicht mehr aufhören. »Ich denke, ich mache mich auf den Heimweg. Vielen Dank für das fantastische Essen. Das Fleisch war köstlich.«

»Jederzeit gerne, meine Liebe. Wir wiederholen das bald einmal. Wie ich schon sagte, kommt das beste australische Fleisch aus dieser Stadt, und nach dem Exportdrama brauchen die Farmer hier dringend Unterstützung. Nehmen Sie sich etwas von den Resten mit.«

Und so wanderte Daniella unter dem gewaltigen Nachthimmel mit einem warmen, in Alufolie gewickelten Päckchen in der Hand nach Hause, ihre Gedanken zwischen den Morgans und ihrem Vater gefangen.

5

Am Dienstagnachmittag auf Ryders Station schwitzten Mark und Dave gemeinsam im Geräteschuppen, wo sie sich mit dem kaputten Quad abmühten.

»Reich mir das da«, sagte Dave, der unter dem Bike lag und die Augen auf irgendetwas tief im Motorraum fixiert hatte.

»Was?«, fragte Mark. Er unterbrach seine Arbeit am Zaumzeug, um nach dem Werkzeug zu greifen.

»*Das*«, wiederholte Dave und zeigte ungeduldig mit einem schmierigen Finger auf die Werkzeugkiste. »Ich könnte dieses Mistteil kurz und klein schlagen. Verdammt!« Wieder versuchte er, mit der Hand an ein schwer erreichbares Motorenteil zu kommen.

»Machst du es heil oder spielst du nur damit?«, scherzte Mark.

»Ich könnte ja anfangen, es dir zu erklären, aber solange wir nicht über einen Kuhhintern reden, verstehst du nur Bahnhof. Ich brauche den Drehmomentschlüssel.«

Mark reichte ihm das Werkzeug. »Klugscheißer.«

»Musst du gerade sagen«, ächzte Dave, während er sich mit dem Schlüssel an dem Motor zu schaffen machte. »Okay. Versuch's nochmal.«

Mark legte das Zaumzeug ab und langte nach dem Schlüssel. Mechanische Probleme hatten die Angewohnheit, die Zeit zu beschleunigen, und es war schon spät. Er musste noch einen Zaun reparieren und sich danach den Plan für das nächste Jahr ansehen. Wenn das erledigt war, sollte er sich dringend

Gedanken über Ryders Zukunft machen. Falls nichts dazwischenkam …

»Irgendwann heute noch wäre schön«, rief Dave.

»Oh, entschuldige. Finger weg.« Mark drehte den Zündschlüssel, und der Quad-Motor sprang röhrend an.

Dave rutschte unter dem Gefährt heraus und wischte seine Hände an seinem blauen Overall ab. »Wie groß ist das Loch im Zaun?«, fragte er, als er sein Werkzeug einpackte.

Mark begann, das Quad zu beladen. »Nicht allzu groß. Das schaffen wir heute noch. Willst du nachher in die Stadt?«

»Ja. Das Kühlregal im Supermarkt spinnt, und Tony will, dass ich es mir morgen früh ansehe, bevor er den Kundendienst ruft. Sonst steht diese Woche nichts weiter an.«

Mark nickte. »Wir müssen in den nächsten Monaten alle Zäune überprüfen, einschließlich des Grenzzauns. Dann bräuchte ich dich mit dem Helikopter.«

»Klar«, sagte Dave. »Also kein langer Ausritt?«

Mark lachte. Als sie elf waren, hatte William sie eines Sommers auf einen langen Ritt geschickt, um die Zäune zu prüfen. Es war das erste Mal, dass sie wahre Freiheit und Verantwortung erlebt hatten. »Hätte ich doch die Zeit! Nein, leider keine Jungenabenteuer – wir müssen mit Rugby auskommen.«

Tatsächlich freute Mark sich auf das jährliche Gemeindespiel am Sonntag. So körperlich fordernd vieles an der Arbeit auf der Station auch war, hatte sie immer einen praktischen Zweck; daher hatte es einen ganz eigenen Reiz, mit einem Haufen Kerle hinter einem Ball herzujagen und sich gegenseitig sinnlos umzurennen.

»Und wie viele Julia-Creek-Loser wollen wir dieses Jahr ins Krankenhaus bringen?«, fragte Dave und putzte seine Hände mit einem alten Lappen ab.

Mark grinste: »Viele. Dr. Harris hat ja jetzt Hilfe.« Er bereute sofort, das gesagt zu haben.

Und prompt boxte ihm Dave in den Oberarm. »Denk ja nicht, dass ich nicht gemerkt habe, wie du neulich Abend geglotzt hast.«

Mark ging nicht darauf ein. Aber seit ihrer Begegnung in der Taverne dachte er viel an die neue Ärztin. Er erinnerte sich, wie sie sich umgesehen hatte, als würde sie sich jedes Detail merken. Und als sie ihn ansah, hatte sie, ohne ihn etwas zu fragen, interessiert gewirkt. Zwar zogen selten junge, attraktive Frauen in diese Stadt, aber Mark hatte schon viele gesehen, besonders auf Reisen, doch dies war das erste Mal, dass er ein solch starkes Interesse empfand. Seitdem fragte er sich in jeder stillen Sekunde, wann und wo sich ihre Wege wieder kreuzen würden.

Plötzlich wurde ihm bewusst, dass er auf halbem Weg mit einer Drahtrolle zum Quad stehen geblieben war. Rasch lud er den Draht ein und kehrte zu den Werkzeugen zurück.

Dave fuhr fort: »Tja, Steph Morgan ist auf jeden Fall nicht so begeistert.«

»Nicht?«

Er schwang eine Pfostenramme auf die Ladefläche des Quads. »Sie hat mich heute Morgen abgefangen, als ich in der Stadt war. Ich habe versucht, nicht hinzuhören, klar, aber sie sagte irgendwas, wie dass die neue Ärztin sich weigert, in einem Komitee mitzumachen. Sie waren beide am Sonntagabend bei Dr. Harris.«

Mark lächelte. »Sich den Morgans widersetzen? Die muss echt Rückgrat haben.«

Dave sah ihn streng an. »Oder Steph will bloß Stimmung gegen sie machen. Es war nicht schwer zu erkennen, dass sie immer noch scharf auf dich ist.«

Mark kam das kurze, unangenehme Gespräch in den Sinn, das sie in der Taverne hatten. Nach einigen Bieren war er es leid gewesen, sie abzuwimmeln, und hatte gesagt, dass er nur mit ihr befreundet sein wolle. Sie hatte gelacht und getan, als bilde er sich etwas ein. Nun verzog er das Gesicht. »Ich bin nicht interessiert, und ich glaube, das habe ich deutlich genug gemacht.«

Dave stieg auf das Bike, warf den Motor wieder an und rief: »Tja, warten wir ab, wie lange es der neue Doc aushält.«

Mark startete sein eigenes Quad, und sie rollten aus der Werkstatt und vorbei an dem Schuppen, aus dem die Nase des Helikopters – ein Robinson R22 – unter der Staubschutzplane hervorlugte. Er war von einer Fluggesellschaft geleast, mit dem Geld der Morgans, und wieder kehrten Marks Gedanken zu einer Idee zurück, die ihm durch den Kopf spukte, seit Steph am Freitag aufgekreuzt war. Die Zukunft der Station stand auf der Kippe, aber er war überzeugt, dass sie wieder profitabel werden könnte, wenn sie nur genug Zeit hätten. Es hatte sie hart getroffen, doch noch waren sie hier. Die Schönheit der Ranch machte ihn stolz, und aus der Luft war sie noch spektakulärer anzusehen. Vielleicht könnte der Helikopter ihnen durch die nächsten paar Jahre helfen, wenn sie Rundflüge anboten. Sie könnten eine große Herde aufbauen, während Leute dafür zahlten, das Leben hier draußen kennenzulernen – solange es nicht mehr Arbeit als Einkünfte brachte. Vielleicht mussten sie den Leasingvertrag ändern und auf einen R44 mit zusätzlichen Sitzen wechseln. Während er mit Dave den Hügelkamm hinunter- und am Zaun entlangfuhr, spann er seine Idee weiter. Er wollte sich sicher sein, ehe er jemandem davon erzählte. Allerdings hieß das Gerede der Morgans über Verkaufsoptionen wohl, dass ihm nicht viel Zeit blieb.

Also warum dachte er dann an die neue Ärztin?

Am Mittwochmorgen entschied sich Dr. Harris endlich, Daniella den Bereitschaftsdienst in der kommenden Nacht alleine zu überlassen. Sie wusste nicht, was sich seit letzter

Woche geändert hatte, aber sie grübelte nicht weiter darüber nach, als sie gegen acht Uhr abends in die Ambulanz gerufen wurde. Der neunzehnjährige Robert, der offenbar direkt vom Rugby-Training kam, hatte sich den Finger gebrochen. Er war allein vom Spielfeld hergefahren, hatte die verletzte Hand aus dem Fenster gestreckt und einhändig gelenkt und geschaltet. Daniella untersuchte den Finger und kam zu dem Schluss, dass es ein sauberer Bruch und somit keine Röntgenaufnahme erforderlich war. Jackie durfte zu Hause bleiben. Als sie den Finger betäubte, bemerkte sie, dass Robert beim Anblick der Spritze kreidebleich wurde. Sie richtete ihn gerade aus und schiente ihn, ehe sie Robert erklärte, dass er den Finger ruhig- und hochhalten und viel kühlen müsse. Schließlich gab sie ihm einen Termin für eine Nachuntersuchung am kommenden Montag.

Als Dr. Harris am nächsten Tag hörte, wie sie den Fall gehandhabt hatte, sah er beeindruckt aus. Und so fand sich Daniella am Donnerstagmorgen allein in der Sprechstunde, während Dr. Harris nach Mount Isa zu einer Sitzung in der Gesundheitsbehörde fuhr. Ursprünglich hatte er vorgehabt, die Praxis für den Tag zu schließen, daher waren nur wenige Termine in letzter Minute gemacht worden, aber ganz autonom zu arbeiten fühlte sich herrlich an.

Morgens war das Wartezimmer noch leer. Jackie saß am Empfang, um Anrufe entgegenzunehmen und unangekündigte Patienten aufzunehmen. Daniella ging hinaus zu ihr.

»Wie geht's Jamie?«, fragte sie und blätterte in dem schmalen Stapel Patientenakten.

»Wunderbar. Schrecklich. Alles auf einmal.«

»Ist er heute bei deiner Mum?«

»Ja, und er bleibt über Nacht, um ein bisschen mehr von seiner Grandma zu haben. Hast du Lust, heute Abend zum Essen zu mir zu kommen? Wir könnten *Firefly* gucken, den ich dir ja bereits angedroht hatte. Ehrlich, ich kann nicht glauben, wie du die letzten zehn Jahre ohne die Serie leben konntest!«

»Tja, die Krankenstationen waren mein Raumschiff«, sagte Daniella. Es tat unglaublich gut, von Jackie eingeladen zu werden. Seit ihrer Ankunft in Ryders Ridge kam es Daniella manchmal so vor, als schwebte sie irgendwo zwischen dem staubtrockenen Boden und dem riesigen Himmel. Jackies Freundschaft gab ihr das Gefühl, ein wenig Bodenhaftung zu finden. »Gerne«, sagte sie. »Dr. Harris kommt um fünf zurück und übernimmt die Bereitschaft, also bin ich frei.«

In dem Moment sahen sie beide eine Staubwolke auf den Praxisparkplatz wehen. »Oh, ich rieche einen Bluter«, kicherte Jackie.

Eine Minute später rieselte die Staubwolke leise knisternd auf die Markise draußen, und Robert, der Rugby-Spieler mit dem geschienten Finger, schleppte einen jüngeren Burschen herein. Beide hatten abgewetzte Tarnhosen an, und das Gesicht des Jungen an Roberts Schulter wirkte grau unter seinem Bartflaum. Seine linke Hand war mit einem schmutzigen T-Shirt umwickelt, und überall auf seiner Brust war Blut. Der Ähnlichkeit nach zu urteilen tippte Daniella darauf, dass die beiden Brüder waren.

»Doc!«, rief Robert. »Joe ist in die Hand gebissen worden!«

»Hier entlang«, sagte Daniella ruhig und überlegte schnell. Sie führte die beiden zur Hintertür und durch den kleinen Gang in die Ambulanz. Es war auf jeden Fall sinnvoll, alles Notwendige griffbereit zu haben. Im Behandlungsraum verfrachtete sie Joe auf das Bett. Robert blieb neben ihm stehen, die Arme verschränkt und den gebrochenen Finger abgespreizt.

Daniella drehte sich zu Jackie um, die ihnen gefolgt war. »Kannst du mir die Tabelle mit den Gegengiften holen und das Röntgengerät vorbereiten? Vielleicht brauchen wir es noch.«

Jackie ging, und Daniella wandte sich Joe zu. »Okay, was ist passiert? Was hat dich gebissen?« Sie versuchte, sich an ihre Studienzeit zu erinnern, als sie zuletzt einen Schlangenbiss gesehen hatte.

»Ein verdammtes Schwein«, fluchte Joe.

»Wie bitte?«

»Ein Wildschwein«, sagte Robert. »Er ist zu dicht rangegangen, und der Eber war noch nicht tot. War eigentlich auch kein richtiger Biss, das Biest hat ihn mit den Hauern erwischt. Und das ordentlich.«

»Moment mal, was habt ihr denn gemacht?«

»Schweineschießen«, antworteten Joe und Robert im Chor, als wäre das offensichtlich.

Daniella starrte Robert entgeistert an. »Du warst mit einem gebrochenen Finger Schweine schießen?«

Er zuckte mit den Schultern. »Ich bin Linkshänder, da ist der Finger für den Abzug auf der andern Seite.« Er deutete die Bewegung mit einer imaginären Flinte an. »Und wo ich nächsten Sonntag sowieso nicht beim Spiel mitmachen kann, dachten wir, wir gehen schießen.«

Daniella holte tief Luft und entschied sich, nicht weiter darauf einzugehen. Sie legte Joe ein dickes Krankenhaushandtuch auf den Schoß und zog sich Handschuhe an. »Na, dann sehe ich mir das mal an.«

Joe rührte sich nicht, starrte sie nur an, während sein Adamsapfel nervös auf und ab hüpfte. Er wirkte wie versteinert vor Angst und absurd jung; Daniella schätzte ihn auf höchstens vierzehn.

»Joe«, sagte sie sanft, »ich muss mir das ansehen. Aber ich fasse nichts an, okay? Leg einfach deine Hand auf das Tuch und lass mich sie auswickeln. Du darfst jederzeit Bescheid sagen, wenn ich aufhören soll.«

Langsam tat er, was sie sagte. Es gab einen unerquicklichen

Moment, als Robert ihm aufmunternd auf die Schulter schlug und Joe ihn mit einem verkniffenen »Verpiss dich!« anfuhr, aber bald lag die Hand auf dem Tuch, und die Wunde war freigelegt.

»Hmm ... der hat dich ganz schön erwischt, was?«, fragte Daniella.

Joes Mittelfinger war innen der Länge nach aufgerissen. Er war von Sand, Gras und Schlamm verschmiert, aber das Blut sickerte nur noch leicht heraus, und der Finger selbst war nicht verformt.

»Ist es schlimm?«, fragte Joe zittrig. Er blickte an die Wand anstatt auf seinen Finger.

»Die Wunde ist ein bisschen schmutzig. Die müssen wir erstmal reinigen«, erklärte Daniella. »Und ich muss sie nähen. Vorher würde ich gerne ein paar Sachen prüfen. Kannst du deine Finger bewegen? Versuch es mal ganz vorsichtig.«

Nach ein wenig Gejammer, dass es wehtue, schaffte es Joe, den Finger leicht zu krümmen. Das war ein gutes Zeichen.

»Okay, jetzt werde ich deine Finger vorsichtig anfassen. Du machst die Augen zu und sagst mir, wenn du etwas fühlst.«

Auf diese Weise stellte Daniella fest, dass die Nerven noch intakt waren – und dass Joe eine sehr niedrige Schmerzschwelle hatte. Immerhin lagen keine neurologischen Schäden vor.

»Bist du auch Linkshänder, Joe?«, fragte sie.

»Nein, rechts.«

Daniella entspannte sich noch mehr. Wäre sie in Brisbane, hätte sie sicher einen Handchirurgen hinzugerufen. Hände waren heikel, und ernste Verletzungen konnten jemanden für den Rest seines Lebens beeinträchtigen. Manche Kollegen ihres Vaters hatten ihren Patienten schon Zehen abgenommen, um amputierte Daumen zu ersetzen, denn die Funktion der Hand war ungeheuer wichtig. Bei der nicht-dominanten

Hand jedoch waren Verletzungen ein bisschen weniger dramatisch.

Daniella legte ein Stück frische Gaze auf die verletzte Stelle. »Drück die bitte behutsam auf die Wunde«, sagte sie. »Wir röntgen den Finger jetzt, um nachzusehen, ob nichts gebrochen ist, und danach machen wir die Wunde sauber. Bist du gegen irgendetwas allergisch? Gut. Du wirst die nächsten zehn Tage ein starkes Antibiotikum nehmen müssen, und ich möchte dich in ein paar Tagen wiedersehen.«

»Aber morgen gehen wir Kängurus schießen«, entgegnete Joe.

Hierüber entbrannte ein kleiner Streit, der sich über das Röntgen hinzog. Bald darauf legte Jackie eine tadellose Aufnahme vor, die keine Knochenbrüche zeigte. Die nächste Hürde war Joes extreme Angst vor Spritzen. Die lag offenbar in der Familie.

»Ist genau so eine, wie ich sie bekommen habe«, sagte Robert und hielt Joe seinen Finger mit dem inzwischen reichlich schmutzigen Verband vor die Nase. »Jetzt mach dir nicht in die Hose!«

»Du hast gut reden! Dir ist ja auch nicht der halbe Finger abgerissen worden!«

Endlich, nachdem Joe mehr Tränen vergossen hatte als die kleine Mandy bei ihren Impfungen, hatte Daniella zwei Narkosespritzen links und rechts des Fingerknöchels gesetzt. Dabei achtete sie darauf, die Nadel ein wenig zwischen die Finger zu bewegen, um die kleinen Nervenäste mit zu betäuben. Sie traute sich nicht, Joe zu sagen, dass er später auch noch eine Tetanusspritze brauchen würde. Nachdem sie zwei sterile Waschbestecke ausgelegt hatte, schrubbte sie ihre Hände, zog frische Handschuhe an und reinigte die Wunde sorgfältig. Alle hellen Sehnen waren intakt, wie sie erfreut feststellte. Anscheinend hatte sich ein Eckzahn des Keilers in der Haut verhakt und sie abgerissen, statt sie durchzubeißen.

Zehn Stiche waren nötig, um die Wunde zu schließen. Oben und unten benutzte Daniella den Matratzenstich zum besseren Halt. Danach verband sie den Finger, gab Joe eine Armschlinge und die Tetanusspritze und es war überstanden.

Joe grinste verlegen. »Danke, Doc.«

Daniella sah ihn streng an. »Ich möchte nicht, dass ihr zwei morgen in den Busch geht, klar? Wenn sich die Hand entzündet, könntest du ernste Probleme bekommen.«

»Ist schon okay, Doc, ich nehme ja die Pillen«, wiegelte Joe lässig ab. Nachdem die Tortur hinter ihm lag, wurde er wieder mutiger.

»Montag«, sagte Daniella. »Ich will euch beide am Montag sehen. Und keine Ausreden!«

Sobald sie ihnen das Versprechen abgenötigt hatte, auch wirklich zu kommen, ging Daniella zurück in die Praxis und fand ein volles Wartezimmer vor. Jackie reichte ihr das nächste Patientenblatt.

Nach dem Schweinebiss verging der Rest des Tages wie im Flug. Die übrigen Termine waren eher gewöhnliche Fälle: einige Krankschreibungen, ein verstauchtes Knie, zwei Patienten mit Rückenschmerzen und die Biopsie eines Muttermals. Als Jackie und sie um fünf Uhr die Praxis von innen abschlossen, streckte Daniella ihren verspannten Rücken. Aber es war ein befriedigender Schmerz. Sie hatte ihren ersten Tag allein bewältigt, würde abends eine Freundin besuchen, und ihr Chef traute ihr allmählich etwas zu. Lächelnd ging sie durch den Flur und blickte in die Behandlungsräume, ob irgendwo noch etwas aufzuräumen oder Material aufzufüllen war. Alles sah bestens aus.

Jackie kam durch die Hintertür aus der Ambulanz. »Alles erledigt«, sagte sie. »Soll ich dich mitnehmen?«

»Nein, danke, ich gehe zu Fuß und direkt unter die Dusche«, antwortete Daniella. Sie wollte das gute Gefühl noch ein wenig länger auskosten. »Soll ich so in einer Stunde bei dir sein?«

»Ja, prima.«

»Kann ich irgendwas mitbringen?«

Jackie lachte. »Nein, ich habe Tiefkühlpizza und Bier – du kannst sicher nicht mehr als Tütensuppen anbieten.«

»Stimmt«, gestand Daniella lachend.

Als Jackie fort war, machte Daniella eine letzte Runde durch die Praxis, vergewisserte sich, dass alle Medikamentenschränke abgeschlossen waren, der Computer ausgeschaltet und die Alarmanlage aktiviert. Sie wollte eben zur Vordertür hinaus, als ihr Handy klingelte. Beim Blick auf das Display schwand ihre gute Stimmung.

»Hi, Dad«, sagte sie und trat zurück in den Eingangsbereich.

»Dr. Bell«, erklang die Stimme ihres Vaters. Diese Begrüßung war ein Scherz zwischen ihnen, seit Daniella ihr Examen gemacht hatte. Heute jedoch war es für sie eine Erinnerung daran, dass sie sich einst viel besser verstanden hatten. »Was macht die Arbeit in der fernen Einöde?«

Daniella verzog das Gesicht. »Alles bestens«, sagte sie und sank auf einen der Wartezimmerstühle. »Wie läuft es im Princess Mary?«

»Ein tolles Krankenhaus«, sagte er. »Es fühlt sich alles noch neu und erstklassig ausgestattet an. Die Mitarbeiter sind spitze. Ich freue mich über die Möglichkeiten, die sich mir hier bieten. Siehst du bei euch oben irgendwelche chirurgischen Fälle?«

»Ja, ich hatte heute einen.«

»Ah, erzähl mal!«

Daniella bereute, den Fall überhaupt erwähnt zu haben. Ihr Vater war ein Perfektionist, der alles haarklein analysierte. Schon als sie das Medizinstudium angefangen hatte, hatte er es genossen, Fälle bis ins letzte Detail zu besprechen, darüber zu diskutieren, was gut gewesen war, was besser hätte sein können und wie sie denken musste. Wenn sie ihm bei solch einem Gespräch am Esstisch gegenübersaß und sein Gesicht sehen konnte, war es okay gewesen. Aber am Telefon war er ein anderer Mensch, sachlich und ohne Wärme. Jetzt stellte er ihr knifflige Fragen, und sie wich aus, so gut sie konnte. Sie wollte nicht, dass er ihren Tag aus der Ferne zerpflückte.

»Hmm«, sagte er schließlich. »Mich sorgt ein wenig, dass du da oben verkümmerst. Lass dich ja nicht überreden, länger zu bleiben. Du musst unbedingt wieder an ein Lehrkrankenhaus.«

»Mir geht es gut«, entgegnete sie verkrampft.

»Dann komm wenigstens zur Chirurgentagung her.«

»Ich weiß nicht, ob ich das schaffe. Mein Dienstplan ist ziemlich eng.«

»Dann achte dringend darauf, nebenher weiterzulernen. Die Anatomie geht einem schnell verloren. Und wenn du dich bald an der Hochschule bewerben willst, hast du es mit reichlich Konkurrenz zu tun. Du willst doch nicht, dass dir die anderen Assistenzärzte den Platz wegschnappen.«

Sie hätte ihm gerne widersprochen, auch wenn sie gar keinen Grund dazu hatte. Ihr war durchaus bewusst, dass er stolz auf sie war, und er kannte den wahren Grund nicht, aus dem sie hier war. Sie hatte ihm gesagt, dass sie sich ansehen wolle, wie das Praktizieren im ländlichen Raum ablief, und ihr Vater hatte verdrossen zugeben müssen, dass man das Thema in der heutigen Zeit nicht einfach beiseiteschieben konnte. Natürlich hatte sie nicht vor, für immer hierzubleiben, aber warum behauptete er immerzu, dass die Großstadt der richtige Ort für sie war? Sie wollte zurückgehen, wenn sie so weit war, nicht, weil er es sagte. Die Stille zog sich hin.

»Stimmt etwas nicht?«, fragte er.

»Ich bin ein bisschen müde, sonst nichts. Ich habe gerade einen ganzen Tag Sprechstunde allein hinter mir, Dad.« Sie täuschte ein Gähnen vor, während sie sich eine riesige Leere in sich vorstellte, die gefüllt werden wollte. Doch als sie ausatmete, blieb die Leere.

Eigentlich wartete sie darauf, dass er etwas sagte wie »Das ist mein Mädchen«, »Ruh dich aus« oder »Du kommst schon klar«. Stattdessen sagte er: »Gut für dich. Du musst dein Durchhaltevermögen trainieren. Das kommt dir im nächsten Jahr zugute. Bis bald.«

Er beendete das Gespräch, ehe sie es konnte. Daniella ließ das Handy in den Schoß sinken und blickte sich um. Sie saß in ihrem eigenen Wartezimmer und betrachtete es erstmals aus Patientenperspektive. Zehn gepolsterte Stühle, ein Couchtisch mit Zeitschriften und eine Spielzeugkiste in der Ecke. Der Empfangstresen mit dem Ständer voller Infobroschüren, die Tischglocke und die Wandposter über Hautkrebs, Osteoporose …

In den Sprechzimmern war das Licht bereits ausgeschaltet. Es war niemand mehr hier außer ihr.

Arzt, heile dich selbst!

Sie lachte, bis ihr stockender Atem in Schluchzen überging. Still ermahnte sie sich, sich zusammenzureißen. Sie schaltete die Alarmanlage ein, ging hinaus und schloss ab.

Der Himmel hatte sich pink gefärbt, und jenseits des Sees funkelte die Stadt. Mit dem Wind wehte ihr die erste kühle Abendluft entgegen, und Daniella zählte die wenigen Sterne, die eben am Himmel erschienen. Irgendwie war der Himmel heute Abend anders – majestätischer und endloser. Die Stadt wartete auf sie, und im Gehen nahm ihr die Sternenwiege hoch oben für einen Moment die Schwermut, die sie seit jener Nacht vor drei Monaten immerfort mit sich herumtrug.

Als sie zu Hause ankam, fühlte sie sich vorübergehend befreit. Es würde nicht anhalten, aber für heute Abend genügte es ihr.

6

Der Sonntag begann sonnig und wolkenlos: ein idealer Tag zum Rugby-Spielen. Oder, wie Mark es vermehrt hörte, um die Typen aus Julia Creek ungespitzt in den Boden zu rammen – für einen guten Zweck, verstand sich. Nach einem chaotischen Morgen, an dem alles erledigt werden musste, damit sie sich den Rest des Tages freinehmen konnten, fuhren Mark und sein Vater los. Bei ihrer Ankunft war das Spielfeld bereits von Vans und Geländewagen umrahmt, zwischen denen nur wenige Stadtautos zu finden waren. Die Touristen, die mitbekommen hatten, dass hier etwas los war, kamen nach und nach herbeigetrottet und bildeten eine eigene Gruppe hinter der östlichen Außenlinie. Aus Mount Isa waren zwei Krankenwagen gekommen, weil mit Notfällen zu rechnen war. Die beiden Schiedsrichter unterhielten sich an der Seitenlinie inmitten eines zusammengewürfelten Haufens von Bällen, und einige Spieler wärmten sich auf.

Sobald er aus dem Wagen gestiegen war, entdeckte Mark Steph, die geradewegs auf ihn zukam. »Mark, das errätst du nie!«, rief sie, als hätte es den Abend in der Taverne nicht gegeben.

Verdrossen holte Mark seine Tasche von der Rückbank des Rovers. »Was?«

»Robert hat sich den Finger gebrochen und ist trotzdem zum Schießen rausgefahren!«

Mark lachte. »Das musste ja passieren.« Sie hatten jedes Mal zu wenig Spieler.

Steph lächelte seltsam hoffnungsvoll. »Hör mal, kann ich dich nach dem Spiel kurz sprechen?«

Mark nickte. Er hatte geglaubt, ihr hinreichend klargemacht zu haben, dass er nicht interessiert war. Aber Steph konnte sehr hartnäckig sein. Andererseits wollte sie vielleicht über die Station reden, und dann hätte er keine andere Wahl.

Er drängte den Gedanken beiseite, als er das Ryders-Team erreicht hatte. Alle trugen die gleichen Rugby-Shorts, aber unterschiedliche blaue T-Shirts. Hände wurden geschüttelt, Schulterschläge ausgetauscht. Mark kannte diese Jungs seit Jahren, war mit den meisten von ihnen zur Schule gegangen – so wie mit Dave. Niemand würde sie versehentlich für Profis halten, aber sie spielten passabel, und das jährliche Vernichten der Julia-Creek-Spieler war Ehrensache. Zwischen dem Ausziehen seines Arbeitshemds und dem Überstreifen des drei Jahre alten Team-Trikots aus seiner Tasche musterte Mark die gegnerische Mannschaft am anderen Ende des Spielfelds. Sein Trikot schlackerte nach wie vor lose um die Mitte, war jedoch an den Schultern enger geworden. Das musste an den vielen Zaunreparaturen liegen.

»Und, wollen wir eine Taktik absprechen?«, fragte einer der Jungs, der an einem Gatorade nippte. »Oder wollen wir sie einfach zu Brei hauen wie im letzten Jahr?«

Gejohle und Pfiffe. »Machen wir die Ananas-Clowns platt!«

Mark grinste. Sie stellten sich im Kreis auf und begannen, einen Ball hin- und herzuwerfen. Unterdes blickte Mark hinüber zur Seitenlinie, wo die Zuschauer Decken ausbreiteten und Klappstühle und Sonnenschirme aufstellten. Sein Vater unterhielt sich mit Tony, dem der größere Supermarkt gehörte, und mit Donna aus der Taverne. Da er seit dem Tod seiner Frau kaum mehr unter Menschen gewesen war, freute es Mark, ihn so zu sehen. Er blickte sich weiter um, hielt Ausschau nach Dr. Harris und hoffte, dass auch Daniella hier war.

Doch er konnte keinen der beiden entdecken. Wahrscheinlich hatten sie Bereitschaft.

Die Spieler gingen in Position. Julia Creek gehörte der erste Anstoß, und Mark stand als Schlussmann ganz hinten. Er wartete, während er zum Schutz vor der Sonne einen Arm über seinem Kopf angewinkelt hielt. Der Ball kam angeflogen. Er hob sich deutlich vom blauen Himmel ab. Mark fing ihn auf, klemmte ihn unter seinen Arm und rannte über das Feld auf die gegnerische Linie zu. Drei rote Shirts stürmten ihm entgegen. Einer der Spieler wollte sich eindeutig auf Marks Beine stürzen, die anderen beiden auf seinen Oberkörper. Er wich dem ersten aus und rammte den anderen beiden seine Schultern entgegen. Sie krachten mit voller Wucht zusammen – schwere Muskeln, die in hohem Tempo kollidierten. Mark schaffte es noch drei Meter weiter, bis sie ihn zu Boden warfen.

Der Sandboden war hart, und das Gewicht der anderen drückte ihn zusammen wie in einer Schraubzwinge. Die beiden gaben ihn frei. Mark sprang auf, der Ball rollte ihm unter die Füße und wurde von jemand anderem übernommen. Mark schmeckte Sand und Blut. Schweiß lief ihm über die Stirn, und sein Shirt spannte sich mit jedem Atemzug. Der Zusammenprall hatte wehgetan, aber Mark fühlte sich dadurch nur noch energiegeladener. Das erste Tackling war überstanden. Und manchmal war es gut, umgerannt zu werden. Der zweite Zusammenstoß folgte weiter vorn, und Mark stürzte sich mit ins Getümmel.

Sie spielten eine halbe Stunde ohne nennenswerte Zwischenfälle. Der Five-Eighth von Creek verstauchte sich den Knöchel auf einer harten Grassode und humpelte zu Eispackung und Bier davon. Weitere zwei Spieler stießen hart mit den Köpfen zusammen, was eindrucksvoll blutende Platzwunden zur Folge hatte. Der Creek-Spieler bekam ein Pflaster auf seine und konnte ins Spiel zurückkehren. Der Ryders-Spieler musste zur Ambulanz gebracht und genäht werden.

Die Halbzeit kam und ging, und Ryders lag erst zwei Punkte vorn. Mark blieb während der Pause auf dem Feld. Er genoss die Brutalität des Spiels, dass sie rauslaufen und sich wie die letzten Schläger benehmen durften, während sie Geld für die Feuerwehr einwarben, hatte etwas für sich. Sein Vater dürfte allemal zufrieden sein. Und, ja, Mark war auch zufrieden. Steph brachte Orangen, die das Team dankbar annahm. Mark wanderte umher und überließ es Steph, die große Aufmerksamkeit auszukosten. Er wartete, dass das Spiel weiterging.

In der zweiten Hälfte merkte man den Julia Creeks ihre wachsende Verzweiflung an. Ryders hatte schon die letzten beiden Jahre das Spiel für sich entschieden, und die Jungs in Rot hatten das natürlich ebenso wenig vergessen wie ihre erstaunlich große Fan-Schar, die mehrere Stunden Fahrt auf sich genommen hatte. Die Tackles wurden heftiger, die Manöver schmutziger. Als einige Vorwärtspässe und Shepherds ungestraft durchgingen, fingen die Ryders-Spieler zu murren an, aus welchem Loch denn der Schiedsrichter gekrochen sei. Das kostete sie einiges an Wohlwollen. Beim nächsten Seitenwechsel war Ryders wieder in der Offensive, und sie mussten Punkte gutmachen.

Mark hatte den Ball und wollte damit in ein Tackling stürmen, als er Dave bemerkte, der zum Innenfeld lief. Er warf ihm den Ball zu, Dave fing, und erst jetzt sah Mark, dass ihn bereits vier gegnerische Spieler einkreisten. Mist, er musste seinen besten Freund retten! Dave wehrte sich, ging zu Boden und kämpfte weiter. Einer der Creek-Spieler flippte aus, packte Daves Beine und riss sie nach oben. Daves Kopf schlug hart auf dem Boden auf, sein Körper erschlaffte, und der Ball fiel nach unten. Jemand schnappte ihn sich und rannte los. Mark aber setzte ihm nicht nach, sondern rannte zu Dave, dessen Nacken in einem unnatürlichen Winkel aufgeschlagen war.

Dave rührte sich nicht. Leute kamen herbeigelaufen, und der Schiedsrichter versuchte, sie zurückzuhalten. Einer der Ersten, die es durchschafften, war William, der über das Feld preschte, als wäre er zwanzig Jahre jünger.

Mark kniete sich neben Dave und legte eine Hand auf seine Schulter. »Dave!«, brüllte er. »Dave, bist du verletzt?«

»Hmpf«, machte Dave, kam langsam zu sich und versuchte, seinen Kopf zu drehen.

»Nein, nicht, halt den Kopf ruhig!«

»Okay, können wir hier mal Platz machen?« Der Schiedsrichter versuchte sich einen Weg durch die Menge zu bahnen, damit die Sanitäter eine Trage bringen konnten. Als sie Dave über das Feld trugen, blickte Mark zu seinem Vater auf. William Walker standen Schweißperlen auf der Stirn, er atmete schwer, und seine Miene war verkniffen. Marks Herz setzte kurz aus, und er lief sofort zu ihm. »Dad, alles in Ordnung?«

William winkte ab. »Mir geht es gut.«

Bis Mark bei ihm war, schien er sich wirklich wieder gefangen zu haben. Er wischte sich die Stirn ab. »Sehen wir lieber nach Dave.«

Mark und sein Vater fuhren hinter dem Krankenwagen mit Dave zur Ambulanz. Als die Sanitäter Dave vor Ryders Notfallaufnahme ausluden, war Dave wieder voll da, scherzte und beschwerte sich über die starre Halsmanschette, die sie ihm verpasst hatten.

Roselyn rollte die Trage in einen der Behandlungsräume und klickte geübt die Bremsen ein. Gleich darauf erschien eine andere Frau in einem blauen Hemd, das blonde Haar zu einem Pferdeschwanz gebunden und mit einem Stethoskop um den Hals. Erfreut stellte Mark fest, dass es Daniella Bell war.

»Ich bin Dr. Bell. Was haben wir hier?«, fragte sie Roselyn ernst.

William kam der Schwester zuvor: »Können Sie uns bitte Dr. Harris schicken?«

Mark entging nicht, dass sie für einen Sekundenbruchteil den Mund verzog, bevor sie ruhig antwortete: »Dr. Harris behandelt gerade einen anderen Patienten, also sollte ich hier schon mal anfangen. Was ist passiert?«

Mark ließ seinen Vater nicht zu Wort kommen. »Dave wurde von einem Gegenspieler auf den Boden geworfen und ist ziemlich hart mit dem Kopf aufgeschlagen.«

Daniella sah Mark mit ihren ruhigen grauen Augen an. »War er bewusstlos?«

»Ja.«

»Wie lange?«

»Eine Minute«, mischte sich sein Vater sofort ein.

»Nein, so lange war es nicht«, widersprach Mark. »Fünf Sekunden vielleicht.«

Hierauf wandte Daniella sich wieder Dave zu. »Okay, können Sie mir Ihren vollen Namen sagen?«

»David Cooper«, antwortete Dave. »Aber für Sie Dave, Doc.«

»Dave, schön, dann machen wir ein paar kurze Tests, ja? Würden Sie für mich mit den Zehen wackeln?«

Daves schmutzige Socken bewegten sich auf und ab. »Das habe ich schon mal gemacht«, sagte er amüsiert.

Sie erwiderte sein Lächeln. »Jetzt folgen Sie bitte mit den Augen meinem Finger ... Gut. Okay, ich werde Ihnen jetzt einige Fragen stellen, aber ich möchte, dass Sie den Kopf nicht bewegen, also sagen Sie bitte nur ja oder nein. Haben Sie irgendwo Schmerzen?«

»Nein.«

»Spüren Sie ein Kribbeln, Stechen, Brennen oder Taubheit?«

»Nein.«

Daniella ging weitere mögliche Symptome durch, und Mark sah ihr bei ihrer Arbeit zu. Sie war absolut sicher in dem, was sie tat. Und die ganze Zeit bewegten sich ihre Hände, prüften sanft, aber geübt. Er erkannte Selbstvertrauen und Können sowie eine große Leidenschaft für ihre Arbeit. Dave antwortete, und Roselyn befolgte Daniellas Bitten und Anweisungen. Das Vertrauen der Schwester schien sich die junge Ärztin bereits erarbeitet zu haben, und Mark fand ihre Kompetenz und ihre Sicherheit faszinierend.

Daniella richtete sich auf. »Also Folgendes: Ich kann keine Beeinträchtigungen finden, aber ich möchte sichergehen, dass Ihrem Genick nichts passiert ist. Deshalb röntgen wir Sie jetzt. Falls auf dem Bild nichts Verdächtiges zu erkennen ist, werden Sie die Halsmanschette wieder los. Falls sich doch etwas zeigen oder ich mir nicht sicher sein sollte, bekommen Sie einen Freiflug, abgemacht?«

»Verdammt«, sagte Dave.

»Wie bitte?«, fragte sie.

»Ich habe gerade eine Stunde gespielt, um Geld für die Gemeinde reinzuholen, nicht, um es zu verprassen.«

Daniella lächelte mitfühlend, was Mark sehr gut gefiel. »Das sind wohl die Risiken, nehme ich an«, sagte sie. »Vielleicht könnten Sie ein Ticket für den Filmabend kaufen, um es wiedergutzumachen. Ich habe gehört, der ist bald.«

Mark lachte leise.

»Verzeihung, aber wann hat Dr. Harris endlich Zeit?«, fragte William.

»*Dad!*«, sagte Mark, dem das Verhalten seines Vaters maßlos unangenehm war.

»Tut mir leid«, antwortete Daniella, ohne mit der Wimper zu zucken, »aber wie ich bereits erklärte, ist Dr. Harris beschäftigt. Er wird sich die Röntgenaufnahmen ansehen, sobald sie fertig sind. Da es hier ein wenig beengt ist, wäre ich Ihnen dankbar, wenn Sie im Wartezimmer Platz nehmen, während ich den Patienten zum Röntgen bringe.« Sie wartete ruhig ab und mied Marks Blick, sah ihn nicht einmal hilfesuchend an, wie es manch anderer an ihrer Stelle sicherlich getan hätte.

Mark bugsierte seinen Vater aus dem Raum. »Was ist denn mit dir los?«, fragte er, kaum dass sie außer Hörweite waren. Sein Vater war fürwahr schwierig, was Ärzte betraf – er ging weder zu Untersuchungen, die angeordnet wurden, noch hielt er sich an die Behandlungsempfehlungen –, obwohl er Dr. Harris respektierte. Und selbst mit den schlimmen Brustschmerzen vor einem halben Jahr hatte er sich geweigert, ins Krankenhaus zu gehen.

William sank auf einen der Stühle im Wartezimmer und verschränkte die Arme. Unweigerlich musste Mark daran denken, wie viele entsetzliche Stunden sie wartend in der Onkologie verbracht hatten, als seine Mutter erkrankt war. Sein Vater hatte stets in derselben Pose dagesessen.

»Mit mir ist alles bestens«, sagte William. »Ich will nur, dass Dr. Harris sich David ansieht.«

Mark betrachtete ihn prüfend. Sein Vater war ein wenig blass, und Mark erinnerte sich an den Moment auf dem Feld. »Dad, geht es dir gut?«

William tat die Frage mit einer gereizten Handbewegung ab. Mark wusste ja, wie stur sein Vater sein konnte, aber jetzt waren sie in einer Arztpraxis. Er blickte sich um in der Hoffnung, Roselyn oder Jackie in der Nähe zu entdecken, damit sie seinen Vater einmal genauer ansehen konnten. Leider war der Empfangstresen unbesetzt, also ging er den Flur hinunter, auch um sich bei Daniella für das Benehmen seines Vaters zu entschuldigen. Als er bei den Ambulanzräumen ankam, war der, in dem Dave eben noch gelegen hatte, leer. Im selben Moment kam Daniella aus dem Röntgenraum.

Sie blickte von dem Krankenblatt in ihrer Hand auf. »Mr. Walker. Gibt es ein Problem?« Einige Strähnen hatten sich aus ihrem Zopf gelöst, und sie runzelte die Stirn.

Schlagartig wurde Mark klar, was er getan hatte. Nicht bloß war sein Vater unmöglich gewesen, jetzt marschierte er selbst auch noch in den »Nur für geladene Gäste«-Bereich der Praxis, während sie beschäftigt war, und störte sie. Was war bloß in ihn gefahren? Verlegen brachte er nur ein Wort heraus. »Mark.«

Daniella half ihm in seiner Sprachlosigkeit aus. »Na gut. Tut mir leid, Mark, aber wenn du bitte draußen warten könntest. Ich sage dir Bescheid, wenn Dave wieder da ist.«

Einen guten Eindruck zu hinterlassen ging wirklich anders. Mark verfluchte sich im Geiste, als er in das Wartezimmer zurückschlurfte, wo Roselyn vor seinem Vater stand, der sie energisch abwehrte. »Roselyn, wirklich, mir geht's gut«, beteuerte er.

»Was ist los?«, fragte Mark, der nun feststellte, dass Steph und Maria Morgan ebenfalls hier waren.

»Ich habe gerade zwei Spritzer unter die Zunge genommen, na und? Dafür habe ich das Zeug doch!«, sagte William und fuchtelte mit dem kleinen Pumpspray herum, das ihm gegen die Angina verschrieben worden war. Mark war sich nicht einmal sicher gewesen, dass sein Vater es überhaupt jemals benutzte.

»Hast du jetzt Schmerzen?«, fragte Roselyn, die ihn eisern anstarrte.

»Nein, habe ich nicht. Mir geht es gut«, wiederholte William und baute sich demonstrativ vor ihr auf, als sei das Thema damit erledigt. »Ich habe dich schon länger nicht mehr gesehen, Roselyn. Du siehst gut aus. Wie geht es deiner Mutter?«

Mark sah seinen Vater genauer an. Er schien keine Schmerzen zu haben. Roselyn plauderte noch ein paar Minuten mit ihm, ehe sie sich entschuldigte und den Flur hinunter verschwand. Sein Vater setzte sich wieder und lehnte sich auf dem Stuhl zurück. Mark verstand den Stolz seines Vaters und dass er sich vor den Morgans keine Schwäche anmerken lassen wollte. Er fragte sich allerdings, wie ernst es werden musste, bis William das Problem endlich zugab. Ratlos nahm er ebenfalls Platz.

Steph setzte sich sofort zu ihm und flüsterte: »Mark, sollte Dr. Harris ihn sich nicht lieber mal ansehen?«

»Ich kann ihn zu nichts zwingen«, antwortete Mark. »Und er sieht nicht krank aus.« Er hoffte inständig, dass der Schein nicht trüge.

»Er ist dein *Vater.*«

Mark musste sich beherrschen, sie nicht anzufahren. Er war genauso besorgt, wusste aber auch, dass man William Walker zu nichts bringen konnte, was er nicht selber wollte. Im nächsten Moment ging die Tür am Ende des Flurs auf, und Dr. Harris kam heraus, damit beschäftigt, sich die Hände mit einem Papiertuch abzutrocknen.

»William Walker, mein Lieber!«, rief er aus. »Wie nett, dass du meine Einladung annimmst und mich mal besuchen kommst!«

»Doktor.« William nickte ihm zu.

»Ich will gerade eine Pause machen. Warum gesellst du dich nicht zu mir?«, sagte Dr. Harris geistesgegenwärtig. »Komm mit. Was macht dein prächtiges Land?«

Mark war klar, dass Dr. Harris – wahrscheinlich von Roselyn alarmiert – es so drehte, dass William aus Höflichkeit nicht ablehnen konnte. Die beiden verschwanden den Flur hinunter, und Mark atmete auf. Taktvoll schlug er Steph und Maria vor, zum Spiel zurückzukehren. Er würde ihnen Bescheid geben, wie es Dave ging. Steph wollte unbedingt bleiben, doch letztlich ließ sie sich davon überzeugen, dass sie bei der Veranstaltung gebraucht wurde.

Als sie weg waren, blickte Mark den Flur hinunter und sah Daniella, die in einer offenen Tür stand; er hätte schwören können, dass sie ihn beobachtete. Ihre Blicke begegneten sich, und Mark musste unwillkürlich lächeln. Ganz kurz erwiderte sie die Geste, wandte sich aber gleich wieder ab, als wäre sie bei einer Peinlichkeit ertappt worden.

»Dave ist jetzt aus dem Röntgenraum zurück, falls du ihn sehen möchtest«, sagte sie und war fort.

Jackie wartete, dass der Film fertig entwickelt war. Durch ein kleines Fenster konnte sie vom Röntgenraum direkt in Daves Zimmer sehen. Sie schnalzte ungeduldig mit der Zunge, weil sie endlich wissen wollte, ob sie die Aufnahme richtig hinbekommen hatte. Das war wichtig. Um sich die Zeit zu vertreiben, öffnete sie die Tür zum Nebenraum einen Spalt. Dave tippte gelangweilt die Daumen zusammen. Sein Kopf und Hals waren wegen der Manschette unbeweglich. Jackie beobachtete, wie sich die Armmuskeln unter seinem Tattoo bewegten, und hoffte, dass seine Verletzung nicht ernst war.

»Irgendwelche Schmerzen?«, fragte sie, und als er sich instinktiv zu ihr umzudrehen versuchte, ergänzte sie rasch: »Nicht bewegen!«

»Entschuldigung«, sagte er und richtete den Blick wieder zur Decke. Er klang beunruhigt, räusperte sich und sagte: »Und nein, alles fühlt sich okay an.« Nach einer Pause fragte er: »Wie sieht das Röntgenbild aus?«

Jackie klopfte nervös mit dem Fuß auf und musterte ihn prüfend. In ihr tobten die widersprüchlichsten Gefühle. »Weiß ich noch nicht. Ich warte auf den Film.«

»Du hörst dich besorgt an.« Seine Mundwinkel bogen sich

ein klein wenig nach oben, doch ein Lächeln wurde nicht daraus.

Jackie wollte nicht an das Schlimmste denken. Als sie Daniella reinkommen sah, blickte sie auf ihre Uhr. »Das Bild müsste jetzt fertig sein«, sagte sie.

Sie huschte zurück, um den Film zu holen, und ging dann zu Daniella, die ihre Hände schrubbte. Sie sah angespannt und nachdenklich aus.

»Alles okay?«, fragte Jackie. »Was haben wir noch reinbekommen?«

Daniella zählte auf: »Zwei Platzwunden an Augenbrauen – die eine war mit einer komplette Rolle Pflaster verbunden, die ich erstmal abziehen durfte. Ein Zuschauer mit Brustschmerzen und eben ein Sechsjähriger mit einem Stein im aufgeschürften Knie.«

»Lass mich raten. Er wollte die Knierutsche nachmachen.«

Daniella tippte sich an die Nase. »Genau!«

Jackie reichte ihr Daves Aufnahme und zögerte. »Tut mir leid, ist keine Glanzleistung geworden«, gestand sie leise.

Daniella schaltete den Leuchtkasten ein, und Jackie beobachtete, wie sie mit dem Finger die Linien der Wirbelsäule nachmalte. Dann gab Daniella einen zufriedenen Laut von sich. »Nein, das hast du gut gemacht. Und alles sieht okay aus.«

»Was jetzt?«, fragte Jackie, die vor Erleichterung Herzklopfen bekam.

»Abtasten auf Druckschmerzen. Falls keine da sind, können wir ihm eine weiche Manschette anstelle der festen anlegen. Aber ich möchte ihn über Nacht hierbehalten. Er hat eine ziemliche Gehirnerschütterung, und ich will nicht riskieren, eine Blutung zu übersehen.«

»Okay«, sagte Jackie.

»Hey, alles klar?«, fragte Daniella. »Die Aufnahme ist gut, ehrlich. Das hast du prima gemacht.«

»Schön.« Jackie lächelte dankbar. »Das ist super. Dann brauchen wir ihn nicht ausfliegen zu lassen.«

Als Daniella zu Dave wollte, um ihm die gute Nachricht mitzuteilen, rief Jackie ihr nach: »Ach, das hätte ich fast vergessen: Dr. Harris fragt, ob du auf dem Nachhauseweg bei Mrs. Turner vorbeigehen kannst.«

Daniella zog die Brauen hoch. »Vergessen, hmm?«

Jackie bemühte sich, nicht zu grinsen. »Ich kann dir ja nicht alle guten Neuigkeiten auf einmal gönnen.«

7

Daniella fand Valerie Turner in exakt derselben Position auf dem Sofa wieder wie in der letzten Woche. Der uralte Kelpie folgte Daniella mit einem Auge. Anscheinend war das alles, was er noch an Muskelkraft aufbringen konnte. Diesmal lief eine Kochsendung im stummgeschalteten Fernseher.

»Hallo, Mrs. Turner«, sagte Daniella bemüht freundlich.

»Hmm. Ich dachte, die hätten Sie wieder weggeschickt. Wie ich sehe, traut sich Schwester Jackie heute nicht her.«

»Sie musste ihren Sohn abholen«, erklärte Daniella und packte ihre Sachen aus. Sie wollte das hier schnellstmöglich hinter sich bringen. Es war ein langer Tag gewesen.

Valerie grunzte. »Sicher doch. Schlimme Sache, das.«

Daniella sah auf. »Was?«

Valerie blickte nur flüchtig zu ihr, bevor sie ihre Aufmerksamkeit wieder dem Fernseher zuwandte. »Nichts.«

Daniella kniete sich vor das Sofa und wickelte den Verband ab. Sie fragte sich, ob Valerie sich seit ihrem letzten Besuch überhaupt bewegt hatte. Mangelnde Bewegung war in ihrem Zustand nicht gut, aber sicher würde Valerie ihr den Kopf abreißen, sollte sie das jetzt erwähnen. Sie musste sich überlegen, wie sie die Empfehlung später auf diplomatischem Wege rüberbringen konnte.

Die Couch knarrte, und Valeries geblümtes Kleid rutschte ein Stück höher, als sie über Daniellas Schulter linste. »Sieht nicht viel besser aus als letzte Woche«, stellte sie fest.

Daniella beugte sich ein wenig zur Seite, damit Valerie besser sehen konnte, und seufzte. »Nein, viel hat sich nicht getan. Aber es ist auch nicht schlimmer geworden.«

»Nicht besser *ist* schlimmer«, widersprach Valerie und sank zurück an die Rückenlehne.

Daniella hockte sich auf ihre Fersen und überlegte. »Mrs. Turner, wie sehr beeinträchtigt Sie die Wunde? Kommen Sie zurecht?«

»Ich komme bestens zurecht, junge Dame.«

»Bekommen Sie Hilfe?«, fragte Daniella vorsichtig und nickte zu den Fotos. Ihr war bewusst, dass diese Art Fragen schon beim letzten Mal nicht gut angekommen waren.

»Nein«, antwortete Valerie und schien im Begriff, noch mehr sagen zu wollen, weshalb Daniella geduldig abwartete, anstatt dem Impuls nachzugeben, die Stille zu füllen. Schließlich schniefte Valerie. »Ich nehme an, sie müssen das Bein abnehmen, wenn es nicht heilt.«

Daniella runzelte die Stirn. »Nun, das wäre der allerletzte Schritt, Mrs. Turner. Ich denke, so weit sind wir noch lange nicht.« Sie überlegte. »Hyperbare Therapie kann bei dieser Ulkus-Form sehr gut helfen.«

»Hyper-was?«

»Hyperbar. Eine Behandlung, bei der Sie unter Überdruck atmen. Sie unterstützt den Heilungsprozess.«

»Klingt nach Quacksalberei«, sagte Valerie. Der Kelpie bekräftigte es mit einem Seufzer, der nicht minder abweisend klang.

Daniella gab nicht auf. »Nein, wirklich. In Brisbane machen sie das, und ich glaube, es gibt auch die entsprechende Ausstattung in Townsville. Ich erkundige mich.«

Valerie presste die Lippen zusammen, aber die mürrischen Falten, die sonst fest zwischen ihre Brauen eingegraben schienen, hatten sich leicht geglättet.

Daniella legte einen neuen Verband an und packte ihre

Sachen zusammen. »Ich komme am Montag wieder und sehe nach Ihnen.«

Sie war bereits auf dem Weg zur Tür, als Valerie sagte: »Er arbeitet in Townsville.«

Daniella drehte sich um. »Wer?«

Valerie nickte zu den Bilderrahmen auf dem Fernseher. »Mein Sohn. Er heißt Bruce.«

Später am Abend lief Daniella mit einem Bauch voller Pizza von Jackie nach Hause. Sie nahm den etwas weiteren Heimweg über eine Straße am Stadtrand, so dass sie die gelblichen Lichter der Häuser hinter sich lassen und die Sterne sehen konnte. Nach wenigen Minuten erreichte sie eine kleine Anhöhe. Darunter lagen die Praxis und der See, und hinter ihnen erstreckte sich das dunkle Land bis zum Horizont. Daniella wusste, dass dort draußen Leute lebten, menschliche Außenposten auf abgelegenen Grundstücken, doch nichts wies auf ihre Existenz hin. Daniella schlang die Arme um ihren Oberkörper und empfand eine Einsamkeit, die diese Menschen wahrscheinlich gar nicht kannten. Sie alle lebten unter demselben Himmel und doch so weit voneinander entfernt.

Aber Daniella wusste, dass man unter Leuten genauso einsam sein konnte wie alleine. An ihre erste Erfahrung damit erinnerte sie sich lebhaft: In der Grundschule war sie gut gewesen, aber schüchtern und nicht geschaffen für die wilden Spiele, bei denen die anderen Schüler Freunde fanden. Und dann musste sie, die ohnehin schon zur Außenseiterin geworden war, wegen eines Sehfehlers auch noch eine Augenklappe tragen. Die anderen Kinder schnitten sie. Und auch als die Augenklappe wieder fort war, gehörte sie nie wirklich dazu. Einmal uncool, immer uncool. Sie hatte gelernt, ihre Zeit allein zu verbringen, dennoch war es furchtbar gewesen. Nun dachte sie an Valerie Turner, die allein in ihrem Haus hockte. Man wurde leicht verbittert, wenn einen niemand sehen wollte. Vielleicht war Valerie deshalb so giftig.

Oben auf dem Hügel, gleich neben dem Weg, stand eine kleine Holzbank. Daniella setzte sich auf das kühle Holz, noch nicht bereit, nach Hause zu gehen. Ihr Rücken berührte etwas Kaltes, und als sie sich umdrehte, sah sie ein kleines Messingschild. Sie benutzte die Taschenlampenfunktion ihres Handys, um die Aufschrift zu beleuchten, und las: *Für Margaret, die diesen Platz liebte. Du bist viel zu früh gegangen.*

Daniella seufzte. Wer mochte Margaret gewesen sein und worüber hatte sie nachgedacht, wenn sie hierherkam? Wie viele andere hatten noch gerne hier gesessen? Die Aussicht war perfekt: rechts unten der dunkle Flecken des Sees und über ihr der endlose Himmel über der endlosen blauen Erde. Daniella rutschte etwas tiefer, so dass sie den Kopf auf die Lehne legen konnte, und blickte nach oben. In Brisbane waren die Sterne immer vom Lichtermeer verschleiert gewesen, aber hier war der Himmel klar und tief. Sie suchte das Kreuz des Südens, das tief über der Ambulanz lag, wo heute Nacht Roselyn Bereitschaftsdienst hatte. Weit darüber konnte sie das mattrote Auge des Sternenbilds Skorpion erahnen. Daniella fragte sich, ob Valerie noch immer auf ihrer Couch saß und ob sie jemals die Sterne sah.

Als ihr Handy anfing in ihrer Tasche zu summen, zuckte Daniella erschrocken zusammen. Leise fluchend setzte sie sich auf und sah zur Praxis. Es musste Dr. Harris sein, der sie in die Ambulanz rief; wenigstens hatte sie es nicht weit.

»Hallo, Dr. Harris?«, fragte sie, ohne aufs Display zu sehen.

»Dr. Bell?«

Es war nicht Dr. Harris. Die Stimme war allerdings vertraut, tief und gewinnend, aber Daniella konnte sie nicht recht zuordnen. »Ja?«, fragte sie unsicher.

»Hier ist Mark Walker. Wir haben uns letzte Woche kennengelernt und vorhin in der Ambulanz gesehen.«

Ihr Herz vollführte einen energischen Hüpfer, während sie sich gleichzeitig fragte, warum er anrief. »Dr. Harris hat heute Bereitschaft«, sagte sie bedauernd. »Warum hat man dir diese Nummer gegeben?«

»Nein, ich wollte mit dir reden, deshalb habe ich eine Freundin gefragt. Ich hoffe, das ist okay.«

»Geht es deinem Vater gut?«, fragte sie automatisch. »Dr. Harris erwähnte seine Angina, und Roselyn hat mir erzählt, dass er nach dem Rugbyspiel Brustschmerzen hatte.«

»Ja, dem geht es gut. Aber wegen ihm rufe ich auch an. Ich möchte mich für das entschuldigen, was er heute in der Praxis gesagt hat. Er ist grundsätzlich schwierig, wenn es um Ärzte geht, wohl weil er bis letztes Jahr nie krank gewesen ist. Aber trotzdem war es unverschämt, und das tut mir leid.«

Daniella lachte verdutzt. Zwar hatte sie William Walkers Misstrauen nicht witzig gefunden, aber ganz sicher hatte sie nicht mit einer Entschuldigung gerechnet. Es war ihr Job, auch mit mürrischen Patienten klarzukommen. »Das passiert schon mal«, sagte sie. »In solchen Situation sind die Leute gestresst. Mach dir deswegen keine Gedanken.« Sie holte tief Luft, doch ihr fiel nichts ein, was sie noch sagen könnte.

»Entschuldige, ist es gerade ungünstig?«, fragte er.

»Nein, eigentlich nicht«, antwortete sie zu ihrer eigenen Verwunderung. Normalerweise hätte sie das Telefonat gerne kurz gehalten. Einsamkeit war weniger nervenaufreibend. »Ich war gerade auf dem Weg nach Hause und sitze auf der Bank über der Praxis und dem See. Hier ist es sehr schön.«

»Ach ja?« Er zögerte, als suchte er nach den richtigen Worten. »Das ist ein besonderer Platz. Wie sind die Sterne?«

»Oh, fantastisch. Viel schöner als in Brisbane.«

»Kommst du von da?«

»Ja.«

»Hübsche Stadt«, sagte er.

Nun lachte sie richtig. »Das ist das erste Mal, dass jemand das zu mir sagt. Sonst kommt sofort irgendwas Verächtliches, du weißt schon. Große Kreisstadt, quasi Provinz … Sydney ist tausendmal besser … bla, bla, bla.«

»Na, die RNA-Show ist doch großartig«, sagte er übertrieben ernst.

Wieder lachte Daniella. »Ah, richtig, Kühe, schon kapiert. Wir nennen sie Ekka. Ehrlich gesagt bin ich früher nur wegen der Corn Dogs und der Autoskooter hingegangen.« Sie stutzte, als ihr bewusst wurde, dass sie mit ihm redete wie mit einem Freund – der er nicht war.

»Hey, weißt du was?«, fragte er in die Stille hinein.

»Was?« Sie wurde neugierig.

»Sieh mal geradeaus und dann ungefähr zehn Grad nach rechts.«

»Zehn Grad?«

»Ja, zu dem winzigen Hügel am Horizont.«

Daniella setzte sich aufrecht hin und drehte den Kopf leicht nach rechts, bis sie die kleine Erhöhung in der Ferne entdeckte. »Okay, was gucke ich jetzt an?«

»Mich«, antwortete er.

»Dich?«

»Du siehst ziemlich direkt auf das Haupthaus von Ryders Station. Es liegt ungefähr vierzig Minuten Fahrt von dir entfernt.«

»Und da bist du?«

»Ja, genauer gesagt ein Stückchen weiter unten am Hügel. Ich bin auch rausgegangen, um mir die Sterne anzusehen.«

Daniella versuchte, ihn sich vorzustellen. »Wie sieht die Stadt von da aus?«

»Eigentlich gar nicht«, sagte er. »Nur ein schwaches Schimmern weit hinten in der Ebene.«

Daniella nickte. »Ja … Ich dachte vorhin erst darüber

nach … du weißt schon, wie groß das Land ist und wie viele Leute dort draußen sind. Ich fragte mich, ob sie einsam sind, was sie gerade tun. Und da bist du. Schon komisch.«

Sie verstummte, weil ihr plötzlich peinlich war, dass sie mit einem Fremden so über ihre Gedanken sprach. Fröstelnd rieb sie sich die Arme. Am besten entschuldigte sie sich und legte auf. Doch sie zögerte, bis Mark ihr zuvorkam.

»Ich will dich nicht aufhalten, aber darf ich dich morgen anrufen?«, fragte er hastig.

»Wegen Dave? Ruf vielleicht lieber im Krankenhaus an, dann kannst du mit demjenigen sprechen, der Dienst hat.«

»Okay, ja. Dave.« Klang er enttäuscht? »Tja, dann gute Nacht.«

Anstatt direkt nach Hause zu gehen, blieb Daniella noch eine Weile sitzen, sah ihr Handy an und dann zum Horizont. Nachdem er aufgelegt hatte, kam ihr der Gedanke, dass er vielleicht etwas anderes hatte sagen wollte. Zum Beispiel, dass er *sie* anrufen wollte. Dass er sich für sie interessierte. Die Vorstellung fühlte sich gleichermaßen reizvoll und kompliziert an. Aber, nein, sie traf voreilige Schlüsse. Immerhin konnte sie nicht ahnen, was er dachte. Als sie endlich zu Hause war, das grelle Licht drinnen eingeschaltet hatte und unter die Dusche stieg, herrschte in ihrem Kopf ein heilloses Durcheinander. Und später schlief sie mit dem Gedanken ein, wann sie Mark Walker wohl wiedersehen würde.

8

Nach dem sonntäglichen Bereitschaftsdienst beim Rugby schlief Daniella ausnahmsweise gut, und am nächsten Morgen ging sie weit vor Sprechstundenbeginn in die Praxis. Mit zwei Patienten war die Ambulanz vollständig ausgelastet, daher wollte Daniella sichergehen, dass alles in Ordnung war, ehe Dr. Harris um sieben zur Visite kam. Vielleicht blieb ihr sogar noch Zeit für einige ungesunde Kekse vor dem ersten Termin.

Auf Zehenspitzen ging sie am Nachtschwesternzimmer vorbei, stellte jedoch fest, dass Roselyn schon aufgestanden war und die Laken zusammenlegte. Daniella hoffte, dass sie genug Schlaf bekommen hatte, denn Roselyn hatte heute auch tagsüber Dienst. Doch selbst wenn es eine harte Nacht gewesen war, würde die Schwester es sich niemals anmerken lassen. Roselyn beklagte sich nie und war offensichtlich stolz darauf, still und effizient zu sein. Daniella bewunderte sie dafür. Die beiden begrüßten sich kurz, dann sah Daniella nach den Patienten. Der erste, Dr. Harris' Patient mit Brustschmerzen, schlief noch tief und fest. Dave hingegen war schon wach.

»Ah, schön. Ich hatte schon befürchtet, dass ich Sie wecken muss«, sagte sie und blickte auf das Krankenblatt, in dem Roselyn alle bis Mitternacht gemessenen Werte sorgfältig eingetragen hatte.

»Von wegen. Um diese Zeit bin ich sonst schon bei der Arbeit«, antwortete Dave. Er versuchte, sich aufzusetzen, verzog aber gleich das Gesicht.

»Haben Sie Schmerzen?«, fragte Daniella. Tatsächlich sah er

furchtbar aus. Andererseits taten das praktisch alle Patienten nach einer Nacht im Krankenhaus.

»Nein, aber ich fühle mich beschissen. Ich habe schlecht geschlafen.«

»Das tut mir leid.« Sie ging immer noch die Zahlen durch. »Aufgeweckt zu werden, damit Ihnen jemand mit einer Lampe in die Augen leuchten und Ihren Blutdruck messen kann, hat sicher nicht geholfen.«

»Nein. Aber ich weiß ja, dass das sein muss.«

Daniella blickte von dem Blatt auf. Dave hatte einen Arm hinter seinem Kopf angewinkelt und schaute aus dem Fenster. Sie konnte die Ränder eines Tattoos an seinem Oberarm sehen. Er war gut aussehend, hatte blaue Augen und dunkles, leicht lockiges Haar, und er schien nett zu sein. Dennoch kam er Daniella distanziert vor. Wahrscheinlich will er einfach nur hier weg, dachte sie. Und das durfte er ihretwegen auch.

»Tja, danke, dass Sie so ein unkomplizierter Patient sind«, sagte sie und blätterte durch das Krankenblatt. »Aber ... Sie hatten gestern Abend einen leichten Blutdruckausreißer. Hat Roselyn Ihnen das gesagt?«

»Ja«, antwortete er seufzend. »Ist das schlimm?«

Daniella legte das Krankenblatt ab. »Nicht unbedingt. Es kann verschiedene Ursachen haben. Wie fühlen Sie sich?«

»Beim Aufwachen hatte ich Kopfschmerzen«, gestand er.

»Sind die noch da?«

»Ja, aber nicht mehr so stark wie vorhin.«

»Okay.« Daniella untersuchte ihn und fand die schmerzende Stelle, wo sein Schädel gestern auf dem Spielfeld aufgeschlagen war. Alles andere war normal, außer dass seine Pupillen ein wenig ungleich aussahen. Verwundert wiederholte Daniella den Lichttest.

»Was?«, fragte Dave.

»Ihre Pupillen sind nicht ganz gleich«, sagte sie.

»Soll das heißen, ich schiele, Doc?«

Daniella sah ihn an, weil sie nicht sicher war, ob er scherzte. Tatsächlich war er nur halb ernst. »Nein, überhaupt nicht.«

»Ist okay, Roselyn hat es mir schon gesagt.«

»Hat sie?«

»Ja, aber sie meinte, dass sie schon eine ganze Zeit so sind. Ich habe nämlich vor einigen Jahren einen Tritt gegen den Kopf kassiert, und damals fielen ihr meine Pupillen zum ersten Mal auf.«

»Wer hat Ihnen gegen den Kopf getreten?«, fragte Daniella.

»Ein Bulle.«

Sie lachte. »Entschuldigung, das ist nicht witzig. Im Ernst?«

Nun lächelte er und sah sie an, als wäre er stolz auf die Erfahrung. »Macht nichts. Es war ein bisschen witzig. Ich habe damals bei einem Zuchtprogramm mitgearbeitet und Sachen mit dem Bullen gemacht, die er nur mit einer Kuh treiben wollte, falls Sie verstehen, was ich meine. Armes Mistvieh. Und allzu übel hat er mich ja nicht erwischt. War wohl nötig, um mich zur Vernunft zu bringen. Kurz danach bin ich runter an die Küste und habe meinen Pilotenschein gemacht.«

»Verstehe … Bedaure, aber ich hätte gerne, dass Sie noch ein bisschen bleiben, vielleicht nur bis heute Nachmittag. Ich denke, wir sollten Sie noch mal gründlich untersuchen, ehe Sie gehen.«

Er blickte achselzuckend zur Tür. »Darf ich aufstehen?«

»Ja, Sie dürfen duschen und alles. Bewegen Sie sich aber langsam, falls Ihnen schwindlig wird. Und wenn Sie irgendwelche Schmerzen bekommen, sagen Sie sofort Bescheid. Abgemacht? Brauchen Sie etwas zum Anziehen?«, fragte sie, denn er trug nur ein Krankenhaushemd.

»Nein, ich habe meine Sachen hier.«

»Prima. Na, dann sehe ich mittags wieder nach Ihnen.«

Sie war schon fast draußen, als er sie noch einmal rief: »Doc?«

»Ja?« Sie drehte sich wieder zum Zimmer um.

»Danke.«

»Kein Problem. Denken Sie, Sie bringen den Vormittag hier rum?«

Er griff zum Nachttisch und wedelte mit einem abgegriffenen Taschenbuch. »Alles okay. Roselyn hat mir Matthew Reilly gegeben.«

Der Morgen plätscherte ereignislos dahin. Dr. Harris war mit Daniellas Plan einverstanden, Dave nachmittags zu entlassen. Sie bereiteten die Unterlagen für Roselyn vor, die sie trotzdem noch einmal prüfte, und bald trafen die ersten Patienten zur Sprechstunde ein. Gegen elf hatte Daniella eine Lücke, und Dr. Harris rief sie zu sich. Auf dem Rand seiner Untersuchungsliege hockte ein drahtiger Mann.

»Hugh, das ist unsere neue Ärztin, Daniella Bell«, sagte Dr. Harris.

Der Mann streckte ihr die Hand hin. Er trug Shorts, die viel von den grau behaarten langen Beinen freiließen, Wandersocken und zerkratzte Steel-Blue-Stiefel. Seine helle Haut war übersät von geröteten Stellen und Pigmentflecken, und Daniella bemerkte, dass ihm Teile seiner Ohren fehlten.

Sie schüttelte die raue, vernarbte Hand. »Freut mich, Hugh.«

Dr. Harris fuhr fort: »Hugh hat ein Problem mit seiner Brust. Sehen Sie es sich an.«

Hugh zog seinen Hemdkragen zur Seite. »Gleich hier, Doc«, sagte er und wies auf die Haut unter seinem Schlüsselbein.

Daniella sah es sich an. Inmitten der fleckigen Haut war eine farblose Erhebung, vielleicht einen Zentimeter im Durchmesser. Behutsam dehnte sie die Haut um die Stelle herum. Das Geschwür schimmerte leicht, und im Inneren waren zarte Blutgefäße zu erkennen.

»Wahrscheinlich ein Basalzellkarzinom«, sagte sie. »Ganz typisch eigentlich.«

»Ja«, sagte Hugh. »Von denen hatte ich schon viele.« Er zeigte auf seine Ohren und zog an der Haut an seinem Hals, worauf feine helle Narben sichtbar wurden. Daniella war nicht sicher, warum Dr. Harris sie zu dieser offensichtlichen Diagnose rief. Basalzellkarzinome waren die meistverbreitete Hautkrebsform, vor allem bei Menschen, die ihr Leben in der Sonne verbracht hatten.

»Wie würden Sie das entfernen?«, fragte Dr. Harris.

Daniella richtete sich wieder auf. »Mit einer klassischen elliptischen Exzision, Lidocain mit Adrenalin. Und vielleicht eine Vierer-Naht.«

Dr. Harris' Mundwinkel zuckten. »Ich denke, dafür ist es zu groß. Sehen Sie sich noch einmal an, wo es sitzt und wie dünn die Haut dort ist.«

Daniella tat wie ihr geheißen. Die Haut oben an Hughs Brust war altersbedingt sehr dünn, und die Muskeln darunter hatten sich abgebaut, so dass die Rippen zu sehen waren. »Eine Lappennaht könnte ein besseres Ergebnis bringen«, sagte sie.

Dr. Harris wirkte zufrieden. »Ja, wir machen einen Spirallappen. Ich würde sagen, das wäre das bestmögliche Ergebnis für Hugh.«

Im ersten Moment war Daniella überrascht. Dieses Verfahren dauerte länger, und die ästhetischen Aspekte waren für jemanden, der bereits so viele Narben hatte, vielleicht gar nicht mehr so wichtig? Im Geiste schalt sie sich selbst für diese Gedanken. Dr. Harris holte eifrig das medizinische Material herbei und erzählte Hugh, wo er diese Technik gelernt und warum er sie gewählt hatte. Es war egal, wie viele Narben Hugh hatte. Dies war keine große Stadtklinik, in der die Ärzte den Mann womöglich nie wiedersahen; hier ging es persönlicher zu. Dr. Harris wollte Hugh das bestmögliche Ergebnis bieten, weil es richtig so war.

Und als sie mit der OP anfingen, den Bereich markierten und das Narkosemittel spritzten, empfand Daniella es als aufregend. Dies war keine simple, alltägliche Exzision – es war Kunst. Sie hatte die Technik noch nie zuvor gesehen. Dr. Harris zog die Spiralenden der Lappen zusammen und machte eine dünne Naht, die aussah wie eine Galaxie hoch oben am dunklen Himmel. Daniella erkannte, wie sich die Wunde schließen würde und wie viel besser alles hinterher aussehen würde als mit einem Standardschnitt.

Dr. Harris ließ sie die OP beenden, wusch sich die Hände und sagte, er wolle Dave entlassen. Als er fort war, unterhielt Daniella sich mit Hugh. Er erzählte ihr, dass er auf einer Farm in der Nähe arbeitete, aber auch viel umherzog, wenn es hier nicht genug zu tun gab. In seinen Geschichten wimmelte es von Tieren und dem Land, von schwierigen Stieren und treuen Pferden. Zum ersten Mal bekam Daniella eine vage Vorstellung davon, warum Dr. Harris so viele Jahre hiergeblieben war. Es musste dieses besondere Gefühl der Zugehörigkeit sein, das weit über einen Job hinausging. An diesem Ort waren die Patienten Teil des eigenen Lebens, und man selbst wurde zu einem Teil von ihrem.

Hugh winkte ihr zum Abschied. In einer Woche würde er zum Fädenziehen wiederkommen, und ihr gefiel der Gedanke, ihn bald wiederzusehen.

Sie ging hinaus zum Empfang, um ihren nächsten Patienten zu holen. »Ohne Termin«, sagte Roselyn. »Cora Matthews. Ihre Tochter Astrid hat sich etwas ins Ohr gesteckt. Ich habe nachgesehen, konnte aber nichts finden. Sie sind schon in Ihrem Sprechzimmer.«

»Wie alt?«

»Fünf.«

Daniellas Herz schlug schneller, und die bekannte Übelkeit regte sich wieder. Sie ermahnte sich, ruhig zu bleiben, als sie in ihr Sprechzimmer ging. Schließlich steckte nur irgendwas in einem Ohr.

Dennoch vergingen Minuten, bis sie sich wieder halbwegs gefangen hatte. Da spähte sie bereits mit einem Auriskop in Astrids Ohr. Es war ein wenig Bestechung nötig gewesen, um so weit zu kommen, aber sosehr Daniella sich auch bemühte, konnte sie nichts entdecken.

»Was für eine Paillette war das?«, fragte sie Cora wieder und lehnte sich zurück.

»Eine pinke. Sie hatte sich von einer der Jacken gelöst, die ich für das Theaterstück letztes Jahr genäht hatte. Astrid liebt sie und zieht sie immerzu an.«

»Kann ich mir vorstellen. Okay, Astrid, hältst du bitte noch mal ganz still für mich?« Daniella sah abermals nach. Sie konnte das Trommelfell deutlich ausmachen, was schon beinahe witzig anmutete, denn gewöhnlich untersuchte sie Kinderohren bei einer Otitis media – einer Mittelohrentzündung –, und bei solchen Fällen hatte sie oft Schwierigkeiten, das Trommelfell zu erkennen. Jetzt hingegen hatte sie wunderbar freie Sicht auf eine kerngesunde tympanische Membran, nur eben nicht auf eine pinkfarbene Paillette.

Aber vielleicht war genau dies das Problem. Bei Kindern musste man das Ohr meist sanft nach unten ziehen, um richtig hineinsehen zu können, was Daniella nun tat. Bei dem veränderten Gehörgang von Erwachsenen zog man das Ohr nach oben. Vorsichtig änderte Daniella die Richtung. Das Trommelfell verschwand, dafür tauchte der leuchtend rotorange Gehörgang im Schein des Auriskops auf. Und dort, tief drinnen an der rechten Seite konnte sie einen Schatten ausmachen … ja, er war pink, dunkel und kantig.

»Aha!«, rief sie aus.

»Sehen Sie sie?«, fragte Cora.

»Ja.« Daniella war erleichtert. »Und ich denke, die bekommen wir leicht heraus. Wir müssen bloß eine kleine Spülung machen. Ganz einfach.«

Sie brauchte eine Ohrenspritze, deshalb ging sie zur Tür und sah draußen nach Roselyn. Dr. Harris' Tür war geschlossen und der Empfangstresen unbesetzt. Daniella war ziemlich sicher, dass sie schon Ohrenspritzen in der Praxis gesehen hatte. »Ich muss eben zur Ambulanz und etwas holen«, erklärte sie. »Bleib sitzen, Astrid. Wenn du willst, darfst du dein Herz mit dem Stethoskop abhören.«

Daniella ging zur Hintertür der Praxis hinaus und durch den Laubengang hinüber zur Seitentür der Ambulanz. Nach der klimatisierten Luft drinnen wirkte die Nachmittagshitze erdrückend. Drinnen steuerte Daniella direkt den Behandlungsraum an. Ihre Schuhe mit den weichen Sohlen bewegten sich lautlos auf dem Linoleum.

Sie hatte schon die erste Schublade geöffnet, als sie innehielt, weil sich ihr Nackenhaar sträubte. Über die Schulter sah sie zur Medikamentenkammer nebenan. Dort brannte Licht. Dann fiel etwas zu Boden. Es musste sich um einen Medikamentenkarton handeln, was Daniella am raschelnden Klappern der Pillen in ihren Blistern zu erkennen glaubte.

Sie ging auf die Tür zu und erstarrte. In der Kammer stand ein Mann mit einem Schrauberzieher in der Hand vor der Vitrine mit Narkotika. Sie erkannte ihn sofort wieder: Pete in seiner blauen Arbeitshose und demselben T-Shirt, das er vor einer Woche angehabt hatte.

Als er sich umblickte und sie erkannte, stolperte er rückwärts. »Scheiße!«, rief er und griff nach dem Blutabnahmewagen. Der fiel krachend um, so dass die eingepackten Spritzen und Röhrchen in alle Richtungen flogen.

Daniella war starr vor Schreck. Pete erholte sich schneller als sie: »Verschwinde!«, knurrte er und fuchtelte mit dem Schraubenzieher.

Daniella machte einen Schritt zurück, wollte ihm aber nicht den Weg frei geben, blöd wie sie war. Er stahl ihre Medikamente, nahm Arzneien mit, die sie in der Ambulanz brauchten. Das machte sie wütend.

»Ich habe gesagt, weg da!«, fauchte er. »Wo ist der Schlüssel?«

Nun konnte sie endlich wieder sprechen. »Bleiben Sie ganz ruhig.« Sie hob beide Hände.

»Der Schlüssel, Schlampe!«

»Den gebe ich Ihnen nicht«, sagte sie. Kalter Schweiß brach ihr aus. Er war nun an der Tür, kam auf sie zu und fuchtelte weiter mit dem Schraubenzieher vor ihrem Gesicht. Daniellas Adrenalinpegel schnellte in die Höhe. Sie wollte »Sicherheitsdienst« schreien, doch hier gab es keinen. Wegrennen würde sie gerne, doch sie durfte Pete nicht aus den Augen lassen.

Plötzlich huschte Petes Blick zur Seite. Etwas traf ihn mit voller Wucht und stieß ihn gegen die Wand. Der Schraubenzieher fiel zu Boden. Daniella schnappte ihn sich und wich zurück, bis sie mit dem Rücken gegen das Handwaschbecken unter dem Fenster stieß. Von dort aus hatte sie freien Blick auf den blonden Mark Walker, der mit beiden Händen Petes T-Shirt gepackt hatte.

Mark stieß ihn noch einmal gegen die Wand, so dass sein Kopf dagegenknallte. »Na gut, wer bist du, du Arsch?«, fragte er.

»Fick dich!« Pete versuchte eine Kopfnuss, zielte jedoch daneben, und Marks Kopf ruckte nach hinten.

»Du kleiner Drecksack«, knurrte er und packte Pete fester. Blut tropfte auf den Fußboden. Daniella ahnte, dass das hier hässlich werden würde.

Die Regale wackelten, als Mark Pete energischer gegen die Wand drückte.

»Schon gut … Pete«, keuchte er und hustete Schleim aus.

»Pete und weiter?«

»Stein.«

»Woher bist du, Pete Stein? Ganz sicher nicht aus Ryders Ridge.«

»Isa«, knurrte er.

»Kennst du den Typen, Doc?«, fragte Mark.

»Er war letzte Woche hier«, brachte Daniella mühsam heraus. »Er wollte gerade an den Medikamentenschrank, glaube ich.«

Hierauf zerrte Mark ihn von der Wand weg und zur Tür des Behandlungsraums. Daniella folgte ihnen in den Flur. Zwei Türen weiter erschien Dave, vollständig bekleidet und mit seiner Rugby-Tasche über der Schulter. Als er Pete und Mark sah, ließ er seine Tasche sofort fallen.

»Alles klar, Mark?«

»Ich hab ihn schon«, antwortete Mark.

Sobald sie alle im Empfangsbereich waren, begannen Daniellas Beine wie verrückt zu zittern. Sie musste sich an den Tresen lehnen, von wo aus sie zusah, wie die Glasschiebetüren aufgingen und Mark Pete nach draußen schleppte. Dave ging an ihr vorbei zur Tür.

»Fahr zurück nach Isa und lass dich hier nie wieder blicken!«, hörte sie Mark sagen, als er Pete draußen auf den Boden warf. Er und Dave blieben dort stehen, während Pete in einen verbeulten alten Camry stieg und wegfuhr.

Erst jetzt kam Mark wieder herein und ging geradewegs auf Daniella zu. »Alles in Ordnung?«, fragte er.

Direkt vor ihr stehend, wirkte er riesengroß, und seine breite Brust dehnte sich mit jedem Atemzug. Er blutete oberhalb seines Auges: nicht schlimm, aber ein Tropfen begann, um seine Braue herumzurinnen.

»Du bist verletzt«, sagte sie. »Nein, nicht anfassen.« Sie griff nach der Schachtel mit den Papiertüchern auf dem Tresen, nahm sich eine Handvoll und drückte sie auf die Platzwunde. Seine Finger streiften ihre, als er übernahm, und die Berührung seiner warmen Haut versetzte Daniella einen kleinen Stromstoß. Sie rang zitternd nach Luft. Daraufhin sah er ihr besorgt in die Augen. Seine waren dunkelgrün, wie sie feststellte, mit einem Stich ins Braune.

»Deine Hand zittert«, sagte er leise. »Willst du dich einen Moment hinsetzen?«

Daniella schüttelte den Kopf. Sie würde nicht zugeben, wie erschüttert sie war. Noch nie war sie von einem Patienten so bedroht worden, aber dies war ihre Praxis. Und die Situation war überstanden. Sie würde jetzt nicht zusammenbrechen. »Komm mit durch und lass mich das saubermachen«, sagte sie.

Er folgte ihr zurück ins Sprechzimmer und setzte sich sofort auf die Untersuchungsliege. Sie nahm sich eine Flasche mit steriler Kochsalzlösung und Verbandsmaterial. Dann wandte sie sich zu Mark. Beim ersten Versuch, die Wunde zu reinigen, zitterte ihre Hand so sehr, dass sie abbrechen musste.

»Ich brauche einen Moment«, sagte sie und senkte den Kopf, weil sie sich wie ein Idiot vorkam.

»Lass dir Zeit«, antwortete er beruhigend.

Nach einem Moment nahm sie die Papiertücher von seiner Braue und warf sie in den Abfall. Die Wunde blutete nicht mehr, und sie war nicht allzu tief. Daniella wischte das Blut weg, jetzt war ihre Hand ruhig. »Was wolltest du eigentlich hier?«, fragte sie.

»Dave abholen. Und da hörte ich das Krachen.«

»Ach so.«

Er hielt die Lider gesenkt, als sie den Schnitt mit einem Pflaster verschloss. Auch wenn sie froh war, dass er schwieg, wollte sie mit ihm reden, so gefährlich es ihr auch erschien. Trotzdem sagte sie nichts.

Mark stand auf. »Ich muss Dave nach Hause fahren, aber ich rufe Rich an. Keine Sorge, der Typ kommt nicht wieder.«

»Rich?«

»Den Polizisten.« Er wollte schon hinausgehen, drehte sich aber noch einmal zu ihr um. »Darf ich dich heute Abend anrufen?«, fragte er und wartete. Sein Gesicht war offen, freundlich und hoffnungsvoll.

Daniella sah ihn an, von den Stiefeln bis hin zu dem sandfarbenen Haar, und ihr wurde bewusst, dass sich dieses gemeinsame Erlebnis nicht rückgängig machen ließ. Es verband sie unwiderruflich. Und diesmal war sie nicht verwirrt; sie wusste, dass er an ihr interessiert war und dass sie sich von seiner Gelassenheit und seinem Selbstvertrauen angezogen fühlte. Doch sie war unsicher, denn noch war sie sehr verwundbar – nicht nur wegen heute, sondern wegen der letzten Monate. *In diesen Jeans sieht er verdammt gut aus*, meldete sich eine kleine, unvernünftige Stimme in ihrem Kopf. Andererseits musste sie ja nichts mit ihm anfangen. Es ging lediglich um einen Anruf.

»Okay«, sagte sie.

Dr. Harris war entsetzt, als er von dem Vorfall erfuhr. Er war den ganzen Nachmittag wütend und fragte Daniella immer wieder, wie es ihr ginge. Roselyn fluchte sogar und eilte los, um die Türen zur Ambulanz zu verriegeln, ehe sie Rich anrief. Termine wurden verschoben. Daniella kehrte so bald wie möglich in ihr Sprechzimmer zurück und entschuldigte sich aufrichtig bei Cora. Nachdem die Ohrenspritze endlich gefunden worden war und ihren Zweck erfüllt hatte, verließ Astrid glücklich mit ihrer Paillette in dem kleinen Probentöpfchen mit dem gelben Deckel die Praxis. Daniella machte spät Schluss und wollte gerade gehen, als ein Streifenwagen vorfuhr und Richard, der für diese Gegend zuständige Polizist, hereinkam und sich vorstellte. Er war mehrere Fahrtstunden entfernt gewesen, als er den Anruf erhalten hatte, und entschuldigte sich dafür, erst so spät in der Praxis einzutreffen. Mark und Roselyn hatten ihm am Telefon bereits alles erzählt, aber es gab eine Menge Papierkram zu erledigen, und Daniella musste eine Aussage machen. Als das erledigt war, bestand Richard darauf, sie nach Hause zu fahren.

Daniella musste ihn überreden, sie bei Valerie Turner vorbeizufahren, der sie einen Besuch versprochen hatte, und nicht dort auf sie zu warten, damit sie sicher heimkam. Nach dem, was heute geschehen war, fühlte Daniella sich immun gegen alles, was Valerie ihr an Gift entgegensprühen könnte. Schlimmer konnte es wohl kaum mehr werden.

»Was ist mit Ihnen los?«, fragte Valerie, als Daniella hereinkam. Ausnahmsweise war der Kelpie nicht da, allerdings hörte Daniella ein Kratzen hinter dem Haus und nahm an, dass der Hund draußen war.

Sie setzte eine möglichst neutrale Miene auf. »Schlimmer Tag«, sagte sie und hoffte, das würde genügen.

Valerie kniff die Augen ein wenig zusammen. »Dann ist wohl wer gestorben.«

Daniella hätte fast gelacht. Für Valerie war das Glas eindeutig immer halbleer … und der Inhalt sicher auch noch giftig. Aber das sagte sie ihr natürlich nicht. »Nein, nichts dergleichen. Ich habe jemanden erwischt, der Medikamente stehlen wollte, und der hat mich mit einem Schraubenzieher bedroht.«

»Verfluchte Halunken«, raunte Valerie, wirkte aber sehr interessiert. Sie stellte sogar den Fernseher aus. »War der aus Isa?«

»Ja, das hat er zumindest gesagt.«

Valerie murmelte etwas vor sich hin, während Daniella alles aus dem Arztkoffer auspackte, was sie brauchte. Sie erwartete nicht, dass die alte Frau sich nach ihrem Befinden erkundigte, und es tat richtig gut, nicht alle paar Minuten gefragt zu werden, wie es ihr ging. Stattdessen fragte Valerie sie nach allen Einzelheiten des Vorfalls und war mit solch einer Begeisterung dabei, die Hinweise zusammenzufügen, dass Daniella schon dachte, sie wolle Richard, dem Polizisten, ernsthafte Konkurrenz machen.

»Ich hatte gehofft, mein Bruce würde mal die ganzen Kriminellen jagen«, sagte Valerie schließlich.

»Ach ja?«, fragte Daniella, während sie Kochsalzlösung in ihr steriles Schälchen goss.

»Aber er ist in eine Kanzlei gegangen. Jetzt ist er Anwalt«, erklärte die alte Frau. »Ich schätze, er verdient eine Menge Geld.«

»Das hört sich an, als wäre er erfolgreich«, sagte Daniella vorsichtig, denn sie konnte nicht einschätzen, wie gut Valerie sich mit ihrem Sohn verstand.

»Natürlich ist er gut in seinem Job«, sagte Valerie schnippisch. Daniella blickte auf und fragte sich, ob sie etwas Falsches gesagt hatte. Aber Valerie hatte den typisch strengen Blick stolzer Eltern aufgesetzt.

»Natürlich«, sagte Daniella.

»Er sorgt dafür, dass der Rasen gemäht wird und jemand zum Putzen kommt. Wenn ich kann, mache ich meinen Garten noch selbst. Ich will keine Fremden im Haus, die meine Sachen durcheinanderbringen, aber Bruce fühlt sich wohl besser damit.«

Daniella konzentrierte sich wieder auf das Geschwür. »Er scheint ein guter Sohn zu sein. Besucht er Sie oft?«

»Nein, nicht so oft«, antwortete Valerie weniger schnippisch. »Er ist sehr beschäftigt. Am Telefon erreiche ich ihn auch schlecht, weil er immerzu arbeitet.«

»Schreibt er?«, fragte Daniella und inspizierte die Wundränder. Dort war eine Granulation zu erkennen. Ausgezeichnet, die Wunde begann zu heilen. Dann sah sie wieder zu Valerie auf, die blinzelte und verdächtig rote Augen hatte. »Habe ich Ihnen wehgetan?«, fragte sie.

»Er schreibt«, sagte Valerie. »Ich nicht.«

Daniella brauchte einen Moment, ehe sie es begriff. »Mrs. Turner … können Sie schreiben?«

»Selbstverständlich kann ich!«, antwortete Valerie beleidigt. »Aber meine Augen … Ich sehe zu schlecht. Und ich schicke ihm nichts, was er nicht lesen kann. Er soll nicht meinen, dass er herkommen und sich auch noch darum kümmern muss.«

Das leuchtete ein, und es erklärte die dicken Brillengläser – und vielleicht auch Valeries Bemerkung, dass die Putzhilfe Sachen verrückte. War der Diabetes weit genug fortgeschritten, um Geschwüre zu verursachen, beeinträchtigte er sicher auch ihr Sehvermögen. Behutsam fragte Daniella, ob ihre Augen regelmäßig untersucht wurden. Ausnahmsweise antwortete Valerie auf ihre Fragen. Zwar konnte Daniella nichts tun, um den bereits vorhandenen Schaden zu beheben, doch sie erklärte Valerie, dass Bewegung helfen könnte. Hierauf murrte sie nur. Offenbar hatte sie das alles schon mal gehört. Und sie wirkte nicht einmal froh, als Daniella ihr sagte, dass das Ulkus besser aussehe.

Schwermütig und hilflos packte Daniella ihre Sachen ein. Sie wollte sich Valeries Probleme nicht zu Herzen nehmen, aber das war beinahe unmöglich. Obwohl es Zeitverschwendung sein dürfte, sagte sie: »Wenn Sie Ihrem Sohn schreiben möchten, könnte ich Ihnen helfen. Überlegen Sie es sich und sagen Sie mir Bescheid.«

Valerie blickte nicht auf, und Daniella schloss leise die Tür hinter sich.

9

Valeries Haus war nur wenige Minuten Fußweg von ihrem entfernt. So verpasste Daniella ihren üblichen längeren Spaziergang unter den Sternen. Zu Hause ging sie direkt unter die Dusche. Heute Nacht hatte sie Bereitschaft. Dr. Harris hatte versucht, sie zu einem Tausch mit ihm zu überreden, doch sie hatte abgelehnt. Auch wenn sie der Zwischenfall heute mitgenommen hatte, würde sie deshalb auf keinen Fall kneifen. Sie hatte ihn gerade erst so weit, dass er sie alleine den Bereitschaftsdienst übernehmen ließ, das wollte sie sich nicht verderben. Und wenn sie zittrig war, musste sie es eben so durchstehen. Allerdings hatte Dr. Harris nur unter der Bedingung zugestimmt, dass sie ihm Bescheid gab, falls Notrufe eingingen.

Daniella hatte das Wasser voll aufgedreht und schrubbte sich den Tag vom Körper. Während ihrer Unterhaltungen mit Dr. Harris, Richard und Valerie war sie den Vorfall in Gedanken mehrmals durchgegangen. Richard hatte den Schraubenzieher mitgenommen und gescherzt, welcher Ganove mit einem Funken Selbstachtung denn heute noch einen Kreuzschlitz benutze. Nachdem Daniella alles so oft geschildert hatte, lief nun nicht etwa ein Film in ihrem Kopf ab. Vielmehr hatte sie das Geschehen in eine neutrale Folge von Ereignissen gegliedert. Der einzige Teil, den sie nicht nüchtern und losgelöst betrachten konnte, war Mark Walkers Rolle.

Über das Wasserrauschen hinweg hörte sie ihr Telefon klingeln.

»Mist.« Hastig drehte sie das Wasser ab und griff nach

einem Handtuch. Sie hatte ihr Telefon in der Küche abgelegt und hinterließ nun auf dem Weg dorthin nasse Pfützen auf dem Linoleum. Außerdem waren die Jalousien nach vorne heraus offen. »Mist!«

Sie nahm das Gespräch an, während sie die Jalousien schloss und das Handtuch mit ihren Ellbogen festklemmte. Da sie einen Notruf erwartete und angespannt war, fiel ihr das Handy bei der umständlichen Aktion fast aus der Hand.

»Daniella?«, ertönte eine Stimme aus dem Apparat. Eine männliche Stimme, die sie diesmal auf Anhieb erkannte.

Na gut, dies war kein Notruf. Und trotzdem pochte ihr Herz schneller.

»Entschuldigung, hallo«, sagte sie, legte das Telefon auf die Küchenarbeitsplatte und schaltete auf Lautsprecher, während sie weiter ihr Handtuch festhielt.

»Ist es gerade ungünstig?« Seinen rauen Bariton konnte nicht einmal der winzige Lautsprecher verzerren.

»Nein«, sagte sie rasch, bevor sie gestand: »Ich war unter der Dusche und verteile hier überall Wasser.«

Sofort verfluchte sie sich. Würde Mark sie sich jetzt splitternackt in ihrer Küche vorstellen? Glaubte er, dass sie mit ihm flirtete? Sie machte sich auf einen derben Scherz gefasst, der jedoch nicht kam.

»Ich rufe ein anderes Mal an«, sagte Mark.

Daniella war amüsiert. »Nein, ist schon gut. Ich habe Bereitschaft und das Handy in der Küche liegen gelassen. Es ist nicht das erste Mal, dass mir das passiert.«

Er lachte. »Na schön. Wie gefällt dir das Haus? Ich habe mal einen Doc dort abgesetzt, ist aber schon lange her.«

Daniella wickelte sich das Handtuch fester um. »Ach, es ist … praktisch. Ich bin nicht viel hier.«

»Immer bei der Arbeit?«

»Ja.«

»Ich auch, nur dass meine Arbeit zu Hause ist.«

Auf einmal wollte Daniella wissen, wie sein Leben auf der Station aussah. »Wie ist es dort draußen?«, fragte sie.

Im Hintergrund konnte sie Schritte hören – Stiefel auf einem Holzboden. Er ging, während er redete. »Im Moment still«, antwortete er. »Ich habe das Haus für mich. Es ist ein bisschen einsam, aber ich kann jederzeit spüren, was draußen vor dem Haus ist.«

»Und das wäre?«

»Die Scheunen und die Herde. Meilenweit Mitchell-Grasland.«

»Klingt entspannt«, sagte Daniella, klemmte das Telefon zwischen Schulter und Kinn ein und tapste ins Wohnzimmer, wo ihr Koffer noch immer unausgepackt neben der Couch stand. Irgendwo da drin waren ihre Sporthose und ein T-Shirt.

Er lachte. »Schön wär's! Es gibt immer viel zu tun. Aber selbst wenn es hart ist, ist es jede Minute wert.«

Die Leidenschaft in seiner Stimme war unverkennbar. Sie konnte ihn sich vorstellen, wie er in die Weite blickte, sah sein schönes Profil vor sich, das ihr zum ersten Mal in der Taverne aufgefallen war. Sie verlagerte das Handy zur anderen Schulter, während sie sich anzog. »Das hört sich fantastisch an.«

»War Rich da?«, wechselte er das Thema.

»Ja, und er hat Papiere für eine ganze Akte ausgefüllt.«

Es sollte witzig klingen, aber Mark lachte nicht. »Gut. Ich habe ihm das Kennzeichen gegeben. Damit fährt er nach Mount Isa und schnappt sich den Typen.«

Endlich war Daniella angezogen, sie konnte den weichen Fleece-Stoff ihrer Sportsachen angenehm auf der Haut spüren und fühlte sich nun wohl genug, um ehrlich zu sein. »Mark?«

»Ja?«

»Ich möchte lieber nicht darüber reden.«

»Klar.« Er schwieg einen Moment. »Na, dann lasse ich dich

mal ins Bett gehen. Oder schläfst du nicht, wenn du Bereitschaft hast?«

»Doch, ich schlafe und warte auf Anrufe.«

»Okay.«

Beide verstummten, aber jetzt besaß die Stille eine neue Wärme. Daniella wollte nicht auflegen, und sie vermutete, dass es ihm ähnlich ging. Obgleich sie nach wie vor bezweifelte, dass es eine gute Idee war, wollte sie weiterreden. Da war etwas zwischen ihnen, das sie gerne näher erforschen würde. Außerdem fühlte sich die lange Nacht, die vor ihr lag, weniger einsam an, wenn sie mit Mark redete.

»Tja, dann gute …«, begann sie.

»Daniella, warte«, fiel er ihr ins Wort. »Darf ich dich einladen?«

»Einladen?«, fragte sie verwundert.

»Ja, morgen Abend.«

Auf einmal wurde ihr klar, was er fragte, und ihr Magen verkrampfte sich. »Ich weiß nicht …«

»Hast du Bereitschaft?«

»Nein …«

»Möchtest du nicht?«

Sie biss sich auf die Unterlippe. Das war es nicht. Die Vorstellung, Zeit mit ihm zu verbringen, war eindeutig reizvoll. Er war sympathisch, ein angenehmer Gesprächspartner, und die fantastischen grünen Augen durfte man natürlich auch nicht vergessen. Nur … es war eine Komplikation, die sie nicht gebrauchen konnte, und deshalb war sie unsicher.

Mark interpretierte ihr Schweigen als Ablehnung. »Tja, also, dann schlaf …«

»Okay«, sagte sie hastig. »Okay.«

Sein Lachen klang herrlich. »Wann machst du Feierabend?«

»Normalerweise um fünf, aber es geht oft länger.«

»Also hole ich dich um sechs ab.«

»Und was ist, wenn die Sprechstunde länger dauert?«

»Dann warte ich. Bis morgen.«

Daniella wartete, dass er auflegte. Dann stand sie in ihren Sportsachen da und fragte sich, was in sie gefahren war, die Einladung angenommen zu haben.

Sie sank auf die Couch und war entschlossen, ein bisschen zu schlafen. Im Praktikum und während der zwei Jahre als Assistenzärztin hatte sie sich antrainiert, in Bereitschaftsnächten frühzeitig etwas zu schlafen, um nicht völlig übermüdet zu sein, wenn die Anrufe kamen. Aber jetzt wollte ihr Verstand einfach nicht abschalten. Sie ging im Geiste alles durch, was bei dem Date mit Mark schiefgehen könnte. Ein mögliches Szenario war, dass es gut lief und er es wiederholen wollte. Gott, was stimmte bloß nicht mit ihr? Hatte sie sich schon so sehr an das Alleinsein gewöhnt, dass sie schon der Gedanke an ein zweites Date schreckte?

An Schlaf war nicht zu denken, und um sich abzulenken, schaltete sie den Fernseher an. Einzig ein Kanal war anständig zu empfangen, und dort fing gerade *Offspring* an. Daniella schnaubte. Eigentlich hatte sie die Serie nie gemocht: zu überdreht für ihren Geschmack. Aber heute hatte sie damit kein Problem. Eine halb irre Ärztin, die einer anderen zuguckte. Daniella machte es sich gemütlich.

Wie sich herausstellte, ging die ganze Nacht kein einziger Notruf ein. Nachdem Daniella endlich eingeschlafen war, wurde sie einmal kurz wach, gegen zwei Uhr, weil sie glaubte, das Telefon gehört zu haben. Doch als sie hinsah, war das Display leer. Keine verpassten Anrufe. Im blauen Schein des Handys setzte sie sich wieder auf die Couch. Es war komisch, seit ihren ersten Monaten im Praktikum hatte sie sich nicht mehr eingebildet, das Telefon klingeln zu hören. In der verqueren Logik des Halbschlafs deutete sie es als Zeichen für eine langsame Rückentwicklung ihrer Fähigkeiten. Bald würde sie vergessen, wie man mit echten Patienten umging, so wie es ihr an der Hochschule ergangen war: jede Menge Lehrstoff, keine Substanz. Und ehe sie sich's versah, wäre auch das vergessen, und sie würde sich wieder auf dem Stand einer Highschool-Schülerin an einer reinen Mädchenschule befinden, die sich hinter ihren Büchern vergrub und für Jungen schwärmte – zumeist die Freunde ihres Bruders –, die sie nicht einmal eines Blickes würdigten. Ach, das war Jahre her, doch mitten in der Nacht wirkte es real und gegenwärtig. Erst kurz vor dem Morgengrauen schlief Daniella wieder ein.

Fünf Minuten vor dem Weckerläuten wachte sie auf, ihr Gesicht an die muffelige Couchlehne gedrückt. Zum Glück verflogen die nächtlichen Gedanken bald.

In der Praxis ging es hektisch zu. Jackie hatte Dienst, doch zwischen den Patienten kamen sie kaum dazu, mal ein paar Worte zu wechseln.

»Oh mein Gott!«, begrüßte Jackie sie morgens. »Roselyn hat mir alles erzählt! Geht es dir gut?«

Daniella hatte den Mund voller Kekse. Heute waren es die etwas faden Milchkaffee-Biskuits von ganz unten in der Dose. Sie kaute energisch und nickte. »Bestens«, brachte sie heraus. Zum Glück fragte Jackie nicht nach Marks Beteiligung. Offensichtlich hatte Roselyn einige Details ausgelassen.

Patienten trudelten in einem steten Strom ein, doch alles verlief reibungslos, und erstaunlicherweise konnten sie die Praxis um Punkt fünf schließen.

»Ich rufe dich an!«, rief Jackie ihr zu, als sie davoneilte, um Jamie abzuholen.

So kam es, dass Daniella trotz eines längeren Spaziergangs nach Hause noch fast eine Stunde Zeit hatte, bis Mark sie abholen würde. Sie wanderte im Haus auf und ab und wusste nicht recht, was sie zuerst tun sollte.

Wohin würde er sie ausführen? Die Möglichkeiten waren recht begrenzt. In der Stadt gab es ein paar Cafés, nur hatten die abends nicht geöffnet. Wahrscheinlich würden sie in die Taverne gehen. Was sollte sie anziehen? Schwarz wäre wohl vorzuziehen, dann könnte sie sich in einer Ecke unsichtbar machen. Sie wühlte in ihrem Koffer und hielt ein zerknautschtes T-Shirt in die Höhe. In dem hatte sie schon ein paarmal geschlafen. Okay, das nächste. Unter einer zusammengefalteten Jacke, die sie bisher noch nicht getragen hatte, fand sie ein schwarzes Stricktop, das komplett verknittert war. Sie schüttelte es aus. Auch das brauchte eine Wasserdampfbehandlung im Bad.

Nach dem Duschen zog sie ihre Jeans an. Das Top schmiegte sich an ihren Oberkörper, und der Ausschnitt bedeckte knapp die Spitzenränder ihres einzigen Nicht-Arbeits-BHs. Sie betrachtete sich im Spiegel. Ihre Haut war noch gerötet von der Dusche und ihr Haar feucht. Die dunklen Schatten unter ihren Augen waren noch da, wirkten inzwischen aber etwas heller. Einen Föhn hatte sie nicht, also bürstete sie ihr Haar und steckte es mit einem Clip hoch. So musste es gehen.

Als sie ins Wohnzimmer ging, betrachtete sie es plötzlich mit den Augen eines Außenstehenden. Hier sah es aus wie in einem besetzten Haus. Die zerwühlten Bettdecken auf der Couch, der offene Koffer, aus dem Klamotten quollen. Solch ein Chaos würde Daniella bei der Arbeit niemals dulden, aber für ihre Wohnung gab sie sich offensichtlich selbst einen Freipass. Es war schlicht der Ort, an dem sie sich zwischen wichtigeren Dingen ausruhte, und dort kam es leicht mal zu Wildwuchs.

Sie brachte die Decken und das Kissen ins Schlafzimmer. Der aufwirbelnde Staub ließ sie niesen. Als Nächstes schleppte sie ihren Koffer hinterher. Jetzt wirkte das Wohnzimmer zwar ordentlich, aber sehr spartanisch. Es sah nicht einmal bewohnt aus. Von draußen waren Motorengeräusche zu hören, und Daniella linste durch die Jalousien. Ein Geländewagen war vorgefahren. Sie wurde panisch, weil Mark dies hier auf keinen Fall sehen durfte. Hastig griff sie nach ihrer Handtasche und stürmte aus dem Haus.

Mark Walker war tatsächlich nervös. Im Laufe der Jahre war er mit einigen Frauen ausgegangen, aber seit er wieder fest auf Ryders lebte, waren es nicht viele gewesen. In Ryders Ridge kannte er ja sowieso jeden, und die jüngeren Leute zogen eher fort als hierher. Steph war das letzte Mädchen aus Ryders, mit dem er zusammen gewesen war, und auch sie lebte inzwischen nicht mehr hier. Außerdem bekamen die Leute immer mit, was er tat und wen er traf. Diese Art der Überwachung wollte er weder sich noch Daniella antun.

Daniella Bell. Seit einer Woche ging sie ihm nicht aus dem Kopf, und er freute sich auf den heutigen Abend. Er sollte besonders werden … und privat. Deswegen hatte er sich den perfekten Plan überlegt.

Als er aus dem Rover stieg, war er ein bisschen aufgeregt. Daniella verriegelte gerade ihre Haustür und hatte ihm den Rücken zugekehrt. Ihre Jeans und das Top hoben sich deutlich von der hellen Fassade ab. Daniella drehte sich um, winkte ihm zu und steckte ihre Schlüssel in die Tasche. Mark blieb stehen und sah ihr zu, wie sie den Weg hinunterlief, so wie er sie beobachtet hatte, als sie Dave behandelte. Ihm gefiel, wie energiegeladen, präzise und fließend sie sich bewegte.

»Hi«, sagte sie. Da war ein Anflug von Unentschlossenheit in ihrem Gesichtsausdruck, als wäre sie nicht sicher, welche Art der Begrüßung angemessen war. Sollten sie sich umarmen? Sich die Hände schütteln? Er antwortete, indem er ihr die Beifahrertür öffnete. »Danke«, sagte sie und wurde rot.

Mark ging um den Wagen herum zur Fahrerseite. Ihm war bewusst, dass er idiotisch grinste. Er stieg ein und ließ den Motor an.

Als sie losfuhren, blickte Daniella zu ihm. »Du siehst gut aus.« Er hatte sich eine Menge Mühe mit seinem Outfit gegeben: gebügelte helle Jeans, blaues Hemd, schlichter Gürtel, polierte Stiefel. Er duftete fantastisch *und* er hatte ihr die Tür aufgehalten. Wer machte das heutzutage noch? Sie strich über ihr Top und sah verstohlen nach verbliebenen Falten.

»Danke.« Er lächelte, blickte aber weiter auf die Straße.

»Und wo fahren wir hin?«

»Nicht weit. An einen ruhigen Platz. Mir war nicht danach, mich den Einheimischen zu stellen«, gestand er.

»Ich bin froh, dass du das sagst«, entgegnete sie aufrichtig dankbar. Vielleicht kannte er ein abgelegenes Restaurant oder ein Café, das sie bisher nicht gesehen hatte.

Dieser Gedanke hielt sich, bis sie die Sandpiste am Ende der Hauptstraße erreichten. Dann begriff Daniella, wohin er sie fuhr.

»Warte mal, fahren wir zum Stausee?«, fragte sie.

»Warst du da schon?« Er klang ein bisschen enttäuscht.

»Ja, aber …« Sie lachte kopfschüttelnd. »Jackie hat mir gesagt, dass ich mich nie zum Stausee einladen lassen soll.«

Er lachte ebenfalls. »Hat sie das, ja?«

»Ja, und zwar mit Nachdruck.«

»Das ist ein guter Rat … wenn du sechzehn bist! Ich glaube, ich habe ihn Cat sogar auch mal gegeben.«

»Cat?«

»Meine Schwester. Sie geht in Brisbane zur Uni. Inzwischen ist sie zweiundzwanzig, und ich würde sagen, dass sie dank des Tipps eindeutig ein paar fragwürdige Freunde überlebt hat.«

Hiermit war das Eis gebrochen. Sie waren sich nun beide

darüber im Klaren, dass dies hier ein Date war, und sie waren erwachsen und konnten darüber lachen.

»Lass mich raten … Ist es der örtliche Treffpunkt zum Knutschen im Auto?«, scherzte Daniella.

»Ja, wenigstens ein Teil davon. Dort fahren wir allerdings nicht hin.«

Daniella fand es beinahe schade, wofür sie sich sofort im Geiste zurechtwies. »Na gut. Und wohin wollen wir dann?«

Wieder dieses Lächeln. »Zur schönsten Stelle. Du wirst schon sehen.«

Den Rest der Fahrt plauderten sie locker – über ihren Tag in der Praxis, den schlechten Straßenzustand, die unterschiedlichen Tiere, die sie am Rande des Scheinwerferkegels fliehen sahen. Schließlich erreichten sie den Hügel oberhalb des Stausees. Mark fuhr direkt nach unten und am Ufer entlang, an dem Jamie mit seinen Dinosauriern gespielt hatte. Dann bog er auf einen Weg ein, der zwischen den Bäumen hindurch einen Hang hinunter und um einen Eukalyptushain herumführte. Daniella beobachtete, mit welcher Leichtigkeit er den Wagen lenkte; wahrscheinlich hatte er dies hier schon oft gemacht. Mit Blick zum Stausee hielt er an. Der Wagen war vom Hauptparkplatz am Waldrand abgeschirmt. Rechts von ihnen leuchtete das Unterholz bereits blau in der Dämmerung und erstreckte sich bis zum Horizont, wo das letzte Sonnenlicht den Himmel färbte.

Kaum war der Motor ausgeschaltet, war die Stille überwältigend. Nicht einmal Grillen zirpten. Nichts als Ruhe; ein so perfekter, fragiler Moment, der eigentlich umgehend verpuffen müsste. Daniella saß regungslos da und versuchte, die Stille nicht mit dem Knarzen des Autositzes zu stören. Langsam ließ Mark das Lenkrad los und legte die Hände auf seine Oberschenkel.

Schließlich sagte er: »Ja, deshalb bin ich hergekommen.«

Sie stiegen aus und spazierten ein Stück. Mark erklärte Daniella, wo sie waren – nördlich von der Stadt –, und nannte ihr die Namen der Bäume. Nebeneinander gingen sie an dem abgelegenen Uferstück entlang.

»Du musst Hunger haben«, sagte er.

»Ehrlich gesagt, ja«, bestätigte Daniella, auch wenn sie das Gefühl hatte, sie könnte ewig weitergehen und die kühle, stille Luft auf ihren Wangen genießen.

»Komm mit.« Er nahm ihre Hand, und sie kehrten zum Rover zurück. Daniellas Bauch zog sich angenehm zusammen, als sie den warmen Druck seiner Haut an ihrer spürte, und gleichzeitig überkam sie eine leise Wehmut. Sie wollte noch nicht zurück in die Stadt, wo sie diesen Ort eben erst entdeckt hatte: die ideale Zuflucht, in der sie überhaupt nicht sie selbst war. Hier war sie eine Traumzeit-Kreatur, ganz und gar unauffällig und bei sich.

Mark ließ ihre Hand los, öffnete die Heckklappe des Rovers und hievte eine Kühlbox heraus.

Daniella lachte. »Wie hast du das gemacht?«

»Was gemacht?«, fragte er, ging um den Wagen herum und warf eine Decke über die Motorhaube.

»Genau gewusst, was ich dachte.«

»Was hast du denn gedacht?«

»Dass ich noch nicht zurück in die Stadt will«, sagte sie leise.

An den Rover gelehnt, blieb er stehen und warf ihr einen echten Cowboy-Blick zu: den Kopf leicht gesenkt, als wäre er verlegen, und mit einem umwerfend charmanten Lächeln. »Möchtest du einen Lift nach oben?«, fragte er.

Er hob sie hoch, als wäre sie federleicht und zugleich überaus kostbar.

Auf der Haube sorgte die Restwärme des Motors dafür, dass ihnen die kühle Nachtluft nichts anhaben konnte. Sie saßen zusammen und aßen Sandwiches, während der Mond und die Sterne aufgingen. Daniella inspizierte ihr Sandwich.

»Was ist da drauf? So was Leckeres habe ich noch nie gegessen.«

»Ryders-Rindfleisch«, antwortete Mark. »Doch ehe du mich lobst, die Sandwiches hat Kath gemacht. Sie ist die Haushälterin auf der Station.«

»Du hast eine Haushälterin?« Sie war überrascht, denn sie hatte bisher geglaubt, dass es nur in Großstadtvillen Haushälterinnen gab.

»Ja. Kath ist schon lange bei uns. Sie und ihr Mann fingen seinerzeit als Helfer bei uns an. Er war Rinderzuchtgehilfe. Er starb vor langer Zeit auf einem Viehtrieb, und Kath blieb bei uns. Bald fing sie an, sich um das Haus zu kümmern. Es lief sehr gut, und heute könnte mein Vater sicher nicht mehr ohne sie zurechtkommen.«

Daniella fiel ein, dass Jackie erzählt hatte, seine Mutter sei dieses Jahr gestorben. »Wie geht es ihm?«, fragte sie leise.

Mark atmete langsam aus. »Ehrlich? Nicht besonders. Er hatte ein schlimmes Jahr und ist richtig fertig. Nicht so sehr körperlich. Ich meine, er hat zwar einige Herzprobleme gehabt, doch die scheinen unter Kontrolle zu sein. Aber er hat die Landfeuerwehr aufgegeben, und er sorgt sich, wie es mit der Station weitergehen soll. Ich verstehe das sehr gut.«

Daniella erkannte an seiner strengen Miene, dass für ihn diese Ranch sein Leben war. »Seid ihr viele Leute auf der Station?«

»Nein, die meiste Zeit nur Dad, Kath, ein paar Helfer und ich. Wir heuern zusätzliche Leute an, wenn wir eine Herde zum Verkauf zusammentreiben. Als der Viehbestand noch größer war – vor der Dürre –, hatten wir ziemlich viele Angestellte. Heute, mit dem Minen-Boom, ist es schwierig, Aushilfen zu bekommen. Dave ist Mechaniker und Pilot, was sehr hilfreich ist – wenn er denn gerade in der Gegend ist. Viehhelfer sind noch einige zu haben, aber alles andere müssen wir eben selbst machen.«

Unbewusst rieb er die Hände aneinander. Daniella bewunderte, wie stark sie wirkten. Sie traute ihm jede Aufgabe zu. »Heißt das, wenn ich einen Klempner brauche, rufe ich dich an?«

Er lachte. »Ja, das geht wahrscheinlich schneller, als hier einen Fachmann zu finden.« Dann fuhr er fort: »Als ich ein Kind war, hatten wir sogar eine richtige Lehrerin. Da lebten wir eine Zeit lang auf einer Station unten nahe Roma, die nicht so nahe an der Stadt lag. Aber wir sind immer wieder nach Ryders zurückgekehrt.«

»Hast du außer Cat noch Geschwister?«

»Einen älteren Bruder, Will. Er arbeitet jetzt in den Minen in Isa. Catrina ist an der Uni in Brisbane, wie ich schon sagte, und studiert Agrarwissenschaften. Dort ist sie auch zur Schule gegangen, auf ein Internat.«

»Wirklich? Wo?«

»Girls Grammar. Kennst du das?«

»Natürlich, oben an der Terrace. Früher war ich zu Debattierveranstaltungen dort.«

»Wo bist du zur Schule gegangen?«

Daniella hatte sich vorgenommen, so wenig wie möglich von sich zu erzählen. Ihr war wohler, wenn sie die Fragen stellte, so wie sie es in der Praxis tat, um Krankengeschichten aufzunehmen. Aber Mark gelang es doch, ihr Einzelheiten zu entlocken, und sie ertappte sich dabei, wie sie ihm von ihrer einsamen Grundschulzeit erzählte, den besseren Tagen an der Highschool, wo man sie intellektuell anspornte, und dann der Uni.

»Manchmal denke ich, dass ich wegen der gemeinen Kinder in der Grundschule Medizin studiert habe«, sagte sie nachdenklich. »Weil keiner mit mir spielen wollte, lernte ich eifriger und stellte meinem Dad haufenweise Fragen. Dann zwang ich Aiden, meinen Patienten zu spielen. Einmal verband ich ihn von Kopf bis Fuß, so dass er sich nicht mehr rühren konnte. Dad musste mir helfen, ihn wieder auszuwickeln. Die Katze hatte mehr Glück, weil sie schneller flitzen konnte als Aiden.« Mark lachte.

Er hörte ihr aufmerksam zu, als wären ihre Geschichten das Wichtigste überhaupt. Bald waren alle Sandwiches gegessen und der Sternenhimmel aufgegangen. Sie legten sich auf die Motorhaube zurück, Schulter an Schulter, und blickten nach oben. Die Stille war wohltuend. Daniella fühlte sich vollkommen entspannt. Alle Bedenken, dass sie sich nicht mit diesem Mann einlassen durfte, solange sie versuchte, sich selbst wieder auf die Reihe zu bekommen, traten in den Hintergrund.

»Was hat dich eigentlich neulich Abend zu der Bank geführt?«, fragte er plötzlich.

Daniella stützte sich auf einen Ellbogen auf. »Ich ging zufällig dort vorbei, weil ich … mir die Landschaft und den Himmel ansehen wollte. Einfach so. Es ist eine hübsche Stelle.«

Er räusperte sich. »Stimmt.«

Sie sah ihn an. Irgendwas ließ er aus. Im Mondlicht wirkten seine grünen Augen schwarz, und seine Miene verriet nicht, was in ihm vorging.

»Möchtest du sie gerne sehen?«, fragte er.

»Was?«

»Die Station.«

Sie nickte und merkte, wie sie unwillkürlich lächelte. Eine wunderbare Spannung baute sich zwischen ihnen auf, als sie einander ansahen. Dann beugte Mark sich vor, als wollte er sie küssen.

Sofort wurde Daniella unsicher und blickte auf ihre Uhr.

»Oh mein Gott, es ist schon elf!«, rief sie aus. »Ich muss nach Hause. Morgen fange ich früh an.«

Er begann, sich zu entschuldigen, weil er sie so lange aufgehalten hatte, doch sie versicherte ihm, dass es nichts machte, und krabbelte von der Motorhaube, bevor er ihr helfen konnte. Trotzdem schaffte er es, zuerst an ihrer Tür zu sein und sie ihr zu öffnen.

Sie stockte, ehe sie einstieg. »Danke, das war wirklich schön«, sagte sie. Daniella fühlte sich furchtbar und bedauerte, die Stimmung ruiniert zu haben. Die Fahrt zurück verging viel zu schnell.

Als Mark vor ihrem Haus anhielt, ihr die Tür geöffnet hatte und sie ausgestiegen war, ergriff er ihre Hand. »Übrigens ist am Samstag ein Ball in Julia Creek. Würdest du mit mir hingehen?«

»Was für ein Ball?«

»Ein B&S-Ball, für junge Singles.«

»Geht es bei denen nicht … ein bisschen wild zu?« Die Geschichten über die Landbälle hatten sich bis nach Brisbane herumgesprochen. Angeblich kam es dort mit solcher Regelmäßigkeit zu Trunkenheitsdelikten und Verletzungen, dass sie jede städtische Veranstaltung in den Schatten stellten.

»Ja«, sagte er und ließ ihre Hand los. »Viele Leute sehen sie eher als eine Art Freibrief zum wilden Flirten mit der Hilfe von Alkohol, aber sie können auch lustig sein. Ich war selbst nicht sicher, ob ich hingehen soll, aber Dave möchte, dass ich mit ihm fahre. Und ich hätte dich gerne dabei.«

Daniella schwankte zwischen dem wohligen Gefühl, das seine Worte in ihr auslösten, und ihrem Pflichtbewusstsein. »Ich weiß nicht genau. Normalerweise übernimmt Dr. Harris die Bereitschaft von Samstag auf Sonntag, aber ich bin nicht sicher, ob ich nicht in Rufnähe sein sollte …« Sag nein, dachte sie. »Ich muss nachfragen.«

Mark nickte und trat einen Schritt zurück. »Okay, ich rufe dich an.«

Daniella rechnete damit, noch stundenlang wach zu liegen und über alles nachzugrübeln, was sie gesagt hatte und was geschehen war. Stattdessen schlief sie schnell ein und träumte von Sternen und einer sanften Brise auf ihren Lippen.

10

Du hast *was?*«, fragte Jackie.

Daniella trank einen Schluck Tee und verbrühte sich fast die Zunge. Sie zog eine Grimasse und drehte den Kaltwasserhahn auf, um ihren Tee abzukühlen. »Ja, ich weiß … du hast gesagt, dass ich mit niemandem zum Stausee fahren soll, aber ich wusste gar nicht, dass wir dahin wollten, Ehrenwort. Und er hat sich sehr zivilisiert benommen.«

Dr. Harris war in seinem Sprechzimmer und telefonierte mit einem Lieferanten, würde aber sicher gleich fertig sein. Noch hatte die Sprechstunde nicht begonnen; erst in zehn Minuten würden sie die Türen öffnen. Daniella hoffte, das reichte Jackie, um ihren Schock zu verwinden.

»Natürlich war er zivilisiert«, sagte Jackie. »Wir reden hier über *Mark Walker*. Oh, Mann! Wem hast du noch davon erzählt?«

Versonnen tunkte Daniella einen Keks in ihren Tee. »Keinem. Nur dir.«

»Hat euch jemand gesehen?«

»Was? Nein, ich glaube nicht. Warum? Wäre das schlimm?«

Jackie blickte sich um und senkte die Stimme. »Na hör mal, er ist *der* begehrteste Junggeselle im ganzen Distrikt. Also pass auf dich auf, sage ich nur. Die Leute reden. Und die Morgans wird es nicht kaltlassen. Steph umgarnt ihn seit Jahren.«

Daniella zuckte mit den Schultern. Was kümmerten sie die Morgans?

Jackie runzelte die Stirn, doch dann fing sie sich wieder und lächelte. »Hey, ich bin bloß geschockt, sonst nichts. Er geht sonst nie aus. Anscheinend hast du mächtig Eindruck auf ihn gemacht. Wie war's?«

Daniella wurde rot. Sie hatte Jackie von dem Date erzählt, weil es sich falsch anfühlte, es nicht zu erwähnen. Aber Einzelheiten wollte sie wahrlich nicht besprechen. »Nett. Übrigens glaube ich, es war als Entschuldigung dafür gedacht, dass sein Vater letztes Wochenende so unmöglich zu mir war.«

»Hat er das gesagt?«

»Nein, ist nur so ein Gefühl.« Welche Gefühle sie sonst noch in Bezug auf Mark hatte, würde sie garantiert nicht verraten.

Jackie betrachtete sie skeptisch. »Nein, das bezweifle ich. Du merkst es nicht, oder?«

»Was?«, fragte Daniella ein bisschen gereizt. Das hier war doch lächerlich. Sie war bei einem Date mit Mark gewesen. Sie hatten zusammen gegessen, geredet und die Sterne angeguckt. Er hatte sie nicht einmal geküsst, also wozu das Theater?

Jackie stemmte eine Hand in ihre Hüfte. »Jetzt wird mir einiges klar. Ich habe doch gesehen, wie er dich angeguckt hat. Du weißt schon, auf diese Art.«

Daniella verdrehte die Augen. »Welche Art?«

»Na *die*.« Jackie grinste, wurde aber gleich wieder ernst, als Daniella sich wenig amüsiert zeigte. »Schon gut, ich bin lediglich überrascht. Nicht dass es irgendwem sonst aufgefallen wäre. Es ist bloß so, dass ich Mark kaum gesehen habe, seit seine Mum gestorben ist.«

»Mhm«, machte Daniella, bemüht darum, nicht zu erfreut zu klingen. Sie war sich nicht mal sicher, was sie für Mark Walker empfand. Doch egal wie sehr sie sich anstrengte, nicht an ihn zu denken, wollte er ihr einfach nicht aus dem Kopf gehen. Er war anders als die Männer, die sie bisher kennengelernt hatte – rücksichtsvoll und aufmerksam. Und genau deshalb kam es ihr falsch, unnatürlich vor. Was hatte sie getan, solche Aufmerksamkeit zu verdienen? Wiederholt versuchte sie, ihre Gedanken abzustellen; sie hatte sogar probiert, die Sache klinisch zu betrachten, wobei sie ihre Beziehung wie einen neuen Fall im Frühstadium der Diagnose betrachtet hatte. Es waren mehr Tests und Untersuchungen nötig, damit sie mehr Daten zusammenbekam. Dann könnte sie eine Prognose abgeben. Doch sämtliche Versuche, sachlich zu bleiben, halfen nur für kurze Zeit. Bald schweifte sie wieder ab, erinnerte sich, wie er ausgesehen hatte, als sie auf der Motorhaube lagen, oder fragte sich, wie es wäre, ihn zu küssen. Gott, sie musste sich dringend zusammenreißen!

Daniella sah aus dem Fenster. Ein Wagen bog gerade auf den Parkplatz ein. Das war sicher der erste Patient.

»Magst du ihn?«, fragte Jackie flüsternd.

»Warum flüsterst du?«

Jackie verzog das Gesicht. »Weil alles Verschwörerische mehr Spaß macht«, sagte sie und lehnte sich an die Wand. »Also?«

»Weiß ich nicht genau«, antwortete Daniella. »Es ist gerade zu viel anderes los.« Zum Beispiel die Patienten, die hoffentlich jetzt gleich in Scharen einfielen und sie aus dieser Unterhaltung retteten.

»Hat er dich wieder eingeladen?«

Nach kurzem Zögern gestand Daniella: »Ja. Zum Ball dieses Wochenende.«

»Oh Gott, sag mir bitte, dass du abgelehnt hast!«

»Ich habe weder zu- noch abgesagt, weil ich nicht weiß, ob ich Bereitschaft habe. Mark will mich anrufen.«

Jackie schüttelte den Kopf. »Warst du schon mal bei so einem Ball?«

»Nein.«

»Das sind entsetzliche Besäufnisse.«

Daniella ging zum Empfangstresen, nahm ihren Stapel mit Patientenblättern auf und tat, als würde sie ihn noch einmal durchgehen. »Ja, das hat Mark schon erwähnt. Und er hat gesagt, dass Dave mit ihm hinfährt.«

Stille.

»Jackie?« Daniella sah zu Jackie, die ihre Arme verschränkt hatte und ins Leere starrte. Dann blickte sie wieder zu Daniella. »Du fährst mit«, sagte sie. »Das ist sonnenklar.«

Zu ihrer Verwunderung musste Daniella gestehen, dass sie wirklich hinwollte, solange es für Dr. Harris okay war. Trotz der Geschichten über die B&S-Bälle fühlte sie sich bei Mark sicher, vor allem wenn sie daran dachte, wie er sie furchtlos gegen Pete Stein verteidigt hatte. Und außerdem wäre der Ball ein guter Test. »Wieso kommst du nicht mit?«, schlug sie wagemutig vor. »Wenn Dave auch dabei ist, wären wir zu viert – je mehr, desto sicherer. Mark ist bestimmt einverstanden.«

Jackie nagte an ihrer Lippe. Dann klopfte es an der Praxistür, und gleichzeitig klingelte das Telefon.

»Los geht's«, sagte Jackie und lief zur Tür. »Ich muss aber erst nachsehen, ob ich etwas zum Anziehen habe«, rief sie Daniella zu.

»Garantiert mehr als ich«, sagte Daniella. Wie sollte sie bis zum Wochenende ein Kleid auftreiben? Es war ein Segen, dass ihre Patienten sie fürs Erste auf andere Gedanken brachten. Sie nahm das oberste Krankenblatt auf: Sarah, das kleine Mädchen mit dem Asthma, das zur Nachuntersuchung kam.

Doch als die Tür aufging, kamen nicht Sarah und ihre Eltern herein, sondern die beiden verrückten Schweineschützen Robert und Joe. Jetzt fiel Daniella wieder ein, dass Joe nicht zur Nachsorge am Montag erschienen war, wie sie ihm gesagt hatte. Durch das Pete-Drama hatte sie es gar nicht weiter bemerkt.

Sie ging auf die beiden zu, ehe sie sich setzen konnten. »Joe, Robert, was gibt's?«

Joes einer Mundwinkel bog sich nach unten. »Das fühlt sich nicht so toll an, Doc.«

Daniella sah auf den schmutzigen Verband. »Kommt mit«, befahl sie. Sie führte die beiden direkt in den Ambulanztrakt, wo sie Joes Hand genäht hatte. Auf dem Weg kam ihnen Dr. Harris entgegen.

»Fangen wir früher an?«, fragte er munter.

»Hi, Doc«, begrüßten ihn die Brüder im Chor.

»Kommen Sie damit allein klar, Daniella?«, fragte Dr. Harris.

»Offen gesagt wäre es mir lieb, wenn Sie sich das auch einmal ansehen würden. Ich hatte Ihnen ja von der Bissverletzung erzählt, die letzte Woche reinkam, als Sie in Mount Isa waren. Wissen Sie noch?«

»Oh ja«, antwortete Dr. Harris und schob interessiert seine Brille höher, während er ihnen in den Behandlungsraum folgte.

Daniella nahm den Verband ab und warf ihn in den Spezialeimer für infektiöse Abfälle. Das Verbandknäuel schlug innen gegen die Eimerseite, worauf man deutlich den Sand aus den Stoffbahnen rieseln hören konnte.

»Habt ihr den Verband zwischendurch gewechselt?«, fragte sie.

»Nee, wir dachten, es ist sauberer, wenn wir den drauflassen«, antwortete Joe unbekümmert.

»Na super«, murmelte sie. »Hast du wenigstens die Tabletten genommen?«

»Klar doch, Doc, hatte ich ja versprochen.«

Joe jammerte, als sie vorsichtig die Wundauflage abzog. Sein Finger sah wie eine große pinkfarbene Nacktschnecke aus. Die Haut um die Naht herum war entzündet, und einige der Nahtknoten hatten sich durch die Schwellung so straff gezogen, dass sie fast nach innen verschwanden. Daniella konnte keinen Eiter sehen, doch teils hatte sich die Haut aus der Narbe gelöst. Sie war froh, Dr. Harris an ihrer Seite zu haben. In Brisbane hätte sie einen Facharzt und ein Pathologie-Labor zur Verstärkung gehabt, dem sie direkt Proben zur Sofortanalyse hätte schicken können. Hier dauerte eine Pathologieuntersuchung mindestens vierundzwanzig Stunden.

Dr. Harris wartete, dass sie zuerst das Wort ergreifen würde. Sie stellte Joe einige Fragen: Wie lange tat der Finger schon weh? Hatte er Fieber oder Schüttelfrost? Dann maß sie seine Temperatur und den Blutdruck: kein Fieber, jedenfalls noch nicht.

»Wir nehmen dir etwas Blut ab«, sagte sie. »Auf die Ergebnisse müssen wir zwar warten, aber ich möchte gerne auf Nummer sicher gehen, falls es schlimmer wird.«

»Und die Wunde?«, fragte Dr. Harris.

Daniella überlegte. Wenn sie zu eitern anfing, sollte sie lieber offen bleiben, damit sie granulieren, also eine Kruste bilden, und heilen konnte. Das wäre allerdings der Extremfall, und die Narbe würde gar nicht gut aussehen. Für einen Moment war Daniella unsicher.

»Was würden Sie empfehlen?«, fragte sie Dr. Harris und hoffte, nicht zu atemlos zu klingen. »Ich möchte die Wunde nicht öffnen, und es sieht aus, als wäre die Haut größtenteils schon wieder zusammengewachsen.«

Er nickte. »Ich würde raten, jeden zweiten Faden zu lösen, um den Druck zu lindern, plus alle Knoten, die sich unter die Haut gezogen haben. Wir müssen seine Temperatur im Auge behalten und einige Proben einschicken. Tja, tut mir leid, Joe, aber du bleibst über Nacht bei uns.«

»Oh Mann, echt?«

Daniella war froh, einen Plan zu haben, und pflichtete Dr. Harris bei. »Bedaure Joe, aber wenn du mit einer offenen Wunde zum Schießen gehst, passiert so etwas eben.«

Joe fluchte und entschuldigte sich umgehend dafür. Daniella musste ihm gut zureden, damit er sich Blut abnehmen ließ. Dabei fluchte er noch mehr, entschuldigte sich diesmal jedoch nicht. Robert fand das Ganze zum Brüllen komisch, bis ihm klar wurde, dass er, wenn es gut lief, am nächsten Tag wiederkommen müsste, um Joe abzuholen. Als alles erledigt war, hätte Daniella schwören können, dass die Mittagszeit schon hinter ihr lag, doch es war erst halb zehn. Vor ihr lag noch der ganze Tag.

Normalerweise war sie bei der Arbeit vollauf konzentriert. Heute aber stimmte etwas mit ihrem Kopf nicht. In den unpassendsten Momenten, selbst mitten in Behandlungen, ertappte sie sich dabei, wie sie an Mark dachte und sich auf seinen Anruf freute. Es war seltsam, dass es in ihrem Leben plötzlich nicht bloß die Arbeit gab.

Am Abend nahm sie zum ersten Mal Dr. Harris' Mitfahrangebot an, weil sie sich einem stummen Zwiegespräch mit dem weiten Himmel nicht gewachsen fühlte, bei dem all ihre Bedenken wieder hochkommen würden. Trotz aller Unsicherheit wollte sie Mark Walker bei seinem Anruf sagen, dass sie ihn zu dem Ball begleiten würde.

Als sie aus Dr. Harris' Wagen stieg, sagte er: »Ach, Daniella, das hätte ich fast vergessen. Valerie Turner rief an und sagte, Sie sollen Papier mitbringen, wenn Sie am Samstag zu ihr gehen. Ergibt das für Sie einen Sinn?«

Verwundert lächelte Daniella. »Ja, das tut es.«

»Dann kommen Sie zwei recht gut miteinander aus?«, fragte Dr. Harris und sah sie prüfend an.

»Anscheinend schon«, antwortete Daniella.

»Noch eins.«

»Ja, ja, wozu die Eile?«, rief Dave. Er hob ein Pfannenblech aus dem Quad-Hänger und reichte es nach oben. Mark streckte bereits die Hand danach aus. Seit einer Stunde arbeiteten sie am Dach des Futterunterstands im vorderen Teil der Weideanlage und waren fast fertig. Ein Haufen verrosteten Metalls lag schon am Boden. Simmo, einer der jüngeren Stationsarbeiter, verlud es weiter in den Hänger.

Was Marks Ungeduld jedoch kein bisschen mindern konnte. Er wollte, dass alles erledigt war, damit er morgen entspannt zu dem Ball gehen konnte. »Wir haben viel zu tun«, sagte er und ging seitwärts auf dem Dach, um das Pfannenblech aufzulegen. Als er die Stelle erreicht hatte, wanderte sein Blick den Hügelkamm hinab bis zum Horizont. Er hielt inne, richtete sich auf und dachte an seine Idee. »Hey, Dave. Was hältst du von Helikopterrundflügen über die Station? Du hättest mehr Flüge, und viele Touristen, die durch die Stadt kommen, könnten sich dafür interessieren.«

Dave folgte Marks Blickrichtung. »Klar, sicher doch. Aber in dem Heli ist nur ein Passagiersitz. Brauchst du noch Schrauben?«

»Nein, ich habe noch welche.«

Mark widmete sich wieder dem gewellten Blech, das er mit dem nächstliegenden überlappend ausrichtete, bevor er seinen Akkuschrauber zückte und die Tek-Schraube durch die Platten direkt in den Holzbalken trieb. Nachdem die erste Schraube saß, brachte er schnell die restlichen an. Minuten später war es geschafft.

»Hier, fang!«, rief er und warf Dave den Akkuschrauber und die Schraubenschachtel zu. Dann stieg er die Leiter hinunter und half mit, die alten Pfannenbleche einzuladen. »Hey, Simmo, wo ist dein anderer Handschuh?«, fragte er kurz darauf. Der junge Bursche trug einen dicken Arbeitshandschuh an der rechten Hand, aber die linke war ungeschützt.

»Ähm, den habe ich irgendwo verloren.« Überall, wo keine Sommersprossen waren, färbte sich Simmos Gesicht rot.

Mark sah zu den rostigen, scharfen Kanten der alten Dachpfannen und wieder zu dem Jungen. Simmos Arme und Beine waren noch lang und schlaksig wie die eines Fohlens. Der Junge war ganz versessen darauf, alles zu lernen, und seine jugendliche Begeisterung weckte Marks Beschützerinstinkt. Die Station brauchte mehr Arbeiter wie ihn.

»Hier«, sagte er, zog seinen linken Handschuh aus und gab ihn Simmo. »Du kannst dann auch gleich alles verschnüren.«

»Was ist mit dir los?«, fragte Dave. »So gehetzt habe ich dich ja noch nie erlebt.«

»Viel zu tun«, wiederholte Mark. »Ich muss nach der Windmühle hinten sehen, das Zuchtprogramm planen, den Futterbestand prüfen und die Tiere für den nächsten Verkauf auswählen. Das will ich noch erledigen, ehe es dunkel wird. Und Simmo hat noch einiges zu lernen, nicht wahr?«

Der Junge reckte die Daumen in den weiten Handschuhen.

»Hast du vor, das ganze Wochenende frei zu machen oder so?«, fragte Dave.

»Habe ich«, sagte Mark. »Oder zumindest das halbe. So wie du.«

»Okay, hör zu, Mark, wir müssen echt nicht zu diesem Ball. Das weißt du doch. Ich habe die Karten gekauft, weil Steph mich in einem schwachen Moment beim Rugby erwischt hat. So gerne ich das Geld auch bezahle, müssen wir da meinetwegen nicht unbedingt aufkreuzen.«

Mark beachtete ihn nicht und warf die letzten alten Dachteile auf den Quad-Hänger. Er strengte sich wahrlich an, gelassen zu bleiben.

Plötzlich merkte Dave auf. »Ah, jetzt kapier ich's. Lass mich raten. Daniella Bell?«

»Ja«, antwortete Mark knapp und verstaute den Akkuschrauber und die Schrauben vorne im Hänger. Er beobachtete, wie Simmo mit dem Verschnüren vorankam. »Simmo, komm mal kurz her.« Er zog den Jungen mit sich hinter den Hänger, um ihm die schiefe Ladung und die schlaffen Taue zu zeigen. »Das wird nicht halten. Hier.« Er machte ihm den Trucker-Knoten so lange vor, bis er auch bei Simmo saß. Dann erst trat Mark zufrieden einen Schritt zurück und ließ den Jungen allein alles fertig machen.

»Also, Dr. Bell? Seit neulich Abend?«, fragte Dave ungläubig.

Mark warf ihm einen strengen Blick zu. »Ja.«

»Als du mich gebeten hast, ihre Telefonnummer zu besorgen, hast du gesagt, du willst dich bei ihr entschuldigen.«

»Das habe ich.«

Dave wies mit dem Finger auf Mark. »B&S-Ball, Alter. Das heißt ›Bachelors & Spinsters‹, schon vergessen? Du kannst doch keine Frau auf einen Ball für Singles einladen!«

»Kann ich wohl. Hast du auch mal gemacht, wenn ich mich recht erinnere.«

Dave schwieg einen Moment, ehe er konterte: »Das ist Jahre her. Und es war nicht gerade ein netter Abend.«

»Danke für deine Unterstützung.«

»Sie ist erst seit fünf Minuten in der Stadt.«

Das wusste Mark, und es war ihm egal. Er wollte Daniella wiedersehen.

»Ich will nicht das fünfte Rad am Wagen sein«, sagte Dave. »Geht lieber ohne mich.«

»Nein, das wirst du nicht sein. Sie hat angerufen und gefragt, ob Jackie mitkommen kann. Du kannst mich jetzt nicht im Stich lassen. Außerdem kannst du bei Jackie wiedergutmachen, dass du damals noch vor zehn sturzbesoffen warst und eingeschlafen bist.«

Dave ließ den Kopf fallen. »Was soll's«, sagte er, drehte sich um und stieg auf sein Quad. »Ich hatte gehofft, dass ich mir keinen Smoking besorgen muss.« Dann warf er den Motor an und brauste Richtung Haupthaus davon.

Simmo lud das restliche Gerät auf den Hänger. »Willst du wirklich zum B&S-Ball, Mark?«

»Wie es aussieht, ja.«

Simmo nickte betrübt. »Mein Bruder geht auch hin. Wenn ich doch auch könnte.«

Mark verstand sehr gut, wie frustrierend es war, siebzehn zu sein und einen großen Bruder zu haben, der alles vor einem machen durfte. »Nächstes Jahr, Simmo. Ist nicht mehr lange hin. Und jetzt auf zur Windmühle.«

Simmo sprang auf den Hänger. »Los geht's!«

11

»Oh mein Gott«, sagte Daniella.

Jackie sah zu ihr. »Sieht gar nicht mehr so menschenleer aus, was?«

Daniella konnte nur nicken. Seit einer halben Stunde passierten sie bereits Schilder zum B&S-Ball, aber jetzt, als sie in einem Konvoi von Vans und Geländewagen nur noch im Schneckentempo dahinkrochen, konnten sie bereits das Veranstaltungsgelände im Dämmerlicht weiter vorne erkennen.

»Normalerweise ist das der Viehmarkt«, erklärte Jackie. Daniella sah nur Meilen von Festzelten, eingerahmt von parkenden Wagen, und eine Schar junger Leute, in der zwischen schwarz-weißen Smokings bunte Kleider aufleuchteten. In Brisbane hatte Daniella Bälle immer gemieden – selbst ihren Abschlussball an der Uni. Menschenmassen wie diese schüchterten sie ein. Ihr lagen eher Abende zu zweit, obwohl sie auch das in letzter Zeit häufiger in Frage gestellt hatte. Am Nachmittag hatte sie eine halbe Stunde bei Valerie Turner verbracht und sich einen Brief an deren Sohn in Townsville diktieren lassen. Valerie war heute besonders misslicher Stimmung gewesen und hatte Daniella sogar dazu verdonnert, sich jedes längere Wort von ihr buchstabieren zu lassen, damit sie auch ja nichts falsch schrieb. Hinterher hatte sie darauf bestanden, dass sie den Brief behielt, statt ihn von Daniella abschicken zu lassen. Daniella war erschlagen gewesen, als sie schließlich das Haus verließ, und unsicher, ob der Brief jemals abgeschickt würde. Sich in eine dunkle Höhle zu verkriechen war ihr selten so verlockend erschienen wie nach diesem Tag.

»Ich kann da nicht reingehen«, flüsterte sie.

Sie fuhren an einem improvisierten Zaun entlang, wie man ihn von Baustellen kannte. Vor ihnen bogen Mark und Dave in ihrem Geländewagen nach rechts ab und folgten den Anweisungen der Ordner, die sie zu einem Parkplatz am Rand dirigierten. Mark hatte gestern am Telefon vorgeschlagen, gemeinsam in einem Auto zum Ball zu fahren. Aber Jackie hatte darauf hingewiesen, dass sie in zwei Wagen mehr Platz hätten, falls sie am Ende hier übernachten müssten, wie es zweifellos viele tun würden (auch wenn Daniella wusste, dass Jackie sich für die Idee nicht gerade begeistern konnte). Außerdem war es ein Single-Ball, also sollten sie wenigstens den Anschein erwecken, sich erst vor Ort getroffen zu haben. Daniella hatte Mark angehört, dass er enttäuscht war; offensichtlich wollte er die fast dreistündige Fahrt lieber mit ihr verbringen.

In der ersten halben Stunde hatte Jackie eisern geschwiegen, was Daniella das ungute Gefühl gab, dass es ihr nicht gefiel, mit zu dem Ball zu müssen. Als Daniella schließlich fragte, ob alles in Ordnung war, hatte Jackie munter geantwortet, alles sei bestens, und sofort das Thema gewechselt. Daniella glaubte ihr kein Wort, hoffte jedoch, dass Jackie sich amüsieren würde, wenn sie erst einmal angekommen waren.

Beide Wagen parkten in der letzten Reihe des Abschnitts so ein, dass die Ladeflächen zu den Zelten wiesen. Daniella stieg unsicher aus. Sie hatte sich ein schwarzes Kleid von Jackie geliehen, figurbetont mit tiefem Ausschnitt vorn und noch tieferem hinten. Darin kam sie sich beinahe nackt vor. Es war so eng, dass sie ihre zusammengepressten Beine seitlich drehen musste, um aus dem Auto steigen zu können. Als Daniella es anprobierte, hatte Jackie wehmütig erzählt, wie gut es ihr vor der Schwangerschaft gepasst hatte. Daniella hätte sich im OP-Anzug wohler gefühlt, aber nachdem Jackie und sie bei *Ryders Friseure* gewesen waren – einem Heimbetrieb in einer Seitenstraße –, war wenigstens ihr Haar weich und seidig geworden und strahlte wieder in seinem natürlichen Hellbraun. Jackie sah in ihrem dunkelblauen Wickelkleid und mit den aufgesteckten dunklen Locken atemberaubend aus.

Daniella hielt sich mit einer Hand am Wagen fest und überlegte, wie sie es in diesem Kleid bis zum Festplatz schaffen sollte. Aus den weißen und gelben Zelten wummerte Musik, die von den vielen Stimmen um sie herum beinahe noch übertönt wurde. Überall umarmten sich Leute aufgeregt und schüttelten sich die Hände wie alte Freunde, die sich schon ewig nicht mehr gesehen hatten. Daniella beobachtete ein Mädchen, das gekonnt einen Jungen in Smoking und mit Hut umarmte, während es gleichzeitig vier offene Bierflaschen und eine brennende Zigarette balancierte. Die Luft war geschwängert von Staub- und Parfumgeruch.

»Wie funktioniert das?«, fragte Daniella.

»Funktionieren?«

»Wo gehen wir hin?«

Jackie lachte. »Wohin du willst. In dem Zelt gleich hier ist wahrscheinlich ein DJ – von denen gibt es mehrere. Und in einigen anderen Zelten spielen Live-Bands.«

Mark und Dave, die in ihren Smokings und mit den Westernhüten groß und geradezu majestätisch wirkten, kamen auf sie zugeschlendert. In Brisbane wäre so eine Kombination undenkbar, fast schon lächerlich gewesen, aber hier war sie definitiv normal. Jackie jedenfalls schien nichts Besonderes daran zu finden und sah zu den Zelten hinüber.

»Die Damen«, sagte Mark und tippte sich an den Hut. »Wie schön, euch hier zu treffen!«

Daniella lachte, als er ihr seinen Arm anbot. Sie legte die

Hand an seinen Unterarm und fühlte seine starken, warmen Muskeln. Unwillkürlich lehnte sie sich an ihn. Mit ihm hier zu sein fühlte sich nicht minder vertraut und unbeschwert an als an dem Stausee.

»Du siehst fantastisch aus«, raunte er.

»Besorgen wir uns was zu trinken«, rief Jackie hinter ihnen.

Sie gingen zu den Zelten, und bald setzte Dave sich ab, um eine Gruppe Männer zu begrüßen. Von allen Seiten riefen die Leute Mark zu. Er schüttelte eine Menge Hände und stellte Daniella den meisten vor, doch sie merkte, wie sie instinktiv zurückwich. Bei dem Lärm konnte sie kaum die Namen verstehen, und die Menge drängte sich immer enger um sie herum. Beinahe wurde sie von einer Gruppe von Leuten niedergewalzt, in der jeder eine Toga in Form eines Bettlakens um sich gewickelt trug und die gemeinsam eine Art Line-Dance aufführten. Zwar hielt Mark ihren Arm fest an sich gedrückt, doch er wurde von einem Mann in Toga abgelenkt, der ihn ansprach. Irgendwann erreichten sie die Schlange zur Bar, und Jackie tauchte neben Daniella auf.

»Das ist Irrsinn!«, rief Daniella.

»Ich weiß!« Jackie lachte.

Die Schlange bewegte sich schnell (Fässchen mit Bier und Wein schienen eine kluge Wahl, denn Gläser waren hier verboten), und bald hatte Daniella etwas zu trinken in der Hand. Sie ließ Marks Arm los, um den Plastikbecher besser halten zu können, und nur einen Moment später war er in der Menge verschwunden.

»Ich gehe mal eine Band suchen«, sagte Jackie, als Daniella ihren Hals reckte, um sich nach Mark umzusehen »Kommst du mit?«

Daniella wollte nicht. Ihr klingelten jetzt schon die Ohren, und sie sehnte sich nach Luft und Ruhe. Hierherzukommen war ein Fehler gewesen, aber trotzdem wollte sie Jackie nicht hängen lassen. Zum Glück erschien Dave wieder und sprang für sie ein.

»Ich komme mit dir!« Er wich zur Seite aus, als eine bereits betrunkene Gruppe vorbeitanzte. Dann sagte er zu Daniella: »Mark ist gleich zurück.«

»Na gut«, murmelte Jackie wenig begeistert und winkte Daniella zu. »Bis später.«

Wieder allein, rieb Daniella sich den Arm. Es war ein alter Tick von früher, als sie oft allein am Rande gestanden hatte. Vorsichtig balancierte sie ihr Getränk, als sie sich an einen Zeltmast stellte, der wie eine kleine Insel in der Menge wirkte. Sie lehnte sich an den Mast, um ein wenig Halt in dem Trubel zu haben.

Auf einmal legte sich ein starker Arm um ihre Schultern, und Marks Stimme erklang an ihrem Ohr. »Da bist du ja! Ich hatte schon Angst, dass ich dich verloren habe. Lass uns hier rausgehen.«

Vor Erleichterung hätte Daniella heulen können.

Bald lag das lärmige Festzelt weit hinter ihnen. Sie hockten auf der Ladefläche von Marks Wagen, wo Daniella ihren Plastikbecher mit Wein beiseitegestellt hatte. Mark hatte ebenfalls nur die Hälfte seines Biers getrunken. Vom Parkplatz aus war der Krach des Balls nur noch als dumpfes Grummeln zu hören, und abseits des Zeltgewimmels konnte Daniella auch den Himmel wieder sehen.

»Das ist doch viel besser«, sagte Mark. »Ich vergesse immer, was für ein Chaos das ist. Als wir jünger waren, hat es uns Spaß gemacht, aber mit 28 bin ich wohl langsam zu alt dafür.«

»Denkst du, die anderen haben gemerkt, dass du länger nicht da warst?«, fragte Daniella.

»Tja, hier draußen weiß jeder alles über jeden. Das ist manchmal anstrengend. Als ich gereist bin, fand ich es teils richtig angenehm, wie anonym sich Großstädte anfühlen können. Nur gab es dort nie Ruhe und nicht dieselben Sterne. Irgendwann fehlte mir das. Es war mit ein Grund, weshalb ich zurückgekommen bin.«

»Ja, das verstehe ich. Ich möchte auch nicht wieder nach Brisbane«, sagte Daniella. »Ich meine, ich möchte dort nicht mehr arbeiten. Es ist alles zu groß.« Oh nein, das hatte sie eigentlich gar nicht ansprechen wollen.

Mark sah sie staunend an. »Du bist ziemlich ungewöhnlich.«

»Wie meinst du das?«

»Die meisten Ärzte, die in diese Stadt kommen, bleiben höchstens einige Monate, länger nicht. Dr. Harris ist eine echte Ausnahme. Und manche der Leute tun sich schwer mit dem dauernden Wechsel. Sie hätten gerne eine Beziehung zu denjenigen, die sie behandeln.« Er sah Daniella lächelnd an.

Sie schluckte. »Verständlich.« Sie atmete aus. »Wo warst du, als du gereist bist?«, fragte sie und rückte ein bisschen näher zu ihm.

Mark legte einen Arm um sie, und erst jetzt wurde ihr bewusst, dass sie in der Nachtluft zu frösteln begonnen hatte. Sie schmiegte sich dankbar an ihn. »Ach, praktisch überall.« Seine Worte vibrierten in ihr nach. »Einmal quer über die Nordhälfte, Pilbara, Perth, Adelaide, Tassie, Melbourne, Wagga, Sydney. Und natürlich auch in Brisbane, Rocky, Emerald, Cairns. Ungefähr zwei Jahre war ich unterwegs.«

Sie tauschten ihre Eindrücke von den Orten aus, die sie beide kannten. Zum ersten Mal an diesem Abend kam Daniella der Gedanke, dass sie es gar nicht schlimm fände, im Wagen zu übernachten – mit Mark zusammen. Er war stark, ruhig und selbstsicher, und das gefiel ihr. Trotz der Nähe zu ihm hatte sie das Gefühl, sich unter Kontrolle zu haben. Sie fühlte sich sicher.

»Also hast du nichts gefunden, wo du lieber leben würdest?«, fragte sie nach einer Weile.

Er zögerte kurz. »Nein. Dies hier ist mein Zuhause. Allerdings musste ich erst weggehen, um das zu begreifen. Ich liebe dieses Land, aber da draußen ist eine große, faszinierende Welt, die ich sehen musste. Die Walkers, besonders mein Dad, neigen dazu, sich nicht von ihrem Grund wegzubewegen. Doch meine Mum hat mir einmal erzählt, dass alle Camerons – das ist ihr Zweig der Familie – reiselustig sind. Sie hat immer gesagt, dass Will, Cat und ich auch etwas von ihnen haben. Cat hat sich das letzte Semester freigenommen und ist nach Übersee gegangen, aber ich denke, dass sie nach der Uni von Brisbane wieder hierherkommen wird. Dass mein Bruder zurückkehrt, wie es mein Dad hofft, halte ich hingegen für unwahrscheinlich.«

Daniella entging nicht, wie behutsam er »Mum« sagte. Er tippte sich mit dem Hut aufs Knie, blickte hinab zur Ladefläche des Rovers und hatte eine nachdenkliche Falte zwischen den Brauen. Daniella drehte den Kopf leicht, wobei sie die Muskelwölbung seiner Schulter an ihrer Wange spürte. »Darf ich dich fragen, was mit ihr passiert ist?«

»Krebs«, antwortete er leise. »Er ist erst spät entdeckt worden, und dann ging es ziemlich schnell.«

»Sie muss dir fehlen.«

Mark nickte. »Jeden Tag. Nach ihrem Tod wurde allen klar, wie viel Leben sie auf die Station gebracht hat. Man merkt meinem Dad an, wie sehr sie ihm fehlt. Ab und zu vergesse ich noch, dass sie nicht mehr hier ist, aber das passiert immer seltener. Für meinen Dad ist es aber immer noch unbegreiflich. Er will, dass alles so bleibt, wie es war.«

»Hm«, sagte Daniella leise. »Mein Dad ist genauso, denke ich.«

Mark bewegte den Kopf, und seine Lippen streiften Daniellas Stirn. Eine wohlige Wärme strömte von der Stelle aus. »Deine Mum ist auch gestorben?«

Daniella brauchte einen Moment, bis sie die richtigen Worte gefunden hatte. »Ja, aber schon vor langer Zeit. Ich erinnere mich nur noch an ihr Lächeln, sonst nichts, und an Dads, wenn sie etwas Witziges sagte. So hat er danach jahrelang nicht gelächelt.«

Mark nickte an ihrer Stirn. Daniella genoss die Stille, die sich über sie legte, während sie zusammensaßen, verbunden durch ihre Worte und ihre Nähe. Dann kehrten ihre Gedanken zu ihrer eigenen Familie zurück, ihrem Vater und ihrem Bruder.

»Dein Bruder arbeitet in einer Mine, nicht?«, fragte sie.

»Ja, er ist inzwischen Vorarbeiter bei Mount Isa Mines. Und in Abendkursen macht er seinen Abschluss als Bergbauingenieur. Er koordiniert die Schließungen von Förderanlagen. Manchmal ruft er mich an und will mich überreden, für ihn zu arbeiten. Ich denke, es ist seine Art, den Kontakt zu halten. Er ging um die Zeit herum weg, als ich von meinen Reisen zurückkam, und kurz danach verließ Cat das Haus. Es brach meinem Dad das Herz, glaube ich. Er hatte sich gewünscht, dass Will bleibt und den Betrieb weiterführt, wie er. Dann wurde Mum krank. Cat kommt immer in den Ferien, Will nie. Ich denke nicht, dass er jemals zurückkehren wird.«

»Wie lange ist er schon weg?«, fragte Daniella. Unbewusst spielte sie mit Marks Hemdknöpfen.

»Vier Jahre, und ich vermisse ihn unglaublich.«

Daniella ließ ihre Finger über das blütenweiße Hemd wandern und tauchte sie zwischen zwei Knöpfe, so dass sie die glatte, warme Haut fühlen konnte. Mark hielt den Atem an, und sie erschrak vor sich selbst. Normalerweise war sie nicht so mutig.

»Entschuldige«, sagte sie verlegen. »Meine Hand muss eiskalt sein.«

Er fing ihre Hand ein, ehe Daniella sie wegziehen konnte, und umschloss sie mit seinen Fingern. Seine andere Hand malte kleine Kreise auf ihrer Schulter. Es waren winzige, meditative Bewegungen, die zu seinem Tonfall passten, als er sagte: »Ich bin wirklich froh, dass du in die Stadt gekommen bist.«

Daniella sah zu ihm auf. Er lächelte, und sein Blick war intensiv. »Wirklich froh«, flüsterte er.

Dann küsste er sie sanft. Daniella empfand eine wohlige Geborgenheit in seinen Armen, als sie seinen Kuss erwiderte, seinen Mund erforschte. Es war zu schön – sein weiches Haar unter ihren Fingern, seine Arme, die sie schützten, die Wärme seiner Haut.

Er löste den Kuss für einen Moment, ließ Daniella aber nicht los, sondern streichelte ihr Kinn mit dem Daumen. Plötzlich war sie sich vollkommen sicher: Sie konnte das hier. Sie konnte sich selbst wiederfinden und gleichzeitig sehen, wohin diese Geschichte führte.

Drüben auf dem Feld stürzte eine Gruppe Feiernder seitlich aus einem Zelt, so dass Plastikbecher und Cowboyhüte durch die Luft flogen. Mark lachte leise und strich mit seinen Lippen über Daniellas. Die Feiernden rappelten sich wieder auf und torkelten zurück ins Zelt, doch Mark hatte nur Augen für Daniella. Er hob sie weiter zurück auf der Ladefläche des Wagens, bis sie beide an der Rückseite der Kabine lehnten.

»So ist es besser«, sagte er und küsste sie wieder.

Das Fest um sie herum wurde immer wilder, während die Sterne höher wanderten, aber Daniella nahm kaum etwas davon wahr. An Mark geschmiegt, genoss sie es, geküsst zu werden und seine Wärme zu spüren. Erst als ein besonders lautes Johlen aus einem der näheren Zelte schallte, blickte sie sich um.

»Ich hoffe, das wird kein Fall für die Notaufnahme«, sagte sie.

Mark grinste. »Wie ist es eigentlich, in einem großen Krankenhaus zu arbeiten?«

Sie überlegte und versuchte, objektiv zu sein. »Es ist dauernd viel los. Aber gewöhnlich arbeitet man nur in einem Bereich. Und man kann sich leicht … ein bisschen verlieren.« Vorsicht, ermahnte sie sich.

»Verlieren?«

Daniella zupfte an ihrem Kleid und vermied es, Mark anzusehen. Am liebsten würde sie nicht über Brisbane sprechen, nicht mal in der Geborgenheit seiner Arme. »Wie ich schon sagte, es ist eben sehr groß.«

»Und dein Dad arbeitet dort, nicht?«

Noch schwierigeres Terrain. Daniella nickte, hielt den Blick aber gesenkt. »Er ist Unfallchirurg.«

Sie fühlte einen sanften Druck unter ihrem Kinn. Mit einem Finger hob Mark ihren Kopf an, bis sie ihn ansehen musste. »Hey, lief es nicht so gut?«, fragte er besorgt.

Sie schüttelte den Kopf. Nein, das hatte es nicht getan. Aber darüber wollte sie nicht sprechen. Sie wollte gerade sagen, dass sie lieber wieder geküsst werden wollte, als sie sah, dass Dave von den Partyzelten aus den Hügel hinunterkam. Sofort regte sich Daniellas Gewissen, weil sie Jackie im Stich gelassen hatte.

Dave hatte seinen Hut irgendwo verloren, und sein Jackett und seine Fliege waren offen. Auf seinem weißen Hemd war ein großer blauer Fleck. Durch den Stoff konnte Daniella sehen, dass sich das Tattoo auf seinem Arm bis zu seiner Brust erstreckte.

»Was ist mit dir passiert?«, fragte sie, als er näher kam.

»Jemand hat die Farbe ausgepackt«, antwortete Dave rasch.

»Farbe?«

»Lebensmittelfarbe«, erklärte Mark. »Sie ist verboten, aber die Leute bringen sie trotzdem mit, um sich gegenseitig damit zu bewerfen.«

»Jackie braucht ein bisschen Hilfe«, sagte Dave.

Daniella war sofort aufgesprungen. »Geht es ihr gut?«

»Sie hatte ein paar zu viel«, sagte Dave zerknirscht. »Aber sie lässt sich von keinem anfassen. Ich kann sie nicht drinnen lassen. Man weiß ja, was dann passieren kann.«

Mark zog sein Jackett aus und warf es in den Wagen. »Gehen wir.«

Sie fanden Jackie auf einem Plastikstuhl am Rand des Live-Musik-Zelts, mit einem leeren Bierbecher in der Hand. Bei ihr wachte Stephanie Morgan, die ein enges weißes Kleid trug, auf dem ebenfalls blaue Farbflecken zu sehen waren.

»Einige zu viel«, sagte Steph munter, als sie die anderen sah, doch Daniella bemerkte, dass sie den Mund verkniff, als sie sah, dass Mark den Arm um sie gelegt hatte.

Jackies Wimperntusche war verlaufen. »Hi«, stöhnte sie und blickte in ihren Becher, als könnte er sich von selbst wieder auffüllen.

Unwillkürlich musterte Daniella sie mit ihrem Arztblick, achtete auf mögliche Verletzungen und versuchte, ihren Geisteszustand einzuschätzen. Sie kam recht schnell zu dem Schluss, dass Jackie schlicht betrunken war. »Ich dachte, du wolltest es langsam angehen«, sagte sie und wollte Jackie aufhelfen.

Doch Mark kam ihr zuvor und hob Jackie mühelos von ihrem Stuhl. »Okay, alles klar, Jack. Dave, übernimm die andere Seite. Danke, Steph.«

»Kein Problem. Ich lass euch dann mal allein«, sagte sie und verschwand in der Menge.

Mark und Dave trugen Jackie im Feuerwehrgriff aus dem Zelt zum Parkplatz. Die Bewegung bekam ihr eindeutig nicht. Draußen schickte Daniella die beiden weg und hielt Jackie das Haar nach hinten, während diese sich gegen einen Eukalyptusbaum erbrach, bis nichts mehr rauskam. »Tut mir leid«, murmelte Jackie wieder und wieder.

»Ist schon gut«, sagte Daniella. Aber sie machte sich Sorgen. Jackie war normalerweise so vernünftig, und sie hatte sich fest vorgenommen, auf dem Ball nicht zu viel zu trinken. »Was ist passiert?«, fragte sie.

Jackie lächelte nur unglücklich, antwortete aber nicht. Vielleicht war sie einfach schon zu lange nicht mehr ausgegangen. Daniella gelang es, sie zum Wagen zu bugsieren und ihr auf den Beifahrersitz zu helfen. Danach ging sie zu Mark und Dave, die hinten auf der Ladefläche von Marks Wagen saßen.

»Was ist passiert?«, fragte sie Dave.

Er rieb sich sichtlich müde die Stirn. »Keinen Schimmer. Drinnen bei der Band war es laut. Wir haben versucht, uns trotzdem zu unterhalten. Dann ist Steph aufgekreuzt und einige andere Leute, die ich kenne und mit denen ich geredet habe. Ich bin dann los, um eine neue Runde zu holen, und als ich zurückkam, war Jack wegen irgendwas stinksauer. Dann hat sie angefangen, Shots zu kippen. Als Nächstes hat jemand Steph und mich mit blauer Farbe besprüht, und von da an lief irgendwie alles schief.«

Daniella hörte ihm aufmerksam zu, aber ihr Gespür sagte ihr, dass Dave etwas ausließ. Sie musste später versuchen, Jackie die wahre Geschichte zu entlocken. »Tja, ich fahre sie lieber nach Hause«, sagte sie. »Morgen wird sie sicher einen fiesen Kater haben, und dann wäre die Fahrt der reinste Horror für sie.«

Mark nickte. »Wir fahren vor dir her. Wir haben vorne einen Bullenfänger, und nachts muss man immer mit Kängurus rechnen.«

Als Dave sich abwandte, umarmte Mark Daniella. »Ich fand es richtig schön«, flüsterte er. »Ich ruf dich morgen an.«

Nur wenige Stunden nach seiner Rückkehr ging Mark hinauf ins Stallbüro zur Besprechung mit den Arbeitern. Die letzte Nacht spürte er noch deutlich in den Knochen. Sein Vater sollte eigentlich mit den Männern sprechen, aber er hatte Mark geschickt, um sich selbst mit Steph zusammenzusetzen, der man nicht im Geringsten ansah, dass sie ebenfalls auf dem Ball gewesen war.

Mark sah sich in dem Raum oben um. An der Wand hinten lehnte Darryl, ihr Tierarzt. Er hatte seine kräftigen Arme verschränkt und wartete darauf, wieder an die Arbeit gehen zu können.

»Na dann, fangen wir an«, eröffnete Mark. »Darryl wird alle Pferche durchgehen, und sobald wir sein Okay haben, werden die Tiere verladen. Wir sortieren alle aus, die er nicht durchwinkt, wie üblich. Irgendwelche Fragen?«

Es gab keine. Die Männer waren mit dem Ablauf vertraut. Simmo sollte mithelfen, die entwöhnten Kälber in Gruppen zu teilen, damit sie ihre Brandzeichen bekommen konnten. Dann ging Mark mit Darryl von Stall zu Stall und sah sich die Rinder an, die verkauft werden sollten.

»Prächtig wie immer, Mark«, sagte der Tierarzt. »Und ich wette, im nächsten Jahr wird die Herde wieder größer sein.«

Mark betrachtete das schimmernde Fell der Tiere mit einer Mischung aus Stolz und Erschöpfung. Er war froh, dass alles gut gegangen war, vor allem in der Anwesenheit von Steph Morgan.

»Wie macht Simmo sich?«, fragte Darryl. Er war sein Neffe.

»Gut. Er ist fleißig und sehr wissbegierig«, antwortete Mark, als sie stehen blieben und sich an einen Zaun lehnten. Beide sahen hinüber zu Simmo, der sich rittlings neben das Gatter zur Stallrampe gehockt hatte, um es für die Kälber zu öffnen.

»Das ist gut. Er hält große Stücke auf dich, Mark, und er möchte wirklich gerne hierbleiben.«

Mark nickte, verriet jedoch nicht, wie viel ihm das bedeutete.

Darryl, unverblümt wie eh und je, hatte offenbar anderes im Sinn. »Deinem Dad geht es schlechter, als er sich anmerken lässt, stimmt's?«

Mark drehte sich um und sah seinen Vater und Steph tief ins Gespräch versunken ein Stück abseits stehen, von wo aus sie alles beobachteten: die stampfenden Rinder, den Staub, der über den Hof wehte, die Lastwagen an den Laderampen. Physisch sah William gut aus. Aber jedem, der ihn gut kannte, fiel der Unterschied auf. Der Funke fehlte. Früher war William Walker der energiegeladene Mittelpunkt der Farm gewesen, hatte alles überwacht und dirigiert.

»Ja«, bestätigte Mark.

»Tja, es ist erst ein halbes Jahr her«, sagte Darryl. »Es kann eine Weile dauern, so etwas zu verwinden. Das sieht man immer wieder. Wie geht es dir?«

»Okay. Uns allen fehlt sie.« In Wahrheit war er so beschäftigt gewesen, dass er gar keine Gelegenheit gehabt hatte, sich den Tod seiner Mutter richtig bewusst zu machen. Andererseits war die Arbeit, den Betrieb wieder nach vorn zu bringen, seine Art, sich ihr nach wie vor nahe zu fühlen. Sie hatte ihn stets in allem unterstützt, was er erreichen wollte. Und irgendwie machte es das Wissen, dass sie ihn ermuntert hätte, leichter für ihn.

Darryl klopfte ihm auf die Schulter. »Ja, wohl wahr. Aber du leistest hier Großes. Ein wunderbares Land. Ich freue mich jedes Mal, wenn ich herkomme.«

Mark richtete sich auf. »Danke, Darryl.«

»Jederzeit. Und grüß Cat von mir. Ach ja, denk dran: Wir Veterinäre haben den wirklich starken Stoff. Falls bei dir ein Zusammenbruch droht, rede zuerst mit mir.« Darryl zwinkerte ihm zu und ging.

Kopfschüttelnd blickte Mark ihm nach und fragte sich, ob Darryl es ernst gemeint hatte. So wie er ihn kannte, wahrscheinlich schon.

Am Abend kam Mark nach einer letzten Runde um die Koppeln und die Viehtransporter schmutzig zurück ins Haus. Er konnte es nicht erwarten, Daniella anzurufen, doch zuerst musste er sich waschen. Nach einer belebenden heißen Dusche zog er sich frische Jeans und ein Hemd an und ging barfuß von seinem Zimmer auf den Flur. Auf dem Stuhl dort saß sein Vater in dem grünen Jackett, das er immer sonntagabends zum Essen trug.

»Hattest du einen netten Abend gestern?«, fragte William.

»Ja, nicht schlecht.« Mark wunderte sich, dass sein Vater sich dafür interessierte.

»Heute ist es gut gelaufen.«

»Ja, Darryl war sehr zufrieden.« Mark sah seine Chance. »Hör mal, Dad, ich denke, es gibt noch andere Möglichkeiten für uns, mit dem Betrieb Geld zu verdienen, solange sich die Herde erholt. Nur um uns ein bisschen den Druck zu nehmen.«

William presste die Lippen zusammen. »Ich habe mich doch klar ausgedrückt, Mark. Ich dulde diese Bastarde von den Minen nicht auf meinem Land. Mir ist klar, dass Steph bloß ihre Arbeit macht, aber ich sehe nicht zu, wie die Geier über uns herfallen. Basta.«

Mark ballte die Fäuste. »Davon rede ich gar nicht. Wie wäre es, wenn wir mal einige unserer Abläufe genauer ansehen oder sogar Touristen herholen. Wir könnten mit der Roma Station anfangen und ...«

»Mark«, unterbrach sein Vater ihn. »Mir reicht es schon, mir dieses Gerede von den Morgans anhören zu müssen. Es war ein guter Tag. Jetzt will ich in Ruhe essen, also Schluss mit diesem Unsinn! Wie ich höre, gehst du mit der neuen Ärztin aus.«

Mark war für eine Sekunde überfordert von dem abrupten Themenwechsel. Dann dachte er sich, dass Kath wohl Gerüchte aus der Stadt gehört hatte. »Ja.«

Sein Vater murrte. »Überleg dir lieber, was du tust, Mark. Du brauchst eine Frau, die das Land kennt, die hier aufgewachsen ist und hier leben möchte. Jemanden wie Steph.«

Nun zog Mark verblüfft die Brauen hoch. Hatte Stephanie ihm das eingebrockt? »Steph ist in Ordnung, Dad, aber nicht so. Wir waren vor Jahren ein paar Mal zusammen aus, sonst nichts. Außerdem lebt sie in Townsville.«

William schüttelte den Kopf. »Der springende Punkt ist, dass die Familie hier ihre Wurzeln hat. Schau dir doch an, wie viel sie für die Stadt tut. Wie soll es mit jemandem funktionieren, der weggeht und Karriere machen will? Ich will das nicht noch einmal erleben.«

Mark kam aus dem Staunen nicht heraus. Sein Vater hatte sich nie die Bohne dafür interessiert, mit wem er ausging – vor seinen Reisen. Und das war es nicht allein. Diese Einmischung war zu direkt, zu persönlich. Er musste an früher denken, als er noch ein Kind war und seine Mutter viel gereist war. »Meinst du, dass es *dir* so ergangen ist?«, fragte er.

William stand auf und legte die Hände auf Marks Schultern. »Ihre Arbeit und die Reisen haben alles kaputtgemacht«, sagte er. »Kurse, Konferenzen, Studien. Sie wollte nie wirklich hier sein.«

Mark runzelte die Stirn. »Warte mal, das stimmt nicht …«

»Denk mal drüber nach. Das meine ich ernst.«

Stephanie erschien am Ende des Flurs und rief: »Das Essen ist fertig!«

Sein Vater ging und ließ Mark sprachlos zurück. Lange Zeit stand er grübelnd da. Das Verhältnis seiner Eltern hatte sich irgendwie immer nur im Hintergrund abgespielt. Mark hatte gewusst, dass ihre Ehe nicht sehr glücklich gewesen war, sich aber nie gefragt, warum. Und er hoffte sehr, dass Steph nichts von diesem Gespräch mitgehört hatte.

Schließlich schluckte er diese neue Information herunter und ging zum Essen. Daniella würde er später anrufen.

12

Nach dem Wochenendschlamassel war Daniella froh, am Montagmorgen wieder in die Praxis zurückzukehren. Dr. Harris hatte am Samstag eine ruhige Nacht gehabt – er war nur einmal zu Sarah gerufen worden, die den Inhalator und Steroide gebraucht hatte –, also hatte Daniella kein allzu schlechtes Gewissen, dass sie nicht hier gewesen war. Und gestern Abend hatte Mark angerufen, und sie hatten fast eine Stunde geredet. Nein, sie hatte überhaupt kein schlechtes Gewissen.

Dr. Harris hatte morgens eine längere Besprechung mit Mac und Susan Westerland, um Sarahs Behandlungsplan durchzugehen, der beständig schwieriger einzuhalten war. Daniella hielt derweil ihre üblichen Termine ab, die heute zum größten Teil aus älteren Campingtouristen mit unterschiedlichen Beschwerden bestanden: Pigmentflecken, Rezepterneuerungen, Hämorrhoiden.

Als sie sich zwischen zwei Patienten an der Keksdose in der Küche trafen, schürzte Dr. Harris die Lippen. »Die Gesundheitsbehörde sollte mal ernsthaft prüfen, wie viel uns all diese Leute aus dem Süden kosten, die ihren Ruhestand in Queensland verbringen«, jammerte er.

Daniella wühlte in der Keksdose. »Ach ja?«

Dr. Harris tunkte energisch seinen Teebeutel ein. »Ja, die Gesundheitsversorgung wird von den einzelnen Bundesstaaten finanziert, basierend auf der Bevölkerungszahl. Die höchsten Kosten verursachen ältere Menschen, das war immer schon so und wird auch so bleiben, nur kommen weit mehr

Ruheständler aus dem Süden her, als Rentner aus Queensland in den Süden gehen. Und die kleineren, regionalen Versorgungszentren wie Cairns, Isa oder sogar wir hier haben die zusätzlichen Kosten durch all die Reisenden, erhalten aber nicht die entsprechenden Mittel.«

Er redete weiter, bis Daniellas Blick seitlich zu ihrem nächsten Patientenblatt schweifte. Dr. Harris schüttelte sich. »Verzeihung. Aber diese Dinge spielen bei uns eine große Rolle. Das werden Sie noch deutlicher merken, wenn Sie länger hier praktizieren. Wir müssen kämpfen, sonst kriegen wir gar nichts – weder Unterstützung noch Anerkennung.«

»Alles klar«, sagte sie und nickte. In Brisbane hatte die Diskussion um die staatlichen Mittel für Gesundheit immer müßig angemutet; hier draußen waren die Schwachpunkte im System offensichtlicher.

»Ach, Daniella, haben Sie am nächsten Wochenende schon etwas vor?«, fragte Dr. Harris.

Daniellas Hand erstarrte auf halbem Weg zur Akte. »Nur die Sprechstunde am Samstag.«

»Dann sollten Sie am Sonntag eine Dinnerparty geben. Sie dürfen meine Küche benutzen. Laden Sie einige Leute ein.«

»So wie Sie?«, fragte sie nervös.

»Nun ja, Sie machen es natürlich auf Ihre Art, aber grundsätzlich ja. Besser können Sie die Leute außerhalb der Praxis nicht kennenlernen.«

»Ich weiß nicht, ob das eine gute Idee ist.«

»Unsinn«, sagte Dr. Harris. »Es ist eine fantastische Idee. Wenn Sie von Donnerstag auf Freitag die Bereitschaft übernehmen, mache ich die Sprechstunde am Samstag allein. Dann haben Sie Zeit für die Vorbereitungen.«

Als sie am Abend zum Supermarkt trottete, hielt Daniella die Party noch immer für keine gute Idee. Nicht dass sie eine schlechte Köchin war (auch wenn sie selten kochte), aber die

Erwartungen würden erdrückend sein. Jeder kannte Dr. Harris, der berühmt für seine Braten war. Wie sollte sie dem gerecht werden? Außerdem war sie nicht Dr. Harris. Sie blühte nicht auf, wenn viele Menschen um sie herum waren. Und sie wollte auf keinen Fall den Eindruck vermitteln, dass sie fortan regelmäßig zu Dinnerpartys einladen würde.

Sie schlenderte durch die Gänge und überlegte, was sie kochen könnte, schob das Problem jedoch weiter auf, indem sie wahllos Dinge in ihren Einkaufswagen warf: eine neue Zahnbürste, Cornflakes, Milch und Mais-Chips, die sie später essen würde, wenn sie *Offspring* sah. Mist, was war mit dem Essen für heute Abend? Sie konnte keine Instantsuppen mehr sehen, und alle fertigen Mikrowellengerichte hatte sie schon tausendmal gegessen. Sie blieb vor dem Gemüse stehen, starr wie ein Känguru im Scheinwerferlicht. Wann hatte sie sich das letzte Mal frisches Gemüse gekauft? Sie suchte einen Salatkopf aus und packte ihn gleich wieder zurück. Wem wollte sie hier etwas vormachen?

»Hi, Dani.«

Daniella zuckte zusammen. Stephanie Morgan war aus dem Nichts neben ihr aufgetaucht. Sie balancierte einen Korb auf ihrer Hüfte und blickte verwundert zu dem Salatkopf, den Daniella zurückgelegt hatte. Daniella fühlte sich ertappt und gestand sofort: »Ich mag Salat nicht so gerne.«

»Dann greife ich zu«, sagte Stephanie und nahm das grüne Blätterungetüm. »Es war schön, dich am Samstag auf dem Ball zu sehen«, fuhr sie fort und sortierte die Tomaten, um sich die besten auszusuchen. »Beim B&S-Ball ist es immer lustig. Hast du dich gut amüsiert?«

»Ja, danke«, sagte Daniella. »Und danke, dass du auf Jackie aufgepasst hast.«

»Hey, kein Problem! Ich habe Jackie in letzter Zeit wenig gesehen. Sicher hat sie mit Jamie viel um die Ohren, und ich war ja oft in Townsville. Ist allerdings nicht meine Lieblingsstadt, muss ich sagen. Ich freue mich immer wieder, wenn ich hier bin und echte Menschen sehe – all die Freunde, mit denen ich zur Schule gegangen bin, die teils neue Partner haben, sogar schon Kinder. Komisch, bei wem manche Leute landen, nicht? Ach ja, und Dave war ja auch da, den ich in letzter Zeit übrigens oft hier sehe. Reist er nicht sonst mehr herum?«

»Äh, das weiß ich nicht. Ich kenne ihn nicht besonders gut«, sagte Daniella und suchte nun ebenfalls Tomaten aus, während sie sich bemühte, Stephanies Redefluss zu folgen.

»Besser wird's leider nicht«, sagte Stephanie.

Daniella sah zu ihr auf. »Wie bitte?«

Aber Stephanie reichte ihr nur eine dunkelorange Tomate. »Hier. Dürfte die beste sein, die du momentan bekommst. Das Fleisch ist immer gut, aber manchmal hapert es an frischem Gemüse. Was würde ich nicht darum geben, jetzt bei einem Gemüsehändler in Townsville zu sein!« Sie zog eine Grimasse. »Ich war übrigens erstaunt, Mark auf dem Ball zu sehen. Wo er doch schon so viel anderes an dem Wochenende zu tun hatte. Gestern Abend ist er vor Müdigkeit fast umgefallen.«

In Daniella regte sich ein befremdliches, unangenehmes Gefühl. »Gestern Abend?«

Stephanie wühlte nun in den Karotten. »Mhm. Beim Abendessen. Vor zwei Wochen haben sie mit dem Viehmustern angefangen, also sind alle erledigt. Mark geht ganz in der Station auf, genau wie sein Dad. Manchmal denke ich, ihn interessiert gar nichts anderes. Aber man kann super mit ihm zusammenarbeiten. Da draußen bieten sich ihnen einige richtig tolle Möglichkeiten. Ich kann es gar nicht erwarten, alles anlaufen zu sehen.«

Daniella sah Stephanie an. Sie wirkte vollkommen unschuldig und auf die Karotten konzentriert. »Aha?«

Stephanie lächelte. »Ja, wir arbeiten ziemlich eng zusammen. Na, wer würde das nicht wollen, mit ihm?« Sie zwinkerte Daniella zu und seufzte. »Andererseits stellt er die Station über jeden. Es ist sinnlos, etwas mit ihm anfangen zu wollen. Da wird man bloß verletzt«, sagte Steph und wandte sich wieder dem Gemüse zu.

Daniella begriff, dass dies eine Warnung sein sollte. Und tatsächlich fing sie an zu zweifeln. Wie gut kannte sie Mark denn wirklich? War es ihm überhaupt ernst mit ihr, oder ließ sie sich von ihm an der Nase herumführen? Sie erinnerte sich, wie sie ihn in der Taverne zum ersten Mal gesehen und wie Stephanie sich in seiner Gegenwart benommen hatte. Schlagartig überkam sie das scheußliche Gefühl, alles falsch verstanden zu haben. Aber vielleicht war es auch gut so, versuchte sie sich einzureden. Sie sollte bei ihrem ursprünglichen Entschluss bleiben, alles unverbindlich zu halten, Beziehungen zu vermeiden. Sogleich schalt ihr Verstand sie naiv. Hatten sie nicht den ganzen Abend auf dem Ball redend und küssend in seinem Rover verbracht? Oh nein, stellte sie unglücklich fest, sie steckte längst mittendrin.

Nun wollte sie nur noch schnellstens aus dem Supermarkt raus. Eilig steckte sie eine Zucchini in ihren Korb und drehte sich weg. »Entschuldige mich.«

»Kann ich dir sonst noch helfen?«, fragte Stephanie und folgte ihr. »Manchmal stehen die Sachen hier nämlich an komischen Stellen, landen in den völlig falschen Gängen, zwischen anderem Kram, mit dem sie nichts zu tun haben.«

Daniella biss die Zähne zusammen. »Verzeihung, wolltest du irgendwas von mir?«

»Ich möchte nur nicht, dass du dich verläufst«, antwortete Stephanie spitz.

Daniella ließ sich von Stephanie bis zur Kasse verfolgen, wo ein gelangweiltes junges Mädchen hockte und an seinen lackierten Fingernägeln kaute. Auf dem Namensschild stand: *Hi, ich bin Becky.*

Plötzlich sah Daniella einen Ausweg. Sie drehte sich zu Stephanie um und gab sich nicht die geringste Mühe, ihre Stimme zu senken. »Also aus dem Stegreif kann ich wirklich nicht sagen, was die Symptome bedeuten könnten. Aber mach doch morgen einen Termin in der Praxis, dann reden wir weiter.« Sie stand stocksteif da, und das Herz hämmerte ihr bis zum Hals.

Stephanie beäugte das Mädchen an der Kasse, das hochgeschreckt war und aufmerksam lauschte. »Becky, denk dran, dass du mir morgen mit den Plakaten hilfst«, sagte Stephanie streng und eilte den Gang zurück.

Daniella atmete auf. Ihr kurzfristiger Sieg über Stephanie änderte leider nichts an dem hohlen Gefühl in ihrem Bauch. Hatte sie sich so getäuscht, was Mark betraf?

Als sie zu Hause war, stellte sie ihr Telefon leise und packte ihre Einkäufe aus. Mist! Eine Zucchini, Mais-Chips, eine Zahnbürste, Milch und Frühstücksflocken. Sie hatte nichts fürs Abendessen. Frustriert sah sie ins Tiefkühlfach. Dort war noch ein Fertiggericht von ihrem ersten Einkauf übrig. Daniella wischte die Eisflocken von dem Pappdeckel. Hähnchen mit Aprikosen. Uuh, dieses Gericht mied sie schon seit einer Woche, aber heute Abend musste es wohl sein. Seufzend stopfte sie es in die Mikrowelle. Während es garte, legte sie die Zucchini auf die Arbeitsplatte und betrachtete sie nachdenklich. Sie würde gerne Jackie anrufen, doch dann müsste sie mehr verraten, als sie wollte.

Auf keinen Fall wollte sie mit Mark sprechen. Sie ertrug es nicht, dass ihre zarten Hoffnungen gleich wieder zertrampelt wurden. Ein bisschen fühlte sie sich wieder wie ein Teenager: Sie schwärmte für einen Jungen, von dem sie dachte, er würde sie auch mögen, um dann festzustellen, dass sie sich geirrt hatte.

Daniella schaltete den Fernseher ein. Nein, heute Abend standen ein mieses Abendessen und das Drama von jemand anderem auf dem Programm. Wenigstens wurde sie dabei nicht enttäuscht; sie wusste, was sie erwartete.

An diesem Abend rief Mark an und auch am Dienstag, aber Daniella ließ die Anrufe auf ihre Mailbox gehen und hörte sie nicht ab. Ihr war bewusst, dass sie sich kindisch benahm, dem Problem aus dem Weg ging, aber es war leichter, sich ganz auf ihre Arbeit zu konzentrieren. In ein paar Tagen würde sie wieder klarer sehen, davon war sie überzeugt. Und dann würde sie sich darum kümmern.

Die Sprechstunde am Mittwochmorgen begann wie jede andere. Gegen elf, als Daniella sich die erste Teepause gönnte, steckte Jackie den Kopf zur Küchentür herein. »Eine Patientin ohne Termin, um deine Lücke zu füllen«, sagte sie und reichte Daniella eine schmale Patientenakte.

Daniella schüttete ihren restlichen Tee in die Spüle. Zu ihrer Überraschung saß die junge Kassiererin aus dem Supermarkt im Wartezimmer.

»Rebecca?«, las Daniella von der Akte ab.

Das Mädchen stand auf, mied jedoch jeden Augenkontakt. Daniella ging voraus zu ihrem Sprechzimmer und schloss die Tür hinter ihnen. Drinnen setzte sich das Mädchen hin, umklammerte seine Tasche mit beiden Armen und nagte an seiner Unterlippe.

»Was kann ich für Sie tun, Rebecca?«

»Becky«, korrigierte sie.

»Okay.« Daniella wartete. Schließlich setzte Becky sich auf, beugte sich vor, brachte aber keinen Ton heraus. Daniella schob die Akte beiseite und legte ihren Stift ab. »Ist schon gut, lassen Sie sich Zeit.« Angesichts Beckys Miene konnte Daniella sich schon denken, was los war.

Und sie behielt recht. »Ich glaube, ich bin schwanger«, sagte Becky. Sobald sie es ausgesprochen hatte, wirkte sie entsetzt. Daniella verstand sie gut. Erstmals hatte sie das furchtbare Geheimnis jemandem verraten. Wahrscheinlich fühlte sich Becky im Moment hilfloser denn je.

Daniella verzog keine Miene. »Wann war Ihre letzte Periode?«

Das Mädchen verdrehte nachdenklich die Augen. »Vor sechs Wochen, glaube ich. Aber die ist nicht, Sie wissen schon …«

»Regelmäßig?«

»Ja.«

»Okay, das ist in Ihrem Alter völlig normal. Aber eines nach dem anderen. Zuerst machen wir einen Schnelltest, um sicher zu sein. Und danach reden wir weiter, abgemacht?«

Blankes Entsetzen spiegelte sich in Beckys Zügen. »Was für einen Test?«

»Ein Urinstick. Es dauert nur ein paar Minuten.« Daniella blieb sachlich und verständnisvoll. Sie stand auf. »Kommen Sie mit nach hinten in die Ambulanz, dort gebe ich Ihnen einen Probenbehälter. Da sind Sie ganz für sich, und keiner bekommt etwas mit.«

Es bedurfte noch einiger Überredungskunst, aber letztlich ging Becky mit ihr, und Daniella schickte sie mit einem kleinen Plastikbecher ins Bad, damit sie eine Probe abgeben konnte. Danach warteten sie drei Minuten und machten einen zweiten Test, um sicher zu sein.

»Becky, Sie sind nicht schwanger«, sagte Daniella.

Becky stand der Mund offen. »Bin ich nicht? Aber was, wenn die Tests, na ja, nicht richtig funktioniert haben?«

»Diese Tests sind ziemlich verlässlich. Wir müssten eine Blutprobe machen, um absolute Gewissheit zu haben, aber hiernach sind Sie nicht schwanger.«

»Oh mein Gott«, stöhnte Becky und schlug beide Hände

vor den Mund. »Ich war mir so sicher, und man darf ja auch nicht zu lange warten, wenn man …«

»Es war richtig, gleich herzukommen. Aber gehen wir erst einmal zurück in mein Sprechzimmer und unterhalten uns dort.«

In ihrem Sprechzimmer nahm Daniella die ganze Geschichte auf und ermunterte Becky, ihr Fragen zu stellen. Becky war erst fünfzehn, mithin waren unregelmäßige Blutungen nichts Auffälliges. Sie hatte einen Freund, mit dem sie einige Male geschlafen hatte. Er hatte keinen Schutz benutzt, und ihr war es peinlich gewesen, danach zu fragen. Daniella klärte sie über Geschlechtskrankheiten auf, worauf Becky sorgenvoll die Stirn runzelte. Im Stillen nahm Daniella sich vor, Becky einen neuen Termin für einen Test auf mögliche Infektionen vorzuschlagen.

Vor allem aber wollte sie verhindern, dass Becky in zwei Monaten wieder herkam und sich ihre Befürchtungen dann bestätigen würden. Nach einer kurzen Gesprächspause sagte Daniella: »Becky, meiner Meinung nach sollte eine Frau selbst über ihren Körper bestimmen. Es gibt einige Möglichkeiten, diese Situation künftig zu vermeiden, und ich würde sie gerne mit Ihnen durchgehen. Dann können Sie in Ruhe entscheiden, welche für Sie in Frage kommt.«

»Okay.« Becky schien ein wenig offener.

»Schön. Also, die einzige Garantie, nicht schwanger zu werden, ist die, keinen Sex zu haben. Bei jeder Verhütungsmethode bleibt ein gewisses Restrisiko, aber wenn man aufpasst und sie richtig anwendet, ist es minimal. Zunächst einmal wären da Kondome, die Sie sowohl vor einer Schwangerschaft als auch vor Geschlechtskrankheiten schützen. Ich kann Ihnen einige mitgeben, und Sie bekommen sie auch im Supermarkt.«

Becky wurde feuerrot. »Da arbeite ich!«

Daniella nickte verständnisvoll. Nach dem, was Becky ihr

erzählt hatte, war sie sich nicht sicher, ob Kondome überhaupt jemals zum Einsatz kommen würden. »Es gibt auch noch einige andere Möglichkeiten. Die gängigste wäre die Pille. Wissen Sie darüber Bescheid?«

Becky wand sich. »Ja, klar, aber müssen meine Eltern das erfahren?«

Daniella holte tief Luft. Becky hatte eindeutig Angst. Aber von Daniellas Warte aus waren die Regeln glasklar: »Müssen sie nicht. Alles, was wir besprechen, ist streng vertraulich. Ich halte es für eine gute Idee, dass Sie mit Ihren Eltern reden, aber ich weiß auch, dass das schwierig sein kann. Vorausgesetzt Sie verstehen, was ich Ihnen erzähle, könnte ich Ihnen gleich ein Rezept ausstellen. Wollen wir es durchgehen?«

Nun erklärte sie Becky, wann man mit der Pille anfing, wie man sie nehmen musste, auf welche Nebenwirkungen zu achten war und ab wann der Verhütungsschutz griff. »Ich kann Ihnen erst einmal ein Muster mitgeben«, sagte sie. »Und Sie holen sich Nachschub mit dem Rezept, bevor die Packung aufgebraucht ist. Wie klingt das?«

»Gut«, sagte Becky und sah inzwischen ein wenig entspannter aus.

Daniella machte einen Termin in wenigen Monaten mit Becky aus, um zu hören, wie es ihr ging, und ermahnte sie, unbedingt früher wiederzukommen, sollte ihre Periode nicht innerhalb der nächsten Woche einsetzen.

»Natürlich können Sie jederzeit zwischendurch zu mir kommen«, sagte sie, als sie aufstand, um die Tür zu öffnen.

»Danke. Übrigens war das klasse neulich, das mit Steph Morgan. Hat ihr wirklich irgendwas gefehlt?«

Daniella stöhnte innerlich und fand es unangenehm, an ihr unprofessionelles Verhalten erinnert zu werden. »Danke, aber nein, ihr fehlte nichts … Ich wollte nur, dass sie mich in Ruhe lässt.«

Becky seufzte. »Ich weiß genau, was Sie meinen.«

Als Becky ging, war Daniella zufrieden mit sich. Dieser Termin hatte womöglich geholfen, Beckys Leben wieder in die richtige Richtung zu lenken.

Es war bereits dunkel, als Daniella nach Hause kam. Sie war noch zu dem anderen Supermarkt gegangen, um sich etwas zum Abendessen zu holen. Den größeren mied sie bewusst, um Becky nicht in Verlegenheit zu bringen, weil sie sich so schnell wiedersahen.

Da sie Bereitschaftsdienst hatte, stöpselte sie ihr Handy an das Ladegerät, bevor sie den Ofen einschaltete. Heute Abend gab es Tiefkühlpizza, aber immerhin mit einem richtigen Salat dazu. Sie war beinahe zufrieden mit sich, als sie die Haustür öffnete und sich auf die oberste Stufe hockte. Der Abendhimmel war ruhig und klar. Hier gab es nachts so gut wie nie Wolken, und Daniella stand der Sinn nach einem Spaziergang. Ihr Ofen war sowieso eher ein verkappter Schongarer und brauchte mindestens zwanzig Minuten zum Vorheizen, also stöpselte sie ihr Handy aus, steckte es ein und zog die Tür hinter sich zu.

Sie fragte sich, ob heute Nacht wohl Notrufe eingehen würden, als sie in Richtung der Ecke zur Hauptstraße ging. Dort stand Margarets Bank, von der aus man über die unendliche Ebene sehen konnte, gleich seitlich von dem See und der Praxis.

Ihr Handy klingelte, kaum dass sie sich hingesetzt hatte. In der Stille kam es Daniella viel zu laut vor, weshalb sie das Gespräch sofort annahm, ohne vorher aufs Display zu sehen.

»Daniella?«

Es war Mark. Prompt wurde Daniella die Kehle eng. Sie hatte keine Ahnung, was sie zu ihm sagen sollte. Immerhin hatte sie ihn gemieden, und jetzt war er sicher wütend oder gekränkt.

»Hi, Mark«, würgte sie hervor.

»Du hast mir die letzten zwei Abende gefehlt. Ist alles in Ordnung?« Er klang weder wütend noch gekränkt.

»Mir geht es gut.« Wie sollte sie ihn nach ihrem Verhältnis fragen, ohne eifersüchtig zu erscheinen? Noch rätselte sie, was das zwischen ihnen war, und somit wusste sie auch nicht, ob sie überhaupt ein Recht darauf hatte, eifersüchtig zu sein.

»Ich höre dir an, dass nicht alles okay ist«, sagte er besorgt. »Was ist los? Ist etwas in der Praxis passiert?«

»Bist du ... Läuft irgendwas zwischen dir und Stephanie Morgan?«, platzte sie heraus. Ihre Kehle brannte.

»Nein, wie kommst du darauf?«

Ihr war schleierhaft, wie sie ihm die Szene im Supermarkt beschreiben sollte. »Bist du sicher?«, fragte sie krächzend. Sie blickte hinaus zu der kleinen Erhebung am Horizont, von der sie wusste, dass dort Ryders Station lag.

Er lachte. »Wie sollte ich mir bei so etwas nicht sicher sein?«

»Entschuldige, das meinte ich nicht ... verdammt!«

Mark wurde wieder ernst. »Ich würde dich nie belügen. Und garantiert würde ich nicht mit zwei Frauen parallel ausgehen. Nie im Leben!« Er hörte sich ernsthaft entsetzt an. Dann seufzte er. »Hör mal, Steph und ich waren einige Male zusammen aus, bevor sie nach Townsville gezogen ist. Das war vor Jahren. Es war nie was Ernstes, und das war mir auch sehr recht so. Muss ich mit Steph reden? Hat sie irgendwas gesagt?«

»Oh nein, bitte nicht! Ich bin wahrscheinlich schon selbst tief genug ins Fettnäpfchen getreten. Und du hast genug anderes um die Ohren, oder? Jemand hat mir erzählt, dass du neben der Station für nichts anderes Zeit hast.«

»Jemand?«

»Ja, und ich verrate nicht, wer.«

Mark lachte wieder. »Du gibst nicht nach, was? Das finde ich bewundernswert.« Dann räusperte er sich. »Okay, ich kläre dich lieber auf. Die Morgans sind an der Station beteiligt. Vor drei Jahren brauchten wir dringend finanzielle Mittel, um den Betrieb am Laufen zu halten, und die Banken wollten uns kein Geld leihen. Wir hatten eine lange Dürreperiode gehabt, und dann kamen die großen Buschbrände. Wir mussten neue Zäune ziehen, eine Scheune bauen und das Vieh füttern, bis sich die Weiden regeneriert hatten. Die Morgans boten uns Hilfe an, und wir hatten keine andere Wahl. Meine Beziehung zu Stephanie ist rein geschäftlich. Nichts weiter.«

Daniella war erstaunt, wie sachlich er über diese Katastrophen sprach – Dürre, Feuer. Und er war unmittelbar betroffen gewesen. »Oh«, sagte sie, weil ihr nichts einfiel, was sie sonst noch hätte sagen können.

»Daniella, ich mag dich wirklich. Und ich *nehme* mir Zeit für dich. Ich möchte dich wiedersehen.«

Sie dachte an seine Küsse. »Ja, das möchte ich auch gerne«, sagte sie. Es war verblüffend, wie schnell er sie beruhigt hatte. Sie wünschte, er wäre jetzt hier, damit sie sich an ihn lehnen könnte, seine Wärme und Kraft spüren und ihm einige der Gründe verraten, weshalb sie so unsicher war. Eilig wechselte sie das Thema. »Hey, weißt du, wo ich gerade bin?«

»Na, wo?«

»Auf der Bank an der Hauptstraße, mit Blick auf Ryders.«

Wieder seufzte er. »Ich würde dir die Station gerne zeigen. Hast du dieses Wochenende Dienst?«

Daniella stöhnte, als ihr das Dinner einfiel. »Nein, habe ich nicht, aber Dr. Harris will, dass ich eine Dinnerparty gebe. Er übernimmt den gesamten Wochenenddienst, damit ich Zeit für die Vorbereitungen habe.« Er hatte sogar darauf bestanden, ihren Hausbesuch bei Valerie Turner am Samstagnachmittag zu übernehmen. Und zu ihrer Verwunderung hatte Daniella festgestellt, dass sie es fast schade fand. Sie hatte vorgehabt, sich nach dem Brief zu erkundigen. »Aber wahrscheinlich reicht der Sonntag für die Vorbereitungen«, fuhr sie fort.

»Also Samstag? Soll ich dich um acht abholen?«

Daniella sah auf ihre Uhr, was sie reflexartig immer tat, wenn eine Uhrzeit erwähnt wurde. »Klar … oh nein!«

»Was?«

»Ich habe den Ofen zu Hause angelassen und die Zeit völlig vergessen.«

Er lachte. »Ein vielversprechender Auftakt!«

Nun musste Daniella gleichfalls lachen, als sie zum Haus zurückrannte. Dort erwartete sie indes kein Desaster, sondern ein perfekt vorgeheizter Backofen. Sie hoffte, das war ein gutes Omen.

13

Am Samstagmorgen erschien Mark pünktlich um acht. Diesmal war sein Rover weit und breit nicht zu sehen. Stattdessen fuhr er in einem sehr staubigen weißen Commodore Pick-up vor. Daniella musterte den Wagen, als sie die Haustür abschloss. Mit dem stromlinienförmigen, flachen Schnitt, dem riesigen Bullenfänger mit den Scheinwerfern und dem grellorangen CAT auf den Matschfängern hinten wirkte der Wagen rasant und gefährlich. Aiden hatte sich für solche Autos begeistert, ehe er zur Army ging, und Daniella hatte sich immer Sorgen um ihn gemacht, wenn er damit unterwegs war.

Mark stieg aus, um sie zu begrüßen, und Daniella kniff den Mund zusammen, um nicht vollkommen idiotisch zu grinsen. Wow! Apropos rasant und gefährlich … Seine Jeans saß wie eine zweite Haut, und die Ärmel seines karierten Hemds waren aufgekrempelt, so dass man den starken Bizeps sah. Sein sandblondes Haar war zerzaust, als wäre er eben mit den Fingern hindurchgefahren. Ihr war schon aufgefallen, dass er das tat, wenn er nervös oder nachdenklich war.

»Nettes Auto«, sagte sie vorsichtig.

Mark gab sich keinerlei Mühe, sein Lächeln zu verbergen, als er ihr die Beifahrertür aufhielt. Und sie musste zugeben, dass die Sitze fantastisch waren – tief und weich. Sie ließ ihre Tasche und den alten Hut in den Fußraum fallen und lehnte sich zurück.

»Es gehört meinem Bruder«, erklärte Mark, als er sich wieder hinters Lenkrad setzte. Er drehte den Zündschlüssel, und der Motor sprang brummend an.

»So einen Wagen vermutet man gar nicht auf einer Rinderfarm«, sagte sie und betrachtete den ledernen Schaltknüppel, die zusätzlichen Anzeigen und maßgefertigten Apparaturen am Armaturenbrett.

Mark warf ihr einen Seitenblick zu. »Nein, er ist auch sehr unpraktisch. Allein schon wegen der Kuhgitter! Aber Dad hat den Rover, und die Arbeiter sind mit den beiden anderen Wagen unterwegs, also blieb mir nur der hier. Sämtliche andere Fahrzeuge auf der Station sind nur für Geländefahrten geeignet und haben keine Zulassung für normale Straßen.«

»Ist das ein Radar-Scanner?«

»Ja.« Er zeigte auf die unterschiedlichen Anzeigen. »Zusätzliche Ölpumpe, Treibstoff-Einspritzregler, Notfall-Funkscanner. Mich würde nicht mal wundern, wenn Will hier irgendwo ein Satellitentelefon versteckt hätte.« Langsam fuhr er vom Straßenrand weg und wendete auf der Straße, um zurück zum Highway zu gelangen.

»Ich dachte, dein Bruder ist in Isa?«

»Ist er. Weißt du, was Kreiselkunst ist?«

Daniella schüttelte den Kopf.

»Soll ich es dir vormachen?«, fragte er grinsend.

Ein gespanntes Kribbeln regte sich in Daniella, das sie aber sofort verdrängte. »Ähm, kannst du es mir nicht einfach erklären?«

»Ja, ist vielleicht besser. Mein Bruder war der absolute Crack, ich nicht. Er hat es mir beigebracht, aber ich war nie so gut. Eigentlich fährt man nur möglichst schnell im Kreis, wobei man die Bahnen immer enger zieht. Will kann das richtig gut. Er hat es immer mal vorgeführt, beim Viehtrieb oder bei B&S-Bällen. Mit diesem Wagen machte er es am liebsten.«

»Hat er jetzt einen neuen?«

»Kann man so sagen. Er fährt einen Pathfinder, das ist ein Geländewagen. In Isa verdienen die Minen-Leute gutes Geld und geben es für solche Autos aus. An den Wochenenden ist da ja nicht viel los, also veranstalten sie Rennen auf dem Highway. Es gab auch schon üble Kollisionen. Will ist dann plötzlich aus der Sache ausgestiegen. Ich schätze, ihm wurde klar, wie gefährlich es ist. Und er kann anscheinend leichter der Versuchung widerstehen, wenn dieses Teil nicht in seiner Auffahrt steht.«

Daniella nickte. »Eine kluge Entscheidung.«

Sie fuhren auf den Highway, und der Wagen beschleunigte dröhnend auf hundert, ehe er die nächsten fünfzehn Minuten ruhig in diesem Tempo dahinschnurrte. Dann nahm Mark eine unbeschilderte Abbiegung nach Norden auf eine schmale Straße, die sich nach zwei Minuten in eine Sandpiste ähnlich der zum Stausee verwandelte, nur dass sie in einem besseren Zustand war. Mark erklärte, dass sie die Straße wegen der Viehtransporter, die regelmäßig zur Station kamen, instand halten mussten.

Eine Weile saßen sie schweigend, bis Mark langsamer wurde und sie eine Anhöhe hinauffuhren.

Daniella beugte sich auf ihrem Sitz nach vorn. Gleich hinter dem Kamm, im Schutz des Hügels, lag ein großzügiges Farmhaus aus honiggelbem Ziegelstein. Große Fenster mit dunklen Rahmen blickten auf die tiefe, umlaufende Veranda, und alles wurde von einem hellen Dach im exakten Ton der Wolken gekrönt, die den Himmel sprenkelten. Die Hausfront wies zu einer weiten Ebene, deren Ende gleichsam an den Horizont getackert schien. Die Hofseiten bildeten Ställe, Scheunen und andere Nebengebäude. Manche von ihnen waren neu und aus modernem Colorbond-Wellblech gebaut, ältere bestanden lediglich aus verwittertem Holz mit Pfannendächern aus Metall. Ein Stück weiter lagen mehrere eingezäunte Wiesen.

Daniella erkannte, dass die Straße um den Hügel herum weiterging, vorbei an den Scheunen und bis zum Hofende, von wo aus sie entlang der Zäune verlief. Auf einer Koppel standen drei Pferde und knabberten an dem dort wachsenden Gras. Für Daniellas Auge stellte das Anwesen mit seinen Gebäuden eine perfekte Kurve dar, die quasi das Himmelgewölbe darüber spiegelte: zwei Konkaven, vom Horizont vereint.

»Oh, es ist wunderschön«, sagte sie.

Mark bog in einen ansonsten leeren Carport. Schweigend stiegen beide aus. Daniella hörte eine Krähe schreien und danach nichts mehr. Sie war sich ihrer Schritte auf der Erde, des Landes um sie herum und des Himmels über ihr so bewusst wie noch nie zuvor. Mark legte einen Arm um sie.

»Es ist so still … wo sind alle?«, fragte sie.

»Na ja, die Arbeiter treiben eine der Herden von der mittleren Weide nach unten und sind frühestens morgen Vormittag zurück. Wir müssen diese Woche auswählen, welche Tiere geschlachtet werden sollen, und sie dann markieren. Dad ist zum Viehmarkt gefahren, und Kath ist wahrscheinlich unten in ihrem Cottage.«

»Aha.« Daniella räusperte sich. »Bis wohin geht euer Land?«, fragte sie und zeigte in Richtung der riesigen Felder.

Mark kratzte sich am Kopf. »Eigentlich kannst du die Grenze von hier aus gar nicht sehen.«

Erstaunt blickte Daniella ihn an. Sie konnte nicht fassen, dass alles, was sie sah, zu dieser Station gehörte. »Warte mal, ich dachte, du kannst die Stadt von hier sehen?«

Mark drehte sie sanft gen Westen. »Nicht von hier aus. Man muss ein kleines Stück den Hügel hinaufgehen. Aber theoretisch … liegt die Stadt auf unserem Grund.«

»Wirklich?«

Er nickte, und seine grünen Augen funkelten. Es war unverkennbar, dass er diesen Ort liebte. Und er war stolz auf ihn.

Daniella war überwältigt, und das nicht bloß von der schieren Größe. Der endlose blaue Himmel ließ ihr Herz schneller schlagen, und sie wollte die Luft in sich aufsaugen, das mattgrüne Gras und die ockerrote Erde riechen. Der unendliche Platz machte ihr Denken langsamer.

Sie seufzte tief. »Es ist unglaublich, Mark.«

Als er ihre Hand nahm, fühlte sich seine wunderbar warm an, obwohl ihre gar nicht kalt war. »Möchtest du dir das Haus ansehen?«

Das Haupthaus war von innen genauso wunderschön wie von außen. Mark führte sie durch die Küche, das Esszimmer, das Büro und schließlich in das Wohnzimmer mit dem riesigen Kamin und den gerahmten Fotos. Daniella bewunderte die Zimmer mit den geschmackvollen Antiquitäten, die einen schönen Kontrast zu den hellen Holzböden und den exquisiten Teppichen boten. Viele Teile hatten ein exotisches Flair, wie die geschnitzten Elefanten oder Jaguare. Bei einer besonders schönen Teakholzkommode, in deren Platte und Seiten fauchende Gesichter geschnitzt waren, blieb Daniella stehen.

»Ich glaube, ich habe dir schon erzählt, dass meine Mutter viel gereist ist«, erklärte Mark. »Und sie brachte immer Sachen mit. Kath beschwert sich dauernd, wie viel Zeit sie zum Putzen von all den schnörkeligen Möbeln braucht.«

Daniella drehte sich zu ihm um. Er stand an den großen Kamin gelehnt und wirkte vollkommen entspannt. Die Erinnerungen um sie herum konnte Daniella fast körperlich spüren. Und Mark war das Produkt von all dem hier. Er besaß etwas Verlässliches, ein Grundgerüst, auf das er sich stützen konnte, denn er wusste, woher er kam und wohin er gehörte. Auf einmal fühlte Daniella sich wie in der Schwebe. Ihre Familie war in alle Richtungen versprengt. Ihr Beruf erdete sie, aber verglichen mit dem Familienerbe hier fühlte sich das nur nach einer dünnen Grundlage für ein Leben an.

Wenigstens hatten Mark und sie eines gemein: Sie traten in die Fußstapfen ihrer Väter. Doch in jeder anderen Hinsicht war Marks Welt fremd und verlockend. Daniella atmete langsam aus.

Dann zeigte sie auf eine verschlossene Tür in der Zimmerecke. »Wo führt die hin?«

»Welche?«, fragte er. Ohne seinen Blick von ihr abzuwenden, kam er auf sie zu und zog sie an sich.

»Die Tür da.« Sie zeigte wieder hin.

»In einen Flur«, sagte er schmunzelnd.

»Einen Flur wohin?«

Er legte seine Arme fester um sie. Sie konnte die Anspannung in seinem Körper fühlen. Er war vollkommen auf sie konzentriert, und ihr Herz pochte wie verrückt. Seine grünen Augen streichelten ihr Gesicht, als er eine Hand hob und ihr behutsam das Haar hinters Ohr strich.

»Zu den Schlafzimmern«, flüsterte er.

Ein Lächeln huschte über seine Züge, und Daniella überkam derselbe Wagemut wie schon am Ballabend in seinem Wagen. Es war ihr unmöglich, sich zu bremsen, als sie die Arme um seinen Hals schlang. »Ach ja?«

Nun wurde er ernst und küsste sie, zaghaft zunächst. Daniella merkte, wie sie weiche Knie bekam. Sie erwiderte seinen Kuss, streichelte seinen Mund mit ihrem.

Schnell stellte sich eine herrliche Vertrautheit ein. Da waren keine linkischen Momente, wie Daniella sie mit anderen Männern erlebt hatte, wenn ihre Zähne zusammenstießen und verlegenes Lachen es wettzumachen versuchte. Mit Mark hatte sie sofort einen wundervollen Rhythmus gefunden, und seine Bewegungen waren perfekt auf ihre abgestimmt. Bald wurden ihre Küsse intensiver, und seine Zunge, die sich in ihrem Mund bewegte, erregte sie, wie sie noch nie etwas zuvor erregt hatte. Sie presste sich an ihn, spürte die Weichheit ihrer Konturen im Kontrast zu seinen harten Muskeln. Hätte er sie nicht mit seinen Armen aufrecht gehalten, wäre sie auf der Stelle auf den Boden gesunken.

Aber ab einem gewissen Punkt konnte es so nicht weitergehen. Eine solche Leidenschaft bedeutete, dass sie sich entweder gegenseitig ausziehen oder aufhören mussten. In einer kurzen Atempause sah Daniella in Marks Augen und erkannte, dass er dasselbe dachte. Er wartete darauf, dass sie eine Entscheidung traf. Sie hielt inne. Wäre es Nacht und nicht helllichter Tag, wäre beides denkbar gewesen. Aber die Sonne stand hoch am Himmel, und dieses Haus war fremd.

»Du bist so unglaublich schön«, flüsterte er und lehnte seine Stirn an ihre. Daniella war sprachlos.

Sie bereiteten sich ihr Mittagessen in der großen Farmhaus-Küche, alberten herum und küssten sich, während sie Brot, Mayonnaise und kalten Braten zusammensuchten. Sie nahmen ihre Sandwiches mit nach draußen auf die Veranda und sahen beim Essen den Pferden zu, die träge über ihre Koppel trotteten. Daniella bemerkte noch einmal, wie schön und friedlich sie es hier fand, verglichen mit der Großstadt.

»Ich weiß«, sagte Mark. »Mich verblüfft es immer wieder, wenn ich zurückkomme. Tatsächlich habe ich mir überlegt, ob wir nicht mehr daraus machen könnten.«

»Was meinst du?«

»Durch die Dürre und das Feuer ist die Herde sehr reduziert. Wir bauen sie wieder auf, klar, aber es wird ständig Schwankungen geben. Ich würde gerne andere Einkommensquellen finden. Möglichkeiten, um das Auf und Ab ein bisschen auszugleichen. Meine Überlegung war, vielleicht Touristen herzuholen. Zahlende Feriengäste könnten helfen, wenn unerwartet etwas schiefgeht. Wir liegen hier weit ab von allem, da müssen wir uns selbst versorgen können, vorausplanen.«

Daniella nickte. »Ja, bis ich herkam, war mir nicht klar, wie anders es hier draußen ist. In der Klinik müssen wir über Dinge nachdenken, die in der Stadt überhaupt kein Thema sind. Dr. Harris erzählte mir, dass er in seiner Anfangszeit hier auch Geburten gemacht hat. Aber die Behörde wollte ihm keinen Zuschuss zu den höheren Versicherungskosten geben, weshalb die Frauen jetzt zur Entbindung bis nach Mount Isa oder noch weiter fahren müssen.«

Daniella verstummte abrupt. Sie klang schon genau wie Dr. Harris!

Aber Mark nickte. »Ja, so ist es. Aber wir wissen das, also müssen wir uns etwas ausdenken. Außerdem«, er grinste ihr zu, »ist dieses Land unglaublich, und ich möchte dafür sorgen, dass ich auch in Zukunft damit angeben kann.«

Daniella lachte. »Du könntest einige der ›grauen Nomaden‹ ködern, die zu uns in die Sprechstunde kommen und angeblich alle auf der Suche nach dem ›echten Australien‹ sind. Hol sie hierher, dann müssen sie nicht erst bis Mount Isa weiterfahren.«

Mark zog nachdenklich die Brauen zusammen. »Ja, den Gedanken hatte ich tatsächlich schon. Wir könnten Rundflüge mit dem Hubschrauber anbieten – den haben wir sowieso hier, weil wir ihn für die Arbeit brauchen. Aber ich möchte auch einen Weg finden, wie wir als Farm überleben, nicht bloß als Touristenattraktion. Ich habe schon von Leuten gehört, die sich auch in andere Richtungen orientieren – mit Technik und so.«

Eine Weile lang tauschten sie Ideen aus. Daniella erinnerte sich an Touristikwerbung, die sie in der Zeitung von Brisbane gesehen hatte, und Mark erzählte ihr von einigen Dingen, die er schon mit Cat besprochen hatte. Während sie redeten, legte er wieder seine Arme um sie, und Daniella genoss es, seine Nähe zu spüren.

In einer Gesprächspause wanderte Daniellas Blick wieder zu den Pferden. »Früher bin ich geritten. Das ist Jahre her.«

»Ach ja?«

»Ja, meine Mum ist Turniere geritten – Dad hat noch die Fotos. Sobald ich alt genug war, bin ich in dieselbe Reitschule gegangen, in der sie war. Aber als ich auf die Highschool kam, habe ich aufgehört, weil ich neben dem Lernen zu wenig Zeit hatte. Ich habe damals den englischen Stil gelernt«, fügte sie entschuldigend hinzu. »Rodeos habe ich mir bisher nur angesehen, bin aber nie auf Stocks oder im Westernstil geritten.«

Mark streckte seine langen Beine aus. »So anders ist das nicht.«

Er stand auf und nahm Daniella mit auf einen langen Spaziergang hinunter zu den Weiden und Koppeln. Daniella strich mit den Händen über die Zaunholme und lachte, als sie die Verladerampe hinaufliefen. Sie wanderten an den Schuppen entlang, und Mark zeigte ihr den Hubschrauber, den sie für den Viehtrieb und das Überprüfen der Zäune einsetzten. Für Daniella sah er wie eine riesige Plexiglasblase auf Kufen mit einem zweiblättrigen Rotor aus. Er war viel kleiner als die Notarzthubschrauber, die sie aus Brisbane kannte. Andererseits mussten mit dem hier ja auch keine Patienten transportiert werden.

Als sie am späten Nachmittag wieder zum Haupthaus zurückkehrten, konnte Daniella den Schmutz zwischen ihren Fingern fühlen und wollte sich die Hände waschen. Mark zeigte ihr, wo das Bad war.

Erstaunt betrachtete Daniella ihr staubiges Gesicht im Spiegel. Zum ersten Mal seit langem sah sie nicht müde aus. Nachdem sie sich gewaschen hatte, stellte sie sogar fest, dass ihre Augen leuchteten, blaugrau wie der Abendhimmel. Sie lächelte.

Es klopfte an der Tür, und Mark kam herein. Er stellte sich

hinter sie und küsste ihren Nacken. »Habe ich dir schon gesagt, wie umwerfend du bist?«, murmelte er.

Daniella lehnte sich an ihn. »Nein …«

Er nickte ernst. »Das fiel mir gleich an dem Abend in der Taverne auf – als ich mich umdrehte und dich sah. Dann habe ich dich in der Ambulanz erlebt, dir bei der Arbeit zugesehen. Was für talentierte Hände.« Er fing ihre rechte Hand ein und küsste die Finger. »Lust auf eine kleine Ausfahrt?«

»Wohin?« Sie beobachtete ihn im Spiegel. Seine große Gestalt umfing sie von hinten, beschützend und stark. Diesen Moment wollte sie festhalten.

»Ein Stück den Hügelkamm entlang, um dir die Aussicht zu zeigen.«

Es war nur eine kurze Fahrt. Als die Sonne unterging, saßen sie auf einer alten, aber sauberen Matratze hinten auf der Ladefläche des Geländewagens. Hinter ihnen wisperten die Blätter der Eukalyptusbäume in der sanften Brise, und über ihnen waren nur die Sterne.

»So entspannt habe ich mich noch nie gefühlt«, stellte Daniella verwundert fest. Die Praxis schien so weit weg. Selbst was in Brisbane passiert war, bevor sie herkam, war wie hinter einem Schleier verschwunden. Vorsichtig stupste Daniella ihn an, doch er hielt. Es war ihre Entscheidung, ob sie die Schuldgefühle jener Nacht noch einmal durchleben wollte … oder nicht.

Als es kühler wurde, holte Mark eine Tasche aus der Fahrerkabine. Er packte ein Deckenbündel aus, an das sie sich lehnen konnten, und breitete eine andere Decke aus, die herrlich nach Pferden roch. Dann zog er Daniella an seine Seite. Alles war perfekt.

»Seit wann gehört das alles hier deiner Familie?«, fragte sie.

Mark erzählte ihr die Geschichte. In den 1850er Jahren hatte sich sein Ururgroßvater auf der Farm niedergelassen, und seine Söhne bezeugten über die nächsten fünfzig Jahre, wie eine florierende Rinderzucht heranwuchs und eine Stadt entstand. Dann kam die Katastrophe: Eine große Dürre zehrte sämtliche Mittel auf und zwang die Walkers vom Land. Sie gingen zurück nach England. Marks Großvater wurde in den 1920er Jahren geboren und verlor beide Eltern im Zweiten Weltkrieg. Als der Krieg vorbei war, kam er nach Australien. Er war jung, mittellos, doch er träumte von dem Land aus den Geschichten seines Vaters. In Australien heiratete er, lernte so viel er konnte über Beweidung und arbeitete sich die Finger wund, um irgendwann einen neuen Betrieb aufbauen zu können. Er und seine Frau waren bescheiden, denn beide waren von den Entbehrungen der Weltwirtschaftskrise und des Krieges geprägt. Als sich die Chance ergab, machten sie ihren Traum wahr und kauften Ryders zurück. Ihre Kinder, einschließlich Marks Vater, waren hier geboren.

»Dad wollte für immer hierbleiben. Aber als er meine Mum kennenlernte, zogen sie eine Zeit lang herum. Sie war Lehrerin und arbeitete viel als Vertretung.« Er machte eine Pause. »Daniella, an dem Abend, als ich dich das erste Mal anrief und du oben an der Hauptstraße auf der Bank saßt …«

»Ja?«

»Hast du die Plakette an der Bank gesehen?«

»Ja, ich glaube da stand *Für Margaret, die diesen Platz liebte …*« Sie bemerkte seinen Gesichtsausdruck. »Oh … Margaret war deine Mutter?«

Mark atmete langsam ein. »Dort saß sie früher oft und blickte hinaus zur Station. In ihrem Testament wünschte sie sich, dass dort ein Schild angebracht würde, um daran zu erinnern, wie sehr sie den Platz gemocht hat.« Er umfing Daniellas Gesicht mit beiden Händen. »Ich glaube nicht an Schicksal, aber, Mann, an dem Abend war ich wirklich verblüfft. Als ich nach draußen ging, um die Sterne zu sehen, dachte ich an sie, daran, was aus der Station werden soll und was sie dazu gesagt hätte. Und dann kamst du mir in den Sinn. Ich wollte mich für meinen Dad entschuldigen, doch das war nur ein Vorwand. Hauptsächlich wollte ich mehr über dich erfahren. Normalerweise habe ich auf dem Hügel gar keinen Empfang, aber an dem Abend hat das Handy funktioniert. Ich habe dich angerufen, und dann hast du mir erzählt, wo du warst, ausgerechnet an dem Platz. Seitdem kann ich nicht mehr aufhören, an dich zu denken.«

Daniella war sprachlos; kein Mann hatte je so offen, so ungehemmt mit ihr gesprochen … ohne den Einfluss von Alkohol. Aber als er sie ansah, sie küsste und sie seine Leidenschaft spürte, konnte sie nicht anders, als ihm zu glauben. Ihr Herz pochte schneller. »Mark, so habe ich noch nie empfunden. Ich weiß nicht, was ich sagen soll«, gestand sie.

»Dann sag nichts.«

Sie küssten sich wieder, nur war es diesmal ohne jede Leichtigkeit, ohne Zögern. Mark war wild in seiner Zärtlichkeit, betete sie mit seinen Lippen und seiner Zunge an. Daniella knöpfte ihm das Hemd auf, bestaunte die straffen Muskeln an seinem Waschbrettbauch. Um ihr rasendes Verlangen zu zügeln, begann sie, nach seinem Herzschlag zu tasten und die Namen der Muskeln unter ihren Fingern aufzuzählen.

»Was machst du da?«, fragte Mark.

Verlegen biss Daniella sich auf die Zunge. Dann gestand sie ihm, dass sie Anatomie übte.

Er lachte. »Na gut, Dr. Bell, dann teste ich dich mal ein bisschen … Was ist das hier?« Er strich mit den Fingerspitzen über ihre Lippen. Dann fuhr er fort, sie nach den lateinischen Namen für alle Stellen zu fragen, die er berühren wollte. Manche fielen Daniella nicht ein – oder zumindest fehlte ihr der Atem, sie auszusprechen, als Marks Lippen ihren Hals hinab zu ihrer Brust wanderten.

»Was ist hiermit?«, fragte er, während seine Zunge über die empfindliche Spitze ihrer Brust glitt.

»Areola«, hauchte sie.

Er küsste sich wieder zurück zu ihrem Mund, so dass ihre nackten Oberkörper aneinandergeschmiegt waren. Daniella fühlte seine Gürtelschnalle an ihrem Bauch.

»Teste mich weiter«, flüsterte sie.

»Aber du hast schon alles benannt«, neckte er sie und biss ihr sanft in den Nacken, worauf sie erschauerte.

»Nicht überall.« Sie schob ihn auf die Seite, löste seinen Gürtel und zog ihn langsam aus den Schlaufen. Mark beobachtete sie mit halb gesenkten Lidern. Dann hakte er den Zeigefinger hinter ihren Jeansbund und zog sie zu sich.

»Ah, Frau Doktor«, raunte er heiser, als er den Jeansstoff über ihre Hüften hinunterzog. »Wie ich sehe, musst du doch noch weitergeprüft werden.«

»Und dann bist du dran«, warnte sie ihn. Lachend nahm er sie in seine Arme.

Am Morgen lag leichter Tau über der Landschaft. Mark wachte hinten auf dem Geländewagen mit Daniella in seinen Armen auf. Beide waren nackt unter der Decke. Er winkelte einen Arm unter seinem Kopf an. Es war gewiss schon sieben, doch er rührte sich nicht. Irgendwann würden sie beide Hunger bekommen, oder jemand würde ihn auf der Station brauchen, aber fürs Erste wollte er, dass seine Welt ausschließlich aus diesem Moment bestand.

Daniella war die faszinierendste Frau, die er je kennengelernt hatte. Sie war umwerfend schön, neugierig, intelligent und ehrgeizig; und sie erregte ihn, wie es noch keine vor ihr getan hatte. Er wollte Dinge mit ihr tun – und nicht bloß körperliche wie letzte Nacht. Nein, er wollte mehr. Etwas mit ihr aufbauen, ihr bei ihrer Arbeit helfen. Und er wollte, dass sie die Station liebte, vielleicht sogar genauso sehr wie er. Er wünschte sich, dass sie dies hier als ihr Zuhause betrachtete …

Ausgenommen … verdammt! Ihm war bewusst, dass es nur seine Träume für sie beide waren. Wie sahen ihre Pläne aus? Wie würde sie es finden, in seine Pflichten eingebunden zu sein? Er blickte zu ihr hinab. Ihr hellbraunes Haar fächerte sich auf ihrer nackten Schulter, und ihre Haut schimmerte wie der Sonnenuntergang am Stausee vor einem roten Abendhimmel. Sie war wunderschön, talentiert und nicht von hier.

Er stöhnte leise, lehnte sich nach unten und küsste sie. Ihre Augenlider flatterten, als sie aufwachte. Mark sah, wie sie blinzelte und sich orientieren musste. Dann kehrten anscheinend die Erinnerungen an die letzte Nacht zurück, und ihre Wangen röteten sich.

»Guten Morgen«, flüsterte Mark.

»Guten Morgen«, sagte sie mit einem schläfrigen Lächeln und schmiegte sich schüchtern an ihn. »Wie spät ist es?«

»Hmm … gegen sieben, schätze ich.«

»Und es ist Sonntag, oder?«, fragte sie in einem Ton, als hoffte sie auf ein Nein.

»Ich fürchte ja. Warum?« Er streichelte ihr Haar.

»Heute Abend gebe ich die Dinnerparty. Und ich muss noch einkaufen und kochen. Vor allem muss ich mir erstmal ausdenken, was ich koche!«

»Kann ich dir helfen?«, bot Mark an, weil er einen Vorwand brauchte, mehr Zeit mit ihr zu verbringen.

»Ähm … vielleicht. Kannst du kommen? Es ist gut möglich, dass ich jemanden brauche, der behauptet, dass es essbar ist.«

»Ja, gerne«, sagte er. »Komm doch mit zum Haus und stöbere dort in den Kochbüchern.«

Mark fuhr sie zurück, und während Daniella im Bad war, wollte er Kaths Bücherregal plündern. Oder vielmehr hatte er das vorgehabt. Tatsächlich verbrachte er ziemlich viel Zeit mit Daniella unter der Dusche, bevor er sie allein ließ, damit sie sich die Haare waschen konnte und er sich auf die Suche nach einem, wie er schwor, fantastischen Lasagne-Rezept machen konnte.

Als Daniella zehn Minuten später aus dem Bad kam, angezogen, aber mit nassen Haaren, fand sie Mark in der Küche, wo er sich durch die Rezepte der *Country Women's Association* blätterte. Im nächsten Moment hörte sie einen Wagen vorfahren, und eine Minute später kam William Walker mit einem aufgerollten Katalog unter dem Arm durch die Tür. Auf seinem eigenen Grund und Boden wirkte er noch einschüchternder als in der Praxis. Als er Daniella sah, blitzten seine Augen überrascht, und Daniella hätte sich am liebsten in der Speisekammer versteckt.

»Wie war's?«, fragte Mark seinen Vater, als wäre nichts ungewöhnlich an Daniellas Anwesenheit.

»Ganz gut«, sagte William und blickte erwartungsvoll von Daniella zu Mark.

»Dad, du erinnerst dich sicher noch an Daniella Bell, nicht? Sie hat sich beim Rugby um Dave gekümmert. Ich habe ihr die Station gezeigt«, erklärte Mark und legte einen Arm um Daniellas Schultern.

»Ja, ich erinnere mich«, sagte William und reichte ihr die Hand. »William Walker.« Sie schüttelten sich steif die Hände, und Daniella war sich ziemlich sicher, dass er ihr nasses Haar musterte.

»Daniella ist aus Brisbane«, fuhr Mark fort, um die Stille zu füllen.

»Aha«, sagte William. »Wo haben Sie da unten gearbeitet?«

»Im PA und im Princess Mary«, antwortete sie automatisch.

William nickte. Da war ein Anflug von Anerkennung in seinem Blick, jedoch keinerlei Wärme. »Und wohin wollen Sie als Nächstes?«

»Ähm«, stammelte sie verwirrt. »Ich habe keine Pläne, irgendwohin zu gehen.«

Hierauf nahm William Walker den Katalog unter seinem Arm hervor und rollte ihn neu zusammen. »Tja«, er sah zu Mark. »Mal sehen.« Damit ging er in den Flur.

Daniella merkte, wie Mark sich neben ihr versteifte, dann küsste er sie auf den Mund. »Tut mir leid«, sagte er. Als sie ihn fragend ansah, ergänzte er: »Mach dir nichts draus. Gehen wir.«

14

Um halb sieben entspannte sich Daniella endlich. Dr. Harris' Küche war weit besser ausgestattet als die im Haus vom Health Service, und die Lasagne – nach Marks Rezept – war sogar recht gelungen. Die Béchamelsoße hatte nicht geklumpt, die Hackmischung war mit Basilikum gewürzt, das sie ganz unten in der Frischekühlung des Supermarkts entdeckt hatte (hierbei hatte Becky ihr geholfen), und sie hatte genug Lasagne-Blätter besorgt, um die Form zu füllen, die Dr. Harris ihr gegeben hatte. Jetzt warf der Käse im Ofen Bläschen, und es roch fantastisch.

Während die kleine Gruppe am Küchentresen plauderte, richtete Daniella den Salat her, der als Beilage serviert werden sollte. Dr. Harris hatte Mac und Susan Westerland eingeladen, die für einige Tage in die Stadt gekommen waren, um nahe bei der Praxis zu sein, während sie Sarahs neue Behandlung ausprobierten. Im Wohnzimmer spielten Sarah und Jamie vergnügt mit Dr. Harris' großer Spielzeugsammlung aus dem Wartezimmer. Jackie und die Westerlands kannten sich wegen der vielen Arztbesuche mittlerweile sehr gut und verstanden sich bestens.

Es läutete an der Tür, und Daniella legte das Salatbesteck zur Seite, um zu öffnen. »Nichts anfassen!«, befahl sie Dr. Harris, der sich allerdings schon auf die Arbeit stürzte wie ein Geier auf ein überfahrenes Tier. Eigentlich war es Daniella auch egal, denn sie wusste, wer geklingelt hatte.

Vor der Tür stand Mark, ihr großer, gut aussehender Mark,

der in seiner hellen Hose, den Stiefeln und dem blauen Hemd perfekt aussah und frisch und vertraut duftete.

»Hi«, sagte sie leise und merkte, wie sie rot wurde.

»Hi.« Er küsste sie, als hätte er sie seit Wochen nicht gesehen. Wegen der Gäste am anderen Ende des Flurs wollte Daniella sich ihm entwinden, doch er küsste sie nur noch intensiver.

»Hier«, sagte er, als er sie schließlich losließ, und reichte ihr eine Flasche Wein.

»Du solltest doch nichts mitbringen!«

»Ist nicht ganz uneigennützig. Ich mag keinen Roten, und ich wollte ihn loswerden. Dr. Harris mag ihn gerne, und außerdem ist es unhöflich, mit leeren Händen zu kommen.«

Mark und seine Manieren. Sie lachte. »Komm rein.« Sie ging voraus in die Küche.

»Mark, mein lieber Junge! Ist lange her«, begrüßte Dr. Harris ihn.

Mark und die Westerlands waren offenbar alte Freunde, und bald unterhielt er sich mit Mac über Viehexporte. Jackie und Susan redeten über ihre Kinder. Daniella schaute sich um und rieb sich die Arme. Dr. Harris war am Telefon, und das Essen war so gut wie fertig.

Mark drehte sich zu ihr. »Daniella?« Er bedeutete ihr, hinüber zum Esstisch zu kommen. »Ich habe Mac eben erzählt, dass du die Station besichtigt hast.«

»Großartig, oder?«, fragte Mac. »Ryders ist fantastisches Land. Unseres ist natürlich besser, aber die Walkers sind näher an der Stadt.« Er grinste verschmitzt, und die Männer zogen sich scherzhaft auf, wer das bessere Land habe. Mark bezog Daniella in das Gespräch mit ein. Mac wollte wissen, was sie von der Ausstattung von Ryders hielt, ob sie Ideen hätte, wie man die Gesundheitsversorgung der Leute auf den Farmen verbessern könnte und was sie von Telemedizin hielt. Die ganze Zeit hatte Mark seinen Arm um sie gelegt, damit alle begriffen, dass sie ein Paar waren.

Als Daniella in die Küche zurückmusste, um nach der Lasagne im Ofen zu sehen, war ihr, als würde sie schweben. Sie passte hier rein, bewältigte diese (zugegeben kleine) Zusammenkunft ohne Zwischenfälle, und Mark gehörte ihr.

Jackie und Susan folgten ihr in die Küche, wo sie außer Hörweite waren.

»So habe ich ihn noch nie gesehen«, sagte Jackie eindeutig verblüfft.

»Ihr passt so toll zusammen, wenn ich das sagen darf«, stimmte Susan ein. »Und ich bin richtig froh, dass du in Ryders Ridge wohnen bleibst.«

Daniella freute sich über die Kommentare – bis auf den Teil mit ihren zukünftigen Wohnplänen. Es war ihr nicht ganz wohl bei dem Gedanken, aber für heute Abend konnte nichts ihr Glück trüben. Sie begann sogar zu denken – reichlich naiv, wie sie sich im Geiste schalt –, dass dies hier ihr Zuhause werden könnte.

Um Punkt sieben holte sie die Lasagne aus dem Ofen, die eine wunderbare goldbraune Kruste bekommen hatte. Alle versammelten sich, um ihr obligatorisches Lob zum gelungenen Essen beizutragen. Daniella gab es brav an Dr. Harris' Ofen weiter, dessen Umluft hervorragend funktionierte.

Sie wollten sich gerade setzen, als es erneut klingelte. Dr. Harris sah Daniella an. »Erwarten Sie noch jemanden?« Sie schüttelte den Kopf. »Dann könnte es für die Praxis sein. Entschuldigt mich – und fangt bitte schon an.«

Er ging zur Tür, während Daniella die Lasagne auf die Terrasse hinaustrug, wo Mark Wein in Dr. Harris' Glas schenkte und es schaffte, Daniella gleichzeitig einen Kuss auf die Wange zu geben. Sie stand mit dem Rücken zum Flur, und

Marks Arm lag noch um ihre Taille, als er sich umblickte und erstarrte. Daniella drehte sich ebenfalls um.

Durch den Flur kam Dr. Harris mit Dave zurück, gefolgt von Stephanie und Maria Morgan.

Anfangs fühlte sich alles um Daniella ganz ruhig an, als wäre sie unter Wasser. Dann setzten die Fragen ein. Was war los? War sie bei dem falschen Dinner? Dr. Harris sah sie achselzuckend an, drückte ihre Schulter und flüsterte: »Es ist sicher genug da.«

Daniella bemerkte, wie Daves Blick zum Wohnzimmer abschweifte, wo Sarah und Jamie nun auf der Couch lagen, und dann zu Jackie. Und ihr entging auch nicht, dass Stephanies zu Marks Arm an ihrer Taille wanderte.

Stephanie setzte sich direkt neben Mark. »Tausend Dank für die Einladung, Dani! Und entschuldige, dass wir uns verspätet haben.«

Daniella verkniff sich eine Erwiderung; zwischen Marks Brauen erschien eine kleine steile Falte, und Dave blieb unsicher neben dem Tisch stehen.

»Dave, es ist noch ein Platz neben Jackie frei«, sagte Stephanie. »Ich möchte mit Mark über das Isa-Rodeo reden.«

Also setzte Dave sich, aber die bisher lockere Unterhaltung geriet ins Stocken, obwohl Dr. Harris sich bemühte, sie wieder in Gang zu bringen, bevor er mehr Gedecke aus der Küche holen ging. Daniella floh hinter ihm her, um ihm mit den Tellern und dem Besteck zu helfen. Ihr wurde mulmig. Die Stimmung zwischen Dave und Jackie war eindeutig schlecht. Was zur Hölle war auf dem B&S-Ball vorgefallen?

Auf einmal legte sich eine warme Hand auf Daniellas Rücken. »Lass mich dir helfen«, sagte Mark und nahm ihr die Teller ab. »Alles okay?«

»Nein, ich flippe gerade ein bisschen aus. Das war nicht geplant«, gestand sie leise. »Haben Dave und Jackie sich wegen irgendwas gestritten? Sie sehen aus, als würden sie sich hassen.«

»Keine Ahnung. Aber mach dir deshalb keine Gedanken. Alles wird gut.« Er brachte die Teller hinaus, so dass Daniella mit Dr. Harris allein blieb.

»Haben Sie sie eingeladen?«, flüsterte Daniella ihm zu.

»Nein, meine Liebe. Womöglich haben sie das Datum verwechselt. Ich hatte sie für nächste Woche eingeladen. Andererseits«, ergänzte er leiser, »gab es schon das ein oder andere Mal gewollte Missverständnisse.«

Von da an lief der Abend aus dem Ruder, zumindest für Daniellas Empfinden. Nichts war richtig falsch, doch viel zu oft geriet das Gespräch ins Stocken, und das jeweils dank Maria und Stephanie. Mark tat sein Bestes, doch Stephanie schien wild entschlossen, ihn im verbalen Schwitzkasten zu halten und seine gesamte Aufmerksamkeit für sich zu beanspruchen. Daniella bewegte sich in einem fort, füllte Gläser nach, trug leere Teller ab, um Platz am Tisch zu machen, der zu klein für so viele Leute war. Mac und Susan versuchten, mit Dave und Jackie zu reden, doch die beiden waren ungewöhnlich still und mehr damit beschäftigt, sich gegenseitig zu ignorieren. Und Daniella wurde von Maria mit Argusaugen überwacht.

»Die ist exzellent«, lobte Mark die Lasagne, und Mac pflichtete ihm bei.

»Ist sie. Mich wundert allerdings, dass du das hiesige Rindfleisch nicht magst«, sagte Stephanie.

Daniella wurde rot. »Das ist von hier. Ich habe extra gefragt.«

»Ach, na, das lässt sich bei Hack immer schwer sagen.«

Mark warf Stephanie einen strengen Blick zu, aber sie plapperte bereits über etwas anderes und bemerkte es gar nicht. Daniella hatte nicht den geringsten Schimmer, wie sie mit

Stephanies Feindseligkeit umgehen sollte; in Gegenwart von Dr. Harris konnte sie unmöglich eine ähnliche Taktik wie die im Supermarkt einsetzen. Sie wünschte sich nur, dass dieser Abend vorbeigehen würde. Bis dahin floh sie ein weiteres Mal in die Küche, um tief durchzuatmen.

Als sie auf die Terrasse zurückkehrte, hörte sie Stephanie fragen: »Jackie, wie alt ist Jamie jetzt eigentlich?«

»Er wird in ein paar Wochen drei«, antwortete Jackie steif.

»Wow, wie groß er geworden ist!«, sagte Stephanie. »Ich habe ihn so lange nicht mehr gesehen. Kann er nicht ein bisschen zu uns an den Tisch kommen?«

Jackie trank einen großen Schluck Wasser. Auch wenn Daniella nicht einmal erraten könnte, was hier vor sich ging, spürte sie deutlich, dass Jackie wütend war. Daniella setzte sich wieder an den Tisch. »Er schläft, Steph«, sagte sie rasch, worauf Jackie dankbar zu ihr sah.

»Ach, na gut.« Stephanie wirkte für einen kurzen Augenblick ratlos, dann strahlte sie Daniella an. »Du hast das letzte Mal erzählt, dass du aus Brisbane bist, stimmt's nicht, Dani?«

»Ja, das stimmt.«

»Und Sie stammen aus einer Arztfamilie, nicht wahr?«, fragte Maria.

»Mein Vater ist Chirurg«, antwortete Daniella matt. »Also, möchte jemand …«

Stephanie fiel ihr ins Wort. »Ein ziemlich berühmter Chirurg, wie man hört.« Dann zählte sie einige von Peter Bells Errungenschaften auf, was Daniella maßlos auf die Nerven ging. Steph musste ihn gegoogelt haben.

Daniella kam es vor, als nehme der Abend überhaupt kein Ende, und zu ihrer Verwunderung war es erst halb neun, als Mac und Susan sich entschuldigten und mit der schlafenden Sarah aufbrachen. Jackie entkam ins Wohnzimmer, um nach Jamie zu sehen, und verabschiedete sich kurze Zeit später ebenfalls. Stephanie sträubte sich, ohne Mark zu gehen, bis er ihr recht entschlossen sagte, er würde sie zur Tür begleiten.

Nachdem die Morgans zu ihrem Wagen gegangen waren, drehte Mark sich zu Daniella um. Doch Dave kam ihm zuvor. »Tut mir ehrlich leid, Daniella. Mir wurde gesagt, dass wir eingeladen sind. Das Essen war wirklich lecker.«

Sie winkte erschöpft ab. »Ist schon gut.«

Mark war außer sich, und Daniella spürte förmlich die Wut in ihm kochen, als er sie umarmte.

Dave wollte gehen. »Nein, warte«, sagte Mark. »Du bringst mich lieber nach unten.«

»Warum?«, fragte Dave.

»Weil sonst die Gefahr besteht, dass ich die beiden k. o. schlage.« Mark küsste Daniella flüchtig. »Ich rufe dich an. Aber erst muss ich das regeln.«

Und dann war er fort und ließ Daniella mit der verkrusteten Auflaufform zurück. Sie betrachtete den angebrannten Käserand. Genauso fühlte sich dieser Abend an: erst so vielversprechend, jetzt so leer und finster.

Dr. Harris hatte schon mit dem Aufräumen begonnen. Er sah ihre verdrossene Miene. »Nehmen Sie sich das nicht zu sehr zu Herzen, meine Liebe. Ich finde, Sie haben das alles sehr gut gemacht.«

Daniella konnte nichts gegen den Eindruck tun, dass es vollkommen unwichtig war, wie gut sie das Essen hinbekommen hatte. Das Glück, das sie noch vor wenigen Stunden empfunden hatte, kam ihr jetzt wie eine Illusion vor. Und sie fragte sich, was sie morgen erwartete.

»Übrigens, Daniella«, sagte Dr. Harris, als hätte er ihre Gedanken gehört. »Ich war gestern bei Valerie Turner. Dieses Ulkus sieht viel besser aus. Sie hat darum gebeten, dass Sie morgen zu ihr kommen. Nehmen Sie sie als letzten Tagestermin. Ich bin froh, dass Valerie Sie mag.«

»Da bin ich mir gar nicht so sicher«, sagte Daniella so leise, dass Dr. Harris es nicht hörte.

Jackie tauschte ihre Montagsschicht mit Roselyn, rief aber nachmittags an und fragte, ob Daniella sie abends besuchen könne. Daniella war so erleichtert, von ihr zu hören, dass sie gleich zusagte, nach ihrem Besuch bei Valerie vorbeizukommen.

Um fünf Uhr traf sie Valerie wie immer auf der Couch an. Diesmal war der Fernseher allerdings ausgeschaltet, und Valerie hatte ein Küchentablett und mehrere Blätter Papier auf ihrem Schoß liegen. Der Kelpie lag ausgestreckt auf dem Boden und bedachte Daniella beim Hereinkommen mit einem elenden Blick. Im Zimmer roch es nach Industriereiniger.

»Schuhe aus!«, befahl Valerie. »Der Teppich ist frisch gereinigt.«

Daniella streifte ihre flachen Schuhe ab und tapste mit ihrem Arztkoffer ins Zimmer.

»Die Sachen brauchen wir heute nicht«, sagte Valerie und streckte ihr ein beschriebenes Blatt hin. »Sie müssen mir das vorlesen«, sagte sie. »Und denken Sie ja an Ihre Schweigepflicht als Ärztin, verstanden?«

»Hat Bruce auf Ihren Brief geantwortet?«, fragte Daniella und nahm das Blatt in die Hand. Die Handschrift war sehr sauber.

»Jetzt lesen Sie schon!«

»*Liebe Mum*«, las Daniella brav vor. »*Vielen Dank für deinen Brief. Ich habe ihn mitgenommen zu einem Termin nach Cairns, und nun schreibe ich dir zurück, während ich am Flughafen auf meinen Flieger nach Hause warte.*«

Valeria schnaubte. »Als wenn ich das wissen will.« Dann, als Daniella unterbrach, kommandierte sie: »Los, lesen Sie weiter.«

Daniella las den Rest des Briefes vor, in dem Bruce größtenteils seine Geschäftsreise beschrieb, ohne zu erwähnen, um was es bei der Reise ging. Er schrieb von einer Wanderung in den Tablelands und schilderte die Landschaft dort, die ihn an das Land um Ryders Ridge herum erinnert habe. Dann beschrieb er, wie sich die Landschaft westlich von Atherton plötzlich von Ebenen in Regenwald wandelte.

»*Ich hoffe, dass du mir bald wieder schreibst, und denk bitte noch einmal über mein Angebot nach, an Weihnachten herzukommen und uns zu besuchen. In Liebe, Bruce*«, endete Daniella.

»Hmm«, machte Valerie, doch Daniella sah ihr an, wie viel ihr der Brief bedeutete. Bei Bruce' Landschaftsbeschreibungen musste Daniella an die Station denken, die Mark ihr am Samstag gezeigt hatte, und auf einmal sehnte sie sich schrecklich nach ihm.

»Woran denken Sie denn gerade?«, fragte Valerie, die nicht übersah, dass Daniella abgelenkt war.

»An Ryders Station«, sagte Daniella, ehe sie sich bremsen konnte.

Valerie sprang sofort darauf an. »Ryders Station? Dann *haben* Sie also tatsächlich was mit diesem Walker-Jungen. Die Putzfrau hat davon erzählt – normalerweise bekomme ich kaum mal was aus ihr raus.«

Daniella wurde rot. »Wir waren ein paar Mal zusammen aus.«

Valerie kicherte tatsächlich, bevor sie wieder ernst wurde. »Ich wette, dass William Walker begeistert ist.«

Daniella zog die Brauen hoch. »Nicht besonders. Ich bin ihm erst zweimal begegnet, aber ich glaube nicht, dass er mich mag.«

»Selbstverständlich nicht.«

Daniella wartete ab, doch mehr hatte Valerie dazu anscheinend nicht zu sagen.

»Gestern Abend habe ich eine Dinnerparty bei Dr. Harris

gegeben«, erzählte sie und nahm ungefragt die leeren Bögen von Valeries Tablett. »Die lief nicht so gut.«

»Haben Sie alle vergiftet? Ich kann mir vorstellen, dass Sie keine tolle Köchin sind«, sagte Valerie, wenn auch weniger boshaft als sonst.

Daniella ärgerte sich dennoch. »Das Essen war gut. Aber die Morgans hatten sich selbst eingeladen, und dadurch war es ziemlich eng.«

Hierauf verlangte Valerie einen detaillierten Bericht über den Abend und über ihre Begegnung mit William Walker auf Ryders. Danach wurde Daniella zu ihrem Unglück ein Großteil ihrer Geschichte an Bruce diktiert. Valerie tat ihren energischen Protest kurzerhand ab und bestand wieder einmal darauf, den fertigen Brief zunächst dazubehalten.

Wenigstens schien Valerie für ihre Verhältnisse beinahe guter Laune zu sein, als Daniella sich schließlich mit dem Hinweis verabschiedete, sie würde bei Jackie erwartet. Sie stemmte sich sogar mit Hilfe ihres Stocks auf und begleitete Daniella zur Tür.

»Sie sind wohl befreundet mit dieser Krankenschwester, was?«, fragte sie, ehe Daniella fliehen konnte.

»Ja«, antwortete Daniella erschöpft und fragte sich, was Valerie über Jackie zu meckern hätte.

»Gut«, sagte die unerwartet. »Es ist schwer, so wie sie einen kleinen Jungen ganz allein großzuziehen, und dann reden noch alle hinter ihrem Rücken, wer wohl der Kerl war. Ich finde ja, das ist ihre Sache, aber anscheinend ist es das nicht. Ich weiß, wovon ich rede.«

Daniella nickte und stellte zu ihrem Erstaunen fest, dass sie die alte Dame allmählich nett zu finden begann. Frischen Mutes stellte sie ihr die Frage, die ihr schon länger auf der Zunge brannte: »Mrs. Turner, warum mag William Walker mich nicht? Sie scheinen den Grund zu kennen.«

Valerie sah sie prüfend an. »Weil er keine Frau will, von der er denkt, dass sie seinen Sohn dazu zwingt, sich zwischen ihr und der Station zu entscheiden. Das Thema hatte er ja zur Genüge mit seiner eigenen Frau.«

Und so schritt Daniella mit neuem Stoff zum Grübeln hinaus in die Nacht. Sie war sogar fast ein bisschen erleichtert darüber, dass Williams Ablehnung vielleicht gar nicht persönlich gemeint war. Und sie sagte sich, dass sie meilenweit davon entfernt war, Mark vor eine derartige Entscheidung zu stellen.

Daniella traf bei Jackie ein, als sie gerade den sehr schläfrigen Jamie ins Bett brachte. Jackie selbst sah müde aus ... und traurig.

»Ich warte hier draußen«, sagte Daniella.

»Nein, komm ruhig rein und hör zu«, erwiderte Jackie, deren Stimme unnatürlich hoch klang, was nur bedeuten konnte, dass der Armen zum Heulen zumute war. Verwundert folgte Daniella ihr in Jamies Zimmer und setzte sich auf einen Stuhl in der Ecke.

Jackie las Jamie seine Lieblingsgeschichte von Thomas der Lokomotive vor, bis er eingeschlafen war. Dunkle Locken umrahmten sein Kindergesicht. Jackie strich ihrem Sohn seufzend übers Haar und legte das Buch beiseite. Sie sah Daniella nicht an.

»Lass mich dir eine andere Geschichte erzählen«, sagte sie leise, als würde sie immer noch mit Jamie sprechen. »Es war einmal ein Mädchen in einer kleinen Stadt, das einen Jungen mochte, mit dem es zur Schule ging. Das Mädchen ging fort, weil es studieren wollte. Der Junge wollte nicht, dass es ging, doch das Mädchen war fest entschlossen. Dann, eines Tages, tauchte der Junge in Brisbane auf. Das Mädchen war völlig aus dem Häuschen, weil es gerade seine Abschlussprüfungen gemacht hatte. Es mochte den Jungen sehr – sein Name war

Dave – und dachte, dass es alles haben könnte. Es war nicht vorsichtig genug.«

»Oh Gott, Jackie!« Auf einmal begriff Daniella. Deshalb waren sie immer so distanziert zueinander. Jackie stand auf und legte einen Finger auf ihre Lippen. Sie gingen aus dem Zimmer.

Auf dem Flur nahm Daniella ihre Freundin in die Arme. »Warum hast du mir das nicht früher erzählt?«

Jackie schniefte, und Daniella führte sie ins Wohnzimmer, wo sie eine Handvoll Papiertücher aus der Schachtel auf dem Fernseher angelte. Dann setzte sie Jackie aufs Sofa.

»Weil … weil …«, schluchzte Jackie. »Aus blöden Gründen. Dave … er war damals wilder. Er wohnte unten an der Küste und beendete seine Ausbildung zum Piloten. Als mir klar wurde, dass Jamie unterwegs war, erzählte ich es Dave, und er wollte, dass wir zusammen sind. Aber ich war mir nicht sicher. Ich wollte nicht, dass er sich bloß verpflichtet fühlt, und dann hörte ich von Sachen, die er hinter meinem Rücken anstellte. Wir hatten einen Riesenkrach, und ich sagte ihm, dass ich ihn nie wiedersehen will. Ich war schrecklich wütend, und weil ich nicht wusste, was ich sonst tun sollte, kam ich hierher, wo meine Mum lebte. Dave kam auch zurück, aber ich wollte ihn nicht sehen. Er reiste dauernd herum, als Pilot und so, und ich glaube nicht, dass sich daran in der Zwischenzeit irgendwas geändert hat. Ich will nicht noch einmal so verletzt werden. Das verkrafte ich nicht. Und Jamie sieht mir so ähnlich, dass keiner je drauf gekommen ist. Nicht mal meine Mum fragt mehr, wer der Vater ist.«

Daniella war ganz erschüttert von Jackies Unglück.

Jackie putzte sich die Nase. »In einem Wutanfall habe ich sogar Jamies Geburtsurkunde geschreddert«, gestand sie. »Damit es nie jemand herausfindet. Ich schätze, die muss ich neu ausstellen lassen, bevor er sie tatsächlich mal braucht.« Sie lachte verbittert und brach wieder in Tränen aus. »Ich hatte damals kein Geld. Und ich gab Dave die Schuld an allem. Mir ist inzwischen klar, dass das unfair war, aber ich konnte nicht anders. Je hartnäckiger er darauf bestanden hat, mir finanziell aushelfen zu wollen, desto energischer stieß ich ihn weg. Schließlich ließ er mich in Ruhe.«

»Was ist letzte Woche auf dem Ball passiert?«

»Wir hatten tatsächlich ungefähr fünf Minuten lang ein vernünftiges Gespräch. Als er beim Rugby verletzt wurde, habe ich mir wirklich Sorgen um ihn gemacht. Ich sehe ihn so gut wie nie, aber jedes Mal bringt es mich völlig durcheinander. Ich war nicht mal biestig, als er hinterher anrief und nach deiner Nummer fragte – da wusste ich ja nicht, dass er für Mark anrief. Aber dann, beim Ball, hat sich auf einmal Steph eingemischt, ließ uns gar nicht in Ruhe und wollte unbedingt mit Dave über Ryders reden. Ich war total genervt und wollte, dass er ihr sagt, sie soll sich verziehen, aber das tat er nicht. Und dann kam die ganze Wut wieder hoch … von damals, als ich schwanger war und mir ehrlich wünschte, dass es mit uns klappt, bis ich die Gerüchte hörte, dass er sich mit anderen trifft.« Sie schüttelte den Kopf. »Ehrlich, ich liebe Jamie wie verrückt, aber wenn ich noch mal von vorne anfangen könnte, würde ich vieles anders machen.«

Daniella hielt Jackie in den Armen, während sie weinte.

»Du darfst niemandem davon erzählen, okay?«, sagte Jackie schließlich. »Du bist die Erste, bei der ich dachte, dass ich es ihr erzählen kann.«

Daniella verdrehte die Augen. »Das versteht sich doch wohl von selbst. Ich nehme es mit ins Grab.« Sie legte eine Hand auf ihr Herz und zog eine übertriebene Totenmiene.

Jackie lachte. Trotzdem gefiel Daniella die Geschichte nicht. Sie fand es falsch, dass Jackie all das alleine schulterte, und überlegte, was sie tun könnte.

»Jackie … ich würde dir gerne mehr bei deiner Fortbildung helfen. Ich weiß, dass ich versprochen habe, meine Freunde zu fragen, aber ich kenne auch jemanden, der mit Stipendienvergabe zu tun hat. Vielleicht gibt es irgendeine Förderung, um die du dich bewerben kannst. Und wenn du wirklich wieder studieren willst, solltest du das machen. Jamie ist jetzt ein bisschen älter, das bekommst du schon hin. Du bist erstaunlich. Sieh dir doch an, was du bisher geschafft hast.«

Jackie holte tief Luft. »Klar, kann ja nicht schaden.«

»Und was willst du in der Zwischenzeit machen?«

Jackie seufzte. »Scifi gucken und Fertigessen futtern. Außerdem kann man angeblich Voodoo-Puppen im Internet bestellen. Vielleicht haben die eine, die wie Steph aussieht.«

Daniella schlief schlecht. Was für eine verkorkste Situation. Sie dachte immer noch an Jackie, Dave und Jamie, als sie am nächsten Morgen in die Praxis kam. Dr. Harris begrüßte sie ernst.

»Wir sollten uns kurz unterhalten, Daniella«, sagte er.

O-oh, das klang nicht gut. Sie gingen in Dr. Harris' Sprechzimmer, und er schloss die Tür. Daniella nahm Platz und fragte sich, was los war.

»War Rebecca White letzte Woche bei Ihnen?«, fragte Dr. Harris. Gemeint war Becky.

»Ja.«

»Und haben Sie ihr ein Pillenrezept und eine Musterpackung mitgegeben?«

»Ja. Worum geht es hier?«

Dr. Harris seufzte. »Ich wollte nur sichergehen, dass der Teil nicht erfunden war. Die Sache ist die, dass ihre Eltern Sie angezeigt haben.«

Daniella fühlte einen fiesen Stich in der Brust. Dieses Wort erfüllte jeden Arzt mit blankem Entsetzen. »Weswegen?«

»Wegen Förderung von Promiskuität und Missachtung der Erziehungsberechtigung, indem Sie einem Kind ein Rezept ausgestellt haben.«

Daniella warf die Hände in die Höhe. »Das war vollkommen legitim. Die Vorschriften sind für jemanden ihres Alters ganz eindeutig: Wenn sie versteht, was sie tut, braucht sie die Zustimmung ihrer Eltern nicht. Ich habe ihr geraten, mit ihren Eltern zu sprechen, wenn es geht. Genau wie es in den Lehrbüchern steht.«

Dr. Harris winkte ab. »Ja, ich weiß, dass es lachhaft ist. Sie ist eine verständige Minderjährige, und ich habe kein Problem damit, Ihnen den Rücken zu decken. Die Aufregung wird sich wieder legen, nur ist es ungünstig, weil Sie noch neu hier sind. Also könnte es eine gute Idee sein, dem Ganzen die Schärfe zu nehmen.«

Ein zweiter Stich. Daniella hatte das Gefühl, keine Luft mehr zu bekommen. »Was meinen Sie damit?«

»Bevor Sie die Stelle hier übernahmen, hatte ich einen ehemaligen Studenten von mir in Isa gebeten, mich zu vertreten. Ich wollte ihm schon absagen, aber er möchte die Stadt gerne wiedersehen. Also habe ich arrangiert, dass Sie zumindest für die nächste Woche mit ihm tauschen. Ich möchte, dass Sie hinfahren und seine Schichten in Isa übernehmen. Es wäre ein Tapetenwechsel – ein größeres Krankenhaus, spezialisierte Einrichtung. Das wäre gut für Sie.«

»Sie wollen, dass ich mich verstecke?«, fragte Daniella ungläubig. Es kam ihr wie Verrat und völlig falsch vor. Sie wollte sich wehren, nicht weglaufen. Ganz zu schweigen davon, dass sie allein bei der Erwähnung eines größeren Krankenhauses panisch wurde.

»Nein, ganz und gar nicht«, sagte Dr. Harris streng. »Aber es ist eine gute Gelegenheit für Sie, eine andere Seite der Arbeit hier kennenzulernen, und es nimmt allen ein wenig von dem Druck. Zudem ist am Wochenende das Rodeo in Isa, und das ist eine große Veranstaltung. Sie sollten es sich ansehen.«

Daniella richtete sich auf ihrem Stuhl auf. »Ich gehe nicht weg«, erwiderte sie trotzig.

»Meine Liebe, ich habe Sie sehr gern, aber ich bitte Sie nicht. Tun Sie es einfach für mich.«

Egal, was sie sagte, er blieb unerbittlich. Schließlich gab sie es auf, weil sie fürchtete, jeden Moment zusammenzubrechen. Sie schämte sich so. Obwohl sie nichts verbrochen hatte, wurde sie weggeschickt.

»Wann?«, fragte sie heiser.

»Machen wir es kurz und schmerzlos«, antwortete Dr. Harris. »Heute um fünf fährt ein Bus.«

Daniella konnte nicht fassen, was hier geschah. In ihrer Benommenheit dachte sie nur, dass sie wenigstens nicht lange zum Packen brauchen würde.

15

Auf der dreistündigen Fahrt nach Mount Isa hatte Daniella genug Zeit zum Nachdenken und noch mehr, nachdem sie ihren Koffer in dem Zimmer abgestellt hatte, das man ihr für die Woche gegeben hatte. Nicht dass ihr das Grübeln bekam. Seit ihrer Nacht mit Mark auf der Farm waren lauter unschöne Dinge passiert: die Dinnerparty, die Sache mit Dave und Jackie, die Anzeige. Daniella war nicht abergläubisch – gewöhnlich hielt sie solche Sachen für albern –, aber jetzt kam sie nicht umhin zu denken, dass es da irgendeinen größeren Zusammenhang gab.

Sie wollte Mark anrufen, zwang sich jedoch, es zu lassen. Sie wusste sowieso nicht, was sie ihm sagen sollte. Sie vermisste ihn furchtbar, was ihr erst recht das Gefühl gab, die Kontrolle zu verlieren. Sie redete sich ein, dass es besser war, zumindest einige Tage zur Ruhe zu kommen. Vielleicht sah sie dann klarer, konnte alles vernünftiger betrachten – so wie früher.

Ihre Unterkunft im Studentenwohnheim in Isa bestand aus zwei Wohngemeinschaften mit jeweils einer Küche und einem Gemeinschaftsraum und war nur fünf Minuten Fußweg von der Klinik entfernt. Als Daniella in dem fremden Zimmer lag (immerhin handelte es sich um ein richtiges Bett), hörte sie die Studenten aus der benachbarten Wohnung in der Küche werkeln. In ihrer Wohnung schien nur ein weiteres Zimmer bewohnt, von einem anderen Arzt oder vielleicht einer Schwester, allerdings hing an der Tür ein Schild, dass der Bewohner Nachtschicht habe.

Am nächsten Tag brach Daniella mittags zu ihrer ersten Schicht auf und wanderte hinunter zur Klinik. In der Ferne konnte sie die Mine am Stadtrand erkennen, die man von jedem Punkt in der Stadt aus hoch über allen anderen Gebäuden aufragen sah. Obwohl sie nur wenige Stunden von Ryders entfernt und auf einer Hochebene war, wirkte der Himmel hier anders. Früher am Morgen war Daniella zum östlichen Ende der Straße gegangen, wo ein kleiner Klippenweg begann. Sie war über knirschenden, mineralreichen Boden gegangen – graue und silbrige Körnchen, die sich in den dunkelroten Sand mischten – und bis nach oben gestiegen. Dort stand eine Aussichtsbank, als wollte sie sich über Daniella lustig machen. Von ihr aus blickte man nicht auf endlose Ebenen, sondern auf Häuser und Minenschornsteine. Vollkommen anders als der Ausblick von Margarets Bank. Enttäuscht und wehmütig war Daniella den Hügel wieder hinabgestiegen und in ihr Zimmer zurückgekehrt.

Nun tauchte das weiße Klinikgebäude vor ihr auf. Mount Isa hatte mindestens zehnmal so viele Einwohner wie Ryders und ein entsprechend großes Krankenhaus. Es konnte zwar längst nicht mit Brisbane mithalten, war jedoch groß genug, um Daniella Angst einzuflößen. Sie war für die Notaufnahme eingeteilt, wie in jener Nacht in Brisbane. Was, wenn es wieder passierte?

Sie verdrängte diesen Gedanken, so gut sie konnte, und stopfte ihre Tasche in einen Spind. Dann begrüßte sie die Schwestern in der Aufnahme und machte sich auf die Suche nach ihrem Vorgesetzten. Sie hatten gestern Abend nach ihrer Ankunft bereits telefoniert, und nun gab er ihr eine kurze routinierte Einführung.

»Alles ziemlich durchschnittlich. Die Patientenliste ist im Computer, der Blutabnahmewagen ist dort, die Behandlungsnischen sind hier, aber Sie fangen heute hinten an, da herrscht weniger Druck. Und rufen Sie einfach, wenn Sie irgendwas brauchen.«

Ihr erster Patient war Stan, ein Stammgast in der Abteilung. »Ich muss mir mal wieder Blut abzapfen lassen«, sagte er.

Seinem Krankenblatt entnahm Daniella, dass er an Hämochromatose, der sogenannten Eisenspeicherkrankheit, litt; sein Körper lagerte zu viel Eisen ein, teils in Leber und Nieren, aber auch sonst überall, was letztlich zu Organversagen führen konnte. Regelmäßige Blutabnahmen dienten dazu, den Eisenspiegel zu senken und so die Organe zu entlasten.

»Wie oft wird Ihnen Blut abgenommen?«, fragte sie.

»Ungefähr alle drei Monate.« Er zeigte ihr seinen zerstochenen Arm, der an den eines Junkies erinnerte.

Daniella sah sich die Computeraufzeichnungen an, bevor sie mit einem Blutspendebeutel und der Spritze wiederkam, die eine Schwester ihr gegeben hatte. »Wow, eine Sechzehner«, sagte sie, als sie die dicke Nadel auspackte.

Stan nickte. »Ja, das hat mich echt von meiner Angst vor Spritzen kuriert, sag ich Ihnen.«

Daniella fand eine Vene und unterhielt sich mit Stan, während das Blut in den Beutel rann.

»Gehen Sie dieses Wochenende zum Rodeo, Doc?«

»Weiß ich noch nicht. Ich bin ganz neu hier.«

»Dann müssen Sie unbedingt hin«, sagte Stan.

Nach ihm folgten ein paar Platzwunden, die genäht werden mussten, und dann kam ein älterer Mann namens Rick, der sehr steif ging. Er zeigte ihr die Ursache: seine Füße und die Unterschenkel waren böse gerötet und geschwollen.

»Das kommt von meinen Stiefeln«, erklärte er. »Ich habe mir ganz tolle neue Motorradstiefel für die Fahrt hierher gekauft, und gleich nach dem ersten Tag sahen meine Füße so aus.«

»Haben Sie irgendwas dagegen genommen?«, fragte Daniella.

»Die haben mir ein Antibiotikum gegeben.«

Daniella blickte in seine Akte. Vor fünf Tagen war ihm das Antibiotikum verschrieben worden. Dann sah sie sich wieder die entzündete Haut an. Sie fühlte sich heiß an und begann bereits, sich abzupellen. Es handelte sich eindeutig um eine Zellulitis, nur wirkten Antibiotika normalerweise gegen Infektionen, und dass dies hier tatsächlich eine war, würde Daniella nicht beschwören.

»Haben die Tabletten irgendeine Besserung gebracht?«

Rick schüttelte den Kopf. Wieder betrachtete Daniella die entzündete Haut. Die Schwellung endete in einer sauberen Linie direkt unterhalb der Knie.

Ihr kam ein Verdacht. »Die Stiefel tragen Sie aber nicht mehr, oder?«

Er guckte sie verlegen an.

»Ich bin ziemlich sicher, dass es eine allergische Reaktion ist«, sagte Daniella. »Wahrscheinlich auf etwas in dem Leder. Sie dürfen die Stiefel nicht mehr anziehen. Werfen Sie die Dinger weg. Und ich würde sagen, dass wir Ihnen Steroide und ein Antihistaminikum geben.«

»Aber das sind Kunstwerke!«, jammerte er.

»Dann hängen Sie sich das Paar an die Wand«, entgegnete sie streng.

Sie besprach den Behandlungswechsel mit ihrem Vorgesetzten. »Oh Mann«, murmelte er draußen vor dem Vorhang. »Wie gut, dass Sie darüber gestolpert sind. Wahrscheinlich hat er einen Assistenzarzt in einer hektischen Nachtschicht erwischt. Der Dermatologe kommt morgen, um ihn sich genauer anzusehen. Am besten korrigieren wir das bis dahin.«

Er ging wieder, und Daniella blieb mit einem mulmigen Gefühl zurück. Ihr Herz pochte schnell. Ein junger Arzt während einer hektischen Nacht …

Ihre Schicht endete um Mitternacht, und sie ging direkt zurück zu ihrem Zimmer. Der Himmel war voller Sterne, doch Daniella weigerte sich, nach oben zu sehen, weil es sie nur an Mark erinnern würde. Sie wollte ihn wiedersehen, doch vorher musste sie sich selbst in den Griff bekommen.

In ihrem kleinen Zimmer stöpselte sie das Handy ins Ladegerät, ließ es aber ausgeschaltet.

Am nächsten Tag begann ihre Schicht um acht, und sie verlief praktisch genauso wie am Vortag. Daniella fing mechanisch an zu arbeiten und versuchte, die Angst zu ignorieren, die dicht unter der Oberfläche lauerte. Jedes Mal, wenn sie an den Empfangscomputer trat, um sich den nächsten Patienten zu holen, fürchtete sie, dass es ein kleines Kind sein könnte.

Aber alles verlief reibungslos, und ihr Boss war die meiste Zeit in ihrer Nähe. Der Tag plätscherte dahin, und Daniellas Sorgen schwanden allmählich. Ihr Vorgesetzter schien sie zu mögen und sagte ihr mehrmals, dass sie gute Arbeit leistete. Er strahlte zwar nicht die unerschütterliche Sicherheit von Dr. Harris aus, doch Daniella fühlte sich dennoch bestärkt. Auch wenn der Grund, aus dem sie hergeschickt worden war, noch an ihr nagte, fing sie allmählich an zu denken, dass sie auch das hier schaffen würde; sie hielt ein größeres Krankenhaus aus.

Die Uhrzeiger krochen in den stillen Nachmittag, obwohl die Schwestern ihr bereits prophezeit hatten, dass es nicht so ruhig bleiben würde, denn das Wochenende nahte, und am nächsten Tag begann das Rodeo. Trotzdem konnte Daniella nach einer halben Stunde Materialauffüllen und Plaudern pünktlich gehen.

Sie nahm einen längeren Weg nach Hause, der sie durch die Hauptstraße und an einer Videothek vorbeiführte. Es herrschte dichter Verkehr, weil zahlreiche Lastwagen und Pferdetransporter zum Rodeo-Gelände unterwegs waren. Bis dahin ging Daniella allerdings nicht; all die Männer in der typischen Rodeo-Kleidung würden sie zu sehr an Mark erinnern ... und daran, dass sie immer noch nicht mit ihm gesprochen hatte. Stattdessen machte sie beim Supermarkt Halt und kehrte mit einem Mikrowellenessen zu ihrem Zimmer zurück.

Ihr Telefon lag auf dem Schreibtisch und war vollständig aufgeladen. Da sie es unmöglich länger aufschieben konnte, schaltete sie es ein. Fünf verpasste Anrufe. Sie musste die Nummern nicht durchsehen. Und sie fragte sich, was sie sagen sollte.

Beinahe sofort klingelte es wieder. In ihrem düsteren kleinen Zimmer mutete das Displaylicht beängstigend grell an. Na gut, sie musste sich ihm stellen. Mit dem Handy in der Hand trat sie an die Tür, so dass sie den Himmel sehen konnte, ehe sie das Gespräch annahm.

»Hey«, sagte Mark in einem warmen Tonfall.

»Hey.« Sie hockte sich auf die Stufen vor dem Haus. Der Klang seiner vertrauten tiefen Stimme war zu viel für Daniella, und sie spürte, wie ihre Selbstbeherrschung dahinschmolz.

»Bist du in der Ambulanz?«, fragte er.

»Nein.«

»Spazieren?«

»Nein, ich sitze hier nur.«

»Bist du bei der Bank?«

Daniella holte tief Luft, und plötzlich schwammen Tränen in ihren Augen. »Warum?«

»Weil du nicht zu Hause bist. Ich hatte gehofft, dass wir zusammen essen können.«

»Bist du beim Haus?«

»Ja.«

Sie konnte ihre Tränen nicht länger zurückhalten. »Mark, ich bin in Mount Isa.«

Eine lange Stille trat ein. Sie konnte fast hören, wie er nachdachte. »Was ist passiert?«

Die Worte purzelten nur so aus ihr heraus. Die Anzeige, Dr. Harris, der sie wegschickt hatte. Sie erzählte ihm alles, ausgenommen die Einzelheiten, die dazu geführt hatten, dass man sich über sie beschwert hatte. Es war allerdings ein Wunder, dass die Geschichte nicht sowieso schon längst stadtbekannt war. Mark hörte ihr ruhig zu.

»Das ist alles nicht wahr«, sagte er sanft. »Nichts davon. Du hast hier großartige Arbeit geleistet. Und wenn Dr. Harris meint, dass sich der Sturm wieder legt, dann wird er das auch. Ich hasse es, dich so unglücklich zu hören«, fuhr er fort. »Morgen komme ich zu dir.«

»Nein, ich … ich meine … das musst du nicht.« Sie fand nicht, dass sie seine Freundlichkeit und Unterstützung verdiente, vor allem nicht, weil dies hier ein berufliches Problem war. Und wenn sie ihn sah, führte sie sich womöglich erst recht albern und gefühlsduselig auf. Sie wollte sich nicht so hilflos auf ihn stützen. Außerdem wurde ihr bei der Vorstellung, dass er eine stundenlange Fahrt auf sich nahm, um sie zu sehen, die Brust eng.

»Von wegen«, widersprach er. »Babe, du weißt doch, wie sehr ich … Hör mal, ich möchte dich sehen. Du fehlst mir.«

Ruhig, aber unbeirrbar wischte er sämtliche Gegenargumente weg. Als sie eine halbe Stunde später auflegten, hatte Daniella sich wieder gefangen und zugestimmt, dass er sie besuchen kam. Sie blieb noch eine ganze Weile auf den Stufen sitzen und blickte zu dem freien Flecken Himmel zwischen den Dächern und Bäumen auf. Dabei fragte sie sich, was sie sich nur dabei gedacht hatte, in eine Kleinstadt zu ziehen. Ihr lagen weder die gesellschaftlichen Verpflichtungen, die damit einhergingen, noch die obligatorischen Dinnerpartys. Zudem war es von Anfang an nur als eine zeitlich befristete Maßnahme gedacht gewesen; vielleicht hatte die nun lange genug gedauert, und sie war in Isa besser aufgehoben.

Eventuell könnte sie sogar nach Brisbane zurückgehen, falls sie sich auf etwas wie Dermatologie oder eine ähnlich sichere Fachrichtung spezialisieren wollte.

Daniella war für den nächsten Morgen eingeteilt und stellte fest, dass in der Notaufnahme Hochbetrieb herrschte. Den Tag über behandelte sie einen Fall nach dem anderen. Drei Patienten klagten über Brustschmerzen; allesamt Rentnertouristen – »graue Nomaden«, wie sie hier genannt wurden –, die sich mit dem Rodeo etwas zu viel zugemutet hatten oder zu sehr gestresst davon waren, ihre riesigen Wohnmobile in der hoffnungslos überfüllten Stadt parken zu wollen. Eine Frau war auf einem Gehweg gestürzt und hatte sich das Handgelenk gebrochen. Eine andere kam mit einem diabetischen Ulkus im Frühstadium, und Daniella musste an Valerie denken – wer half ihr jetzt mit ihren Briefen an Bruce? Der Nachmittag drohte noch hektischer zu werden, denn das Rodeo begann mittags.

Daniella befand sich gerade in dem kleinen OP, wo sie einer Frau eine abgebrochene Nadel aus dem Fuß ziehen musste, als eine der Schwestern hereinschaute. »Anruf für Sie«, sagte sie.

»Wer ist es?«, fragte Daniella abgelenkt. Sie betrachtete das Röntgenbild und überlegte, wie sie am besten schneiden sollte, bevor sie die örtliche Betäubung setzte. Die Nadel steckte schon seit Tagen in dem Fuß und war abgebrochen, als die begeisterte Quilt-Näherin versehentlich auf sie getreten war. In der dicken Haut der Fußsohle war oberflächlich nichts zu sehen. Die Frau war erst gekommen, als sich das abgebrochene Stück bis zum Knochen vorgearbeitet hatte und sie nicht mehr richtig gehen konnte. Daniella musste sicher sein, dass sie die Nadel nicht verfehlte, indem sie den Schnitt an der falschen Stelle vornahm.

»Er heißt auch Dr. Bell«, antwortete die Schwester. »Ein Verwandter von Ihnen? Er hat gesagt, dass es wichtig ist.«

Jetzt merkte Daniella auf. Ihr Handy war während der

Schicht ausgeschaltet, und wenn ihr Vater in der Klinik anrief, bedeutete das zweierlei: Er wusste, dass sie hier war; und was er mit ihr besprechen wollte, konnte nicht warten.

»Okay, sagen Sie ihm, ich bin in einer Minute da.« Sie wandte sich wieder an ihre Patientin. »Entschuldigen Sie, Joyce, ich müsste ganz kurz ans Telefon. Ich bin aber gleich wieder da, und dann legen wir los.«

»Nur zu, meine Liebe. Ich hab's nicht eilig. Die Nadel steckt ja schon seit drei Tagen drin.«

Daniella streifte ihre Handschuhe ab und wusch sich die Hände. Die Schmetterlinge in ihrem Bauch vollführten wahre Kunstflüge. Was war ihrem Vater so wichtig, dass er sie dafür bei der Arbeit störte? Ihr erster Gedanke war: Aiden.

Sie schob den Vorhang beiseite und ging zum Aufnahmetresen, während sie sich das Haar glattstrich und an dem Stethoskop an ihrem Hals zog. Ihr Herz raste, als sie das Telefon aufnahm. »Dad? Ist alles okay?«, fragte sie. »Geht es Aiden gut?«

»Ja, ja, was hat das mit der Anzeige zu bedeuten?«

Daniella stockte vor Schreck der Atem. »Was? Woher weißt du davon?«

»Jemand rief in meinem Büro an und hinterließ eine Nachricht bei meiner Sekretärin. Aber keinen Namen. Ich dachte, dass du vielleicht einen Rückruf von mir wolltest.«

Jemand hatte in seinem Büro angerufen? War es Dr. Harris gewesen? Nein, das würde er sicher nicht tun. Sie versuchte, sich zu konzentrieren. »Es ist eine nichtige Beschwerde, Dad. Bloß ein Missverständnis. Ich begreife nicht, warum irgendwer dich deshalb anrufen sollte.«

»Daniella, es sind fast immer nichtige Beschwerden. Trotzdem darfst du nicht unterschätzen, wie sich so etwas auf deine Karriere und die Aussichten auf eine Facharztausbildung auswirken kann.«

»Dazu wird es nicht …«

Ihr Vater fiel ihr ins Wort. »Die Erfahrung da oben ist das nicht wert. Ich möchte, dass du nach Hause kommst. Ich habe mit Dr. Harvey gesprochen, und er nimmt dich in die Chirurgie an deiner ehemaligen Uni auf. Fantastische Brust- und Endokrinologie-Einheit, ein echtes Sprungbrett.«

Daniella holte tief Luft. Eben hatte sie selbst noch daran gedacht, nach Brisbane zurückzukehren, aber nicht so. Vor einem Jahr hätte sie diese Gelegenheit sofort beim Schopf gepackt – nur war sie heute nicht mehr dieselbe. »Dad, ich komme noch nicht zurück.«

Er grummelte gereizt. »Ich verstehe nicht, welchen Sinn es haben soll, noch Monate in dem Kaff zu bleiben, wenn …«

»Ich meine, dass ich nicht nach Brisbane zurückkomme. Ich habe mich für eine Weiterbildung in Allgemeinmedizin mit Schwerpunkt Versorgung im ländlichen Raum beworben. Ich bleibe hier.« Na gut, das stimmte nicht, aber anders schien es nicht möglich, sich gegen ihn durchzusetzen.

»Wie bitte? Und was ist mit der Chirurgie? Du wolltest doch immer Chirurgin werden! Ich begreife nicht, was sich daran geändert hat.«

»Dad, ich hatte ein schlimmes Erlebnis, bevor ich herkam …« Es war noch zu schwer auszusprechen, und ihre Stimme versagte. Die ganze Geschichte hatte sie tief in sich vergraben, und ihr Vater war so weit weg.

Dieser kurze Moment der Schwäche machte ihn offenbar noch sicherer. »Darüber reden wir, wenn du zu Hause bist. Dann besprechen wir es in Ruhe. Ich bin sicher, dass es nichts ist. Du machst deine Arbeit gut und kennst dich aus. Nimm diese Chance wahr und denk einmal ernsthaft an deine Zukunft. Ich kann hier alles regeln. Sag einfach ja.«

In Daniella brach alles zusammen. Wie wollte er es verstehen, wenn er ihr nicht zuhörte? »Danke für deinen Anruf«, sagte sie knapp. »Ich muss zurück an die Arbeit.«

Sie legte auf. Ihre Hände waren erstaunlich ruhig, was sicher nicht so bleiben würde. Und sie musste zurück zu Joyce und der Nadel. Aber später würde sie allein sein und nachdenken wollen, was sie jetzt tun sollte. Sie nahm das Telefon wieder auf und wählte Marks Handynummer. Die Mailbox sprang an, und hastig sagte sie: »Mark, tut mir leid, aber ich kann dich heute Abend nicht sehen. Bitte komm nicht her, okay?«

16

Selbst oben in ihrem Zimmer, bei geschlossenen Türen und Fenstern, konnte Daniella das Rodeo hören. Das ferne Rumoren von stampfenden Hufen, Schreien und Jubel übertrug sich durch die Erde und die Luft. Mit der Dämmerung zogen Wolken auf, als bräuchten die Sterne eine schützende Decke. Es war das erste Mal, seit sie Brisbane verlassen hatte, dass Daniella nichts vom Nachthimmel sah.

Aber vielleicht passte das. Sie wollte heute Nacht einfach nur allein sein. Zum Glück war ihr mysteriöser Nachbar anscheinend wieder auf Nachtschicht.

Daniella warf die Tasche in ihr Zimmer und schnappte sich ihren Kulturbeutel, um duschen zu gehen. Wenigstens war das Wasser dampfend heiß. Sie wusch sich das Haar zweimal und rasierte alles, was sie die letzten Tage vernachlässigt hatte. Als sie nach einem Luffaschwamm griff, den sie normalerweise so gut wie nie benutzte, wurde ihr bewusst, dass sie bloß Zeit schindete.

Sie stellte das Wasser ab und angelte sich ihr Handtuch.

Zwar hatte sie zu ihrem Vater gesagt, dass sie nicht nach Brisbane zurückkehren würde, aber meinte sie es wirklich ernst? Sie dachte an Jackie, die so dringend weg aus Ryders wollte. Schon jetzt vermisste Daniella sie schmerzlich.

Sie hielt inne, weil sie glaubte, etwas aus dem Wohnzimmer gehört zu haben. Doch bis auf das Tropfen aus dem Duschkopf war alles still. Nein, sie musste sich geirrt haben.

Nachdem sie sich ihr Handtuch umgewickelt hatte, öffnete

sie die Badezimmertür. Dann hörte sie deutlich Schritte draußen auf der Treppe, und das Geländer klapperte wie immer, wenn jemand nach unten ging. Vielleicht hatte sich einer der anderen Bewohner ausgesperrt. Ein bisschen unsicher tapste sie zur Tür und öffnete sie. Auf der Treppe stand eine vertraute Gestalt.

»Mark!«

Er war schon fast wieder unten angekommen, hatte ihr den breiten Rücken zugekehrt und sein kariertes Hemd leuchtete im Schein der Straßenlaterne. Grinsend blickte er zu ihr hoch. Daniella merkte, wie sie schwach wurde. Vielleicht wollte sie doch nicht allein sein. Reumütig schüttelte sie den Kopf. Wie schaffte er das nur mit einem einzigen Lächeln?

»Ich dachte, dass ich Licht gesehen hätte.« Er eilte die Treppe wieder hinauf und nahm Daniella in die Arme.

Sie klammerte sich an ihn und vergrub ihr Gesicht an seiner Schulter. »Ich hatte dich gebeten, nicht zu kommen«, murmelte sie in sein kariertes Flanellhemd und spürte, wie ihr eine Träne über die Wange lief.

»Nichts hätte mich davon abgehalten«, sagte er. »Hey, ist schon okay.«

Schließlich löste sie sich von ihm, damit sie sich nicht wie der letzte Heuler vorkam.

»Oh Mann, du bist umwerfend«, raunte er.

»Bin ich nicht!«, widersprach sie. Garantiert sah sie wie eine schniefende Naturkatastrophe aus.

»Hör mal, ich bin auch nur ein Mann, und du trägst gerade mal ein Handtuch am Leib.« Spielerisch zupfte er an dem freien Ende des Badelakens.

Schlagartig wurde Daniella wieder unsicher und zog das Handtuch fester um sich.

»Möchtest du ausgehen?«

»Eigentlich nicht«, antwortete sie und musste grinsen.

»Schön, denn ich werde für dich kochen.«

»Ach ja?«

»Ja, das heißt, es sei denn, von den Leuten nebenan wollen auch welche mitmachen. Wer sind die überhaupt?«

»In der anderen Wohnung? Medizinstudenten. Warum, was machen sie?«

Mark kratzte sich am Hinterkopf. »Weiß nicht, aber die haben ein Bierfass.«

»Dann mach lieber schnell die Tür zu. Hier bin ich alleine.«

»Ah, sehr gut!«

Sobald sie angezogen war, setzte sie sich auf einen der wackligen Küchenstühle, während Mark die Küchenutensilien inspizierte. Einige geschwärzte Töpfe warf er direkt in den Müll. »Ach, wären wir doch auf der Station«, murmelte er zwischendurch. »Kath würde das hier nie dulden. Oh Mann!« Er betrachtete Daniella durch das Loch in einem Topfboden.

Sie zuckte mit den Schultern. »Missbrauch von Gemeingut.«

»Gemein trifft's. Das ist ja schlimmer als deine Küche in Ryders.«

Schließlich entdeckte er einen brauchbaren Topf und holte eine Tüte mit Lebensmitteln aus seinem Wagen. Er bot Daniella ein Glas Wein an, doch sie lehnte dankend ab, weil sie Bereitschaft hatte, also schenkte er ihr stattdessen ein Glas Wasser ein. »Also, erzähl mir, was heute passiert ist.«

»Ach, das Übliche«, sagte sie und schwenkte das Glas ein wenig, so dass die Kohlensäurebläschen ein Muster auf den trockenen oberen Rand malten.

Mark sah von den Champignons, die er gerade kleinschnitt, auf und blickte ihr in die Augen. »Übrigens machst du das ganz schön oft.«

»Was?«

»Sachen beschönigen oder auslassen.«

»Ich beschönige nichts«, log sie.

Er hörte auf zu schneiden. »Du musst dich nicht vor mir verstecken«, sagte er ruhig.

»Ich verstecke mich nicht.« *Zumindest nicht allzu sehr.*

Er widersprach ihr nicht. Stille trat ein, und Daniella weigerte sich, sie zu füllen. Leider war Mark genauso stur, so dass sie es am Ende nicht mehr aushielt. Er war nett zu ihr, ein perfekter Gentleman. Sein Gesichtsausdruck war zärtlich, genau wie seine Berührungen.

»Na gut, okay, mein Vater hat heute angerufen«, sagte sie schnell, bevor sie es sich anders überlegen konnte. »Irgendwie hat er erfahren, warum ich hier bin. Und das hat mich geschockt.«

Mark lehnte sich an die Arbeitsfläche und schenkte ihr seine volle Aufmerksamkeit. »Was wollte er?«

»Dass ich nach Brisbane zurückkomme, sofort.«

Marks Miene war wie versteinert. »Ah, verstehe.«

»Jedenfalls will ich wirklich nicht darüber reden.« Daniella trank einen Schluck Wasser.

Mark nickte bedächtig. »Sicher fehlst du ihm.«

Daniella versetzte es einen Stich. Ihr Vater fehlte ihr auch, nicht hingegen die herrische Art, die er heute am Telefon an den Tag gelegt hatte. »Er macht sich eher Sorgen, dass ich in der Einöde verkümmere.«

Mark zog die Brauen hoch. »Soll ich gegen ihn um dich kämpfen? Ich bin recht gut mit dem Lasso.«

Daniella lachte. »Ach, bist du das?« Die Stimmung wurde ein wenig leichter. Nach einer Pause fragte sie: »Wie läuft es auf der Station?«

»Gut.«

»Jetzt machst du es, Mark.«

»Was?«

»Beschönigen. Was ist los?«

Er stemmte beide Hände auf die Arbeitsplatte und sah nach unten, als müsste er seine Worte abwägen. »Erinnerst du dich, dass ich dir erzählt habe, dass den Morgans Anteile an Ryders gehören? Dad und ich haben hart gearbeitet, um den Betrieb wieder nach oben zu bringen, aber natürlich braucht das seine Zeit. Jetzt haben uns die Morgans erzählt, dass es einen ausländischen Kaufinteressenten gibt, und sie reden dauernd von Probeschürfungen. Wir wollen weder verkaufen noch zulassen, dass irgendeine Minengesellschaft unser Land verwüstet. Doch uns läuft die Zeit davon, und bald werden die Morgans energischer auf Renditen drängen. Wie ich schon erwähnte, suche ich nach anderen Wegen, die Station profitabel zu machen, aber davon will mein Dad nichts hören. Er kann furchtbar stur sein.«

»Warum will er nicht darüber reden?«

Mark fuhr sich mit der Hand durchs Haar. »Ich glaube, er will, dass alles so bleibt, wie es immer war. In der Beziehung ist er schlicht irrational.«

»Meinst du, er kommt noch zur Vernunft?«, fragte sie. Ihr fiel wieder ein, wie ablehnend William Walker auf sie reagiert hatte, als sie auf Ryders Station gewesen waren.

»Irgendwas wird passieren müssen. Ich muss ihn einfach überzeugen.«

»Das klingt nach harter Arbeit«, sagte Daniella mitfühlend. »Ich glaube, mich mochte er auch nicht besonders.«

Marks Gesichtszüge wurden weicher. »Das ist nichts Persönliches. Anscheinend findet er, dass ich nicht mit einer Frau ausgehen sollte, die … nicht vom Land ist.«

Nach dem, was Valerie Turner gesagt hatte, wunderte das Daniella nicht; dennoch war es kein schönes Gefühl, so offen abgelehnt zu werden. »Und was denkst du?«, fragte sie vorsichtig.

Er grinste sie an. »Mir gefällt nicht, dass du in Isa bist. Wann kommst du zurück?«

Daniella warf mit einem Geschirrtuch nach ihm. »Du bist genauso schlimm wie mein Dad! Und sowieso ist das nicht meine Entscheidung.«

»Ich weiß. Trotzdem hoffe ich, dass du bald zurückkommst. Soll ich mir mal Dr. Harris vorknöpfen? Ich bin …«

»Gut mit dem Lasso, ich weiß! Bist du deshalb heute Abend hier? Willst du zum Rodeo und dein Können vorführen?«

»Nein, ich wollte dich sehen.«

Daniella senkte den Kopf, um zu verbergen, wie sehr sie dieser simple Satz freute.

Das Essen, das er kochte, war hervorragend: Nudeln mit Hühnchen, Pilzen und frischem Thymian. Daniella aß ihre Portion restlos auf und sah über die angeschlagenen Teller hinweg. Als alles abgewaschen und weggeräumt war, setzte sie sich neben Mark auf die Couch.

Er zog sie nahe zu sich heran. »Ich glaube, mein Latein ist schon wieder eingerostet«, murmelte er.

Sie konnte ihm nicht widerstehen, und bald küssten sie sich wieder wie in jener Nacht auf der Station, bis Daniella von der puren Hitze atemlos war.

»Welches war nochmal dein Zimmer?«, fragte er zwischen zwei Küssen. Sie zeigte in Richtung der Tür, worauf Mark sie kurzerhand hochhob und hindurchtrug. Im Zimmer legte er sie aufs Bett, entkleidete sie und streichelte sie überall mit seinen großen Händen, bevor er sie erneut dicht an sich zog.

Dann hörte Daniella ihr Handy klingeln.

»Lass es«, raunte Mark.

»Kann ich nicht, ich habe Bereitschaft«, keuchte sie und wand sich unter ihm heraus. Sie ließ ihn, lediglich bekleidet mit einer offenen Jeans, zurück – wie ein Calvin-Klein-Model auf ihren Laken. Ehrlich, wenn das *kein* wichtiger Anruf war …

»Dr. Bell?«

Etwas am Klang der Stimme des Mannes ließ sie schlagartig ernst werden. »Ja?«

»Hier ist Chris von der Notrufzentrale. Wir haben einen schweren Unfall auf dem Highway und zu wenig Leute, wegen des Rodeos. Ein Team ist unterwegs, aber das reicht nicht. Sie haben Bereitschaft, und ich schicke noch einen Sanitäter mit einem Krankenwagen los. Kann er Sie in fünf Minuten bei Ihrer Unterkunft abholen?«

Prompt war Daniella in Gedanken ganz bei dem Einsatz. Ihr Herz pochte, und Adrenalin kribbelte in ihren Fingerspitzen. »Ich warte unten«, sagte sie.

Daniella fuhr vorn im Krankenwagen mit, wo die Sirenen den Takt ihres Pulsschlages vorgaben. Der Sanitäter, Steve, bekam unterwegs über Funk aktuelle Informationen: ein einzelnes Fahrzeug, von der Straße abgekommen, über einen Graben geschlittert und durch einen Weidezaun gebrochen. Vier Insassen, zwei waren bereits am Unfallort für tot erklärt worden.

Der Unfall hatte sich nahe bei der Stadt zugetragen, so dass sie sehr schnell vor Ort waren. Daniella sah die Scheinwerferlichter, als sie um die letzte Biegung fuhren. Als sie hielten, hefteten sich Daniellas Augen zunächst an unwichtige Details: die Einwegschürze, die einer der Sanitäter trug und die im Licht schimmerte. Die Haut, die zwischen den blauen Handschuhen und den aufgekrempelten Ärmeln der Sanitäter aufblitzte.

Zwei Patienten lagen auf der Erde, jeweils von drei Helfern umgeben. Notfalltaschen, aus denen Gerät und Instrumente geholt wurden, klafften weit offen. Es war so viel medizinisches Material im Einsatz, dass Daniella die Personen darunter kaum sehen konnte. Je ein Sanitäter aus dem ersten Team fand sich unter den beiden Gruppen; die anderen waren Polizisten oder Feuerwehrleute, die aushalfen. Als das erste Team Steve und Daniella bemerkte, teilten sie ihnen sofort einen der Patienten zu und übernahmen den anderen.

»Er wird schon beatmet«, erklärte die Sanitäterin bei der Übergabe. »Der Herzschlag ist stabil bei 61, Blutdruck neunzig zu sechzig. Linker Oberschenkel gebrochen, eventuell Halswirbelsäulenverletzung. Der Hubschrauber für unseren ist unterwegs, damit er nach Townsville gebracht wird. Für euren braucht ihr einen OP. Wir müssen sie beide schnellstmöglich in die Stadt schaffen.«

Daniella war noch nie an einem Unfallort gewesen, aber sie wendete ganz automatisch alles an, was sie aus der Notaufnahme kannte: stabilisieren, Halsmanschette anlegen, sichtbare Blutungen stoppen, Puls prüfen, Schmerzmittel, Flüssigkeit. Sie folgte Steves Anweisungen, als sie den Patienten auf die Trage hoben. Er kam immer wieder zu sich. Er war jung. Wahrscheinlich waren die Wageninsassen alle noch Teenager gewesen. Daniella blieb keine Zeit, an ihre Familien und ihre Zukunft zu denken, denn schon bald brachen sie alle auf.

Als sich die Hecktüren des Krankenwagens hinter ihr schlossen, betrachtete Daniella die Szenerie mit anderen Augen. Im Scheinwerferlicht sah sie das Autowrack auf dem Dach liegen, und überall im Gras waren gebrauchte Tupfer, Verbandspäckchen und Kanülen verteilt. Über ihnen am Himmel dünnten sich die Wolken aus, so dass Mondschein auf die beiden Todesopfer in den Leichensäcken fiel.

Das erste Ambulanzteam war bereits auf dem Rückweg zum Unfallort, als Daniella in der Notaufnahme die Übergabe machte. Ihr Patient war bereits mit dem Unfallchirurgen im OP; der Oberschenkelbruch musste versorgt werden, ehe der Patient weitertransportiert werden konnte. Der Junge, den das andere Team gebracht hatte, war schon mit dem Helikopter nach Townsville unterwegs. Er hatte sehr schwere Kopfverletzungen, so dass sie keine Zeit verlieren durften.

Daniella half den Schwestern, die Krankenakten für beide Jungen anhand ihrer Ausweise, die sie in ihren Taschen gefunden hatten, anzulegen. Dann wanderte sie einen Moment wie benommen durch die Notaufnahme. Ihr kam es vor, als wäre sie von einem Wirbelsturm erfasst worden: Eben war sie noch bei Mark, war alles ruhig und wunderschön gewesen – und dann auf einmal hatte es einen Knall gegeben, und ihr Abend hatte sich in das reinste Chaos verwandelt. Das Auge des Sturms war inzwischen zwar über sie hinweggezogen, aber sie stand immer noch unter höchster Anspannung und wartete, dass es wieder von vorne losging.

In der Notaufnahme war es gerappelt voll. Einige Leute im Wartebereich hatten Lederschützer über ihren Jeans an und Teilnehmernummern auf dem Rücken. Das Rodeo hatte also seine ersten Opfer gefordert. Sie ging zum Computer an der Aufnahme.

»Hey, was wollen Sie denn hier?«, unterbrach ihr Vorgesetzter sie. »Sie haben für heute Nacht mehr als genug getan, und falls ich Sie später nochmal rufen muss, will ich nicht, dass Sie völlig ausgebrannt sind.«

Fast hätte Daniella gelacht, denn solche Sätze hörte man in Brisbane nie und nimmer.

»Gehen Sie einen Kaffee trinken oder so«, fuhr er fort. »Ich sehe mal, ob eine der Schwestern gerade Schluss macht und Sie zu Hause absetzen kann.«

Daniella war nicht so dumm, den Health-Service-Kaffee anzufassen, aber ansonsten fühlten sich ihre Gedanken so lose und abgebrochen an wie die Nadel, die sie am Nachmittag aus Joyce' Fuß gezogen hatte. Sie musste wirklich nach Hause. Und Mark … sie sollte Mark anrufen. »Ist schon gut, ich habe eine Mitfahrgelegenheit«, sagte sie.

Sie ging hinaus und holte ihr Handy heraus. Allerdings ließ sie zunächst einen Teenager in Leder-Chaps passieren, der von einem älteren Mann gestützt in die Notaufnahme humpelte. In der Ferne sah Daniella den Krankenwagen wieder die Straße hinauffahren. Die Sirenen waren ausgeschaltet, zumindest für den Moment wurden sie nicht gebraucht. Bei seiner Rückkehr würde der Wagen seine Fracht am Hintereingang der Klinik ausladen. Daniella blickte dem Wagen nach und dachte an die armen Eltern, die heute Abend die schlimmste Nachricht von allen erhalten würden.

Als sie sich umdrehte, sah sie überrascht, wie Marks Rover in den Parkplatz einbog.

»Woher wusstest du, wo ich bin?«, fragte sie, als er ausstieg und zu ihr gelaufen kam. Dann sah sie, dass er kreidebleich war. »Oh mein Gott, was ist los?«

»Ich habe gerade einen Anruf bekommen. Einer der Jungen in dem Wagen war von der Station. Er war mit seinen Freunden zum Rodeo unterwegs. Sein Onkel hat einen Anruf vom Krankenhaus bekommen, und er wusste, dass ich hier bin.«

Daniella wurde ganz flau, und sie musste schlucken. Welcher von den vier Jungen? »Hat er, ist er …«

»Sie sagen, dass er operiert wird«, sagte Mark.

Sofort schaltete Daniella und sah die Akte vor sich, die sie mit angelegt hatte. Es war ihr Patient gewesen. »Andrew Simmons?«

»Ja, Simmo«, sagte Mark. »Weißt du, wie es ihm geht? Ich muss nachfragen und seinen Onkel anrufen. Er ist unser Tierarzt, und er versucht immer noch, Simmos Eltern zu erreichen. Die sind irgendwo im Norden, in der Nähe von Darwin.«

Daniella erzählte ihm, was sie wusste – nicht viel. Mark legte die Arme um sie und drückte sie an sich. Ihr war klar, wie besorgt er sein musste, nur leider konnte sie ihm nichts sagen, was den Schock linderte. Dann aber begriff sie, dass

Worte überflüssig waren. Mark brauchte sie schlicht bei sich. Sie hielten einander eine ganze Zeit lang fest.

Schließlich sagte Daniella: »Gehen wir rein und sehen, ob es Neuigkeiten gibt.« Mark nickte. »Ist es in Ordnung, wenn ich mit dir komme?«

»Ja, bitte«, antwortete er leise.

Für Mark war der Flur ein endloser weißer Tunnel. Die klimatisierte Luft kühlte den Schweiß in seinem Nacken.

Das Krankenhaus roch genau wie das, in dem seine Mutter gestorben war. Während er auf einem Stuhl saß und auf eine Schwester wartete, blickte Mark auf seine Hände hinab. Die Haut war rötlich, ähnlich der Erde auf seinem Land. Auf einmal überkam ihn Panik: Er gehörte hier nicht her, nicht zwischen all dieses Weiß. Ihm war, als würde er darin ertrinken. Dann nahm Daniella seine Hand. Er hielt ihre glatten, zarten Finger in seiner Handfläche. Inmitten all der sterilen Kälte war sie warm, ein Farbklecks im kalten Weiß. Die Panik verebbte, und er war wieder er selbst.

Eine Schwester kam und berichtete ihnen alles, was sie wusste. Es war nicht viel mehr, als Daniella ihm bereits erzählt hatte: Simmo war noch im OP, wo sie die Fraktur stabilisierten, ehe ihn der Notarzthubschrauber nach Townsville bringen würde. Sie sagte, er sähe schon besser aus als noch vor einer halben Stunde, aber seine Verletzungen seien immer noch ernst. Mark gestattete sich, für einen Moment erleichtert zu sein, doch zugleich fühlte er sich auf eine seltsame, irrationale Art verantwortlich. Simmo war praktisch noch ein Kind. Auf der Station achtete Mark besonders gut auf ihn, und es war schwer auszuhalten, dass er ihn nicht überall beschützen konnte.

Daniella ging mit ihm zurück den Flur hinunter. Als er sie ansah, bemerkte er, dass ihre Stirn ein wenig gerunzelt war. Er kannte diesen Ausdruck und wusste, dass er gleichermaßen ihm wie Simmo galt. Es tröstete ihn.

»Wie geht es dir?«, fragte sie und blickte zu ihm auf.

Mark fuhr sich durchs Haar, legte einen Arm um Daniella und drückte sie an sich. »Ich muss seinen Onkel anrufen.«

Sein Handy-Akku war fast leer, deshalb brachte Daniella ihn zu der Nische mit den Telefonen. Sie wollte vorn in der Aufnahme auf ihn warten. Mark nahm den Hörer auf und blickte ihr nach. Zum ersten Mal begriff er, was ihr Job ihr wirklich abverlangte. Sie musste eine enorme innere Stärke besitzen, dass sie dies hier täglich aushielt. Vielleicht war das der Grund, weshalb sie ihm nicht alles erzählte.

Sie verschwand um die Ecke, und Mark atmete einmal tief durch, bevor er zu wählen begann.

Daniella saß im Warteraum vor der Notaufnahme, während Mark telefonierte. Sie erinnerte sich an das letzte Mal, dass sie in einem Wartezimmer gesessen hatte. Es war in der Praxis in Ryders gewesen, als sie gerade frisch im Norden angekommen war und ihr Vater sie zum ersten Mal dort angerufen hatte. Da war sie wütend und traurig gewesen. Aber das war etwas Persönliches gewesen und nicht zu vergleichen mit dem, was sie jetzt empfand.

Schon immer hatte sie Krankenhäuser mit Angst und Kummer assoziiert: ein Dutzend einzelner dunkler Wolken, eingefangen hinter weißen Vorhängen und Türen. Und weil sich all das Unglück hier konzentrierte, konnte wenige Straßen weiter das Rodeo voller Jubel und Ahnungslosigkeit weitergehen. Es gestattete auch Daniella, die Verluste hinter sich zu lassen. Alle bis auf einen.

Sie betrachtete die wenigen Kinder in der Notaufnahme, die ihre Eltern mal mehr, mal weniger an den Rand eines Nervenzusammenbruchs brachten. Keines von ihnen wirkte ernstlich krank. Aber genau das war ja das Problem, nicht?

Mark kam, und sie fuhren schweigend zurück zu ihrer Unterkunft. Als sie die Treppe hinaufstiegen, hielt er ihre Hand. Drinnen führte er sie direkt in ihr Schlafzimmer. Dort schliefen sie sanft und zugleich intensiv miteinander, wobei beide die Sorge und Frustration der letzten paar Stunden von sich abfallen ließen. Hinterher lagen sie noch lange schweigend da, redeten nicht, sondern genossen es einfach, ihre Verbundenheit zu spüren.

Nach und nach, weit nach Mitternacht, verschwanden die letzten Wolken, und die Sterne kamen heraus. In dieser Stille begann Mark, über die Zukunft zu sprechen, die er sich für die Station und darüber hinaus ausmalte. Daniella hörte ihm zu und bemerkte, dass er »wir« anstelle von »ich« benutzte, und in seinen Armen liegend, erlaubte sie sich den Gedanken, dass das alles möglich wäre.

17

Beim Aufwachen fühlte Daniella sich klar und leicht. Mark küsste sie mit einer Zärtlichkeit wach, die ihr bestätigte, wie viel enger die letzte Nacht sie beide zusammengeschweißt hatte. Sie streckte sich, genoss das Gefühl seiner Lippen auf ihrem Gesicht und seinen Duft auf ihrem Kissen.

»Ich habe eben mit Simmos Onkel gesprochen«, sagte er leise. »Simmo ist in Townsville und hat die Nacht gut überstanden. Sie glauben, dass er wieder völlig gesund wird. Seine Eltern sind auf dem Weg zu ihm.«

»Das ist wunderbar!« Daniella war unsagbar froh und genoss die Freude wie die ersten Sonnenstrahlen am Morgen.

»Musst du heute arbeiten?«, fragte Mark, dessen Bartstoppeln sie kitzelten, als er sie küsste. Ihre Versuche, sich ihm zu entwinden, waren gänzlich zwecklos.

»Nein!« Sie wollte sich aus dem Bett rollen, doch er fing ihren Fuß ein und zog sie zurück.

»Das«, sagte er lachend und umfing ihr Bein mit beiden Händen, »ist ein klassischer Lassotrick.«

»Was du nicht sagst.« Sie lag still, damit er dachte, sie hätte aufgegeben.

»Rodeo«, sagte er.

»Ach, das Rodeo.« Sie schwang sich zur Seite, aber er war zu schnell. Gleich lag sie wieder rücklings auf dem Bett, er über ihr, und beide lachten. »Ich werde unfair kämpfen!«, drohte sie.

Er tat übertrieben gekränkt. »Hmm ... Was bringt dich auf die Idee, dass ich nicht darauf einsteige?«

»Du hast zu gute Manieren«, sagte sie und entkam ihm endlich, indem sie einen Ellbogen in seine Rippen stieß.

»Gerade die sind besonders gefährlich«, erwiderte er grinsend. Er legte sich aufs Bett zurück, nur bis zu den Hüften bedeckt, und räkelte sich verlockend. Tatsächlich funktionierte es, denn Daniella konnte gar nicht anders, als sein zerzaustes Haar und die flachen Brustmuskeln zu bewundern.

»Das ist unfair!«, beschwerte sie sich.

»Ich nutze lediglich die Mittel, die mir zur Verfügung stehen. Komm näher.«

»Darauf falle ich nicht rein!«

Er lachte. »Kommst du heute mit mir zum Rodeo?«

Sie warf ein Kissen nach ihm. »Du ziehst diesen Lassotrick bei mir durch und erwartest, dass ich mit dir gehe? Wirst du da nicht erst recht auf dumme Gedanken gebracht?«

»Komm mit. Das wird spaßig. Ich setze auch meinen Hut auf«, sagte er grinsend. »Der, von dem ich weiß, dass du ihn magst. Und du darfst dieses scheußliche Teil tragen, an dem du so hängst. Außerdem könnten wir meinen Bruder treffen.«

Daniella wurde weich. Sie war neugierig auf seinen großen Bruder, der sich dem Vater widersetzt und die Station verlassen hatte, um in den Minen zu arbeiten. Aber Mark sollte nicht denken, dass sie so leicht zu besiegen war. »Bist du sicher, dass du das willst? Sieht dein Bruder auch so gut aus?«

Mark biss nicht an. Er zwinkerte ihr zu. »Ist schon okay, den schaffe ich locker.«

»Ich habe gehört, dass die Tickets ausverkauft sind.«

»Deshalb habe ich schon vor Wochen zwei gekauft. Hast du ein Glück, dass Dave das andere nicht wollte!«

Das Rodeo fand in einem großen Park am Stadtrand statt, nahe genug jedoch, dass sie zu Fuß hingehen konnten. Auf den Straßen staute sich der Verkehr, und den Ansager hörte man schon von weit her, wenn auch nur blechern und unverständlich. Daniella konnte die Rinderpferche bereits riechen, lange bevor sie dort waren.

»Ah, dieser Geruch erinnert mich an das Rodeo in Brisbane«, sagte sie.

Rasch hatte Mark ihnen Superplätze nahe der Mitte der Haupttribüne besorgt, von denen aus sie einen hervorragenden Blick auf die Arena und die riesige Leinwand hatten. Die Tribünen waren zum Bersten voll, und die Menge wartete gespannt. Als sie sich hinsetzten, bemerkte Daniella aus dem Augenwinkel, dass ein Kalb durch ein Gatter seitlich in die Arena gelassen wurde, gejagt von einem Reiter, der ein Lasso über seinem Kopf schwang. Der Reiter ließ das Lasso fliegen, das sich sofort um den Hals des Kalbs schlang. Das Pferd kam schlitternd zum Stehen, und das Seil wickelte sich vom Sattel bis zum Ende, das durch eine farbige Spitze gekennzeichnet war, ab. Mitsamt dem Lasso verschwand das Kalb durch ein Gatter auf der anderen Seite aus der Arena. Die ganze Aktion hatte nur wenige Sekunden gedauert.

»Wow, was war das denn?«, rief Daniella aus, die erst jetzt erkannte, dass der Lassoschwinger eine Frau war.

»Kälberfangen«, sagte Mark. »Das ist eine Frauenveranstaltung. Man muss das Kalb mit dem Lasso fangen, dann stehen bleiben und das Seil laufen lassen. Entscheidend ist die Zeit, die es dauert, bis sich das Seil komplett vom Sattel gewickelt hat.«

»Das war schnell, oder?«, fragte Daniella.

»Ja, ungefähr sechs Sekunden. Es sieht ganz leicht aus, aber das Pferd muss mit dem Kalb auf Linie bleiben, sonst kann man unmöglich das Lasso werfen, und man muss sein Pferd sehr abrupt zum Stehen bringen.«

Daniella nickte. »Oft sehen Sachen viel einfacher aus, als sie sind.«

Mark lächelte ihr zu. »Ja, ich weiß. Dasselbe dachte ich, als ich dich das erste Mal bei der Arbeit gesehen habe. Bei dir sieht es so mühelos aus, aber nur weil du mit Hingabe dabei bist und viel gelernt hast.«

Daniella war nicht wohl bei seinem Lob.

»Doch, das stimmt«, beharrte er. »Ist dir eigentlich klar, wie fantastisch du bist? Ich meine, gestern Abend hast du alles stehen und liegen gelassen, um diesen Jungs zu helfen!«

»Das ist mein Job.«

Mark zog eine Grimasse. »Solche Sachen sind nie nur ein Job.«

Die nächste Wettbewerberin kam in die Arena, verfehlte das Kalb aber. Kopfschüttelnd ritt die Reiterin wieder hinaus. Daniella hatte Mitleid mit ihr, weil sie gewiss über Monate trainiert hatte und jetzt alles dahin war. Solche Wettbewerbe waren gnadenlos. Zwei weitere Reiterinnen kamen und fingen die Kälber ein, aber keine war so schnell wie die erste. Daniella ertappte sich dabei, wie sie insgeheim mit ihr mitfieberte und hoffte, dass sie gewinnen würde.

»Mich wundert, dass dein Vater nicht hier ist«, sagte sie. »Mag er keine Rodeos?«

»Doch, tut er. Normalerweise kommt er auch her, aber er war in den letzten zwei Wochen schon so viel unterwegs, dass er nun erst einmal einige Dinge auf der Station erledigen wollte.«

Daniella sah auf ihre Hände. »Fährst du heute zurück? Ich kann mir nicht vorstellen, dass du länger wegbleiben kannst.«

Mark küsste sie. »Frühestens morgen früh.«

Daniella entspannte sich ein klein wenig. Dieses Glück sollte sich wundervoll anfühlen, aber es machte sie eher nervös. Sie sah verstohlen zu Mark hinüber und fragte sich, was sie getan hatte, um ihn zu verdienen.

Da sie die Frage für sich nicht mit Sicherheit beantworten konnte, widmete sie sich lieber wieder ganz dem Spektakel.

Sechs weitere Bewerberinnen ritten ein und wieder aus, doch keine konnte die erste Reiterin übertreffen. Sie gewann den Wettkampf, und Daniella freute sich sehr für sie. Sie beschloss, dass sie fortan immer die Gewinner voraussagen wollte.

»Was kommt als Nächstes?«, fragte sie aufgeregt.

Es folgte das Bullenfangen, und Daniella packte Marks Bein, als Reiter und Treiber einen Bullen durch die Arena scheuchten, der Reiter sich auf die Hörner warf und den Stier zu Boden zwang. Mark erklärte ihr, dass die Zeit erst gestoppt wurde, wenn der Bulle auf der Seite lag und alle vier Beine in dieselbe Richtung zeigten.

Diese Männer waren sogar noch schneller als die Reiterin beim Kälberfangen. Der Sieger hatte den Bullen nach fünf Sekunden in der richtigen Stellung.

»Machst du so etwas auch?«, fragte sie Mark und stellte sich vor, wie aufregend es wäre, ihm dabei zuzusehen.

Er lachte. »Nicht in der Arena, aber ich bekomme das schon hin, wenn es sein muss. Vor einigen Jahren war ich mal beim Fangen-und-Fesseln-Wettbewerb dabei. Bei dem muss man ein Kalb mit dem Lasso einfangen, dann abspringen und drei seiner Beine zusammenbinden.«

Daniella gab sich sehr empört. »Ah, jetzt wird mir klar, was du heute Morgen gemacht hast!«

»Tja, schon, aber ohne Pferd«, sagte er augenzwinkernd.

»Warum machst du nicht mehr mit?«

»Zum einen muss man viel trainieren, und dann gibt es eine Menge Regeln, die man beachten muss, um die Sicherheit der Tiere zu garantieren. Das Kalb darf zum Beispiel nicht einfach mit dem Lasso eingefangen und dann vom Pferd zurückgehalten werden. Das würde sofort Strafpunkte geben. Als ich noch mehr auf der Station zu tun hatte, ließ ich das Üben für Rodeos schleifen. Möchtest du mir vielleicht helfen, wieder zu trainieren?«

Daniella knuffte ihn mit dem Ellbogen.

»Autsch! Na gut, schon verstanden. Ich lasse das mit dem Lasso.«

»Das habe ich ja nicht gesagt«, erwiderte sie schmunzelnd. »Nur behandle mich bitte nicht wie eine Kuh.«

»Abgemacht.« Lachend drückte er ihre Hand.

Daniella staunte, wie sanft er trotz all seiner Kraft war. Er kam aus einer anderen Welt, jedoch schien ihm dieser Umstand überhaupt nicht bewusst zu sein. »Nimmt irgendjemand von eurer Station teil?«, fragte sie betont vorsichtig – nach dem schrecklichen Unfall der letzten Nacht wollte sie nicht unsensibel wirken.

»Wäre meine Schwester hier, wäre sie beim Fass-Rennen dabei – das ist ein anderer Frauenwettkampf. Einige von unseren Viehtreibern veranstalten später im Jahr einen Wettbewerb, bei dem es darum geht, wer am schnellsten ein ausgeschertes Rind wieder einfangen kann.«

Nach dem Bullenfangen war eine Mittagspause, und Mark ging nach draußen, um zu telefonieren. Einen Moment später kam er zurück. »Will kann uns unten bei den Imbisswagen treffen. Ist das okay für dich?«

Draußen hinter der Haupttribüne gab es einen Bereich, der Daniella an das jährliche Sommer-Volksfest, das Ekka, in Brisbane erinnerte. Dort standen Imbisswagen im Kirmes-Stil, in denen es alles von Hamburgern bis Würstchen im frittierten Teigmantel gab. Ach ja, und Chiko Rolls – die australische Variante der Frühlingsrolle –, Doughnuts und Zuckerwatte natürlich auch. Genau wie beim Ekka, dachte Daniella und fühlte sich in ihre Kindheit zurückversetzt. Seit Jahren war sie bei keiner Veranstaltung mehr in Brisbane gewesen, doch heute wurden all die schönen Erinnerungen wieder wach.

»Mark!« Ein Mann in Jeans, einem rosa Hemd und Cowboystiefeln kam auf sie zu, und Daniella erkannte die Ähnlichkeit zwischen den beiden sofort. Will hatte das gleiche offene Walker-Gesicht, war allerdings von schmalerer Statur als Mark und hatte etwas dunkleres Haar. Daniella mochte ihn auf Anhieb.

»Du musst Daniella sein«, sagte er freundlich. »Der Hut ist klasse – sehr passend! Und, Mark, wie geht's dir so?« Sie klopften sich gegenseitig auf den Rücken. »Ist Dad hier?«, fragte Will, wobei die gleiche Falte zwischen seinen Brauen erschien wie bei Mark.

»Nein, der ist zu Hause«, antwortete Mark.

»Na gut. Wie sieht es aus? Habt ihr Hunger?«

»Ich bin völlig ausgehungert«, gestand Daniella.

»Oh nein, Mark, was fällt dir ein, der Frau nichts zu essen zu geben? Das ist unverzeihlich!«

»Ich fand diesen Jahrmarktfraß nicht gut genug für sie«, konterte Mark lachend.

»Ich mag das«, sagte Daniella. »Weißt du nicht mehr, dass ich dir vom Ekka erzählt habe?«

Will zwinkerte ihr zu. »Dann weiß ich die perfekte Lösung. Wie wäre es mit einem Essen vom Catering-Service?«

»Und wo?«, fragte Mark skeptisch. Will zeigte zur Haupttribüne. »Etwa in der Firmen-Loge?«

»Genau da. Die Mine hat sie gebucht, und dann wurden alle Schlipsträger zu einem Meeting einberufen. Das Gejaule hättet ihr hören sollen! Jetzt können wir schlemmen, bis der Arzt kommt. Wie sieht's aus?«

Beide Brüder sahen fragend Daniella an. »Hört sich super an«, sagte sie.

Von der Loge aus hatten sie eine fantastische Aussicht über das gesamte Gelände, und die Sitze waren um einiges bequemer als draußen auf der Tribüne.

»Ich wette, dass ich hier eine ganze Stunde sitzen könnte,

ohne dass mein Hintern taub wird«, schwärmte Daniella, worauf Mark und Will lachten.

Die Tische bogen sich unter riesigen Platten mit Sandwiches und kleinen Pasteten, und da sie zu dritt nur einen Bruchteil schafften, schickte Will den Rest nach unten zu den Tierpflegern. Sie warteten auf den Beginn der großen Parade, als Mark hinausging, um Simmos Familie anzurufen und sich nach seinem Zustand zu erkundigen.

Will wandte sich an Daniella. »Und, wie gefällt dir Ryders Ridge?«

Daniella war unsicher, wie sie ihre Antwort am besten formulieren sollte.

»Ah«, sagte Will. »Ich verstehe.«

»Nein, es ist wirklich schön«, erklärte sie hastig. »Die Zusammenarbeit mit Dr. Harris ist großartig, und ich genieße es, die Patienten kennenzulernen und in der Ambulanz zu arbeiten …«

»Ich ahne ein ›Aber‹.«

»Na ja, bis letzte Woche lief alles bestens.«

Will zog eine Braue hoch. »Möchtest du darüber reden?«

Daniella überlegte. Will war ein aufmerksamer, unkomplizierter Gesprächspartner – das musste in der Familie liegen –, trotzdem schüttelte sie den Kopf. »Nein, eigentlich nicht.« Um nicht unhöflich zu erscheinen, wechselte sie das Thema. »Ist es hart für dich, so weit weg von deiner Familie zu sein?«

Will senkte den Blick. »Ach, in gewisser Weise schon, aber ich mag es auch. Die Arbeit in der Mine ist etwas völlig anderes, und ich bin lieber tief unter der Erde, als dass ich Vieh über sie drübertreibe. Außerdem komme ich besser mit meinem Vater aus, wenn ich hier bin und er dort ist. Klar fehlen mir Mark und Catrina. Wir waren uns immer sehr nahe, und die Trennung ist für Cat am schlimmsten, glaube ich, weil sie die Jüngste ist. Besonders Mums Tod war ein schrecklicher Schock für sie.«

Unten in der Arena erschien eine Reihe von Bannern. Die Parade fing an.

»Mark sagte, dass Catrina in Brisbane ist.«

»Ja. Manchmal fliege ich übers Wochenende runter, gehe mit ihr zu Veranstaltungen oder was immer sie sich wünscht.«

»Wow, du bist aber ein netter Bruder!«

Er zuckte mit den Schultern. »Ich verdiene sehr gut, und es macht mir Spaß, sie zu verwöhnen. Mum wäre wahrscheinlich entsetzt. Hast du Geschwister?«

Die Reiter waren inzwischen einmal halb um die Arena. Daniella konnte einige der Banneraufschriften lesen, die vor allem die Sponsoren und Verbände nannten, die am Rodeo beteiligt waren. »Einen großen Bruder. Er ist in der Army, also viel unterwegs. Momentan ist er in Victoria, aber es kann sein, dass er bald zurück nach Afghanistan muss. Ich sehe ihn selten.«

»Das ist hart.«

»Ja.« Daniella wollte eigentlich nicht über ihren Bruder reden, denn der Gedanke, dass er wieder nach Übersee geschickt werden könnte, machte ihr Angst. »Übrigens hat Mark erzählt, dass du ein Autonarr bist.«

Will warf ihr einen Seitenblick zu, der sie sehr an Mark erinnerte. »Ist er etwa mein Mädchen gefahren?«

»Ups, habe ich ihn jetzt in Schwierigkeiten gebracht?«

»Mich in Schwierigkeiten gebracht? Wie das?«, fragte Mark, der gerade in die Loge zurückkam.

»Du bist mein Mädchen gefahren!«

Mark setzte sich auf die andere Seite neben Daniella und sagte achselzuckend: »Ging nicht anders. Ich musste in die Stadt, und Dad war mit dem Rover unterwegs und die Treiber mit den Geländewagen. Ich war auch ganz vorsichtig mit deinem Schatz.«

Will vergrub mit einer dramatischen Geste das Gesicht in den Händen. »Oh mein Gott, die Kuhgitter!«

»Na ja, Dave ist ein begnadeter Mechaniker. Sicher kann er …«

»Nein, stopp! Ich will das gar nicht hören.« Will grinste Daniella an. »Was für einen Wagen fährst du?«

»Keinen. Ich bin bis Isa geflogen, und von da hat mich Dr. Harris mit nach Ryders genommen. In Ryders ist alles nicht so weit voneinander entfernt, deshalb brauche ich kein Auto.«

»Oh, das ist gar nicht gut«, sagte Will. »Hier oben musst du einen Wagen haben. Wir sollten dir einen besorgen.«

Marks Handy klingelte. »Entschuldigt. Das ist der letzte Anruf, versprochen.« Damit ging er aus der Loge.

Daniella und Will saßen eine Weile still da.

»Übrigens mag er dich sehr«, sagte Will und nickte zur Tür. »Ich meine, ganz ernsthaft. Wenn wir telefonieren, spricht er immerzu von dir. Ich finde das klasse. So habe ich ihn noch nie erlebt.«

»Ach, na ja, im Grunde kennen wir uns noch nicht sehr lange«, wiegelte Daniella ab und betete, dass sie nicht rot wurde.

Will sah sie an. »Aber magst du ihn? Ich meine, ernsthaft?«, fragte er.

Jetzt wurde sie eindeutig rot, auch wenn sie sich freute, das von Mark zu hören. »Ja, ich mag ihn.«

»Schön. Mir ist übrigens vollkommen klar, warum er auf dich steht. Was für ein Glückspilz! Er ist aber auch ein besserer Mann als ich.« Dann fuhr sich Will genauso durchs Haar wie Mark. »So wie er dich ansieht, hat früher Dad unsere Mum angesehen. Hey, das ist kein Grund zur Sorge! Hat Mark dir von unserer Mutter erzählt?«

»Ein bisschen … nicht sehr viel.«

»Tja, ohne sie ist es nicht mehr dasselbe. Ich bin wirklich froh, dass er dich gefunden hat. Du gefällst mir.«

Daniella lächelte, obwohl seine Worte ihr Unbehagen nur noch mehr steigerten. Nach der letzten Nacht und der Begegnung mit Will gewann die Beziehung mit Mark an Fahrt, und es war nicht das, was sie sich von ihrem Umzug in den Norden erhofft hatte. So aufregend sie es auch fand, war es gleichzeitig doch beängstigend.

Sie sahen sich die Parade an, die nun fast die gesamte Arena ausfüllte. Mark kam einen Moment später zurück und war merklich angespannt. »Ich habe eben eine SMS bekommen. Dad ist hier«, sagte er.

Will blickte sich erstaunt um.

»Kannst du dich ein bisschen um Daniella kümmern?«, fragte Mark. »Ich muss zu ihm und hören, was auf der Station los ist.«

Will entspannte sich. »Sicher.«

Mark küsste Daniella, bevor er ging. »Tut mir leid, Babe. Ich bin auch bald zurück.« Dann war er fort.

»Babe, ja?« Will grinste.

Daniella merkte, wie ihre Wangen wieder zu glühen begannen, und tat, als müsste sie dringend nach Handy-Nachrichten sehen. »In der Klinik scheint alles gut zu laufen. Keine Nachrichten.«

Nach der Parade wurde die Arena mit einer Planiermaschine geglättet, ehe ein Lastwagen hereinfuhr und große Fässer ablud.

»Als Nächstes kommt das Fassrennen«, erklärte Will und rieb sich freudig die Hände.

»Mark hat gesagt, das machen nur Frauen.«

»Ja, stimmt.« Will erklärte ihr die Regeln. Drei Fässer wurden in der Arena aufgestellt, eines an dem einen Ende, zwei zu beiden Seiten, wie die drei Spitzen eines Kreuzes. »Es ist ein

Kleeblattmuster. Die Reiterin kommt vom anderen Ende und muss zuerst um das rechte Fass, dann drüben um das linke und zuletzt um das ganz vorne, ehe sie wieder zurückreitet.«

Die Arena war bereit, und Daniella konnte die erste Teilnehmerin, ein junges Mädchen, am Gatter warten sehen. Dann ging es los. Daniella beobachtete, wie sie hereingaloppiert kam und zum ersten Fass einbog.

»Zu weiter Bogen, oh Mann«, murmelte Will.

Bald war das Mädchen um das erste Fass herum und preschte auf das zweite zu. Hier zog sie den Bogen enger, wurde dabei aber zu langsam. Das letzte Fass stieß sie an, so dass es schwankte. Dann galoppierte sie zurück Richtung Gatter, wobei sie Arme und Beine ausstreckte, während die Menge ihr zujubelte. Sie hatte es in 17,73 Sekunden geschafft.

»War das gut?«, fragte Daniella.

»Tja, sie war ziemlich langsam und hat den Bogen zu weit angelegt. Außerdem gibt es Strafpunkte, wenn man ein Fass umstößt. Abwarten.«

Auf die erste Reiterin folgte ein Cowgirl auf einem Apfelschimmel. Sie lehnte sich direkt in die Kurve, und ihre Finger berührten die Fässer oben, als ihr Pferd sie umrundete. Nach den ersten beiden waren die Zuschauer bereits auf den Beinen und gerieten außer sich, als sie das letzte Fass nahm und durch das Ziel schoss. Dann brachte sie ihr Pferd zum Stehen und ließ es im Schritt aus der Arena trotten, während sie der Menge zuwinkte und ihre Zeit von 17,25 Sekunden ausgerufen wurde.

»Ja, so wird's gemacht«, sagte Will. »Siehst du, man muss lockerlassen. Man trainiert und übt, bis die Reaktionen automatisch kommen und man nicht mehr nachdenken muss. Man muss die Wege komplett verinnerlichen, damit das Pferd darauf vertraut, dass man weiß, was man tut. Und man lässt es so laufen, wie es will. Diese Zeit dürfte schwer zu toppen sein.«

Nach dem Cowgirl kamen noch mehrere andere Teilnehmerinnen. Eine warf ein Fass um, und keine kam der Zeit der zweiten Reiterin auch nur nahe.

Die nächste Teilnehmerin wurde angekündigt. »Und jetzt, für Ryders Ridge, Stephanie Morgan!«

»Ach du Schande«, murmelte Will.

In ihrer weißen Jeans, den gefransten Lederschützern, der blauen Bluse und dem breiten Hut sah sie wie eine echte Western-Schönheit aus. Sie ritt in einem guten Tempo auf das erste Fass zu, musste jedoch hart an den Zügeln reißen, um es herumzuschaffen. Beim zweiten ging es ihr ähnlich. Dann das dritte. Als sie zum Ziel ritt, wobei sie ihren Hut verlor, war offensichtlich, dass ihr Pferd ein schneller Sprinter war, doch die Kurven hatten sie langsam gemacht. Ihre Zeit betrug 18,03 Sekunden, womit sie es in der ersten Runde nicht unter die obersten fünf brachte.

Will strich sich nachdenklich übers Kinn. »Das ist es, was ich meinte. Wenn man zu sehr kontrollieren will, kann man weder sich selbst noch seinem Pferd vertrauen. Deshalb spielt es keine Rolle, wie schnell ihr Pferd ist, denn sie reißt immerzu an seiner Trense, damit sich die Drehung für sie sicher anfühlt.« Er seufzte. »Typisch Morgan.«

»Typisch?«, fragte Daniella neugierig.

»Ist dir das noch nicht aufgefallen? Glaub mir, die Morgans sind nett, wenn man auf ihrer Seite steht. Aber wenn sie einen nicht mögen oder denken, man könnte ihre Stellung gefährden, sollte man auf der Hut sein. Es ist nichts Persönliches. Sie sind und bleiben nun mal Kaufleute. Früher nannte ich sie gerne die Gorgonen, nach den weiblichen Ungeheuern in der griechischen Mythologie. Dad wollte mir dafür ein paar mit dem Gürtel verpassen, aber Mum redete es ihm aus. Maria hat Mum ziemlich lange das Leben schwer gemacht, hinter ihrem Rücken getuschelt, dass sie zu viel reiste, dass sie keine anständige Ehefrau und Mutter sei, solchen Mist. Ich glaube nicht, dass Mark sich daran erinnert; er war noch zu klein. Gott sei Dank ist Maria irgendwann nach Townsville gezogen. Ich kann immer noch nicht fassen, dass Dad ihr Geld angenommen hat. Andererseits hatte er zu der Zeit wohl kaum eine andere Wahl. Die Banken wollten ihm nicht helfen. Jedenfalls würde ich den Morgans nicht trauen, aber ich bin ja selbst schon lange weg. Vielleicht haben sich die Dinge geändert. Trotzdem wette ich, dass Steph meinen Vater mit hierhergeschleppt hat, und jetzt tobt Mark, wer in der Zwischenzeit auf die Station aufpasst.«

Im selben Moment stand Mark im Wartebereich für die Reiterinnen und wartete, dass Stephanie aus der Arena kam. Als er seinen Vater auf dem Handy angerufen hatte, hatte er sich nicht gemeldet, und er machte sich Sorgen. Nicht dass in ein oder zwei Tagen so viel schiefgehen konnte, aber Kath war praktisch allein auf der Station, nachdem der Viehtrieb vorbei war. Die Pferde mussten versorgt werden, eine Futterlieferung sollte eintreffen, und auch sonst stand dauernd irgendetwas an.

»Steph«, rief er, als sie von ihrem Pferd stieg.

Sie drehte sich überrascht um. Ihre Wangen waren gerötet vom Rennen. »Mark! Ich hätte nicht gedacht, dass ich dich hier treffe!« Sie umarmte ihn. »Hast du die Runde gesehen?«

Genervt trat Mark einen Schritt zurück. »Nein, habe ich nicht. Weißt du, wo mein Dad ist?«

Ihr Lächeln wurde ein wenig matter. »Ich glaube, er wollte zur Tribüne, aber ich bin mir nicht sicher. Ich hatte ihn beim Pferdetransporter zurückgelassen, weil ich so spät dran war.«

»Kannst du mir sagen, wer auf der Station ist? Hat er eine Vertretung organisiert?«

Stephanies Hand wanderte zu ihrem Mund. »Oh, daran hatte ich gar nicht gedacht. Er hat mich mit dem Pferdetransporter in der Stadt abgeholt. Ich bin schon seit Ewigkeiten angemeldet und hatte ganz spontan beschlossen mitzumachen. Da bot er mir an, mich zu fahren. Ich hatte keine Ahnung, dass du hier bist.«

Das zu glauben fiel Mark schwer. Stephanie wusste, was auf der Station vor sich ging, und sicherlich hatte William auf der Fahrt hierher erwähnt, dass Mark in Isa war. Ihm war schleierhaft, wie sie William hergelockt hatte, doch er hatte kein gutes Gefühl dabei. »Wann will er wieder zurück?«

»Weiß ich nicht genau«, antwortete Stephanie gleichgültig und unterbrach, als ein Helfer ihr den verlorenen Hut brachte. »Aber sicher ist alles bestens. Warum rufst du nicht Dave an, damit er nach dem Rechten sieht, und dann können wir ein Bier trinken ... und vielleicht später etwas essen gehen?« Sie lächelte, und ihre Hand strich an Marks Seite hinauf.

Als ihre Finger gleich oberhalb seines Gürtels verharrten, wurde Mark unwohl. Er ging noch einen Schritt zurück, außerhalb ihrer Reichweite, und überlegte, wie er die Situation möglichst diplomatisch handhaben sollte. »Hör mal, Steph«, sagte er so ruhig wie möglich, »ich mag dich, und ich weiß zu schätzen, was du und deine Mum für die Station getan habt. Aber ich bin mit Daniella zusammen. Das zwischen uns sollte rein geschäftlich bleiben, und ich wünsche mir, dass es gut läuft. In Ordnung?«

Stephanies Züge verhärteten sich. »Natürlich.« Sie grinste kurz. »Ich habe schon gehört, dass sie hier ist. Hoffentlich amüsiert ihr euch.« Dann machte sie auf den Sporenabsätzen kehrt und führte ihr Pferd weg.

Mark stand in einer Staubwolke. Dies hier war überhaupt nicht gut. Aber bald kehrten seine Gedanken zur Station zurück. Er holte das Handy aus seiner Jeanstasche und rief Dave an.

»Ich nehme an, ihr habt's gesehen«, sagte Mark, als er wieder in die Loge kam.

»Ja«, antwortete Will. »Ist sie mit Dad hergekommen?«

»Anscheinend ja. Ich kann ihn aber nicht erreichen. Er muss irgendwo hier sein. Wenigstens ist Dave auf Ryders. Ich habe ihn gebeten, sich um alles zu kümmern. Er kommt klar, keine Frage, doch das ist eigentlich nicht sein Job. Ich muss schnellstens zurück.«

Will stand taktvoll auf. »Entschuldigt mich kurz.«

Als er draußen war, legte Mark die Arme um Daniella. »Es tut mir leid.«

»Ist schon gut, du musst nach Hause«, sagte sie. Dennoch war sie wütend und gekränkt. Stephanie hatte es geschafft, ihr Mark wegzunehmen, und ihr perfekt geschminktes Gesicht und das Frau-zu-Pferd-Image machten es noch schlimmer. Daniella konnte nicht mit ihr konkurrieren und wollte auch nicht das Gefühl haben, es zu müssen. Aber sie würde einen Teufel tun, sich Mark gegenüber irgendetwas anmerken zu lassen.

»Ich rufe dich an, sobald ich zurück bin«, sagte er. »Wann kommst du wieder nach Ryders?«

»Kann ich nicht genau sagen. Ich bin mindestens bis Freitag hier, aber …«

Will sah zur Tür herein. »Mark, ich habe eben mit Dave telefoniert. Er meint, dass er alles unter Kontrolle hat und bis morgen prima alleine klarkommt. Also hast du reichlich Zeit, Dad zu suchen und ihn zu fragen, wann er wieder zurückfährt. Du musst nicht nach Hause rasen. Führ Daniella heute Abend aus und fahr morgen zurück.«

Daniella sah, wie zerrissen Mark war. Er sorgte sich um den Betrieb, wollte aber auch bei ihr sein. Da sie wusste, wie viel ihm die Station bedeutete, behagte ihr nicht, dass sie der Grund war, weshalb er blieb. Es war, als würde sie einen Notruf ignorieren, um bei ihm zu sein. Würde sie das tun? Nein, das war nicht richtig.

»Ist er noch dran?«, fragte Mark. Will wedelte mit seinem Telefon, und Mark hielt es sich ans Ohr.

»Er sollte nicht fahren«, flüsterte Will Daniella zu. »Das stinkt doch zum Himmel! Wenn Steph unseren Dad aus irgendwelchen taktischen Gründen hergeschleppt hat, würde ich ihre Pläne zu gerne torpedieren. Ich lade euch beide heute Abend ein.«

Mark kam zurück. »Na gut, ich fahre morgen.« Er wirkte entspannter.

»Ich habe Daniella gerade gesagt, dass ich euch heute Abend einlade.«

Mark grinste. »Okay, aber nicht wieder in diesen irischen Laden. Das hast du letztes Mal versprochen.«

»Ja, habe ich nicht vergessen. Ich kenne ein anderes Lokal. Das wird super.«

Am Ende hatten sie wirklich einen schönen Abend. Sie wanderten durch die Stadt und bewunderten die Sehenswürdigkeiten, während Will ihnen erzählte, was er schon alles in welchem Pub erlebt hatte. Daniella lachte so viel, dass ihr das Gesicht und die Rippen wehtaten. Mitten in einer neuen Lachattacke bemerkte sie etwas im Schaufenster eines Elektronikladens, an dem sie vorbeikamen. Sie musste beide Männer – die sich beklagten, dass sie am Verhungern seien – zur Ruhe ermahnen, während sie die schmalen weißen Kästen mit Computern und Tablets im Fenster musterte und versuchte, die winzigen Schilder zu entziffern. Schließlich gab sie nach, und sie gingen weiter.

Will lud sie zum Chinesen ein, wo er sich nach dem Essen allerdings bald verabschiedete. Er gab Daniella einen Kuss auf die Wange, und sie bedauerte, dass er schon ging.

Als sie in Daniellas Zimmer ankamen, klingelte ihr Handy. Es war Dr. Harris. »Daniella, wie geht es Ihnen? Entschuldigen Sie, dass ich mich erst jetzt melde.«

Sie brachten sich gegenseitig auf den neuesten Stand, dann sagte Dr. Harris: »Ich habe von gestern Abend gehört. Wie furchtbar! Ich kenne Andrew schon, seit er ein kleiner Junge war.«

»Ich weiß«, sagte Daniella. »Aber wie es aussieht, wird er wieder.«

»Ja, und das grenzt an ein Wunder. Bei dem anderen Jungen, den sie sofort nach Townsville gebracht haben, ist es noch nicht klar. Und was die beiden anderen betrifft, was für eine Vergeudung. So oder so wird es lange dauern, bis Andrew wieder richtig auf dem Damm ist. Übrigens ist das auch der Grund meines Anrufs. Ich möchte, dass Sie wieder herkommen. Mein Assistenzarzt bleibt zwar bis Mittwoch, doch ich möchte nach Townsville zu Andrews Eltern fliegen. Sie sind gute Freunde von mir, und ich habe sie schon lange nicht mehr gesehen. Außerdem kann ich dann gleich mit den behandelnden Ärzten sprechen. Ich hätte Sie gerne am Dienstag wieder hier, so dass Sie noch den halben Tag da sind, bis Ihr Vertreter geht.«

»Was ist mit der Beschwerde?«, fragte Daniella.

»Darüber reden wir, wenn Sie zurück sind.«

»Ich komme Anfang nächster Woche zurück«, erzählte sie Mark, nachdem sie aufgelegt hatte.

Grinsend nahm er sie in die Arme. »Sehr gut! Gehst du mit mir am nächsten Samstag ins Freiluftkino? *Jurassic Park*, weißt du noch?«

Daniella stöhnte. »Das ist schon nächste Woche?«

Er nickte.

»Na schön. Aber ich grusele mich vor diesen verfluchten Raptoren.«

»Bestens. Dann musst du ganz dicht bei mir bleiben.«

18

»Bin ich froh, dass du wieder da bist«, sagte Jackie und hakte sich bei Daniella ein.

»Ich war doch nur eine Woche weg!«

»Ja, aber mit Dr. Rima ist es nicht halb so lustig wie mit dir.«

Sie machten sich gerade von Jackies Haus aus auf den Weg in den Park. Es war Samstagabend, die Praxis hatte geschlossen, und Dr. Harris übernahm den Bereitschaftsdienst. Jamie war bei Jackies Mutter, denn *Jurassic Park* war entschieden zu schaurig für ihn.

»Und, hast du Mark gestern Abend gesehen?«, fragte Jackie.

»Nein, ich hatte Bereitschaft. Ich habe ihn seit Sonntag nicht mehr gesehen. Diese Woche mussten sie alle Kälber mit Marken und Brandzeichen versehen, und ich glaube, es sollte noch eine Fuhre verladen werden, also hatte er reichlich zu tun. Außerdem ist er am Mittwoch mit Dr. Harris nach Townsville geflogen.«

»Wenigstens wird Simmo wieder. Aber es ist schrecklich, nicht? Diese beiden Jungen, die gestorben sind … Ich glaube, ihre Eltern leben im Northern Territory. Wer weiß, wann sie zuletzt zu Hause waren, und dann passiert so etwas. Sollte Jamie jemals so etwas zustoßen … nein, das ist nur furchtbar.«

Sie erreichten das Ende von Jackies Straße und bogen auf die Hauptstraße ein. Es waren noch einige andere Leute unterwegs, alle mit Picknickkörben, und sie winkten ihnen zu. Sie kamen an Margarets Bank vorbei, wo Daniella mittlerweile jeden Abend auf dem Nachhauseweg eine Pause machte. Dort dachte sie nach, genoss die Einsamkeit, und an den letzten paar Abenden hatte sie sogar überlegt, wohin sie von hier aus gehen könnte. Diese Gedanken verdrängte sie jedoch schnell wieder, denn es war nicht zu leugnen, dass sie in Ryders langsam Wurzeln schlug.

Als sie zum großen ovalen Spielfeld im Park kamen, herrschte dort schon reges Treiben. Die Sonne ging unter, und alle machten sich für die Filmvorführung bereit. Einzelne Fahrzeuge durften hinter die Absperrung, aber die besten Plätze hatten bereits die Touristen mit ihren Wohnmobilen eingenommen. Die Lücke zwischen ihnen und der großen Leinwand füllte sich mit Picknickenden auf ihren Decken. Am Feldrand waren Stände aufgebaut; einige boten Kaffee, Tee und Bier an, andere Pommes frites und Pasteten. Ein weiterer Stand hatte sich die Filmauswahl zunutze gemacht und verkaufte alles von Dinosaurier-T-Shirts bis hin zu Ausrüstungen für die Fossiliensuche. Dort war das Gedränge besonders groß.

»Gott sei Dank ist Jamie nicht hier«, sagte Jackie. »Er würde alles an dem Stand haben wollen.«

»Wo setzen wir uns hin?«, fragte Daniella und blickte sich nach einem guten Platz um.

»Wo du willst. Ach, das hätte ich fast vergessen! Ich habe versprochen, eine Zeit lang bei dem Getränkestand auszuhelfen. Hier, nimm den Korb.«

»Was? Wie konnte es denn dazu kommen? Hattest du nicht gesagt …«

»Ich bin schwach geworden«, gestand Jackie beschämt. »Roselyn wollte das eigentlich übernehmen, aber dann ist ihr etwas dazwischengekommen. Ich bemühe mich, zurück zu sein, bevor der T-Rex aufkreuzt. Aber sieh mal, du bist nicht allein – da ist Mark. Bis später.« Damit verschwand sie in Richtung Getränkestände.

Daniella schüttelte den Kopf. Sie fragte sich, ob sie ihre Hilfe anbieten sollte, als Mark auf sie zukam.

»Da bist du ja«, sagte er, hob sie hoch und wirbelte sie im Kreis herum.

»Mark!« Daniella bemerkte die vielen neugierigen Blicke. »Was sollen denn die Leute denken?«, flüsterte sie.

Mark stellte sie wieder hin und raunte ihr ins Ohr: »Ist mir egal.« Dann küsste er sie. »Ich habe dich eine Woche lang nicht gesehen.«

Absurd fröhlich schlang Daniella einen Arm um ihn. »Wie lief es mit den Kälbern?«

»Sehr gut. Und der letzte Viehtransporter ist auch weg. Der Rest der Herde ist unterwegs zu einem Stück Brachland, das unberührt aussieht. Dort sollten sie jede Menge frisches Gras finden.«

Sie senkte die Stimme. »Wie war es in Townsville?«

Mark fuhr sich durchs Haar. »Traurig, aber auch optimistisch. Seine Eltern waren ziemlich erschüttert, als ihnen klar wurde, wie schlimm der Unfall gewesen war. Aber Simmo geht es besser, und seine Brüder sind auch zu Besuch gekommen. Sie waren alle auf unterschiedlichen Farmen im Territory und hatten sich ewig nicht gesehen. Es wird allerdings noch dauern, ehe Simmo wieder herkommt – falls er das überhaupt will.«

»Was ist mit dir?«, fragte sie. Hier draußen waren sich alle so nahe, zusammengeschweißt durch die Abgeschiedenheit. Und die Zeit im Krankenhaus hatte sicher die Erinnerungen an seine Mutter zurückgebracht.

Er küsste sie wieder. »Mir geht es viel besser, jetzt wo ich dich bei mir habe.«

Gemeinsam gingen sie in den Picknickbereich vor der großen Leinwand. Sie entschieden sich für einen Flecken nahe der Mitte. Daniella breitete die Decke aus, und sie setzten sich. Bis der Film anfing, unterhielten sie sich. Mark nahm Daniella in seine Arme. Die Nacht senkte sich über den Park, und bald war nur noch ein Hauch Pink im Westen hinter der Leinwand zu sehen.

»Da ist Dave«, sagte Daniella und winkte, als sie ihn dabei erspähte, wie er etwas hinter der Leinwand zwischen den Torpfosten sicherte. Nachdem er das Seil dort festgezurrt hatte, kam er zu ihnen.

»Hey«, begrüßte Daniella ihn. »Sieht nach einem vollen Erfolg aus.«

Dave verdrehte die Augen. »Ja, und Murphys Gesetz besagt, dass bei so viel Publikum technische Probleme vorprogrammiert sind. Zudem ist die Ausrüstung nicht die neueste.« Er tippte an den Schraubenschlüssel an seinem Gürtel. »Wie geht es Simmo?«, fragte er Mark.

»Viel besser. Er fängt gerade mit der Reha an.«

»Ah, das ist gut.«

»Möchtest du dich zu uns setzen?«, fragte Daniella. »Wir haben Wurstbrötchen, Chips und jede erdenkliche Art von Süßigkeit, die im Supermarkt zu haben war.«

Dave trat von einem Fuß auf den anderen. »Klingt verlockend, aber ich habe Projektordienst. Sie betreiben das Ganze über Generatoren weiter hinten, und der eine gefällt mir gar nicht. Ich komme wieder, wenn ich mir den nochmal angesehen habe.«

»Wie kommt es, dass du hier im Einsatz bist?«, fragte Mark. »Das Komitee hat doch für eine vollständige Crew bezahlt.«

»Steph hat gesagt, dass einige von denen nicht aufgekreuzt sind«, antwortete Dave, bevor er zum hinteren Feldrand ging. Daniella drehte sich um und sah ihm nach. Hinten auf einem Truck war ein Gestell mit einem klobigen Projektor aufgebaut. Kabel verliefen von dort bis hinter die Stände, und das Brummen der Generatoren war bis zu ihnen zu hören. Zwei

Kerle in Schwarz trugen Lautsprecher an Masten umher, prüften die Ausrichtung und sprachen in Walkie-Talkies.

»Ist Jackie nicht vorhin zu den Ständen gegangen?«, fragte Mark. »Sie ist schon ziemlich lange weg.«

»Ja, sie hilft aus«, sagte Daniella. »Aber sie hat versprochen, bis zum T-Rex zurück zu sein.«

Mark runzelte die Stirn.

»Was?«, fragte Daniella.

»Ach, nichts. Ich habe nur so ein komisches Gefühl.«

»Das liegt an den Raptoren. Die machen jedem Angst.«

Er lachte. Sie stöberten durch den Picknickkorb und packten einige Sachen aus, doch beide wollten nicht recht ohne Jackie anfangen, denn immerhin hatte sie den Korb gepackt. Der Film fing an, und Daniella lehnte sich an Mark. Nach anfänglichen Schwierigkeiten mit dem Sound lief es reibungslos. Die meisten Leute sahen zu und aßen vergnügt, während einige immer mal wieder zu den Ständen schlenderten oder ihre Kinder einfingen.

Im Film stiegen die Leute gerade in die elektrischen Geländewagen, als Mark Daniella antippte. »Dave müsste längst wieder hier sein. Ich sehe mal nach, ob er Hilfe braucht.«

»Du verlässt mich, wenn gleich der T-Rex anfängt, Menschen zu fressen?« Daniella tat empört.

»Ich bin mir sicher, du bist stark genug, damit fertigzuwerden, falls ich nicht rechtzeitig zurück sein sollte«, sagte er. »Deshalb liebe ich dich ja.«

Daniella bemühte sich, ihre Verwunderung nicht allzu deutlich zu zeigen. Liebe? Hatte er das wirklich gerade gesagt? Einfach so? Benommen fragte sie: »Kannst du bitte auch nachsehen, ob bei Jackie alles okay ist?«

Auf der Leinwand fuhren die Geländewagen in den Park, mitten hinein ins Unheil und die Zerstörung. Daniella nahm jedoch kaum wahr, was sie sah. Ihr Herz schlug viel zu schnell.

Hatte er das ernst gemeint, oder war es für ihn nur eine Redewendung?

Wahrscheinlich hätte sie noch länger darüber gebrütet, wäre nicht neben ihr auf einmal der Name »Jackie« gefallen. Daniella blickte sich um. Es musste von den beiden jungen Mädchen gekommen sein, die sich neben ihr unterhielten. Sie glaubte, dass sie im selben Supermarkt arbeiteten wie Becky. Bei dem lauten Soundtrack war es schwer, dem Gespräch der beiden zu lauschen, aber dann schnappte Daniella die Worte »Jamie« und »Dave« auf, und ihr wurde mulmig.

Wenige Minuten später kehrte Mark zurück. Sie erschrak, als er ihr die Hand auf die Schulter legte. Aus den Lautsprechern war das Meckern der Ziege im Film zu hören. Mark zog an Daniellas Hand. »Komm bitte kurz mit rüber«, sagte er.

Er führte sie zum Rand des ovalen Feldes hinter die Lautsprecher, wo es ruhiger war. Die schweren Schritte des T-Rex wummerten aus den Boxen, und auf der Leinwand kräuselte sich das Wasser in einem Glas unheilvoll. Daniella rieb sich die Arme, weil ihr auf einmal kalt war.

Als sie stehen blieb und sich zu Mark umdrehte, bemerkte sie, dass er halb besorgt, halb verwundert aussah. »Weißt du etwas davon, dass Dave Jamies Vater sein soll?«

Daniella konnte das nicht beantworten, denn sie hatte Jackie geschworen, es für sich zu behalten. »Warum?«

»Weil ich gerade von drei verschiedenen Leuten gefragt wurde. Stimmt es?«

Daniella schüttelte den Kopf. »Dazu kann ich nichts sagen. Warte kurz.«

Sie ließ Mark stehen und lief um die Decken herum zum Getränkestand. Dort war die Schlange jetzt kurz, weil es auf der Leinwand spannend wurde. Der T-Rex brüllte. An dem Stand bedienten drei Frauen, und eine von ihnen war Stephanie Morgan.

»Hi, Dani, was darf ich dir geben?«, fragte sie strahlend.

»Ich bin auf der Suche nach Jackie.«

»Oh, die ist gegangen. Kann ich dir wirklich keinen Tee anbieten? Oder Limonade? Du siehst müde aus.«

Daniella strengte sich an, höflich zu bleiben. »Nein, danke. Wo ist sie hin?«

»Sie hat sich nicht gut gefühlt und ist nach Hause gegangen.«

Daniella blickte in Stephanies makellos geschminktes Gesicht mit der aufgesetzten Miene freundlichen Interesses und glaubte ihr kein Wort. Die beiden anderen Frauen tuschelten. Daniella konnte sich gut vorstellen, was mit Jackie passiert war, und sie vermutete, dass Stephanie es ebenfalls wusste.

»Wann ist sie gegangen?«, fragte sie.

»Ach, das ist noch nicht lange her. Aber hör mal, wenn du nichts kaufen willst, geh doch bitte zur Seite und lass die Kunden durch, ja? Oder willst du vielleicht etwas spenden?«

Daniella drehte sich um und ging eilig davon – sie fürchtete, wäre sie noch eine Sekunde länger dort stehen geblieben, wäre ihre Faust in Stephs Gesicht gelandet. Auf der Leinwand war der T-Rex frei, zerquetschte Autos und jagte dem Jeep nach. In *Jurassic Park* würde nichts mehr wie früher sein.

Auch nicht in Ryders Ridge … Mark hatte das Gerücht von mindestens drei Leuten gehört. Dort draußen auf den Decken hockten Dutzende, die es gewiss noch erfahren würden, ehe der Abend vorbei war.

Jackies Geheimnis war gelüftet.

Bis zu diesem Moment hatte Daniella nicht recht begriffen, warum es ein so großes Ding sein sollte. In der Stadt war Privatsphäre selbstverständlich, solange man nicht berühmt war. Doch jetzt, angesichts all dieser Gesichter und des verschwörerischen Flüsterns der beiden Frauen am Stand, verstand Daniella allmählich, wie sehr man in einer Kleinstadt, wo jeder jeden kannte, überwacht wurde.

Sie holte ihr Handy hervor.

Mark gab es auf, auf Daniella zu warten, und ging zum Projektor-Truck. Da der Film problemlos lief, war dort nicht mehr viel los. Nur die beiden Typen in schwarzen Jeans und T-Shirts lehnten rauchend am Wagen.

»Hey, habt ihr Dave Cooper gesehen?«, fragte Mark.

»Wen?«

»Der, der euch mit der Leinwand und den Generatoren geholfen hat. Jeans, weißes Hemd?«

»Ach, der. Nee, Mann, schon länger nicht mehr.«

Mark fluchte leise. In dieser Stadt verbreiteten sich Gerüchte wie ein Lauffeuer. Und kam etwas Schmutziges ans Licht, ging es ganz besonders schnell. Aber sollte Dave wirklich der Vater von Jackies Kind sein? Das ergab keinen Sinn. Klar war Dave vor einigen Jahren in Jackie verknallt gewesen, aber soweit Mark wusste, hatte sie seine Gefühle nie erwidert. Und Jackie hatte in Brisbane gelebt, als sie schwanger wurde. Nein, er glaubte das nicht; schließlich war Dave ein anständiger Kerl. Wäre er der Vater, hätte er ihr beigestanden.

Mark ging an den Touristen-Vans vorbei hinunter zur Uferböschung am See, wo die Generatoren standen. Bingo. Dort bastelte Dave an einem der drei Generatoren, eine offene Ölkanne neben sich.

Er blickte auf und winkte Mark zu. Der bedeutete ihm stumm, hinter die Böschung zu kommen, weg vom Dröhnen der Generatoren. Dave stand auf und kam zu ihm. »Was gibt's?«

»Okay, sag mir die Wahrheit. Bist du Jamies Vater?« Mark reichte Daves Gesichtsausdruck als Antwort. »Scheiße, es stimmt also, oder? Was zum Teufel …?«

Dave rieb sich das Gesicht und blickte zur Seite. »Hat sie es dir erzählt?«

»Das ist momentan unwichtig. Stimmt es?«

»Ja, es stimmt.«

Mark fehlten die Worte, und es gelang ihm nicht, eine zusammenhängende Frage herauszubringen. »Wieso hast du nicht … ich meine, warum ist Jackie nicht …?«

»Weil ich bescheuert war, okay? Ich mochte sie wirklich sehr, und wir hatten Spaß zusammen. Dann habe ich sie geschwängert, und dafür hat sie mich gehasst.«

»Aber warum die Geheimniskrämerei? Macht es doch offiziell!«

Dave schüttelte den Kopf. »Sie wollte in Brisbane studieren, Mark, etwas aus sich machen, und ich habe ihr das kaputtgemacht. Außerdem dachte sie, dass ich nebenbei noch was laufen hatte, was nicht so war, aber sie glaubte mir nicht. Jedenfalls lief es von da an richtig mies zwischen uns. Wir konnten keine drei Sätze wechseln, ohne einen Streit anzufangen. Sie will nichts mehr mit mir zu tun haben, und deshalb will sie auch nicht, dass die Leute es wissen.«

Mark schüttelte ungläubig den Kopf. »Ach du Schande. Wie kommst du damit klar, Dave? Er ist dein Sohn.«

Dave schien bei den Worten vor Schmerz in sich zusammenzusacken. Er setzte sich und lehnte sich an die Böschung. »Nur sehr schwer, verdammt«, antwortete er. »Damals habe ich versucht, sie zu überzeugen, dass wir das hinkriegen. Aber sie war so wütend, und ich machte alles nur noch schlimmer, weil ich ihr nicht zuhörte. Sie war stolz auf ihren Traum, und ich wollte, dass sie mit mir durch die Gegend reist. Ich habe einige blöde Sachen gesagt, wollte ihr einreden, dass sie so ein Leben gut finden würde – das hat sie mir nie verziehen. Es ist alles meine Schuld. Ich habe ihr Geld geschickt, aber sie hat sich geweigert, es anzunehmen. Und als sie es immer wieder zurückschickte, gab ich es irgendwann auf. Und wenn sie mich schon nicht will, kann ich wenigstens tun, worum sie mich bittet. Eines Tages, wer weiß? Wenn sie noch einmal nach Brisbane gehen kann, um nachzuholen, was sie damals verpasst hat, vielleicht nimmt sie mich dann. Ich hoffe es.«

»Oh Mann«, sagte Mark und setzte sich neben ihn. »Warum hast du mir nie was davon erzählt?«

»Sie hat mich gebeten, nichts zu sagen. Das war unglaublich hart. Ich dachte, dass es mit der Zeit leichter werden würde, aber das wurde es nicht. Wenn jemand fragt, sagt sie, dass es irgendein Typ aus Brisbane war. Echt, das tut weh.« Dave stocherte mit dem Finger in der Erde. »Jamie ... ich habe ihn nie richtig kennengelernt. Ihn nicht im Arm gehalten, als er geboren wurde ...« Seine Stimme kippte. »Ich fasse nicht, dass sie es dir erzählt hat.«

Mark dämmerte langsam, wie übel das hier noch werden könnte. Die Moralpolizei würde bald die Knüppel schwingen. Selbst wenn Jackie jetzt sofort wegginge, würde Dave als herzlos gelten, weil er sich jahrelang nicht um die beiden gekümmert hatte. In dieser Stadt könnte es sehr frostig für ihn werden.

»Was das angeht, Dave, Jackie hat es mir nicht erzählt. Ich habe es heute Abend von drei verschiedenen Leuten gehört. Was denkst du wohl, warum ich hier bin. Morgen früh weiß es die ganze Stadt.«

»Oh ... Mist. Sie wird denken, dass ich es war.«

»Weiß es sonst keiner?«

»Ich habe es niemandem erzählt. Jackie vielleicht?«

»Okay, also gut. Wenn du Unterschlupf auf der Station brauchst, kommst du. Und bring sie um Himmels willen mit! Das könnte heftig werden. Und du weißt, dass es für sie noch schlimmer sein wird.«

Dave nickte. Er war sichtlich benommen vor Schock. Dann packte er Marks Arm. »Hör mal, wenn es wirklich öffentlich bekannt ist, muss ich mit Jackie reden, aber dabei brauche ich sicher deine Unterstützung. Oder die von Daniella. Jackie wird rasen vor Wut.«

»Gib mir Bescheid, wenn ich helfen kann«, sagte Mark.

Er ging zurück zum Feld und fand Daniella nach einigem Suchen hinter der Leinwand, wo der Soundtrack nur noch gedämpft zu hören war. Der Picknickkorb und die eilig zusammengeraffte Decke hingen über ihrem Arm.

»Jackie ist weg, und sie geht nicht an ihr Handy«, sagte Daniella. »Entschuldige, aber ich muss zu ihr und nach ihr sehen.«

Mehr musste Mark nicht wissen. »Ich fahre dich hin«, sagte er und legte den Arm um sie.

Fünf Minuten später standen sie vor Jackies dunklem Haus, doch ihr Wagen war nirgends zu sehen.

»Sie hat doch nichts Dummes gemacht, oder?«, fragte Daniella.

Mark hasste es, Daniella so besorgt zu sehen. Am liebsten würde er sie raus zur Station fahren, wo er sie trösten und beschützen konnte. Aber das war nicht möglich, und so fuhr er stattdessen durch die Straßen von Ryders, während Daniella in der Taverne und überall sonst nachsah, wo Jackie vielleicht sein könnte. Schließlich musste sie einsehen, dass die Sucherei sie nicht weiterbrachte.

»Vielleicht will sie einfach nur eine Weile allein sein«, sagte sie.

Gewiss hatte Daniella recht. Doch später, als Mark zur Station zurückfuhr, fand er es so wenig reizvoll wie noch nie, allein zu sein.

Am nächsten Mittag erreichte Daniella endlich Jackie am Handy.

»Wo warst du gestern Abend? Ich habe mir Sorgen gemacht!«

»Ich bin die ganze Nacht herumgefahren«, sagte Jackie matt. »Mir waren sogar die Kängurus egal.«

»Wie geht es dir?«

»Oh, einfach glänzend.« Jackies Worte troffen vor Zynismus. »Jeder weiß es, Daniella. Jeder!«

»Die Leute können dir nichts«, sagte Daniella und überlegte, wie sie Jackie trösten könnte.

»Darum geht es nicht«, widersprach Jackie. »Ich will nicht, dass sie über Jamie tuscheln und mir erzählen, was ich tun soll. Das ist ganz allein meine Sache.« Eine unangenehme Stille trat zwischen ihnen ein, bevor Jackie fragte: »Wem hast du es erzählt?«

Daniella war entsetzt. »Ich habe es keinem erzählt! Vielleicht hat Dave …«

»Dave hat drei Jahre lang den Mund gehalten, und du bist die Einzige, der ich es erzählt habe. Und zwei Wochen später wissen es alle? Ich habe dir *vertraut*!«

Daniella bekam keine Luft mehr. Jackie klang ganz ruhig, beinahe vernünftig, aber was sie sagte, brannte wie heißer Stacheldraht, und Daniella kamen die Tränen. »Ich schwöre dir, Jackie, ich habe es keinem gesagt. Hör mal, ich möchte mit dir darüber sprechen, was wir tun können.«

»Ach ja? Hast du neuerdings eine Zeitmaschine?«

»Ich meine es ernst.«

»Wie wäre es, wenn du mich im Ernst in Frieden lässt«, sagte Jackie und legte auf.

19

Später am Tag marschierte Daniella verdrossen zu Margarets Bank, weil sie dringend Abstand von all dem Aufruhr brauchte. Wieder einmal war der Himmel bewölkt. Daniella kämpfte schniefend gegen ihre Tränen. Sie hatte niemandem das Geheimnis ihrer Freundin verraten, aber Jackie glaubte ihr nicht. Ihre Freundschaft zu verlieren schmerzte am meisten. Wie sollten sie jetzt noch zusammenarbeiten? Dann war da auch noch die Beschwerde von Beckys Eltern. Und, nicht zu vergessen, ihre Mischung aus Furcht und Sehnsucht, was ihre Gefühle für Mark betraf. Mit ihm war es plötzlich ernst geworden und das schneller, als Daniella es verkraftete. Gott, was für ein Schlamassel! Ihr Fluchtinstinkt regte sich sehr deutlich.

Als sie sich der Bank näherte, stellte sie verwundert fest, dass sie bereits besetzt war. Mark saß dort, den breiten Rücken zu ihr gekehrt, und blickte hinaus zur Station. Das Licht war zu einem frühabendlich matten Schimmern verblasst, in dem die Gräser und Büsche auf der Ebene blau und verschlafen wirkten, bereit, zu jenen schlummernden Schatten zu werden, als die sie nachts zu sehen waren.

»Hey«, sagte Mark, als sie sich hinsetzte. Er schien gedankenversunken und blickte hinab auf seine Hände. »Daniella, ich weiß, dass es nicht der beste Zeitpunkt ist, aber wegen dieser ganzen Geschichte mit Jackie und Dave habe ich über etwas nachgedacht. Na ja, eigentlich denke ich schon eine Weile darüber nach, aber jetzt eben mehr als vorher.«

»Und worüber?«, fragte Daniella, denn sie war unsicher, was er meinte.

Er drehte sich zu ihr und ergriff ihre Hände. »Für mich bist du unglaublich, die wunderbarste Frau, die ich kenne. Ich will mehr für uns. Du weißt schon, mehr als ein oder zwei Treffen die Woche in der Stadt.«

Daniella wich zurück. Sie war hergekommen, weil sie einen ruhigen Flecken brauchte, an dem sie über das grübeln konnte, was mit Jackie passiert war. Stattdessen fühlte sie sich, als würde sie rücklings überfallen.

»Mark …«, begann sie.

»Zieh zu mir auf die Station«, sagte er hastig. »Ich weiß, dass du dein Haus hier nicht besonders magst. Und ich fände es sehr schön, dich dort zu haben.«

Für einen kurzen Moment wurde Daniella wohlig warm von seinen Worten, doch das Gefühl hielt nicht lange an. Sie konnte nicht glauben, dass er sie bat, zu ihm zu ziehen. »Mark, das kann ich nicht … Ich meine, wenn ich Bereitschaft habe, muss ich schnell in der Ambulanz sein können. Und von der Station aus sind es mindestens vierzig Minuten Fahrt.«

Es hörte sich sehr vernünftig an. Innerlich jedoch fühlte Daniella sich gefangen. Die Gedanken, wohin ihre Ausbildung sie als Nächstes führen würde, drängten sich in den Vordergrund. Sie hatte eben erst angefangen, über die Möglichkeiten nachzudenken. Mount Isa war nicht so schlimm gewesen, wie sie befürchtet hatte. Ihr war klar, dass sie es mit Mark besprechen musste, aber jetzt preschte er zu schnell zu weit vor.

Mark seufzte. »Ich weiß. Davon muss ich eben weiter träumen. Aber was ist mit den Nächten, in denen du keine Bereitschaft hast? Dr. Harris übernimmt gewöhnlich die Wochenenden, oder? Könntest du dann rauskommen und bei mir sein?«

Daniella schluckte. Panik stieg in ihr auf. Sie brauchte Mark so, wie er bisher gewesen war: verlässlich, sicher und sanft. Wenn sie über ihren beruflichen Werdegang entscheiden musste, durfte sich das nicht ändern. Sie brauchte seine Geduld und sein Verständnis. »Ähm, i-ich bin nicht sicher«, stammelte sie. »Falls ein wichtiger Fall reinkommt, wäre ich nicht hier, um ihn zu sehen.«

Mark nickte. Seine Lippen bewegten sich an ihrem Haar, doch er schwieg. Daniella konnte seine Enttäuschung spüren.

»Außerdem«, fuhr sie fort, »was ist mit deinem Vater? Ihm würde das nicht gefallen.«

Nun verkrampfte Mark sich. »Mir ist egal, was er denkt, und das sollte es dir auch sein. Er bestimmt nicht, mit wem ich zusammen bin, mit wem ich schlafe oder wen ich heirate. Da hat er nicht mitzureden.«

Bei dem Wort »heiraten« zuckte Daniella zusammen. Ihre Panik verwandelte sich in Wut. Nun war es kein Überfall mehr, sondern sie lag bereits am Boden und versuchte, sich wieder nach oben zu kämpfen. Mark kam ihr zu nahe, verlangte zu viel von ihr. Sie konnte nicht klar genug denken, um auch nur zu überlegen, worum er sie bat. Und nun war er einen Schritt zu weit gegangen.

Auf keinen Fall wollte sie einen Streit. Den würde sie nach ihrem Gespräch mit Jackie nicht verkraften. »Mark, das weiß ich alles«, flüsterte sie. »Aber wir sind noch nicht besonders lange zusammen, und die Leute werden reden. Das macht es für mich in der Praxis schwierig. Immerhin gibt es schon eine Beschwerde über mich.«

Sie ruderte angestrengt, versuchte, ein wenig Distanz zwischen sie zu bringen. Und sie klammerte sich an die Hoffnung, dass er es gut sein lassen würde und sie weitermachen könnten wie bisher. Sie würde sich durch ihren aktuellen Mist arbeiten, und über dies hier würden sie später reden. Nur wusste sie auch, wie entschlossen Mark sein konnte. Er würde keine Ruhe geben. Daniella empfand denselben Druck auf ihrer Brust wie vor Wochen, als sie unbedingt aus Brisbane wegwollte.

»Und was ist, wenn ich in die Stadt komme? Wenn ich bei dir wohne?«, schlug er vor.

»Und die Station?«, erwiderte sie eilig. »Wäre es nicht besser, wenn wir so weitermachen wie gehabt?«

Er stieß einen unglücklichen Laut aus. »Dad ist auf der Station.«

»Ja, aber musst du nicht …«

»Ich weiß.«

Danach gab er es auf, und Daniella war erleichtert. Doch auf der Fahrt zu ihrem Haus war er sehr still, und ihrer beider Wortlosigkeit war wie eine Staubwolke, die sie beide einfing.

»Wow, hier hat sich echt nichts verändert«, stellte Mark fest, als er mit ins Haus kam und das schlichte Linoleum und die Formica-Küche ansah. Alles war in unschön vergilbtem Weiß und Grau gehalten, und die Couch sah aus, als würde sie jeden Moment in sich zusammenfallen. Um sie beide abzulenken, bot Daniella ihm eine richtige Führung an, die allerdings nur bedeutete, dass er erstmals ihr Schlafzimmer sah. Ihr Koffer stand noch offen unter dem Fenster – nichts hatte es bislang in den Kleiderschrank geschafft –, und obwohl sie neuerdings in dem Bett schlief, war es nicht richtig bezogen; sie hatte lediglich die Decke und das Kissen auf die Matratze gelegt.

»Sieht aus, als würdest du hier Obdachlose spielen«, scherzte er. Doch ihr entging sein Stirnrunzeln nicht, und sie hörte, dass der Witz sehr bemüht war. Daniella fühlte sich mies wegen des Gesprächs auf der Bank. Es schmerzte sie, dass er traurig war, und sie wollte es wiedergutmachen. Aber hier, in der kalten Realität ihres Hauses, fühlte sie sich ausgestellt. Ihr wurde klar, wonach es hier aussah: dass sie jederzeit bereit war zu gehen.

Sie verließ das Schlafzimmer und trat vor das Haus, um zum Himmel zu sehen. Mark folgte ihr. Eine schreckliche Vorahnung drängte sich zwischen sie. Daniella fand keine Worte und umarmte ihn.

Steif erwiderte er ihre Umarmung. »Hattest du jemals vor zu bleiben?«, fragte er leise. »Auf der Station in jener Nacht sagtest du, dass du hergezogen bist und länger bleiben willst. Aber du hast nicht mal ausgepackt.«

»Als ich herkam, wollte ich bleiben.«

»Ich weiß nicht, ob ich dir glauben kann.«

Daniella wich zurück. »Na gut, ich kam her, weil ich aus Brisbane wegwollte. Aber dann gefiel es mir, und ich dachte, ja, vielleicht könnte ich für immer bleiben. Aber als ich in Isa war und etwas anderes zu sehen bekommen habe, war es letztlich eine gute Erfahrung. Beruflich muss ich mit unterschiedlichen Situationen umgehen können. Außerdem sind hier einige Dinge außer Kontrolle geraten.«

Er verzog das Gesicht. »Darum geht es? Dass du die Kontrolle haben musst?«

»Ja, eigentlich schon. Das ist wichtig für meinen Job. Ich muss imstande sein, sicher zu reagieren und alles im Griff zu haben. Wenn ich nicht die Kontrolle behalte …«

»Ich rede nicht über deinen Job«, unterbrach er sie. »Ich rede über alles andere. Willst du deshalb nicht mit mir zusammen sein?«

»Ich habe nicht gesagt, dass ich nicht mit dir zusammen sein will …«

»Aber du hast darüber nachgedacht wegzugehen und nichts gesagt? Was gibt es sonst noch, von dem du mir nicht erzählst? Denn ich merke, dass du mir etwas verheimlichst.«

Jetzt hatte er sie. »Ich kann nicht«, sagte sie matt.

»Verdammt«, murmelte er und begann, auf und ab zu gehen. »Und du willst wirklich nicht bei mir sein, nicht einmal hier in der Stadt?«

Tränen stiegen ihr in die Augen, während gleichzeitig ihre Wut zurückkehrte. Sie *wollte* mit ihm zusammen sein, aber es ging zu schnell, und damit konnte sie nicht umgehen. Vorher mussten andere Dinge geklärt werden. Sie sah ihm an, dass er nicht nachgeben würde. Er würde sie nicht in Ruhe lassen, ehe sie ihm nicht erzählte, was sie bedrückte. Und das kam absolut nicht in Frage.

»Ich bin noch nicht bereit dafür«, sagte sie, und es brach ihr das Herz.

Er blieb stehen, nahm sanft ihre Hand und holte tief Luft. »Ich liebe dich, Daniella, und dafür werde ich mich nicht entschuldigen. Ich werde alles tun, was nötig ist, damit es funktioniert, aber ich muss wissen, dass ich nicht der Einzige bin, der es versucht.«

Sie konnte nichts erwidern. Sie musste weg. »Mark, ich denke, wir sollten aufhören, uns zu sehen.« Der Schmerz war ein Schock. Jede Faser ihres Seins protestierte, schrie sie an, dass sie das nicht wollte. Doch sie drängte ihre Gefühle an jenen Ort, an dem sie alles versteckte, was sie nicht kontrollieren konnte. Etwas in ihr zerrte, drohte, sie vollständig zu zerreißen, aber sie blieb regungslos.

»Ich nicht«, sagte er. Immer noch hielt er ihre Hand. »Ich denke, dass du fliehst. Du bist aus Brisbane geflohen, und jetzt fliehst du wieder.«

Er kam der Wahrheit zu nahe. »Das entscheidest du nicht!«, konterte sie.

»Nein, aber ich entscheide, wofür es sich zu kämpfen lohnt, und hierfür tut es das.« Seine Augen glänzten vor Tränen, und seine Stimme war belegt. »Ich will dich nicht verlieren. Kannst du mir nicht verraten, was los ist?«

Daniella setzte sich auf die oberste Treppenstufe. Ihre Hände zitterten, deshalb klemmte sie sie zwischen ihre Beine. Lange hielt sie nicht mehr durch, ehe sie zusammenbrach. Sie musste hier raus. Und sie konnte nicht zugeben, dass er recht hatte, dass sie sich nicht selbst retten konnte.

Also ging sie unter. »Bitte geh«, sagte sie. Dabei blickte sie starr auf den Boden, wo sie nichts außer seinen Stiefeln sehen konnte.

»Daniella, bitte …«

»Ruf mich nicht an.« Sie kniff die Augen zu. Sie hörte seinen angestrengten Atem. So lange. Er wartete, dass sie ihm irgendetwas gab. Aber das konnte sie einfach nicht. Nicht in diesem emotionalen Inferno, in dem ihre Kehle und ihr Herz wund und gebrochen waren, in dem ihre Gedanken zusehends wirrer und erdrückender wurden. Er sollte einfach nur gehen.

Schließlich entfernten sich seine Stiefel. Die Rover-Tür öffnete und schloss sich, der Motor sprang an, und Mark war fort.

Die Stille kam zurück. Daniella öffnete die Augen. Der Himmel über ihr schien riesig, der Raum um sie herum und in ihr so leer.

Daniella fühlte, wie sie zerbrach, als hätte ihr jemand eine Sechzehner-Kanüle in die Rippen gerammt und würde alle Luft aus ihr heraussaugen. »Er ist fort«, hauchte sie gen Himmel. Gütiger Gott, das hier war real.

Das Haus war zu grell. Die Neonlichter beleuchteten jedes hässliche Detail ihres Schmerzes.

Sie rannte. Sie lief weiter, bis sie ans Ende der Hauptstraße gelangte, auf die kleine Anhöhe, wo die Stadt fortglitt und die Wolken übernahmen. Wieder erreichte sie die Bank. Sie bekam keine Luft. Der Schmerz, der als Nadelstich begonnen hatte, schwoll an, als würde sie ausbluten und die dicke Flüssigkeit ihre Luftröhre füllen. Als sie bei ihrer Kehle angelangt war, fing Daniella an zu keuchen, doch sie stieg immer weiter. Sie brannte hinten in ihrem Rachen, dann in ihrer Nase. Schließlich erreichte sie ihr Gehirn und ihre Augen.

Ihre Sicht wurde verschwommen. Und dann, endlich, kamen die Tränen. Daniella weinte laut schluchzend, als Herzschmerz und Schuldgefühle in ihr kollidierten. Sie weinte und beichtete, bis die Wolken all ihre Geheimnisse kannten. Dann, als sie vollkommen erschöpft war, kam der Mond heraus, und die Sterne glitzerten am Himmel.

Sie wollte diese Sache nicht mehr in sich tragen, musste sie jemandem erzählen. Jemandem, dem sie vertraute. In diesem Moment sehnte sie sich unendlich nach Mark. Sie musste ihm erklären, warum sie tat, was sie getan hatte. Warum sie hergekommen war, warum sie dachte, dass ihr keine andere Wahl blieb, als ihn von sich zu stoßen. Aber könnte sie das? Auf dem langsamen Marsch nach Hause wurde ihr Denken wieder klarer. Morgen, sagte sie sich, würde sie ihn anrufen. Sie würde sich zumindest entschuldigen, so wie er es bei seinem ersten Anruf gemacht hatte. Sie hatten eine Menge zu bereden.

Mark fuhr zurück zur Station, benommen und fassungslos. Vielleicht war es unsensibel von ihm gewesen, sie so schnell zu bitten, mit ihm zusammenzuziehen, aber er konnte nicht anders. Er liebte sie. Und sie sollte es wissen, keine Zweifel haben. So hoffnungslos verliebt, wie er in sie war, hatte es wohl auch sein Gutes, dass er nun wusste, wie wenig sie seine Gefühle erwiderte.

Ach, Mist! Es tat weh. Er umklammerte das Lenkrad. Das Blut pulsierte spürbar in seinem Körper, erinnerte ihn an jeden Moment, den sie zusammen verbracht hatten, an jedes Mal, das sie ihn angelächelt hatte. Der Rover brauste über die staubige Straße, aber der Gedanke an zu Hause tröstete Mark nicht mehr. Ohne die Hoffnung, sie wiederzusehen, schien die Station nichts als ein isolierter Flecken Erde zu sein. Seine Liebe zu dem Land vermengte sich mit seinen Gefühlen für Daniella. Alles, was er sah, tat jetzt weh. Er brauchte dringend Raum.

Auf der Station parkte er den Rover im Carport und ging ins Haus. Erstmals behielt er seine Stiefel an. Er musste sich aus dieser Lage bringen, sonst würde er zusammenbrechen. Aber wo sollte er hin? Er irrte durchs Haus, wobei er sorgsam das Wohnzimmer mit den glücklichen Familienbildern mied.

Plötzlich hatte er eine Idee. Er ging geradewegs zum Telefon im Flur und tippte eine Nummer ein.

»Will?«

»Hey, Mark. Schön von dir zu h…«

Mark unterbrach ihn. »Will, ist dieses Jobangebot noch aktuell? Das, was du vor ein paar Wochen erwähnt hast?«

»Ja, klar. Ist Dave interessiert?«

»Nein, nicht Dave. Ich.«

Eine kurze Pause trat ein. »War was mit Dad?«

»Nein. Ist es noch aktuell oder nicht?«

»Ja, ist es. War was mit Daniella?«

Mark hörte das Knarzen des Hörers, als seine Faust sich darum ballte. Er zwang sich auszuatmen.

»Mark?«

»Ja, so etwas in die Richtung. Kann ich nun kommen oder nicht?«

»Selbstverständlich! Wann fährst du los?«

»Ungefähr in zehn Minuten. Ich bring dir dein Mädchen mit.«

»Wow! Gerne doch.«

Mark legte auf. Ihm war bewusst, dass er völlig irrsinnig handelte, nur war er zu aufgebracht, als dass es ihn scherte. Er warf drei Garnituren Arbeitskleidung und eine Zahnbürste in eine Tasche, zog den Reißverschluss zu und schnappte sich die Schlüssel für den Commodore vom Brett im Flur.

Als er nach draußen ging, fuhr Dave mit einem der Stationsarbeiter vor. Dave blickte zu der Tasche und fragte: »Bist du auf der Flucht?«

»Ich fahre nach Isa und helfe aus.«

»Was ist passiert?«

»Kannst du eine Weile für mich einspringen? Dad ein paar Wochen helfen?« Mark war bewusst, dass er feige war, aber er konnte seinem Vater nicht sagen, dass er wegfuhr. Es wurde von Minute zu Minute schlimmer, und er merkte, wie ihm die Tränen kamen.

»Oh mein Gott!«, sagte Dave.

»Ich rufe morgen an. Und sag mir Bescheid, falls es Probleme gibt«, rief Mark ihm über die Schulter zu.

Er konnte nicht fassen, dass es so weit gekommen war. Er verließ die Station! Aber er liebte Daniella, und das war alles, woran er denken konnte.

20

Jackie tauschte den Montagsdienst mit Roselyn, damit sie sich nicht der Sprechstunde stellen musste. Wie seltsam und schrecklich zugleich es war, dass erst vor einer Woche alles noch so gut gelaufen war. Ihr Bankkonto war noch nicht ganz so gut gepolstert, wie sie es sich wünschte, aber auf ihrem Kühlschrank lagen schon die Bewerbungsformulare, außer Reichweite von Jamies forschen Händen. Der einzige Grund, aus dem Jackie sie bisher nicht ausgefüllt hatte, war ihr Aberglaube, dass sie das Schicksal nicht herausfordern durfte. Sie musste sicher sein, dass ihr Wagen noch ein wenig länger durchhielt.

Nachdenklich starrte sie auf ihren Besenschrank. Putzen war eine hervorragende Therapie, also schnappte sie sich Staubtuch und Reinigungsmittel und machte sich als Erstes über den fleckigen Fernsehschrank her.

Sie war höllisch wütend auf Daniella. Drei Jahre lang hatte Jackie niemandem gesagt, wer Jamies Vater war, und es tat weh, dass die erste Person, der sie sich anvertraute, sie verriet. Sie fand es nach wie vor schwer vorstellbar, aber es musste Daniella gewesen sein. Dave hatte die ganze Zeit dichtgehalten, und der Zeitpunkt ließ keine Zweifel zu.

Was Jackie erstaunte, war, wie sehr ihr der Verlust von Daniellas Freundschaft zu schaffen machte. Daniella war ein herrlich frischer Wind in ihrem Leben gewesen: witzig, hilfsbereit und der erste Mensch, der Jackies Träume von einem anderen Leben wirklich verstand. Das machte es umso schmerzlicher.

Vom Fernsehschrank aus ging es an die Küchenschränke aus Spanplatte mit ihren abplatzenden Laminaträndern. Jackie putzte weiter, bis Jamie wach wurde. Dann spielte sie mit ihm, doch bald brachte sie sein heiterer Übermut zum Weinen. Genauso war Dave auch gewesen, als sie sich in ihn verliebt hatte. Es schien ewig lange her, dass sie so jung gewesen war, ihn geliebt und auf eine gemeinsame Zukunft gehofft hatte. Und ihr blutete das Herz, weil Jamie sie so sehr an ihn erinnerte. Sie hatte sich gewünscht, über ihre Sehnsucht nach Dave und die Wut auf ihn hinwegzukommen, doch das schien ihr inzwischen unmöglich.

Ungefähr um halb drei gingen ihr die Oberflächen aus, die sie putzen konnte, also begann sie, in die Schränke zu spähen. Sollten die Wollmäuse nur herauskommen und sich ihrem Zorn stellen! Bei diesem Gedanken musste sie grinsen. Sie wirbelte durch die Küche und schwang den Staubwedel wie ein Lichtschwert. *Wusch-Wusch.* Als sie merkte, dass sie damit nur neuen Staub verteilte, hörte sie auf, aber wenigstens hatte es sie ein bisschen aufgeheitert. Heute würde sie zeitig Abendessen kochen und sich danach einen Wohlfühlfilm ansehen, einen, in dem die Bösen bekamen, was sie verdienten, und die Guten siegten. Vorzugsweise mit Bruce Willis.

Beim Blick in die Speisekammer stellte sie fest, dass ihr Plan einen Haken hatte: Zum Kochen brauchte es Zutaten. Doch sie konnte neben uralten Tomatendosensuppen lediglich mit einer Flasche Satay-Sauce und drei angebrochenen Nudelpaketen aufwarten. Sie sah zu Jamies Zimmer. Wollte sie sich jetzt im Supermarkt sehen lassen, wo alle über sie redeten?

Ach, zum Teufel damit! Sie konnte sich auf Dauer ohnehin nicht verkriechen. Am besten brachte sie es gleich hinter sich.

Jamie schlief auf dem Weg zum Laden in seinem Buggy ein. Im Supermarkt streifte Jackie zügig durch die Gänge. Ihre

Sorge war unberechtigt gewesen, denn außer ihr war niemand dort, und seltsamerweise war sie fast ein bisschen enttäuscht. Sie wollte verächtliche Blicke sehen, woraufhin sie die Leute anschreien und ein wenig von ihrem Dampf ablassen könnte. *Was glotzt ihr so?*

Als ihr klar wurde, dass es dazu nicht kommen würde, trottete Jackie zur Kasse, wo sie ihre Einkäufe auf das Band knallte. Becky saß da und starrte sie mit großen Augen an. Doch das frustrierte Jackie noch mehr; es wäre nicht die Bohne befriedigend, einen Teenager anzubrüllen, erst recht nicht einen, der immer so traurig aussah wie Becky.

»Hi, Jackie«, sagte das Mädchen.

»Hi, Becky.«

»Ist das ein Süßer«, sagte Becky und lächelte Jamie zu, als sie die Waren scannte.

»Ja.«

Becky beugte sich über den Tresen, um das schlafende Kind besser zu sehen. »Er hat deine Locken, aber die Nase ist vielleicht ein bisschen wie die von Dave...«

Jackies Hände legten sich fester um die Buggy-Griffe, und sie verpasste die nächsten paar Worte.

»... ich wollte es zuerst gar nicht glauben, als sie es gesagt hat, aber jetzt sehe ich es fast.«

Jackie stutzte. »Wie bitte?«

»Ich habe gesagt, dass ich ihr zuerst nicht geglaubt habe. Ich dachte echt, ich habe mich verhört.«

»Wem wolltest du nicht glauben?«

»Na, Stephanie Morgan, als sie bei uns war, um mit meinen Eltern zu reden. Ich meine, sie ist ja oft bei uns, wegen den Komitees und so, und letzte Woche hat sie ihnen erzählt, dass Dave... na ja, eben dass er Jamies Dad ist. Sie hat gesagt, wie schrecklich sie es findet, dass er euch nie unterstützt hat, dich und...«

Jackie lauschte ungläubig. Steph Morgan? Was wusste sie davon?

»Das stimmt nicht«, widersprach sie prompt. »Er ist ein anständiger Kerl. Ich wollte nicht, dass die Leute es wissen, und ich wollte kein Geld von irgendwem annehmen.«

Becky neigte ihren Kopf zur Seite. »Aha. Tja, dann ist es ja gut. Es ist schön, dass das nicht stimmt, denn Dave sagt den anderen Mädchen immer, sie sollen aufhören, mich zu ärgern, wenn er hier ist, um die Kühlschränke zu reparieren. Und …«, sie blickte sich um und senkte ihre Stimme, »ich mag Stephanie Morgan auch nicht.«

In diesem Moment fand Jackie das junge Mädchen sympathischer denn je. »Ach nein?«

»Nein, schon weil ich nicht wollte, dass irgendwer weiß, dass …«, hier wurde Becky puterrot, »dass ich jetzt die Pille nehme. Aber meine Mum hat sie gefunden und es Stephanie erzählt, als sie sich wegen der Veranstaltung getroffen haben. Und dann hat Stephanie ihr gesagt, sie soll sich über Dr. Bell beschweren.«

»Hat sie das?«

»Ja, ich meine … manchmal horche ich an der Tür, weil sie immer wissen, was in der Stadt los ist. Das tut man nicht, ich weiß, aber … Also heute Morgen, bevor ich zur Arbeit bin, war Steph wieder da. Das mit Mark ist so traurig, nicht?«

Jackie sah hinaus zur Straße, während sich ihre Gedanken überschlugen. Sie hatte keine Ahnung, wie Stephanie hinter ihr Geheimnis gekommen war. Steph war schon nach Townsville gezogen, als Jackie aus Brisbane zurückgekehrt war. Da war der B&S-Ball, aber weder Dave noch sie hatten dort etwas gesagt. Sie wandte sich wieder zu Becky. »Was ist mit Mark?«

»Weißt du das noch nicht? Er hat die Stadt verlassen.«

»Wie bitte?«

»Ja, das dachte ich auch, als sie es heute Morgen erzählt hat, und einer von den Arbeitern war ungefähr vor einer Stunde hier. Er hat erzählt, dass Dave für Mark einspringt, weil der nach Isa ist und da arbeitet. Er war wohl richtig fertig wegen irgendwas und ist erstmal weg.«

»Ach du Schande!«, sagte Jackie laut.

Benommen ging sie nach Hause. Sie hatte Steph Morgan nie gemocht, allerdings bisher auch nicht allzu viele Gedanken an sie verschwendet. Jetzt jedoch erkannte sie ein Muster. Das Hereinplatzen bei der Dinnerparty, das Aufhetzen von Beckys Mutter ... beides zielte gegen Daniella. Daniella, die Neue, die nicht tat, was man ihr sagte. Daniella, die mit Mark zusammen war. Jackie entsann sich auch, dass Stephanie am letzten Samstagabend – bevor alle angefangen hatten, über ihr Geheimnis zu tuscheln – Fragen über Daniella gestellt hatte: Wie lange war sie schon wieder in der Stadt? Ging sie zurück nach Isa? Und auch wenn ihre Erinnerungen an den B&S-Ball nur verschwommen waren, war ihr doch trübe im Gedächtnis geblieben, dass Steph dort auch nach Daniella gefragt hatte. Es war durchaus denkbar, dass Steph gegen Jackie intrigierte, weil sie sich mit Daniella angefreundet hatte. Im Geiste ließ Jackie die Jahre Revue passieren, die sie Steph kannte. In der Schule war Steph ein Klatschmaul und gelegentlich sogar boshaft gewesen; in den letzten Jahren hatte Jackie ihre Organisationskomitees gemieden, und nie und nimmer würde sie Steph irgendetwas über sich anvertrauen. Und Dave hatte Stephanie noch nie leiden können. Vielleicht war der Mann doch nicht ganz blöd. Jackie wollte sich gar nicht vorstellen, wie es Daniella jetzt ging, die dachte, dass Jackie sie hasste, und nun auch noch Mark verloren hatte. Jackie fühlte sich furchtbar.

Um halb vier war sie wieder zu Hause und griff als Erstes zum Telefon. Dann fiel ihr ein, dass Daniella sicher zu beschäftigt war, um zu reden. Nein, das würde warten müssen.

Sie hielt das Telefon in der Hand und strich gedankenverloren mit dem Daumen über die Tasten. Und dann, zum ersten Mal seit drei Jahren, rief sie Dave an.

Daniella hatte es irgendwie durch den Tag geschafft. Sie hatte versucht, Mark anzurufen, jedoch nur seine Mailbox erreicht. Keine Neuigkeiten, und der Empfang auf der Station war sowieso schlecht.

Sie fand die Nachricht, als sie nach Hause kam. Sie war in dem Briefkasten, in den Daniella so gut wie nie hineinsah, weil sie hier keine Post bekam; daher hatte sie keine Ahnung, wie lange die Nachricht schon darin gelegen hatte. Das Einzige, was sie jetzt mit Sicherheit wusste, war, dass er fort war.

Seine Worte waren ohne jede Verbitterung, ohne Bedauern. Er erklärte ihr schlicht, dass er sie liebte, dass es ihm leidtat, sie offenbar überrannt zu haben, nicht aber, was er für sie empfand. Er wolle ihr nicht im Weg stehen oder ihr das Leben in der Stadt unnötig schwer machen. Deshalb würde er verschwinden. Ihr stehe es frei, aus Ryders wegzugehen, zu tun oder zu lassen, was immer sie wolle.

Und nun hockte sie hier auf der Bank oberhalb der Hauptstraße und blickte hinaus zur Ryders Station, als könnte er noch dort sein.

Ihr Handy klingelte, und sie erkannte Jackies Nummer auf dem Display. Daniella stellte das Telefon aus. Im Moment konnte sie keinen weiteren Mist ertragen.

Umso geschockter war sie, als sie im Dunkeln nach Hause stapfte, verheult und schniefend, und Jackie auf ihren Eingangsstufen vorfand.

Misstrauisch schritt sie auf Jackie zu. »Hi.«

Jackie sprang auf. »Es tut mir so leid!«, sagte sie und umarmte Daniella. »Ich weiß, dass du es nicht warst.«

Daniella taumelte unter Jackies schwungvollem Überfall zurück. »Ich war es wirklich nicht, Ehrenwort.«

»Nein, es war Stephanie Morgan!«

Dann erzählte sie – ein wenig durcheinander – die ganze Geschichte, angefangen mit dem, was Becky im Supermarkt gesagt hatte, über einige Bruchstücke aus der Zeit in Brisbane, vom B&S-Ball und einer Menge Zeitsprünge zwischendurch. Daniella hörte zu, während sie die Tür aufschloss und ihnen beiden Tee machte. Schließlich kam Jackie wieder auf Becky und den Supermarkt zurück.

»Fazit ist also, dass Steph ein schwarzer Lord ist!«, verkündete Jackie.

Daniella musste grinsen. »Und Becky denkt ernsthaft, dass Steph die Beschwerde gegen mich angeleiert hat?«

»Ja, anscheinend horcht Becky oft an Türen.«

»Das ist so grotesk.« Daniella lehnte sich auf ihrem Stuhl zurück. »Wie hat Steph das mit dir und Dave überhaupt rausbekommen? Kann sie zufällig irgendwas mitgehört oder erraten haben? Hast du auf dem Ball etwas zu ihm gesagt?«

Jackie schüttelte den Kopf. »Nein, das kann nicht sein. Ich habe nie etwas gesagt, nicht mal auf dem Ball. Ja, ich war betrunken, aber selbst dann würde ich damit nicht einfach rausplatzen, und ich bin ziemlich sicher, dass sie an dem Abend über dich geredet hat. Dave und ich waren hier nie zusammen, und keiner wusste, dass wir es in Brisbane waren. Was ich zu dir gesagt habe, Daniella, tut mir so unendlich leid. Ich war so geschockt, weil auf einmal alle sich das Maul über mich zerrissen haben. Vielleicht hätte ich nie so ein Geheimnis darum machen dürfen. Noch ein großer Fehler von mir.«

Daniella beugte sich vor. »Jackie, falls irgendetwas von alldem ein Fehler war, dann haben Dave und du ihn beide zusammen gemacht. Und letztlich hat sich dieser Fehler doch als Glück herausgestellt, nicht wahr? Es ist nicht zu übersehen, wie sehr du Jamie liebst.«

»Ja.« Jackie putzte sich die Nase.

»Also, was willst du jetzt machen? Immer noch nach Brisbane gehen?«

Jackie nickte entschlossen. »Sowie ich genug Geld zusammenhabe.«

»Was ist mit Dave?«

Jackie holte zittrig Luft. »Weiß ich nicht. Nach dem, was in den letzten Jahren war, könnte es zu spät sein. Aber ich habe mit ihm gesprochen.«

»Hast du?«

»Ja, als mir klar wurde, wie bescheuert es ist, immer noch wütend wegen damals zu sein. Leute wie Steph sind das wahre Problem.«

»Dann wollt ihr es nochmal versuchen?«

»Weiß ich nicht genau. Ich will nichts überstürzen. Wenn wir beide versprechen, uns nicht gegenseitig umzubringen, könnten wir uns vielleicht mal treffen, an einem ungestörten Ort. Und ich sage Jamie vorerst nicht, dass Dave sein Dad ist. Darüber kann ich noch nachdenken, wenn ich sehe, wie es läuft.«

Daniella nickte. »Es ist sicher eine gute Idee, die Sache langsam anzugehen.« Bei dem Gedanken fiel ihr Mark wieder ein, und ihr kamen erneut die Tränen. »Tut mir leid«, schniefte sie. »Ich hab's versaut. Deshalb ist er weg.«

Sie zeigte Jackie die Nachricht. Jackie las sie mehrmals, während Daniella sich wieder fing.

»Gott, das ist verblüffend«, sagte Jackie schließlich und legte den Brief auf den Tisch. »Da steckt kein Funken Wut oder Verachtung drin. Er liebt dich genug, um sich zurückzuziehen und dir Freiraum zu geben, damit du entscheiden kannst, was du willst. Und was hast du jetzt vor?«

»Nichts. Er hat recht. Ich liebe meine Arbeit, und ich werde ihr weiter nachgehen.« Obwohl Daniella sich mit dieser Entscheidung innerlich leer fühlte. Doch das würde vorbeigehen … hoffentlich.

Jackie schürzte die Lippen. »Hör mal, Daniella, ich bin garantiert die Letzte, die irgendwem Beziehungstipps geben sollte, aber als jemand, der vor lauter Stolz seine Chance auf die Liebe vertan hat, sage ich dir: Mach das nicht! Ihr beide habt keine Geheimnisse, die zwischen euch stehen, also lass dich darauf ein.«

Daniella wandte den Blick ab. Sie sagte Jackie, dass sie es sich überlegen würde, auch wenn etwas ganz anderes ihre Gedanken beherrschte. Sie hatte ein Geheimnis, und das wusste Mark. Daniella würde es weiter fest in sich verschlossen halten, deshalb brauchte sie die Kontrolle.

Gegen neun ging Jackie. An der Tür sagte Daniella: »Übrigens, soll ich dir einen guten Platz für ein ungestörtes Treffen verraten? Für Dave und dich, meine ich?«

»Ja?«

»Der Stausee!«

Jackie winkte ab. »Da sind massenhaft Leute. Das hast du doch gesehen!«

Auch wenn die Erinnerung schmerzlich war, erklärte Daniella ihr den Weg zu dem verborgenen Strand, an dem Mark und sie ihren ersten gemeinsamen Abend verbracht hatten. Jackie wurde nachdenklich. »Danke für den Tipp.«

Daniella schloss die Tür hinter ihr. Nun konnte sie nur noch an den Stausee und folglich an Mark denken. Die Erinnerungen drohten, sie abermals zu überwältigen, und sie wanderte auf der Suche nach Ablenkung durchs Haus. Im Fernsehen lief *Offspring*, aber nach einer romantischen Schnulze stand Daniella wahrlich nicht der Sinn. Stattdessen ging sie ins Schlafzimmer, wo ihr winziger Schreibtisch stand. Ja, eine kräftige Dosis *Gray's Anatomy* war, was sie brauchte – die Originalausgabe. Sie schleppte den Wälzer zum Schreibtisch und setzte sich auf den unbequemen Stuhl. Dann blätterte sie in dem Buch, bis sie ein Bild von der Innenansicht einer Leber fand, wo alle Vertiefungen und Erhebungen in Latein beschriftet waren. Daniella hasste die Innenansicht der Leber, weil es ihr schwerfiel, sich die Namen zu merken. Außerdem erinnerte es sie an Chirurgie, womit sie wieder bei ihrem Vater war. Dennoch wollte sie ihm in die Augen sehen können, sich keine Blöße vor ihm geben, und das bedeutete unter anderem, dass sie die anatomisch korrekten Bezeichnungen von Organen parat haben musste.

Sie büffelte, bis der Text vor ihren Augen verschwamm. Dann knallte sie das Buch zu. Vom Luftzug wirbelten ihre Notizzettel auf.

Stöhnend bückte sie sich und langte nach einem der Blätter, das unters Bett gerutscht war. Statt des Zettels bekam sie die Einkaufstasche zu fassen, die sie aus Mount Isa mitgebracht hatte. Sie war aus dem Elektronikgeschäft, in dessen Schaufenster sie geschaut hatte, als sie mit Will und Mark durch die Stadt geschlendert war. Vor ihrer Rückkehr nach Ryders war sie noch einmal hingegangen. Sie nahm den schmalen Karton heraus und drehte ihn gedankenverloren in den Händen hin und her. Als sie das Ding gekauft hatte, war sie voller Enthusiasmus gewesen. Später dann waren ihr Zweifel gekommen, ob es eine gute Idee gewesen war, und sie hatte die Tüte mitsamt ihres Inhaltes unter ihrem Bett verstaut und sich gesagt, dass sie das Ding Aiden zu Weihnachten schenken würde. Doch in dem Vakuum nach Marks Verschwinden beschloss sie, zu ihrem ursprünglichen Plan zurückzukehren: Das hier war für Valerie.

Frischen Mutes öffnete sie den Karton und machte sich an die Arbeit. Sie kämpfte mit dem Apparat, bis sie fast umfiel vor Müdigkeit. Doch als sie ins Bett ging, war sie sogar ein bisschen zufrieden mit sich. Es war noch besser, als sie gedacht hätte. Nun blieb ihr nur zweierlei zu hoffen: Erstens, dass Valerie es annahm, und zweitens, dass sie nicht von Mark träumen würde.

Am nächsten Nachmittag ging Daniella bei Valerie Turner vorbei, ohne vorher anzurufen. Sie war sich nicht sicher, welcher Empfang ihr blühte, doch nachdem sie geklopft hatte und ins Haus getreten war, sagte Valerie bloß: »Ah, Sie sind's.«

»Hallo, Mrs. Turner. Entschuldigen Sie, dass ich mich nicht angemeldet habe.«

»Sie haben gedacht, dass ich nicht mehr mit Ihnen rede, was? Wo Sie mich so schnöde im Stich gelassen haben.«

Daniella atmete tief durch und setzte sich auf die Couch. Ihr fiel auf, dass der Verband an Valeries Bein dünner war, und ihr Gesicht wirkte leicht gebräunt, als wäre sie häufiger draußen gewesen. »Ich musste für eine Woche nach Mount Isa«, sagte sie.

»Weiß ich. Diese Schwester hat's mir gesagt, die letzte Woche mit Dr. Harris hier war.«

»Jackie?«

»Ja, die. Über die habe ich auch was Interessantes gehört. Die Putzfrau hat gar nicht mehr aufgehört, über sie zu schnattern. Stimmt das mit David Cooper?«

»Scheint so«, antwortete Daniella vorsichtig.

»Verfluchte Klatschbasen«, sagte Valerie und verlagerte ihre Sitzposition. »Die sollen sich um ihre eigenen Sachen kümmern. Ich kann mir vorstellen, dass Jackie begeistert ist, dass alle Bescheid wissen, was?«

»Nein, ist sie nicht.«

»Und wer war es, der das herausposaunt hat?«

Daniella stockte. »Ich denke nicht, dass ich darüber reden sollte, Mrs. Turner.«

»Valerie«, erwiderte die alte Dame. »Ich nehme mal an, dass Sie es nicht waren … oder die Krankenschwester selber. Und David schon gar nicht.«

»Nein.«

»Also hat jemand anderes nachgeforscht«, überlegte Valerie

laut. »Ich frage mich, warum.« Daniella sah ihr an, wie es in ihrem Kopf arbeitete, aber sie wollte sich auf keinen Fall in ein Gespräch über Stephanie Morgan verwickeln lassen, deshalb schwieg sie eisern.

»Hmm«, machte Valerie nach einigen Minuten. »Und was haben Sie da?«

Froh über den Themenwechsel holte Daniella den Karton aus der Tüte, öffnete ihn und reichte Valerie den glänzenden Monitor. Sie hoffte, die alte Frau würde ihn nicht gleich gegen die Wand schleudern.

»Was ist das?«, fragte Valerie misstrauisch.

»Das ist ein iPad. Damit Sie jederzeit Briefe schreiben können«, erklärte Daniella. Bevor Valerie widersprechen konnte, fing Daniella an, ihr zu zeigen, wie sie den Computer einschaltete und das Gerät dazu brachte, ihr den Text auf dem Bildschirm vorzulesen. Sie wünschte sich sehr, dass Valerie diese Chance annahm, wieder in Kontakt mit der Außenwelt zu treten. Daniella hatte die Zeichengröße bereits auf Maximum gestellt, und Valerie gestand nach mehreren Minuten stummen Starrens, dass sie die Buchstaben erkennen konnte. Dann holte Daniella die Kopfhörer aus dem Karton und demonstrierte Valerie, wie sie dem Apparat Texte diktieren konnte.

»Wenn Sie wollen, helfe ich Ihnen, das Gerät mit dem Internet zu verbinden, dann können Sie Bruce Ihre Briefe als E-Mails schicken. Und wenn er Ihnen antwortet, lassen Sie sich seine vom iPad vorlesen. Oder, falls Sie richtig mutig sind, können Sie auch Skype benutzen, dann sehen Sie Bruce, während Sie mit ihm telefonieren.«

Eine ganze Weile sagte Valerie nichts, tippte sich durch die Icons und Menüs und ließ sich vom iPad erklären, was genau was war. »Das Ding sieht teuer aus«, sagte sie dann. »Wie viel?«

Daniella wich aus. »Betrachten Sie es einfach als Dauerleihgabe. Ich möchte sehen, ob Sie damit zurechtkommen.«

»Heißt das, Sie kommen jetzt nicht mehr?«, fragte Valerie mürrisch.

Daniella lächelte. »Nein, das heißt es nicht. Sie sollen nur nicht auf mich warten müssen, wenn Sie einen Brief schreiben wollen.«

Valerie sah wieder zu dem iPad. »Danke«, sagte sie schließlich.

Daniella nickte und versuchte, sich nicht anmerken zu lassen, wie sehr sie Valeries Reaktion freute. »Tja, probieren Sie es aus.«

»Wie geht es Ihrem Freund?«, fragte Valerie unvermittelt.

Sofort tat sich eine klaffende Leere in Daniellas Brust auf und sog ihr die Kraft aus den Armen. Sie ließ die Tüte fallen, die sie gerade zusammenlegte.

»Aha«, sagte Valerie. »Ist er jetzt ein Schwein?«

Daniella hielt mit Müh und Not die Tränen zurück. »Nein, so ist es nicht. Wir haben uns gestritten, und jetzt hat er die Stadt verlassen.«

»Die Stadt verlassen?«

»Er ist nach Isa gegangen.«

Zum ersten Mal wirkte Valerie ehrlich entsetzt. »Wir reden doch über Mark Walker oder nicht?«

Eilig stand Daniella auf. Valeries Mitgefühl konnte sie jetzt nicht ertragen. »Entschuldigen Sie, Valerie, aber ich muss los.«

»Der kommt wieder«, rief Valerie ihr nach. »Diese Walkers kommen immer zurück!«

Daniella war sich da jedoch nicht so sicher.

21

Mark stempelte seine Karte nach einer weiteren Zwölf-Stunden-Schicht ab und passierte fünf Minuten später das Minen-Tor. Er fuhr zu Wills Wohnung in der Stadt, wo er derzeit campierte.

Es gab einiges, was ihm an Isa gefiel. Die Stadt war größer als Ryders Ridge, und nur sehr wenige Leute hier kannten ihn, was bedeutete, dass ihn niemand darauf ansprach, wie es ihm ging oder wie es auf der Station lief. Außerdem verdiente er gutes Geld, was auf jeden Fall nicht schlecht war.

Andererseits boten sich hier nur wenige Möglichkeiten, seiner Verzweiflung Luft zu machen.

Er war nie ein Trinker gewesen; auf der Station begann die Arbeit sehr früh, und Mark hasste es, verkatert zu sein. Umso besorgniserregender war, wie schnell er dem Reiz der Pubs und Kneipen hier erlegen war. Es geschah innerhalb von Tagen, und um dem entgegenzuwirken, hatte Mark angefangen, Sport zu treiben. Auf der Station hatte er sich darüber nie Gedanken gemacht, und auch die Arbeit in der Mine war körperlich fordernd, jedoch nicht annähernd so wie die zu Hause. Nun lief er jeden Abend mindestens eine Stunde lang in der Hoffnung, dass er danach schlafen konnte.

Das Problem war, dass es nicht funktionierte. Fast drei Wochen waren inzwischen vergangen, und er fühlte sich nicht besser. Vielmehr sehnte er sich jeden Tag mehr nach Daniella. Er hatte sogar ihre Nummer von seinem Handy gelöscht, damit er sie nicht in einem schwachen Moment anrief.

Nun war Freitagabend, und ihm stand ein freies Wochenende bevor, auf das er gerne verzichtet hätte. In der Mine wurde rund um die Uhr gearbeitet, doch wegen der Sicherheitsvorschriften durfte er nicht mehr Schichten arbeiten, als er es diese Woche schon getan hatte. Noch dazu musste er sich der Tatsache stellen, dass die Arbeit in einer Woche ganz vorbei war. Was er dann machen sollte, hatte er sich bisher nicht überlegt.

»Mark? Bist du zu Hause?«

Er hörte die Wohnungstür aufgehen, gefolgt von Wills schweren Schritten auf den Dielenfliesen.

»Hier drinnen!«, rief Mark.

»Kommst du heute Abend mit in die Stadt?«

»Nein …«

»Moment, ich formuliere es anders. Du kommst heute Abend mit«, sagte Will. »Du bist ein beschissenes Wrack, und du musst langsam darüber hinwegkommen.«

In den letzten drei Wochen hatte Will mehrmals versucht herauszubekommen, was passiert war, aber Mark hatte konsequent geschwiegen. Darüber zu reden machte es bloß schlimmer – zumindest fühlte es sich so an. Schließlich hatte Will aufgegeben und gesagt, Mark sei unmöglich. Das würde allerdings nicht lange vorhalten. Die Anrufe von seinem Vater hatte er ebenfalls ignoriert. Aber bald würde Catrina über die Septemberferien nach Hause kommen, und wenn sie sah, dass Mark nicht auf Ryders war, würde sie keine Ruhe geben, ehe sie nicht die Wahrheit erfahren hatte.

Genervt schaltete Mark den großen Flachbildfernseher ein und zappte sich durch Wills Kabelsender. Golf. Eine Reality-Show um Frauen mit schrecklichen toupierten Haaren. Eine romantische Komödie, mehrere schwachsinnige Sitcoms. Wenn er hierblieb, würde er durchdrehen.

»Wo willst du hin?«, fragte er Will.

»Komm einfach mit. Wohin ist egal.«

»Also willst du ins *Rish*.«

»Jetzt komm schon.«

Zu seiner Verwunderung fühlte Mark sich tatsächlich etwas besser, nachdem er den Minendreck heruntergeduscht und sich eine Jeans und ein weißes Hemd angezogen hatte. Als sie beim irischen Club ankamen und die Treppe hinunterstiegen, war er sogar fast guter Stimmung. Sie setzten sich an die Bar, und Will redete, während Mark das Etikett von seiner Bierflasche zupfte und als Nächstes den durchnässten Untersetzer zerpflückte. Das Mädchen hinter der Theke machte ein strenges Gesicht, während sie den Tresen wieder sauberwischte.

Sie bestellten noch eine Runde. Mark hörte seinem Bruder kaum zu und blickte sich in dem Club um. Viele der Gäste waren aus der Mine, einige aber auch aus anderen Betrieben in der Stadt oder nur auf der Durchreise. Hin und wieder drangen Fetzen von einem Jimmy-Barnes-Song zu ihnen hinüber, der im Karaoke-Stil verhunzt wurde.

»... kommst du mit?«, fragte Will.

Mark hatte eine Gruppe von Typen in Arbeiterhosen beobachtet, die zwei Frauen ansprachen. Die Frauen saßen vor Cola-Gläsern an einem Tisch weit hinten im Raum. Sie waren halb hinter einer Säule versteckt, so dass Mark nicht genau erkennen konnte, was dort vor sich ging. Er bemerkte, dass Will verstummt war, und sah ihn fragend an.

»Äh, entschuldige, was hast du gesagt?«

Will verdrehte die Augen. »Ich habe gefragt, ob du mit zum Schießen kommst. Harry macht eine Tour, wenn das hier vorbei ist, und er hat noch einen Platz frei.«

»Weiß ich noch nicht«, sagte Mark, der immer noch den Tisch beobachtete. Er glaubte, einen der Kerle wiederzuerkennen, konnte aber nur sein Profil sehen. Die anderen gingen weg, aber Mark behielt die Szene weiter im Auge, denn ihm gefiel nicht, wie die Frauen mit ihren Strohhalmen spielten, die Schultern vorbeugten und insgesamt aussahen, als sei ihnen nicht wohl in ihrer Haut. Anscheinend kapierte der Kerl nicht, dass sie in Ruhe gelassen werden wollten. Mark drehte nachdenklich seine leere Flasche in der Hand.

»Ach, komm schon, das wird nett. Außerdem nimmt Harry seine Schwester mit.«

»Und warum sollte mich das interessieren?«, erwiderte Mark gereizt, ohne Will anzusehen.

»Weil sie klasse aussieht und dich garantiert mögen wird.«

Mark erstarrte. Ihm war, als hätte er eben einen Fausthieb in die Magengrube kassiert. Langsam stellte er die Flasche auf die Theke und legte die Hände zusammen. »Lass es gut sein, Will.«

Will zuckte mit den Schultern. »Versuchen kann man's ja mal.«

Die beiden Frauen hinten an dem Tisch wollten gehen, und der Typ stand immer noch da. Dann machte er einen Schritt zur Seite, so dass er ihnen den Weg versperrte.

Mark war aufgesprungen und quer durch den Raum gestürmt, noch ehe er einen klaren Gedanken hatte fassen können. Er legte dem Kerl eine Hand auf die Schulter. »Hey, Kumpel. Kann ich dir einen Drink spendieren?« Die Schulter des anderen war kantig und muskulös.

Der Typ schüttelte ihn ab und drehte sich um. »Verzieh dich«, knurrte er. »Ich unterhalte mich mit den Damen hier.«

Jetzt erkannte Mark, wo er den Mann schon einmal gesehen hatte. Das letzte Mal, als sie sich sahen, hatte Pete Stein vor der Praxis von Ryders Ridge Staub gefressen. Und seiner Miene nach zu urteilen erkannte er Mark ebenfalls wieder.

Die Frauen ahnten, dass es Ärger geben würde, und wichen zurück. Mark packte Pete vorn beim Hemd und lehnte sich vor. »Raus«, zischte er.

Dann zerrte er Pete durch den Club und die Treppe hinauf zum Ausgang. Es kam ihm wie ein seltsames Déjà-vu vor. Er empfand dieselbe Rage wie in der Ambulanz, als er diesen Mann dabei erwischt hatte, wie er Daniella bedrohte. Dem Kerl musste dringend eine Lektion erteilt werden. Schon wieder. Leute traten beiseite, um sie durchzulassen.

Bald waren sie draußen auf dem Parkplatz, unter einer gelb leuchtenden Laterne. Mark stieß Pete weg. »Du solltest mal ein paar Manieren lernen«, sagte er, während Pete versuchte, das Gleichgewicht wiederzufinden. Mark hob die Fäuste. »Los geht's.«

»Fick dich«, sagte Pete und zuckte mit den Schultern, als könnte er dort noch Marks Hände fühlen. »Keiner hat dich gebeten, dich einzumischen, Arsch. So läuft das hier nicht.«

Mark bemerkte zu spät, dass sie nicht allein waren. Jemand attackierte ihn von hinten und landete einen kräftigen Schlag unterhalb seines linken Ohrs. Mark drehte sich weg, wurde jedoch erneut getroffen und sein Kopf schwirrte. Beim Blick nach unten zählte er mehrere Stiefelpaare. Klar, dachte er, eine prima Idee, einen Typen herauszufordern, der mit seinen Freunden unterwegs ist. Er konnte Will nirgends entdecken, und für einen Moment machte er sich Sorgen um seinen Bruder.

Der große Kerl, der ihn von hinten angegriffen hatte, holte erneut aus. Mark duckte sich und rammte ihm mit Wucht die Rechte in den fetten Bierbauch – wie ärgerlich, ein Polster.

Er versuchte, mit dem Rücken zum Zaun zu kommen, doch sie schnitten ihm den Weg ab. Er wich einem weiteren Typen aus, der ihn zu Boden ringen wollte, und konnte einen Körpertreffer landen. Der Kerl sackte auf den Asphalt und bildete dort ein sperriges Hindernis für die anderen. So konnte Mark kurz Luft holen und sich überlegen, wie er hier raus…

Sein Kopf flog zur Seite, und er sackte in sich zusammen. Zuerst war kein Schmerz zu fühlen; er registrierte lediglich, dass er getroffen worden war, und zwar von etwas weit Härterem als einer Faust. Er streckte eine Hand nach vorn, um sich abzufangen, und stellte fest, dass er bereits auf den Knien war. Blut tropfte auf den Teer. Sein linkes Auge begann zu pochen, und ein stechender Schmerz im Takt seines Pulses setzte ein. Dann traf ihn ein krachender Hieb unterhalb der Rippen, so dass er auf den Rücken kippte.

Warmes Blut rann ihm über das Gesicht und ins Ohr. Vage nahm er wütende Stimmen wahr, dann hastige Schritte und eine Hand an seiner Schulter.

»Mein Gott, Mark!« Das war Will. Benommen versuchte Mark, sich aufzurichten. »Nein, bleib unten.«

Damenabsätze klackerten über den Asphalt. Dann wurde ihm etwas Weiches aufs Gesicht gedrückt.

»Hier, halt das fest«, sagte Will und führte Marks Hand zu dem Tuch.

»Au, Scheiße!«, fluchte Mark.

»Kann man wohl sagen. Das muss genäht werden«, sagte Will.

Hinterher konnte Mark sich kaum erinnern, wie sie ins Krankenhaus gekommen waren. Er war sicher, dass er nicht in einem Krankenwagen gelegen hatte, denn die blinkenden Lichter hätte er gewiss nicht vergessen. Vielleicht waren sie gegangen, oder Will hatte ihn in ein Taxi verfrachtet. Jedenfalls verbrachte er den Weg dorthin schwankend zwischen seiner Wut auf Pete und dessen Kumpels und der blödsinnigen Hoffnung, dass Daniella wie durch ein Wunder in der Klinik von Isa auftauchen würde.

Tat sie nicht. Natürlich nicht.

Will lehnte an den Schränken in dem kleinen OP und blätterte in einer uralten Ausgabe von *Who Weekly*, während einer der Ärzte Marks Gesicht nähte.

»Sie haben Glück gehabt«, sagte der Arzt. »Die Wunde ist direkt über der Braue, so dass die Narbe später kaum zu sehen sein wird. Sie ist allerdings ziemlich tief. Hat hübsch geblutet.«

Mark grummelte. Er hatte sich hingelegt, damit der Arzt ihn nähen konnte, und seine Rippen taten weh. Er wollte sich zusammenrollen, um den Druck zu lindern, konnte aber bestenfalls die Knie anziehen.

»Wirkt die Betäubung noch oder brauchen Sie Nachschub?«, fragte der Arzt und hielt eine Spritze in die Höhe.

»Nein, schon gut«, sagte Mark. Er wollte nicht reden. Obwohl er nur zwei Biere getrunken hatte – und das vor mittlerweile ein paar Stunden –, war ihm übel, und er fühlte sich leer. Und hier im Krankenhaus, wo alles sauber roch und ihn an Daniella erinnerte, wurde es noch schlimmer.

Der Arzt schien nichts zu merken, denn er redete weiter, während er arbeitete. »Das ist eine richtig heftige Platzwunde. Womit wurden Sie geschlagen?«

»Bierflasche«, antwortete Will, dessen Gesicht halb von den Kardashian-Schwestern verdeckt war. »Einer hat sie nach ihm geworfen.«

»Aha«, sagte der Arzt.

»Dachte ich mir«, sagte Mark und rang nach Luft. »Hat sich nicht wie eine Faust angefühlt.«

»Sie haben aber ein feinfühliges Gesicht, was?«, scherzte der Arzt. Dann wurde er wieder ernst. »Okay, soweit ich es auf dem Röntgenbild erkennen konnte, ist in Ihrem Gesicht nichts gebrochen. Aber Ihre Rippen könnten angeknackst sein. Zumindest haben Sie da üble Blutergüsse, und die Schmerzen werden sicherlich noch unangenehmer werden. Ich schreibe Sie krank. Sie brauchen ein paar Tage frei.«

Beinahe hätte Mark gelacht und wollte dem Arzt schon sagen, dass er sich das Attest sparen könne. Immerhin war er

Viehzüchter und hatte keinen Chef, dem er etwas vorlegen musste. Dann wurde ihm bewusst, dass er sehr wohl einen hatte.

Der Arzt entschuldigte sich, um nach anderen Patienten zu sehen, bat Mark aber, noch eine Weile liegen zu bleiben. Mark schloss die Augen. Mann, was für ein Chaos! Vor wenigen Wochen noch war alles perfekt gewesen.

Nun ja, vielleicht nicht perfekt, denn er hatte keine Ahnung gehabt, was sich unter der Oberfläche abspielte, aber es hatte sich fantastisch angefühlt. Daniella fehlte ihm. So sehr, dass ihm speiübel wurde.

Eine Bettpfanne erschien unter seinem Kinn. »Willst du kotzen?«, fragte Will. »Du siehst irgendwie so aus.«

»Nein«, ächzte Mark. Eventuell sollte er trotzdem. Dann hätte er wenigstens etwas zu tun.

Will warf die Zeitschrift auf den Stuhl hinter sich. »Okay, verrätst du mir, wieso du die Prügelei mit dem Typen angefangen hast?«

»Er hat die beiden Frauen belästigt«, murmelte Mark.

»Ach, hör auf! Du hast es auf eine Schlägerei angelegt. Glaub nicht, dass ich das nicht gemerkt habe.«

Mark schluckte und hielt die Stimme gesenkt, denn so taten seine Rippen weniger weh. »Er ist der Typ, den ich aus der Ambulanz in Ryders geschmissen habe, als er Drogen klauen wollte.«

»Und der Daniella bedroht hat, verstehe. Davon hattest du mir erzählt, weißt du noch?«

Mark schloss die Augen, als er ihren Namen hörte. »Ja.«

»Na gut, das leuchtet mir ein. Aber ich sag dir was, du bist eindeutig noch nicht über sie hinweg, Mark. Je eher dir das klar wird, umso besser für dich.«

Mark wollte sich aufsetzen, damit er Will nochmals sagen konnte, dass er nicht darüber reden wollte. Der Schmerz war mörderisch, und Will musste ihm helfen, indem er ihm Kissen in den Rücken stopfte, die ihn aufrecht hielten. Bis das erledigt war, war ein Großteil seiner Rage verpufft. »Es wird schon«, sagte er. »Ich brauche bloß mehr Zeit. Wenn sie weitergezogen ist, geht es mir wieder gut.«

»Hör dich doch an! Du hast keine Ahnung, oder? Es wird dich umbringen, wenn sie mit einem anderen zusammenkommt.«

»Ich meinte, wenn sie die Stadt verlässt. Sie geht sowieso weg, Will. Mir hatte sie gesagt, dass sie bleiben will, aber sie hatte nicht einmal ausgepackt. Früher oder später geht sie woandershin.«

»So wie ich?«, fragte Will leise.

Mark schwieg zunächst. »Das ist etwas anderes.«

Will setzte sich auf die Bettkante. »So anders ist es nicht. Ich weiß, wie viel die Station Dad und dir bedeutet, aber hätte ich mich gezwungen, dort zu bleiben, wäre ich unausstehlich gewesen. Manchmal kann man nicht bleiben, nur um bei den Menschen zu sein, die man liebt, weil es nicht reicht. Dad wird das irgendwann auch verstehen. Zumindest hoffe ich es. Es heißt nicht, dass ich die Station weniger mag, ich kann dort nur nicht bleiben. Und vielleicht geht es Daniella ähnlich.«

Mark blieb stur. »Sie kann machen, was sie will.«

»Mit wehenden Fahnen in den Untergang, was? Hör mal, Mark, sie hat dich voll erwischt, klar? Dich hier zu verstecken und zu hoffen, dass sie weg ist, bis du zurückmusst, wird dir nicht helfen.«

Mark wusste, dass Will recht hatte, aber das ärgerte ihn erst recht. »Was weißt du denn schon davon?«

Will biss nicht an. »So wie du über sie redest – genauso hat Dad von Mum gesprochen. Er hat sie aufrichtig geliebt, konnte aber nie verstehen, dass sie reisen musste, um sie selbst zu sein. Sie war Lehrerin, *und* sie hing an Ryders. Aber sie ging nicht in der Station auf. Sie brauchte die Welt draußen ebenso sehr wie ihn. Und sein Problem war, dass er nie kapiert hat, wie sie beides lieben und brauchen konnte. Ich habe immer gedacht, dass ich mal wie sie ende. Aber du, mein Bruder, bist wie Dad. Du verlangst, dass die Dinge einfach sind, weil du sie so willst.«

Mark dachte über Wills Worte nach, und seine Wut verflog. »Ich möchte nicht so sein«, flüsterte er.

Will zuckte mit den Schultern. »Ich will ja nicht den Psychoonkel mimen, aber du bist nicht ganz wie Dad. Du bist auch gereist und hast einiges von der Welt gesehen, nicht?«

Mark nickte. Das schien ihm ewig her zu sein. Es fühlte sich an, als hätte er in jenen Jahren an nichts als die Station gedacht und wie sie zu retten war.

»Gut«, fuhr Will fort. »Und du bist nach Ryders zurückgegangen, weil für dich auch nach dem, was du gesehen hast, klar war, dass du lieber zu Hause bist. Schön für dich. Dad hingegen hat sich nie weggerührt, weil er eifersüchtig auf das war, was Mum in der weiten Welt sah. Er wollte nichts davon wissen, wollte nicht mal versuchen, es zu verstehen. Deshalb haben die beiden sich so entsetzlich gestritten. Aber du bist kein solcher Sturkopf, also benimm dich auch nicht so.« Will machte eine Pause und legte Mark die Hand auf die Schulter. »Okay, Schluss mit der Predigt. Es ist spät, und ich habe keinen Schimmer, wie lange die dich hier behalten. Also hole ich erstmal Kaffee.«

»Will, warte.«

Sein Bruder blieb in der Tür stehen und sah ihn fragend an. Mark erinnerte sich, wie seine Mutter manchmal genauso dagestanden hatte, einfach gewartet und bereit, ihm zuzuhören, obwohl sie gerade woandershin wollte. Sie wartete immer, bis er gesagt hatte, was er sagen musste.

»Trink den Kaffee hier nicht. Der ist mies, sagt Daniella.«
»Richtig.«
Mark lehnte sich wieder in die Kissen. Er hatte noch sein weißes Hemd an, das vorne voller Blut war, und jemand hatte es aufgeknöpft, um seine Rippen zu begutachten.
Er schwang die Beine vom Bett und probierte aus, ob er aufrecht sitzen konnte. Er musste wissen, ob er fahren konnte.
Er musste nach Hause.

22

Am Samstagmorgen waren Daniella und Jackie während der ungewöhnlich ruhigen Sprechstunde mit dem Auffüllen von Materialbehältern und Aufräumen beschäftigt. Dr. Harris hatte einen Patienten, aber zwei andere waren nicht erschienen, also hatten sie sonst nichts zu tun.

»Wie geht es mit Dave?«, fragte Daniella, die eine Schachtel mit Spritzen aufriss und sie in einen Behälter an der Wand umfüllte. Sie wusste, dass Jackie ihn in den letzten drei Wochen einige Male gesehen hatte und ihn behutsam mit Jamie bekanntmachte.

Jackie hatte den Kopf gesenkt, weil sie den Impfmittel-Kühlschrank auffüllte, und antwortete nicht.

Daniella versuchte es noch einmal. »Jackie? Wie war es gestern Abend?«

»Oh, ähm … okay, schätze ich.«

»Nur okay?« Daniella unterbrach ihr Angeln nach Nadelspitzen, die versehentlich im Behälter für eine andere Größe gelandet waren.

»Ja.« Seufzend hockte Jackie sich auf die Fersen zurück, schloss den Kühlschrank und lehnte sich dagegen. »Es ist eben … komisch. Solange Jamie dabei ist, geht es noch, weil ich mich dann auf ihn konzentrieren und über das reden kann, was er macht. Aber Dave und ich … das ist schräg. Es gibt so viele Sachen, über die wir nicht sprechen, vor allem, dass ich weggehen will. Darüber können wir einfach nicht reden, und ich glaube auch nicht, dass es etwas bringen würde.«

»Das tut mir leid«, sagte Daniella. »Vielleicht braucht ihr bloß etwas mehr Zeit. Habt ihr mal über eine Paarberatung nachgedacht? Wenn ihr nicht allein über solche Dinge sprechen könnt, hilft es eventuell, eine neutrale dritte Person dabeizuhaben.«

Jackie verzog das Gesicht. »Ha, kannst du dir das vorstellen? Nein. Außerdem müssten wir bis Isa oder so fahren, um einen Paarpsychologen zu finden, und Dave hat gerade derart viel zu tun auf der Station, weil Mark weg… Oh, Mist, entschuldige!«

»Ist schon gut«, sagte Daniella leise.

»Jedenfalls habe ich Jamie noch nicht gesagt, dass Dave sein Vater ist, aber die beiden verstehen sich gut. Ich will ihm das nicht verderben. Und ich habe das Gefühl, wenn wir es mit Beratung versuchen und es nicht klappt, ist alles vorbei. Ich möchte, dass Jamie bei unserem Umzug weiß, dass er einen Dad hat, der ihn liebt und ihn vielleicht besuchen kommt.«

»Wie weit bist du mit der Planung?«, fragte Daniella und begann, den Schreibtisch aufzuräumen. Sie durfte das Gespräch mit Dr. Harris über ihre eigenen Pläne wirklich nicht länger aufschieben und musste allmählich anfangen, alles zu organisieren. Valerie – die aus dem iPad-Geschenk und Marks Fortgang scharfsinnig geschlossen hatte, dass *etwas* vorging – schickte ihr neuerdings E-Mails, in denen sie nach Einzelheiten fragte. Jackie lachte nur und meinte, Daniella habe ein Monster losgelassen.

»Ich habe immer noch nicht die Bewerbungsformulare ausgefüllt«, gestand Jackie reumütig. »Irgendwie fehlen mir dauernd die fünf Minuten, das endlich zu erledigen, und ich muss sie am Montag losschicken, wenn ich die Frist nicht verpassen will.«

»Kann ich dir helfen?«

»Ich weiß nicht. Das heißt, im Grunde …«

Daniella blickte von der zweiten Schublade auf, in der sie herumwühlte. »Ja?«

»Ich wollte die Formulare morgen ausfüllen, aber Dave möchte, dass ich mit Jamie raus zur Station komme. Sie fliegen raus, um die Zäune zu prüfen, und Jamie will den Hubschrauber sehen, wenn sie zurück sind. Noch habe ich Dave nicht zugesagt, allerdings fragt Jamie im Fünf-Minuten-Takt nach. Er hat sogar aufgehört, mit seinen Sauriern zu spielen. Würdest du mit uns fahren? Wenn du es übernimmst, mit Jamie den Hubschrauber anzugucken, könnte ich in der Zeit die Unterlagen ausfüllen.«

Daniella holte tief Luft. Das würde bedeuten, die Station wiederzusehen, was reichlich Erinnerungen an Mark wecken würde, und außerdem könnte William Walker dort sein. Sie zögerte.

Jackie entging ihre Zurückhaltung nicht. Sie kräuselte die Nase und fügte hinzu: »Ich mag den Helikopter sowieso nicht, und es wäre mir eine riesige Hilfe. Abends wäre ich sicher viel zu müde, um mich auf die Papiere zu konzentrieren.«

Daniella überlegte. Mark war weg, und Jackie war eine gute Freundin. Sie gab nach. »Okay, abgemacht.«

Daniella war am nächsten Morgen um neun bei Jackie, doch bis Jamie abfahrbereit war, waren sie bereits spät dran. Jackies Geländewagen rumpelte über die Kuhgitter, und mit jeder Minute, die verging, wurde Daniella mulmiger zumute.

Schließlich fuhren sie über die letzte Anhöhe, und vor ihnen lagen das große Haus aus honiggelbem Stein und die umlaufende Veranda in der Morgensonne. Daniella wurde von einer Vielzahl widersprüchlicher Gefühle überrollt: dem Frieden, den sie hier mit Mark an ihrer Seite empfunden hatte, und dem Schmerz darüber, dass diese Zeit vorbei war.

Jackie parkte neben dem ersten Schuppen, und Jamie purzelte hinten aus dem Wagen. »Der kleine Strolch ist mittlerweile richtig gut darin, sich selbst aus dem Kindersitz zu befreien«, zischte Jackie, bevor sie raussprang und hinter ihm herlief.

Daniella stieg aus und blickte sich nervös um. Alles wirkte verlassen. Dave war wohl noch mit dem Hubschrauber unterwegs, und die Pferche waren bis auf wenige Pferde leer. Eigentlich war es ganz ähnlich wie an dem Tag, als Mark sie zum ersten Mal hergebracht hatte.

Die Vordertür des Haupthauses ging auf, und Kath erschien, in eine riesige Schürze gehüllt. »Juhuu! Kommt rein!«, rief sie. Daniella hatte sie bisher nur einmal kurz gesehen und fragte sich, was sie über die Sache zwischen Mark und ihr wusste. Gab Kath ihr die Schuld an seinem Verschwinden?

Ihre Sorge war überflüssig. Kath begrüßte sie herzlich und scheuchte sie alle drei hinein in die große Küche, wo sie sich an den gigantischen Tisch setzen sollten, der mit Kartoffelsäcken, Zwiebelkisten und vakuumverpacktem Fleisch beladen war.

»So, damit ihr fürs Erste versorgt seid«, sagte sie und schenkte Jamie ein Glas Limonade ein. »Sie sind alle noch draußen, aber Dave hat mir gesagt, dass ihr kommt und ich euch ein bisschen Platz machen soll, Jackie. Daniella, meine Liebe, ich würde dir gerne ein bisschen Arbeit abtreten.« Sie nickte zum Tisch, dessen eines Ende zwar freigeräumt war, der sich ansonsten jedoch unter all den Vorräten bog.

»Das willst du doch nicht alles kochen, oder?«, fragte Jackie.

»Nicht alles. Einiges wandert in die Speisekammer. Aber wir haben heute Abend ein volles Haus, deshalb wollte ich früh anfangen. Die Morgans kommen später aus der Stadt her. Die Männer sind heute alle auf langen Touren unterwegs, und es ist heiß und staubig, also werden sie völlig ausgehungert zurückkommen.« Sie hievte einen Sack Kartoffeln ins Spülbecken und schüttete die anderen in eine große Tonne in der Speisekammer.

Bald fand Daniella sich mit einem Sparschäler in der Hand am Spülbecken wieder. »Was passiert denn heute Besonderes?«, fragte sie.

Kath trug weiter Vorräte hin und her. »Na ja, heute Morgen fliegen sie die Zäune ab, und anschließend bringen sie das Vieh zur hinteren Koppel. Nachmittags müssen die Bestellungen rausgesucht werden, und dann fangen sie mit dem Schuppenausbau an.«

Daniella hörte nur halb zu, als sie zu schälen begann. Hier in diesem Haus zu sein, vor allem in der Küche, wo Mark und sie sich Sandwiches gemacht hatten, wo er sie geküsst hatte … die Erinnerungen waren noch stärker und schmerzlicher als draußen. Um sich abzulenken, fragte sie: »Was passiert hinten auf den abgelegenen Weiden?«

»Na, da bessern sie Gatter aus und sehen nach einer Probebohrung für einen Brunnen.« Kath lächelte, als sie sah, wie Jamie die hintersten Winkel der Speisekammer erforschte. »Nein, du machst weiter«, sagte sie zu Jackie, die von ihren Formularen aufblickte und nachsehen wollte, was ihr Sohn ausheckte. »Mit ihm ist alles in Ordnung.«

Kath wandte sich wieder Daniella zu, und ihr Lächeln wurde noch breiter. »Du freust dich sicher, sie zu sehen.«

Daniella blickte sie verwirrt an. »Ähm, wieso sollte ich?«

»Na, weil Mark doch so viele Wochen in Mount Isa war.«

Daniellas Herzschlag setzte kurzfristig aus, bevor er so laut wieder einsetzte, dass sie ihren Puls rauschen hörte. »Wie bitte? Ist Mark etwa zurück?«

»Aber ja, meine Liebe! Wusstest du das nicht? Er ist gestern wiedergekommen. Und ganz schön mitgenommen, muss ich sagen.«

Oh Gott! Daniella wurde schlecht. »Nein, das wusste ich nicht«, flüsterte sie.

»Ach, na dann ist es ja eine schöne Überraschung.« Kath trat ans Fenster und sah hinunter zu den Koppeln.

Daniella nickte matt. Jackie sah sie an und zog eine Braue hoch. Dann drehte Kath sich wieder zu ihnen und blickte auf ihre Uhr. »Diese Jungs! Sie müssen irgendwo aufgehalten worden sein – sie haben gesagt, dass sie zeitig zurück sein wollen.«

Daniella nahm die nächste Kartoffel auf, ließ sie aber gleich wieder fallen. »Entschuldigt mich kurz.«

Sie ging hinaus auf die Veranda, weg von der Küche, weil sie frische Luft brauchte. Dann holte sie ihr Handy hervor und sah nach, wie der Empfang war. Zwei Balken, was für hier draußen nicht schlecht war. Nach der Art, wie sie sich getrennt hatten, kam sie sich hier wie ein Eindringling vor. Sie musste mit ihm reden, bevor er zurückkam und sie hier unvorbereitet antraf.

Ihre Hand zitterte, als sie wählte. Für einen Moment herrschte Stille, dann kam die elektronische Stimme: *Der Teilnehmer, den Sie anrufen, ist derzeit nicht erreichbar …*

Hilflos legte sie wieder auf. Als sie zur Küche zurückkam, stand Kath in der offenen Terrassentür und spähte hinaus, wobei sie die Augen mit der Hand gegen die Sonne abschirmte.

»Sie sollten wirklich schon wieder zurück sein«, sagte sie stirnrunzelnd.

»Was haben sie denn gesagt, wann sie wieder hier sein wollten?«, fragte Daniella.

Kath sah wieder auf ihre Uhr. »Vor zwanzig Minuten.«

Jackie, die Jamie auf ihrer Hüfte balancierte, kam zu ihnen. Irgendwie war es dem Kleinen gelungen, sich Schokolade über die eine Wange zu schmieren. »Wonach guckt ihr?«, fragte Jackie.

»Wir sehen nach dem Hubschrauber«, antwortete Kath.

Bei der Erwähnung des Hubschraubers wurde Jamie sofort zappelig und wollte vom Arm. Er presste sich an die Verandabrüstung und starrte zum Horizont.

»Kath sagte, dass sie verspätet sind«, erklärte Daniella.

»Sicher ist es nichts«, sagte Kath sofort. »Sie legen oft zusätzliche Stopps ein. Aber zum Mittagessen sind sie immer alle wieder hier. Sogar Mark.«

Daniellas Puls wummerte in ihrem Hals. »Mark? Ist er mit Dave geflogen?«

Kath nickte. »Sie haben die anderen raus zur Herde geschickt und selbst den Helikopter genommen, um nach den Zäunen zu sehen.«

Plötzlich nahm Daniella eine Bewegung im Augenwinkel wahr. Jamie reckte seinen Arm und fuchtelte mit den Fingern, als wollte er fliegen. Aber nur mit einem Arm. Er schien zu merken, dass sie ihn ansah, denn nun strahlte er sie an. »Guck mal!«, sagte er aufgeregt.

Daniella blinzelte. Tatsächlich war am Horizont ein kleiner Pilz roten Staubs zu sehen.

Kath holte ein Fernglas von drinnen, doch selbst damit konnte sie nur rasch verfliegenden Staub erkennen. »Das könnte die Herde sein«, sagte sie und reichte Daniella das Fernglas. »Nur dass wir gar keine Herde in dem Tal haben.«

Kaths Lippen waren verkniffen; offenbar glaubte sie selbst nicht, dass das Rinder sein könnten. Und nach wie vor war der Hubschrauber nirgends zu sehen. Kath ging nach drinnen und versuchte, die Männer über Funk zu erreichen, doch sie antworteten nicht. Sie kam wieder auf die Veranda und sah Daniella an. Die beiden Frauen verstanden sich ohne Worte.

»Jackie, wir müssen uns deinen Wagen leihen«, sagte Kath. »Bleib du mit Jamie hier und ruf alle anderen zur Station zurück. Kanal sechzig, okay? Sie sind wahrscheinlich alle mindestens eine halbe Stunde Weg entfernt, wenn nicht mehr. Und funk weiter den Helikopter an. Gib uns Bescheid, sowie du etwas hörst.« Kath drückte Daniella ein mobiles Funkgerät in die Hand, das sich bleischwer anfühlte.

»Was machen wir jetzt?«, fragte Daniella.

»Wir fahren rüber zum Tal und sehen nach, was dort los ist.«

Minuten später verließen sie bereits die planierte Straße und folgten dem Verlauf der ersten Weide. Kath fuhr vollkommen anders als Mark, als er Daniella mit hinunter ins Tal genommen hatte; sie setzte den Wagen mehrmals auf und raste so schnell am Zaun entlang, dass hinter ihnen eine riesige Wolke Staub aufstob. In jeder Biegung fühlte Daniella, wie die Hinterräder schlitterten. Sie dachte ununterbrochen an Mark und Dave, die irgendwo da draußen am endlosen Himmel waren, und hoffte, der Hubschrauber käme ihnen gleich entgegen und die rote Sandwolke würde sich als eine verirrte Rindergruppe entpuppen – ihretwegen auch gerne als von Arbeitern verursacht, die ihr Können beim Kreiseln beweisen wollten.

Doch fünfzehn Minuten vergingen, und sie konnten nichts mehr von dem roten Staubpilz entdecken. Daniella lehnte sich vor und blickte suchend zum Himmel, zum Boden und zu beiden Seiten. Sie bemühte sich, nicht zu verzweifeln, aber das Land war so groß, und sie konnte in keine Richtung besonders weit sehen. Wie sollten sie die Männer hier finden?

»Hoffentlich waren sie noch beim Grenzzaun«, murmelte Kath, als hätte sie Daniellas Gedanken gehört. Sie hielt den Wagen an, so dass sich der Staub hinter ihnen legte. Inzwischen war das Haus nur noch als kleiner Fleck am Horizont hinter ihnen auszumachen, also mussten sie der Stelle, an der sie den Pilz hatten aufsteigen sehen, bereits sehr nahe sein.

Sie fuhren wieder los, um weitere vier Hügel herum und

durch einige tiefe Rinnen, dann veränderte sich der Weg. Die Erde hier war feiner, sandig und hell unter der dünnen roten Schicht. Hinter der nächsten Anhöhe sahen sie es.

Der Hubschrauber war auf den weichen Grund gestürzt, hatte einen Krater in den Sand und das Gras gerissen. Im ersten Moment begriff Daniella gar nicht richtig, was sie sah; überall lagen Wrackteile verstreut. Dann erkannte sie, dass der Heckausleger abgebrochen war und verdreht dalag. Die Rotorblätter waren verbogen. Die Kabine schien intakt, lag allerdings, von feinem Staub bedeckt, halb auf der Seite, und eine Kufe hatte sich in den Sand gegraben.

Daniella sprang aus dem Wagen, noch ehe er vollständig zum Stehen gekommen war. Sie hörte ihre eigenen Schritte, dann das Ächzen von Metallfragmenten im Wind und ein seltsames Plätschern. Kath war hinter ihr und schrie ins Funkgerät, dass sie Hilfe brauchten.

»Mark! Dave!«, rief Daniella, als sie auf das Wrack zulief.

Dave sah sie als Erstes.

Er lag neben der verbeulten Kabine auf der Seite. Daniella fielen die Bilder des Unfalls in Mount Isa wieder ein – die Körper inmitten der Wrackteile. Nur waren jetzt weder Sanitäter hier, die halfen, noch irgendwelche Notfallausrüstung.

Eilig überprüfte sie Daves Verfassung. Sein Gesicht war blutig, und er war bewusstlos, doch sie fand einen Puls und konnte fühlen, dass er atmete. Anscheinend hatte er es aus der Kabine geschafft, bevor er ohnmächtig geworden war.

Dann bemerkte sie einen scharfen Geruch. Er erinnerte sie an einen Flughafen. Plötzlich wurde ihr klar, woher das Plätschern kam: Benzin. Auslaufendes Benzin.

Sie stand auf und blickte zur Kabine hinüber.

Mark saß noch in seinem Sitz, allerdings so weit nach vorn geneigt, dass sein Kopf auf der mittleren Bedienkonsole auflag. Als sie sah, dass er sich bewegte, rannte Daniella zu der tiefer liegenden Kabinenseite. Die Tür neben Mark war eingedellt, die Fensterscheibe zerbrochen. Daniellas Verstand schaltete auf Ärztin um. Sie musste seinen Kopf aufrichten, sonst könnte er ersticken. Heftiges Reißen an der Tür brachte nichts. Sie versuchte es mit aller Kraft, und tatsächlich löste sich der Riegel, doch die Tür ließ sich nur einen Spalt weit aufziehen, ehe sie sich verkantete. Daniella musste sich zwischen Kabine und Tür quetschen und dagegentreten, um sie weiter aufzubekommen.

»Mark!«, schrie sie. Sein Gesicht war blutig, und es waren zwei Anläufe nötig, um sein Kinn anzuheben. Seine Lider flatterten. Blut rann über seine Stirn und sickerte in einen Verband über seiner Braue.

Inzwischen war der Benzingestank beißend. Und Daniella glaubte, Rauch zu riechen. Blanke Angst packte sie. Es war unmöglich zu sagen, wie viel Zeit ihnen blieb, bevor das auslaufende Benzin Feuer fing. In diesem Moment zählte nur eines: schnell weg hier.

»Kath!«, brüllte sie, als sie die ältere Frau zu Dave rennen sah. »Zieh ihn weg von dem Hubschrauber!« Dann schrie sie wieder: »Mark!« Es gelang ihr, seinen Sitzgurt zu lösen, doch sie konnte ihn kaum bewegen. Er war zu schwer, und sie bemerkte, dass sein Fuß unter einem Pedal verklemmt war. Etwas Schwarzes ragte aus seiner Hosentasche, das vom Gürtel daran gehindert wurde herunterzufallen. Sein Handy. Daniella steckte es in ihre Tasche.

Mark wandte den Kopf zu ihr und sah sie an, nur waren seine Augen glasig und orientierungslos. Blut lief aus seiner Nase, von dem sich seine Zähne orangerot färbten.

Daniella zerrte an seinem Bein und hörte den Stoff seiner Hose reißen, als sie seinen Fuß freibekam. Sie versuchte, sich unter seine Schulter zu bücken. Es funktionierte nicht richtig. Mark war nicht klar genug, als dass er gehen oder auch nur stehen konnte. Sobald seine Füße den Boden draußen berührten, sackte er zusammen – und Daniella kippte mit ihm um.

Ihre Nase war in den Sand gedrückt, so dass sie zu wenig Luft bekam, und mit jedem Atemzug inhalierte sie Benzindämpfe. Ihr wurde schwindlig. Sie musste aufstehen. Mühsam schaffte sie es bis auf die Knie. Mark lag vor ihr auf der roten Erde. Der Rauchgeruch wurde jetzt stärker.

Ein Urinstinkt trieb Daniella an. Sie rappelte sich auf, packte Marks Kragen und zog. Er rührte sich nicht. Daniella ging halb in die Hocke und zerrte erneut mit ihrer ganzen Kraft, stemmte sich nach hinten, bis Mark sich endlich einige Zentimeter weit bewegte. Daniellas Lunge brannte, und ihre Beinmuskeln drohten zu krampfen, doch sie zog weiter, sie durfte nicht aufgeben. Irgendetwas brannte jetzt richtig; sie konnte die Wärme an ihrem Rücken spüren. Als sie sich umdrehte, sah sie Kath, die sich immer noch abmühte, Dave wegzuzerren. Nachdem sie Mark auf Abstand zum Wrack gebracht hatte, stolperte sie mit letzter Kraft zu Kath hinüber, und gemeinsam zogen sie Dave weg, während sich die Flammen um den Helikopter herum ausbreiteten.

Als sie beide Männer in sichere Entfernung gebracht hatten, sank Daniella zitternd neben Mark auf den Boden. Kath kniete sich erschöpft neben sie.

Sobald sie kurz verschnauft hatte, überprüfte Daniella die Vitalfunktionen der beiden, so gut sie konnte. Aus Marks Ohr lief Blut, was kein gutes Zeichen war. Sein Puls ging schnell und flach. Ein Abgrund tat sich in ihr auf, Panik, die jeden rationalen Gedanken auslöschte. Vor ihrem geistigen Auge erschien die Notaufnahme in Brisbane. Genauso hatte sie sich damals gefühlt – leer, hilflos, nutzlos. Und die Patientin war gestorben.

Sie spürte, dass Mark ihr entglitt. Ihr wunderschöner Mark, der sie liebte, sie wollte. Sie hatte keine Chance gehabt, ihm zu sagen, dass sie ihn auch liebte, was ihr nun mit sinnloser Gewissheit klar wurde. Einmal hatte sie schon versagt, und jetzt tat sie es wieder. Sie warf die Arme über seine Brust und drückte ihn an sich, so dass ihr Ohr über seinem Herzschlag lag.

Dann kam die Explosion. Es war keine spektakuläre in Hollywood-Manier; keine brennenden Wrackteile regneten herab, als Flammen den zerstörten Hubschrauber umfingen. Eine Hitzewelle rollte über sie hinweg, und eine pechschwarze Rauchwolke stieg in den Himmel auf – in diesen unendlich weiten Himmel, den Daniella so sehr mochte. Der Himmel, aus dem Mark gefallen war, und nun wusste Daniella nicht, was sie tun sollte.

Stumme Tränen wuschen den Staub von ihrem Gesicht, als sie im Sand hockte und Marks schwindendem Puls lauschte. Sie konnte nur hoffen, dass bald Hilfe kam.

Fast zwei Stunden dauerte es, bis der Krankenwagen mit Allradantrieb sie erreicht, Mark und Dave eingeladen und sie zur Ambulanz in Ryders Ridge gebracht hatte. Inzwischen war Daniella außer sich vor Angst. Marks Atmung war immer flacher geworden, und sie konnte nichts tun, außer untätig zuzusehen, wie die Sanitäter ihre Arbeit machten.

Die Ambulanztüren wirkten beängstigend fremd, aber alle waren vorbereitet. Dr. Harris und Roselyn handelten mit geübter Präzision. Die Flying Doctors waren unterwegs, würden aber noch eine Weile brauchen. Vage bekam Daniella mit, wie Dr. Harris die beiden Männer stabilisierte. Geräte wurden herbeigerollt, Puls-Oximeter angeschlossen, Venenzugänge gelegt und Kochsalzlösung an die Infusionsständer gehängt. Angesicht der ruhigen Sicherheit des Arztes fühlte Daniella sich noch schlechter, zumal es auch Jackie gelang, mit den anderen zu arbeiten. Daniella selbst war schwindelig, und sie zitterte so heftig, dass sie nicht einmal eine Infusion anlegen konnte. Ruhig nahm Dr. Harris ihr den Beutel ab und schickte sie zu einer Krankenliege, auf die sie sich setzen sollte.

Erst da wurde ihr bewusst, was vor der Tür los war. William Walker lief im Flur auf und ab und rieb sich das Gesicht. Sie hatte gar nicht bemerkt, dass er hergekommen war.

Daniella wandte sich ab. Dr. Harris hatte das Ultraschallgerät vor sich und presste es gegen Marks Brustkorb. Roselyn hängte zwei rote Beutel ein. Blutkonserven. Einen Moment später lief ein roter Streifen durch den Infusionsschlauch.

Dr. Harris trat beiseite und zog Daniella hinaus auf den Flur, wo William stand.

»Wie geht es ihm?«, fragte William mit brüchiger Stimme.

Daniella schlang die Arme um ihren Oberkörper. Nach dem zu urteilen, was sie gerade gesehen hatte, ahnte sie bereits, was Dr. Harris' Befund war.

»Ich werde nicht um den heißen Brei herumreden, William«, antwortete Dr. Harris. »Er hat innere Blutungen, wahrscheinlich aus der Milz. Der Blutdruck ist niedrig, und ich vermute auch eine Kopfverletzung, ähnlich wie bei Dave. Beide müssen so schnell wie möglich nach Townsville, denn ich bin kein Chirurg, und den brauchen sie. Der Hubschrauber ist frühestens in einer halben Stunde hier. So lange müssen wir noch versuchen durchzuhalten. Momentan können wir uns nur bemühen, die Organfunktionen zu erhalten.«

Daniella wurde eiskalt vor Angst. Zum ersten Mal in ihrem Leben stand sie bei solch einem Gespräch auf der anderen Seite, ging es um jemanden, den sie liebte. In diesem Moment bereute sie alles: Mark angelogen, ihm gesagt zu haben, dass er gehen solle, als sie genauso hart hätte kämpfen müssen wie er. Der Gedanke, dass er sterben könnte, bevor sie ihm gesagt hatte, was sie für ihn empfand, war schlimmer als alles, was sie bisher erlebt hatte.

»Er wird eine Menge Flüssigkeit und Blut brauchen«, fuhr Dr. Harris fort. »Deshalb haben wir …«

»Die Spender hergerufen«, unterbrach William ihn. »Ich habe sie vorne gesehen. Sie warten in der Praxis.«

Dr. Harris nickte. »Ja, gut. Daniella?«

Sie sah ihn hilflos an, und er legte seine Hände auf ihre Schultern. »Sie haben heute schon sehr viel getan, und ich weiß, dass Sie unter Schock stehen, aber Sie müssen mir helfen, Blut abzunehmen. Nehmen Sie jedem so viel ab, wie Sie können.«

Roselyn erschien und gab ihr eine Schachtel mit Blutspendebeuteln. Automatisch nahm Daniella sie, während in ihr immer noch völlige Leere herrschte. Dann dachte sie an Mark und wie wichtig dies hier war. Sie zwang sich zur Konzentration und erinnerte sich, wie es in Isa gewesen war, wo sie die Spendenbeutel problemlos benutzt hatte. Tief im Innern wusste sie, was sie tun musste. Stumm folgte sie William durch den Flur. Im Wartezimmer saßen sechs Leute, die alle aussahen, als kämen sie direkt von der Arbeit. Daniella erkannte Donna aus der Taverne und Rich, den Polizisten. Dies hier waren die Freiwilligen der Gemeinde, die eine lebende Blutbank bildeten und ihr O-negativ-Blut spendeten, wann immer es gebraucht wurde. In der Ryders-Ambulanz konnten sie nicht viel Blut vorrätig halten.

Und jetzt waren diese Leute gekommen, um dem Mann zu helfen, den Daniella liebte.

Sie holte tief Luft und straffte ihre Schultern. »Mr. Walker, könnten Sie mir bitte den Wagen dort bringen? Also, würden Sie sich bitte alle so hinsetzen, dass jeweils ein Stuhl neben Ihnen frei ist? Sie zuerst«, sagte sie und wies auf einen jungen Mann in Latzhosen und mit zerzaustem Haar. Bei seinen schmalen, muskulösen Armen dürften die Venen am leichtesten zu finden sein.

Sie zog sich einen Stuhl heran, und der Rollwagen tauchte neben ihr auf. Nichts wirkte vertraut. Daniella starrte auf die Nierenschale, auf die Pflasterrollen und die Blutbeutel in ihren Verpackungen, auf die Wattebäusche. Abermals regte sich Panik in ihr, und sie spürte, dass sie rot wurde. Als sie nach dem Schälchen griff, warf sie ein buntes elastisches Band zu Boden. Wofür war das überhaupt ...?

Inmitten der Panik trat ein Moment der Klarheit ein: Das war das Tourniquet. Daniella hob es auf und wickelte es um den Bizeps des Spenders. Jetzt war sie wieder bei der Sache, und immer mehr Erinnerungen kehrten zurück. Sie ertastete die Venen in der Ellbogenbeuge, dachte einen, dann zwei Schritte voraus. Aber als der rote Strom endlich in den Schlauch floss, empfand Daniella keine Befriedigung, nur Erleichterung.

23

Pure Willenskraft schien Mark am Leben zu halten, und Daniella war nur allzu bewusst, wie schlecht es um ihn stand. Seine einzige Chance war, dass er bald in ein Krankenhaus mit einer guten Chirurgie und einem fähigen Chirurgen kam.

Das Notarztflugzeug setzte gerade auf dem Boden auf, als der Krankenwagen in den kleinen Terminalschuppen bog. Dr. Harris und die freiwilligen Sanitäter halfen dem Flugteam, Mark und Dave an Bord zu bringen. Bei zwei Patienten blieb kein Platz mehr für Passagiere. Daniella musste Marks Hand loslassen und zusehen, wie sich die Türen schlossen, die Maschine dröhnend über die Startbahn rollte und in den blauen Himmel entschwand.

Auf der Rückfahrt im leeren Krankenwagen fragte Daniella sich, wie sie es aushalten sollte, nach Hause zu gehen und auf Nachricht zu warten. Aber zum Glück bot Dr. Harris ihr seinen Wagen an. »Fahren Sie«, sagte er schlicht.

Sie raste nach Hause, warf ein paar Sachen in eine Tasche und fuhr zum Highway. Bis Townsville waren es sechs Stunden. Jackie musste noch nach Hause und Jamie holen, dann wollte sie ihr baldmöglichst folgen.

Daniella war erst eine halbe Stunde unterwegs, als ihr Handy klingelte. Sie sah aufs Display und erkannte Jackies Nummer. Fast hätte sie das Gespräch direkt angenommen, besann sich dann jedoch, vorher rechts ranzufahren und anzuhalten. Eine Staubwolke wehte über den Highway.

»Sie fliegen nicht nach Townsville«, sagte Jackie ernst. »Der

Einsatzleiter hat angerufen und gesagt, dass die Intensivstation dort voll belegt ist, weil es eben einen schweren Unfall auf dem Highway gab. Und die beiden brauchen eventuell auch einen Neurochirurgen, deshalb haben sie den Flug umgeleitet.«

»Wohin?«

»Direkt ins Princess Mary in Brisbane.«

Stille.

Wie durch einen Nebel hörte Daniella, dass Jackie mehr sagte: »Ich packe Jamie ins Auto und fahre in einer Stunde mit William Walker nach Isa.«

Doch Daniella nahm nur eines wahr: Brisbane. Der Ort, an dem Fürchterliches passiert war.

Sie öffnete die Wagentür und schwang die Füße auf den Asphalt. Die Teerfläche erstreckte sich in beide Richtungen, teilte das stille, goldene Gras und flirrte, wo sie auf den Horizont traf. Die Sonne brannte Daniella auf die Stirn. Kein Wind, keine Atemluft.

Allein.

Der Himmel wartete.

Sie strich mit den Fingern über die Tasten ihres Handys. Jackie war fort – entweder hatte sie aufgelegt, oder die Verbindung war abgebrochen, das wusste Daniella nicht. Die Signalstärke war auf einen Balken geschrumpft, und wenn Daniella weiterfuhr, würde sie bald gar keinen Empfang mehr haben. Sie nagte an ihrer Lippe und schmeckte Salz auf der trockenen, rissigen Haut. In diesem Moment war ihr alles zu bewusst, ihre Schwäche und ihre Verwundbarkeit: die bohrende Scham, die sie seit Brisbane mit sich herumschleppte; der Schmerz, wo Mark ihr Herz berührt hatte; ihre völlige Einsamkeit hier in der sengenden Sonne. Schlimmer noch war, dass Mark nicht minder einsam war. Sie ertrug die Vorstellung nicht, dass er lange vor ihr in Brisbane ankam und niemand für ihn da war.

Sie tippte die Nummer ein. Der eine Signalbalken hielt.

»Peter Bell.«

»Dad.« Es knackte in der Leitung.

»Daniella?«, fragte er besorgt. »Stimmt etwas nicht?«

Sie bemühte sich, sachlich zu klingen. »Ich bin unterwegs, um den nächsten Flug nach Brisbane zu nehmen.«

»Ah, das ist prima!«

»Bitte, Dad, hör mir zu.« Sie atmete langsam aus, um das Zittern in ihrer Stimme zu unterdrücken. »Es werden gerade zwei Patienten ins PA geflogen. Einer von ihnen ist Mark Walker aus Ryders Ridge. Er hat innere Blutungen. Die beiden sind mit einem Hubschrauber abgestürzt.«

Daniella konnte das Kratzen eines Stiftes auf Papier neben dem Knacksen und Knistern hören. Ihr Vater machte sich Notizen.

Sie fuhr fort: »Er ist mein …« Sie wollte »Freund« sagen, aber das stimmte nicht, und »Patient« klang zu kalt. »Er ist mir wichtig. Ich möchte gerne bei ihm sein, aber ich brauche Stunden bis Isa, und ich weiß nicht, wann der nächste Flug geht. Kannst du bitte dort sein, wenn er reinkommt? Falls du nicht im Dienst bist. Wäre das okay …?«

»Meine Schicht fängt sowieso bald an«, sagte er rasch. »Ist kein Problem. Wie sah die Nierenfunktion aus?«

»Das weiß ich nicht, Dad. Ich war nicht der behandelnde Arzt«, antwortete sie frustriert.

Mehr Notizen. »Ich fahre hin und erkundige mich, wer sie hier übernimmt, aber ich gehe davon aus, dass ich operieren werde.« Ihr Vater klang ruhig, professionell. Das war sein Fachgebiet, auf dem er sich auskannte.

Daniella war erleichtert, denn sie vertraute der Kompetenz ihres Vaters vollkommen. »Dad, ich muss Schluss machen und weiterfahren.«

»Ja, gut. Wann wirst du voraussichtlich in Isa sein?«

Daniella blickte auf ihre Uhr. »In zweieinhalb Stunden, schätze ich. Vielleicht drei.«

»Ich lasse meine Sekretärin den nächstmöglichen Flug für dich buchen. Ruf sie an, wenn du am Flughafen bist. Ich informiere dich dann, sobald du dort bist.«

Daniella legte auf und starrte das Telefon an. In der Ferne landete eine Krähe auf dem Asphalt und flog wieder weg. Noch nie zuvor war Daniella dankbar dafür gewesen, einen Perfektionisten zum Vater zu haben, der dasselbe von jedem anderen erwartete. Jetzt war sie es.

Um halb zehn Uhr abends stieg Daniella vor dem Princess Mary Hospital aus einem Taxi. Zum Glück war die Fahrt nur kurz gewesen, so dass sie die Versuche des Fahrers, mit ihr zu plaudern, nicht allzu lange hatte abwimmeln müssen. Der schleppende Wochenendverkehr ließ die Sandgate Road in Rot und Weiß leuchten. Über ihr schimmerte der Krankenhauskomplex aus alten Gebäuden, zwischen die sich stetig moderne Beton-Glasbauten gedrängt hatten – weiß und vertraut.

Als die großen Glastüren aufglitten, nahmen Daniellas Ängste zu. Dies war der Schauplatz ihres schlimmsten Versagens, und sie hatte ihn deshalb verlassen. Die Entfernung hatte die Schuld betäubt, doch jetzt schützte sie nichts mehr.

Zwei Rolltreppen führten aus der großen Eingangshalle ins Zwischengeschoss. Daniella ging an ihnen vorbei zu den Treppen und fand blind den Weg zur Chirurgie. Die Schwester am Empfangstresen sagte ihr, dass Mark im OP sei, und schickte sie in den Wartebereich.

Daniella ging vor den Besucherstühlen auf und ab. Es waren nur wenige Leute außer ihr dort, und alle waren ungefähr genauso lebhaft wie die künstlichen Grünpflanzen, die vereinzelt herumstanden. Ein Cola-Automat summte und gurgelte, und Daniella rieb sich frustriert und hilflos die Arme. Hier spielte es keine Rolle, dass sie Ärztin war; sie war einfach nur jemand, der auf Nachricht wartete. Also bewegte sie sich weiter. Bald kam es ihr vor, als müsste mindestens eine Stunde vergangen sein, und sie blickte zur Uhr. Zehn Minuten. Mist!

Die Zeit, die im Wartezimmer der Ryders-Ambulanz noch gerast war, blieb jetzt stehen. Daniellas Rücken tat weh. Sie setzte sich auf einen der harten Plastikstühle, lehnte den Kopf an die Wand und schloss die Augen. Prompt sah sie Mark vor sich. Er lachte, seine grünen Augen funkelten unter der Hutkrempe, und er streckte die Hand nach ihr aus. Daniella riss die Augen auf, in denen sich bereits die Tränen sammelten. Sie wollte diese Erinnerungen jetzt nicht. Das ertrug sie nicht. Nicht wenn …

Nicht wenn sie ihn verlor.

Diesen Gedanken schob sie energisch von sich. Doch stattdessen konnte sie nur an das Wartezimmer in Ryders denken, wo ihr nicht einmal eingefallen war, wie man einem Spender Blut abnahm. Andere Bilder blitzten in ihrem Kopf auf. Ein kleiner Arm, ein violetter Ausschlag. Leute, die ihr beim Versagen zuschauten. Schweißperlen traten auf ihre Stirn, und ihre Hand zitterte. *Sie bekam keinen Zugang gelegt.* Kalte Hände der Furcht bohrten sich tiefer und tiefer in sie, bis zu ihrem Herzen und ihrer Lunge.

Sie hörte ihr Schluchzen, als sie sich aus der Erinnerung kämpfte. Immer noch saß sie auf dem Plastikstuhl neben dem Cola-Automaten. Eine ältere Dame gegenüber blickte sie an. Daniellas Herz pochte laut, und sie umklammerte die Armlehnen ihres Stuhls so fest, dass ihre Fingerknöchel weiß hervortraten. Schließlich sprang sie auf und ging in die Damentoilette. Drei Kabinen, ein schlichtes Waschbecken mit rosa Flecken vom tropfenden Seifenspender. Daniella wählte die letzte Kabine, verriegelte die Tür und hockte sich vor die Kloschlüssel, weil sie merkte, dass eine Panikattacke drohte. Ihr war klar, dass sie die Abwärtsspirale durchbrechen musste, aber vor allem wollte sie sich übergeben, die schrecklichen Gedanken herauswürgen. Sie starrte auf die Schüssel, wartete auf den Brechreiz, doch nichts kam, außer schrittweise übernehmender, beklemmender Ruhe. Sie war erschöpft, diesen inneren Kampf leid. Schließlich stand sie auf und ging hinaus zum Waschbecken, wo sie sich kaltes Wasser ins Gesicht spritzte.

Dann blickte sie in den Spiegel. Blutunterlaufene Augen, ein kleiner Kratzer über ihrem linken Wangenknochen; ansonsten sah sie normal aus. Nichts wies auf die Leere in ihr hin.

Als sie aus der Toilette kam, fiel ihr Blick auf den Cola-Automaten. Sie suchte in ihren Taschen nach Münzen, stieß aber nur auf zwei Handys, was sie im ersten Moment verwirrte. Dann fiel ihr wieder ein, dass das eine Marks war. Sie hatte es ihm im Hubschrauber abgenommen.

Nun drehte sie es in der Hand hin und her. Es sah unbeschädigt aus, auch wenn an den Rändern Sand in den Ritzen saß. Versuchsweise drückte sie den Power-Knopf. Das Display leuchtete auf, und einen Augenblick später war das Telefon eingeschaltet. Vor Überraschung schlug Daniella eine Hand vor den Mund. Das Hintergrundbild zeigte ein Foto, das Mark von ihnen beiden in Mount Isa gemacht hatte.

Plötzlich klingelte das Telefon. Vor Schreck hätte Daniella es beinahe fallen gelassen. Die Schwester am Empfang warf ihr einen strengen Blick zu und zeigte zu dem Schild, das das Benutzen von Handys im Wartebereich untersagte. Daniella eilte auf den Flur hinaus, während sie gleichzeitig das Gespräch annahm.

»Wer ist da?«, fragte Will. »Daniella?«

»Ja«, antwortete sie heiser.

»Hey, schön, deine Stimme zu hören. Ist Mark da?«

Daniella rang nach Atem. »Wie viel weißt du?«

»Wie viel weiß ich wovon?«

Sie musste ihm die ganze Geschichte erzählen: von dem Absturz, den Verletzungen, dem Flug nach Brisbane. Es tat ihr unendlich leid, dass er bisher nicht informiert worden war. Will hörte ihr fassungslos zu, unterbrach sie nur hier und da, um nachzufragen oder sie zu bitten, langsamer zu reden. Für Daniella bedeutete es, die Hölle nochmals zu durchleben. Hinterher fühlte sie sich ausgelaugt.

»Das erklärt, warum sich zu Hause niemand meldet. Ich habe während meiner Schicht zwei Anrufe von der Station verpasst, und jetzt geht dort keiner ans Telefon. Ich dachte, es wäre Mark gewesen. Warte kurz«, sagte Will einen Moment später. »Hier kommt gerade etwas in den Nachrichten darüber. Mein Gott!«

»Was?«, fragte Daniella.

»Sie zeigen das Wrack«, sagte er mit belegter Stimme.

Daniella ging zur Tür, damit sie zum Bildschirm im Wartebereich sehen konnte. Der Fernseher hing in einem ungünstigen Winkel, so dass Daniella nur einen schwarzen Klumpen sehen konnte, doch dann fuhr die Kamera zurück, und sie erkannte die dunklen Umrisse auf der hellen Erde. Sie wusste, was das war, und dennoch fühlte es sich an wie aus einer anderen Welt, nicht wie ein Ort, an dem sie selbst heute Morgen noch gewesen war.

»Mist, wie sind diese Reporter dort hingekommen?«, schimpfte Will, allerdings klang er eher verzweifelt vor Sorge. Er fragte sie noch einmal, wie es Mark ginge.

Daniella konnte lediglich wiederholen, was sie bereits gesagt hatte. Will verstummte. Im Hintergrund waren Rascheln, ein Reißverschluss und das Schaben von Schubladen zu hören. Vermutlich packte Will eine Tasche.

Nach einer Weile fragte er: »Wie hältst du dich?«

Daniella lehnte sich an die Wand, an der sie langsam nach unten rutschte. »Ich fühle mich beschissen«, gestand sie und senkte die Stimme zu einem Flüstern. »Ich habe Angst.«

Will seufzte, und die Hintergrundgeräusche stoppten. »Ach Süße, ich auch. Aber die sind gut da unten, oder?«

Ja, sind sie, dachte Daniella. Ganz besonders ihr Vater.

»Hör mal, ich habe gleich fertig gepackt und rufe erstmal Cat an, damit sie Bescheid weiß. Sonntags ist sie immer beim Sport, und ich will nicht, dass sie es aus den Nachrichten erfährt. Ich komme mit dem nächsten Flieger. Kannst du mir eine SMS schicken, wenn Dad da ist?«

Daniella versprach es, beendete das Gespräch und kehrte in den Wartebereich zurück. Wie würde das hier ausgehen? Was würde in einer Woche sein: dankbare Erleichterung oder ein gebrochenes Herz, das nie wieder heilen würde?

Eine Stunde später bereute Daniella gerade ihre zweite Tasse scheußlichen Kaffees, als sie eine Hand auf ihrer Schulter fühlte.

»Daniella?« Jackie stand vor ihr, Jamie auf ihrer Hüfte und mit geröteten Augen.

Daniella hatte sich selten so gefreut, jemanden zu sehen. »Du bist hier!« Sie stand auf und kämpfte mit neuen Tränen. »Wann seid ihr angekommen?«

»Vor einer Viertelstunde. Dave ist eben aus dem OP. Sie haben sein Bein mit einem Nagel stabilisiert und untersuchen ihn noch auf eine Schädelfraktur. Was ist mit Mark?«

Über Jackies Schulter hinweg konnte Daniella William Walker am Empfangstresen stehen sehen.

»Noch im OP. Ich weiß nichts Neues.«

Jackie drückte sie mit einem Arm. »Alles wird gut«, sagte sie. Aber Daniella wusste, dass es nur Worte waren.

William Walker kam zu ihnen, so einschüchternd wie immer, trotz seiner müden, eingefallenen Züge. »Die Schwester glaubt, dass er bald aus dem OP kommen müsste, vielleicht in einer halben Stunde«, sagte er. »Wie geht es Ihnen, Dr. Bell?«

Daniella begriff, dass er ihr ein Friedensangebot machte, und nahm es an. »Müde«, gestand sie und setzte sich wieder. »Und ich mache mir Sorgen.«

William grummelte etwas und setzte sich neben sie, während Jackie mit Jamie ein bisschen umherging. William blickte sich um. »Ich hasse Krankenhäuser«, sagte er nach einer Minute. »Die sind immer so kalt. Man kommt hier rein und fühlt sich schlagartig nicht mehr wie ein Mensch. Manchmal denke ich, dass es besser wäre, ein Tier zu sein; wenigstens gucken einen die Leute dann immer gleich an.« Er spreizte die wettergegerbten Finger auf seinen Oberschenkeln und sah auf sie hinab, als wären sie ein Quell der Weisheit. In diesem Moment spürte Daniella seine Hilflosigkeit. Sicher dachte er auch an seine Frau.

»Ich verstehe, was Sie meinen«, sagte sie leise. »Bis heute musste ich noch nie jemanden hier sehen, der mir nahe ist. Mir war nicht klar, wie furchtbar das Warten ist.«

Sie wollte mehr sagen – dass ihr das mit seiner Frau und seinem Sohn leidtat … irgendwas. Aber dann erschien ihr Vater auf dem Gang und kam auf sie zu.

Sie betrachtete seine große, vertraute Gestalt, und seine bloße Anwesenheit tröstete sie auf eine Art, wie er es am Telefon nie gekonnt hatte. Sie fühlte ein Ziehen in der Brust. Am liebsten wollte sie ihm entgegenrennen.

»Daniella«, sagte er, und sie sprang sofort auf.

»Dad, das ist Marks Vater, William Walker, und das ist Jackie, eine der Schwestern aus Ryders Ridge. Jackie, Mr. Walker, das ist mein Vater, Peter Bell.«

Eilig schüttelte ihr Vater den anderen beiden die Hände.

»Gut, gehen wir dort rüber, damit wir reden können.« Er führte sie in eine kleine Nische mit bequemer aussehenden Stühlen, doch keiner setzte sich.

Ihr Vater kam direkt zur Sache. »Die Situation ist kritisch. Marks Blutdruck war auf dem Flug hierher sehr niedrig, stabilisierte sich zum Glück aber, bevor er in den OP kam. Ich konnte alle Blutungen stoppen, und vorerst bin ich mit dem Ergebnis zufrieden. In den ersten Stunden kann man allerdings nie sicher sein, doch ich bin zuversichtlich.«

Jetzt kommt das »Aber«, dachte Daniella.

»Aber sein Blutdruck war über längere Zeit sehr niedrig. Wenn das geschieht, bekommen einige lebenswichtige Organe zu wenig Sauerstoff und können anfangen, ihre Funktion einzustellen. Seine Nieren sind augenblicklich unsere größte Sorge. Er zeigt erste Symptome eines Nierenversagens. Das ist jedoch umkehrbar. Wir müssen ihn einfach so gut wie möglich unterstützen. Noch können wir nicht eindeutig sagen, ob es weitere Schäden gibt. Er ist auf der Intensivstation und wird durchgängig überwacht. Eventuell braucht er eine Dialyse.« Er unterbrach und lächelte ihnen aufmunternd zu. »Aber eines nach dem anderen. Ich denke, wir haben die beste Situation erreicht, auf die wir unter den Umständen hoffen konnten. Doch er ist noch nicht über den Berg.«

Daniella verarbeitete das alles. Ihr Hals fühlte sich schon so wund an, dass keine Tränen mehr kommen konnten. Jackie hielt sich den Mund zu. Daniellas Vater legte eine Hand auf Williams Schulter, um ihn so zu beruhigen, wie er es in zahlreichen Momenten wie diesem gelernt hatte.

»Dürfen wir zu ihm?«, fragte Daniella leise.

Er nickte. »Ja, aber nur kurz, versteht sich. Mr. Walker, Mark ist an eine Menge Maschinen angeschlossen, die alle Körperfunktionen überwachen. Der Anblick kann verstörend sein, auch wenn es einzig Marks Sicherheit dient. Aber Sie sollten darauf gefasst sein.«

»Ist schon gut, Doc«, sagte William steif. »Ich habe das bereits bei meiner Frau erlebt.«

Mark zu sehen machte das Fürchterliche erst recht real. Daniella war schon oft auf der Intensivstation gewesen, aber sie hatte die Patienten nicht gekannt, als sie noch gesund und fit gewesen waren. Kalte Angst nagte an ihr. Mark hatte keinerlei Ähnlichkeit mit dem Mann, den sie kannte. Er sah wie ein Patient aus: Beatmungsschlauch, zentraler Venenzugang unten am Hals, Beutel mit Flüssigkeiten, die an Dosierungspumpen hingen, und zahlreiche EKG-Pads auf seiner Brust, von denen sich Kabel zum Monitor schlängelten. Sein Gesicht war geschwollen, seine Haut wächsern, und seine Augen waren zugeklebt. Er hatte Blutergüsse auf der Brust und Kratzer an den Wangen. Der Verband, den sie am Absturzort oben auf seiner Braue bemerkt hatte, war fort, so dass sie nun die Stiche sah. Auf einem Klemmbrett am Fußende des Bettes hing die große Überwachungstabelle.

Daniellas Vater kam mit ihnen herein und stand die ganze Zeit neben Daniella, bevor er sie wieder in den Wartebereich begleitete. Mitten im Raum zog er Daniella in seine Arme. »Du hast mir gefehlt«, sagte er leise in ihr Haar.

Daniella erwiderte die Umarmung und vergrub ihr Gesicht an seiner starken Schulter. Die Anspannung ihrer letzten Telefonate war vergessen.

»Ruh dich ein bisschen aus«, sagte er sanft, als er sie wieder losließ. »Das wirst du brauchen.«

Daniella schüttelte den Kopf. Sie sah hinauf zur Uhr. Es war spät, trotzdem wollte sie auf keinen Fall hier weg. »Ich bleibe.«

»Du siehst erschöpft aus«, sagte Jackie. »Du solltest dich wirklich ausruhen.«

»Du auch«, erwiderte Daniella.

Jackie verzog das Gesicht. »Ja, ich weiß, dass ich auch ein wenig schlafen sollte. Komisch, als Krankenschwester rate ich den Angehörigen dauernd, nach Hause zu gehen und zu schlafen. Und jetzt, da ich an ihrer Stelle bin, verstehe ich, warum sie nie gehen wollen.«

Daniella nickte. »Ja, man will sich nicht darauf verlassen, dass sie einen anrufen, wenn etwas passiert.«

»Oder man hat Angst, dann nicht rechtzeitig zurück zu sein.« Jackie zuckte hilflos mit den Schultern. »Trotzdem muss ich uns ein Hotel suchen.«

William Walker mischte sich ein. »Unsinn! Meine Schwester wohnt zehn Minuten von hier. Das ist kein Problem.«

»Wirklich?«

Tatsächlich zeigte sich ein kleines Lächeln auf Williams Gesicht. Ein Lächeln, das Marks viel zu ähnlich war.

»Geht nur«, sagte Daniella. »Ich bleibe hier. Diese Stühle sehen ganz bequem aus. Ich warte hier.«

Die anderen konnten es ihr nicht ausreden. Nachdem Jackie, Jamie und William gegangen waren, atmete Daniella aus. Ihr Vater setzte sich neben sie.

»Falls du mich überreden willst, auch zu gehen, spar dir die Mühe«, sagte sie. Notfalls würde sie eben mit ihm streiten.

Doch er seufzte nur. »Das hatte ich nicht vor.«

»Aha?« Sie blickte verstohlen zu ihm. Er war derselbe wie immer, akkurat und beeindruckend. Nur diesmal sah er sie nicht wie eine Kollegin oder Studentin an, sondern wie ein fürsorgender Vater seine Tochter. Dann schaute er auf seine Hände, seine Instrumente. Mit diesen Händen hatte er Mark operiert. Daniella musste den Blick abwenden.

»Daniella, du sagtest, dass Mark dir wichtig sei. Bist du mit ihm zusammen?«

Daniella rieb über die Falte zwischen ihren Brauen und

wünschte, sie könnte ehrlich antworten. »War ich. Aber wir hatten einen Streit, und er ist fortgegangen. Ich hatte gerade erst erfahren, dass er wieder zurück ist.«

»Worüber habt ihr gestritten?«

»Wie bitte?«

»Du und Mark. Du sagst, ihr hattet einen Streit. Worum ging es?«

»Ach. Ich ... ich weiß nicht, ob ich darüber reden will.« Und das nicht zuletzt, weil es im Grunde derselbe Streit war, den sie die vergangenen Wochen mit ihrem Vater gehabt hatte.

»Versuch es. Wir werden noch eine Weile hier sein.« Er streckte sich auf dem Stuhl, so dass sein OP-Hemd nach oben rutschte und der Pieper an seinem Hosenbund zu sehen war.

»Hast du Bereitschaft?«, fragte sie.

»Nein, Schatz. Aber ich warte mit dir.«

Daniella wusste nicht, was sie sagen sollte. »Na gut.«

»Also, weshalb habt ihr gestritten?«

Sie gab nach. »Zuerst, weil ich nicht in Ryders bleiben wollte. Ich ... hatte ihm wohl den Eindruck vermittelt, dass ich für immer dort sein würde. Die Stadt ist sehr klein, und die meisten Ärzte bleiben nicht, wie du weißt. Tja, jedenfalls dachte er, dass ich es trotzdem tue, und dann wurde mir klar, dass ich es nicht kann.«

»Verstehe. Und danach?«

Daniella zögerte. Der zentrale Punkt dieser Auseinandersetzung war gewesen, dass sie Mark nicht richtig an sich heranließ, ihm nicht verriet, was in ihr vorging. Und sie war sich nicht sicher, ob sie es überhaupt jemandem erzählen konnte. Zudem fühlte sie sich jetzt, als würde sie geprüft. Ihr Vater war genauso ausgebildet wie sie und wusste, wie man Fragen zur geistigen Verfassung stellte. Und Daniella wollte nicht bewertet werden. Sie wurde unruhig und stand auf.

»Dad, macht es dir etwas aus, wenn ich ein bisschen spazieren gehe … allein? Ich bin bald wieder da.«

»Klar. Willst du noch einen Kaffee?«

»Uh, nein.«

Sie ging ins Nottreppenhaus. Eine Hand auf dem Edelstahlgeländer, stieg sie die fünf Stockwerke hinunter, bis sie unten auf dem kleinen grauen Estrichquadrat stand, von dem aus eine einzelne Tür abging. Daniella fand sich direkt hinter der Notaufnahme wieder. Der vertraute Geruch traf sie wie ein Schlag: Möbelpolitur und Plastikverpackungen.

Wie ferngesteuert wanderte sie den weißen Korridor entlang. Als sie noch hier arbeitete, war sie oft hier durchgekommen. Daniella blickte an sich hinab. Sie trug noch immer die Jeans und das T-Shirt vom selben Morgen, der ihr inzwischen ewig weit zurückzuliegen schien. Das Shirt war schmutzig und mehr als einmal durchgeschwitzt worden. Wahrscheinlich könnte sie das Teil mühelos in der Mitte durchbrechen.

Sie stieß die Doppeltür mit dem Hinweis *Nur für Personal* auf und ging am Hintereingang der Behandlungsräume vorbei, bis sie zu dem Wagen mit den Ärzteanzügen kam. Daneben lagen die Waschräume für die Mitarbeiter. Daniella leckte sich die trockenen Lippen. Was sie vorhatte, machte sie nervös. Ja, sie arbeitete für den Health Service, aber nicht hier. Würde es Ärger geben, wenn sie erwischt wurde?

Entschlossen griff sie sich einen OP-Anzug, kleidete sich im Waschraum um und ließ ihre Sachen oben auf den Spinden liegen. So, das war ihre Rüstung. Sie war bereit hierfür.

Zurück auf dem Korridor bog sie nach links zum Behandlungsbereich ab. Der Gang zwischen den Vorhangnischen war beinahe leer, lediglich zwei Vorhänge waren zugezogen, was bedeutete, dass dahinter Patienten lagen. Alles sah genauso aus wie in jener Nacht. Die Nische, in der Daniella gewesen war, war die letzte in der Reihe. Sie ließ den Ort auf sich wirken, schritt um das Bett herum. Wie harmlos es aussah. Krankenzimmer verwahrten keine Geheimnisse. Sie erzählten nichts von den Leben, die in ihnen geendet hatten. Stattdessen trugen die Mitarbeiter diese Bürde.

Daniella blickte sich zum Eingang um. Von hier konnte sie gerade noch den Empfangstresen und einen Assistenzarzt sehen, der langsam an ihm vorbeiging, während er die Nase in einer Krankenakte vergraben hatte. Hier unten lief alles wie gewohnt. Als wäre das, was passiert war, nie geschehen. Daniella drehte sich der Magen um. Sie erinnerte sich, auch wenn es sonst niemand tat. Auch wenn es sonst keinen interessierte.

Nun ja, nicht ganz. Mark hatte es interessiert. Und mehrere Stockwerke über ihr kämpfte er um sein Leben. Doch selbst wenn er es schaffte, könnte sie ihm jemals hiervon erzählen? Könnte sie je irgendwem erzählen, was passiert war?

Sie sah sich noch einmal um, suchte nach einem Hinweis auf das, was geschehen war. An Straßenrändern stellten Angehörige von Verkehrsopfern Kreuze und Blumen auf. Hier war nichts.

Still und unbemerkt verließ Daniella die Notaufnahme wieder, schrubbte sich in der Mitarbeiterdusche sauber und zog ihre Jeans wieder an. Ihr T-Shirt warf sie in den Müll und behielt stattdessen das OP-Oberteil an. Wenigstens roch sie jetzt besser, selbst wenn sich sonst nichts geändert hatte.

Sie steckte die OP-Hose in den Schmutzwäscheeimer und machte sich wieder auf den Weg nach oben. Ihr Äußeres war leicht zu reinigen. Innerlich hingegen schien sie auf einer Klippe zu balancieren und nur darauf zu warten, dass die kleinste Störung sie hinunterstürzen ließ. Von dem, was fünf Monate zuvor hier geschehen war, war keine Spur mehr zu entdecken. Keine Erinnerungen waren zurückgeblieben. Wer es nicht miterlebt hatte, könnte kommen und gehen, ohne etwas zu bemerken.

Und genau diese Täuschung hatte Daniella an sich selbst versucht: sich nichts anmerken zu lassen. Innen drin jedoch brauchte sie Reinigung, Heilung … Absolution. Aus diesem Grund war sie nach Ryders Ridge gegangen. Und sieh sich einer an, wohin es sie geführt hatte!

Zurück zu dem Ort, dem sie entfliehen wollte und an dem sie nun darauf wartete, dass ihr das Herz gebrochen wurde.

24

Die Nacht verging, ohne dass sich etwas Neues ergab. Nach dem Schichtwechsel sprach Daniellas Vater mit dem diensthabenden Arzt der Nachtschicht, und Daniella durfte auf einer der Mitarbeiterliegen schlafen. Sie wachte praktisch stündlich auf. Dann galten ihre ersten Gedanken dem retikulären System, jenem innersten Teil des Hirnstamms, der so wichtig für das Bewusstsein war. Im Geiste sah sie Bilder davon aus ihrem alten Anatomie-Skizzenblock vor sich und erinnerte sich an eine Pharmakologie-Vorlesung über Narkosemittel. All die wesentlichen Funktionen, die Menschen am Leben erhielten – Atmung, Blutkreislauf und Schlaf –, waren weit unten im Gehirn verwurzelt, liefen unbewusst ab. Die höheren Hirnregionen konnten solche primitiven Triebe unterdrücken, aber nur bis zu einem gewissen Punkt. Schaltete man das Bewusstsein aus, die Fähigkeit zu denken und zu abstrahieren, blieb der einfachste Grundzustand: Herzschlag, Atmung, Schlaf.

Jedes Mal, wenn sie wach wurde, ging sie zu Mark, setzte sich neben sein Bett und hatte das Gefühl, nur noch das zu sein: ein atmender Herzschlag, der Schlaf brauchte. Mark hatte all das, doch sie sehnte sich nach dem, was ihm gerade fehlte: nach seinem Bewusstsein, danach, dass er die Augen öffnete, sie erkannte. Nach einem Zeichen, dass er es schaffen würde. Sie berührte seinen sonnengebräunten Unterarm mit den goldenen Haaren, lehnte manchmal den Kopf an seinen Bizeps und fragte sich, ob er spürte, dass sie hier war. Aber sie sagte nichts. Die Schwestern und Ärzte waren stets in der

Nähe, sahen alle fünfzehn Minuten nach Mark, und Daniella wollte nicht, dass sie ihre Gedanken errieten.

Also sprach sie mit den Fingern zu ihm. Sie berührte ihn sanft, zärtlich, so wie sie es getan hatte, als sie noch zusammen gewesen waren. Wie natürlich, wie leicht es ihr damals vorgekommen war. Jetzt wurde ihr klar, wie kostbar jene Momente gewesen waren – und wie leichtsinnig sie alles zerstört hatte, was sie sich versprochen hatten.

Sie schwankte innerlich.

Winzige Details fielen ihr auf. Sein Haar streifte seine Ohren, was er eigentlich nicht leiden konnte. Die letzten Wochen hatte er sein Äußeres offenbar vernachlässigt. Und dann war da die Naht über seiner Braue. Jemand hatte die Wunde gereinigt und neu verbunden. Sie stammte nicht von dem Absturz, denn Daniella hatte den Verband gesehen, als sie Mark aus dem Hubschrauber gezogen hatte. Folglich war die Narbe ein Hinweis darauf, was er in den Wochen erlebt hatte, die sie getrennt gewesen waren. Aber was bedeutete sie?

Diese Dinge wollte sie ihn fragen. Ihr war gleich, ob er noch wütend auf sie war, solange er nur aufwachte. Die Kratzer in seinem Gesicht heilten bereits, die Haut um sie herum war rosig verfärbt. Sein Körper erkannte die Verletzungen und kümmerte sich darum. In einer Woche hätte sich dort neues Gewebe gebildet, und in zwei Wochen würde man die Stellen kaum noch ausmachen können. In einem Jahr wären sie ganz verschwunden. Aber konnte sein Körper auch seine Organe und sein Gehirn heilen?

Die Morgendämmerung kam und ging. Ihr Vater schaute vor seiner Visite herein. Dann folgte die Visite auf der Intensivstation, und Daniella ging nach draußen, um nicht im Weg zu sein.

Sie sank an die Wand gegenüber dem Fenster. Die strahlende Sonne draußen verhöhnte Daniellas schwindende Hoffnung. Beruflich hatte sie tagtäglich mit Krankheiten und Verletzungen zu tun, dennoch hatte sie nie zuvor begriffen, was für ein Tyrann die Angst war, wie sie einen aussaugte, verstörte und einem den Schlaf raubte. Außerhalb der Klinik bewegte sich die Stadt träge im Dunst des beginnenden heißen Tages. Sie sah aus, wie Daniella sich fühlte.

»Hi«, hörte sie eine heisere Stimme neben sich sagen.

Daniella zuckte zusammen. »Dave!«

Er stützte sich auf Krücken und zog einen Infusionsständer hinter sich her, an dem mehrere Beutel mit Kochsalzlösung hingen. Sein Gesicht sah furchtbar aus: die Nase geschwollen und beide Augen von Blutergüssen umrahmt. An seinem Hals waren zahlreiche oberflächliche Abschürfungen zu sehen. Erinnerungsfetzen blitzten in Daniellas Kopf auf, wie sie ihn über die rote Erde geschleppt hatten.

Außerdem war er ein bisschen grün im Gesicht. »Um Gottes willen, setz dich hin«, sagte sie und half ihm, sich auf einen der bequemeren Stühle zu setzen. Dann legte sie sein geschientes Bein auf einen zweiten Stuhl. Oberhalb der Schiene war ein breiter weißer Verband, der bis unter das Krankenhaushemd reichte.

»Danke«, ächzte er. »Verfolgt mich jemand?«

Daniella richtete sich auf und blickte den leeren Flur hinunter. »Nein ...«

»Sehr gut. Ich wollte Mark sehen. Wie geht es ihm?«

Nun, da er saß, hatte sein Teint einen etwas gesünderen Grauton angenommen. Daniella sank auf den Stuhl neben ihm. »Keine Veränderung bisher«, flüsterte sie und räusperte sich gleich, weil sie es hasste, so schwach zu klingen. »Also, sein Zustand hat sich nicht verschlechtert, was immerhin etwas ist. Sie beobachten die Vitalfunktionen durchgängig. Wir können nur ... warten.«

Dave nickte. Eine Weile lang blieb er stumm, und es schien,

als wären seine Gedanken abgeschweift. Dann sagte er: »Verstehe. Ich hab's nicht so mit dem Warten, wie du siehst.« Dabei blickte er zu dem Infusionsständer.

Daniella staunte, dass er sich überhaupt schon auf den Beinen halten konnte, kaum zwölf Stunden nach seiner OP. Die Freude darüber tat ihr gut. »Ich bin so froh, dass du es einigermaßen überstanden hast«, sagte sie. »Drinnen ist gerade die Visite.«

Dave lehnte sich zurück. »Eigentlich wollte ich auch zu dir.«

Sie sah ihn verwundert an.

»Na ja, ich erinnere mich nicht an viel von dem Absturz. Etwas hat uns getroffen, glaube ich. Wir sind abgestürzt, und ich glaube mich zu erinnern, dass ich aus dem Helikopter geklettert bin. Dann war ich draußen, auf dem Boden. Und danach weiß ich eigentlich nichts mehr, bis ich hier aufgewacht bin. Kannst du mir sagen, was passiert ist?«

Daniella überlegte, was sie gesehen hatte, doch ihr fiel bloß der Gestank von Benzin und Rauch ein. Schließlich antwortete sie: »Du bist alleine aus der Kabine gekommen. Wie, weiß ich nicht. Als wir dich fanden, lagst du schon draußen.«

»Okay«, sagte er und wartete, dass sie fortfuhr.

»Mark war noch drinnen. Ich habe versucht, ihn rauszuziehen. Kath war bei dir. Es hat gedauert, Mark herauszubekommen. Und sowie er auf dem Boden lag, zog ich ihn weg, hinter den Wagen.«

Daves Blick war jetzt fest, als hätte er das bereits gewusst. »Warum hast du das gemacht?«

»Benzin«, flüsterte sie. »Überall war Benzin. Ich konnte es riechen, und etwas brannte oben, nahe den Rotoren.«

»Was dann?«

Nun sprudelten die Worte fast von selbst aus ihr heraus. »Kath konnte dich nicht alleine wegziehen. Also bin ich zurück und habe ihr geholfen. Ich habe deinen Kragen gepackt und dich mit ihr weggezerrt.«

»Ja, das dachte ich mir. Ich bin mal von einem Pferd mitgezerrt worden, da hatte ich auch solche Kratzer.«

Daniella musste grinsen. »Hast du dir mal überlegt, dass Tiere und du vielleicht nicht die beste Kombination sind?«

Dave lachte kurz und schüttelte den Kopf. »Oh Mann!«

»Was?«

»Daniella, ich wiege fünfundneunzig Kilo, und Mark ist noch schwerer als ich. Mir ist schleierhaft, wie du das fertiggebracht hast. Und du kommst auch noch zu mir zurück, obwohl es schon brennt? Da war jede Menge Flugbenzin in den Tanks. Ich habe es in den Nachrichten gesehen. Die Maschine ist fast vollständig verbrannt.« Er erschauderte. »Danke«, sagte er. Daniella konnte nichts sagen. Was sie getan hatte, schien ihr selbstverständlich.

Für einen Moment schwiegen beide, bevor Dave sagte: »Ich sollte lieber wieder zurück auf die Station humpeln.«

»Was macht das Bein?«

»Pocht ziemlich fies. Um mich dran zu erinnern, dass es noch dran ist, schätze ich.«

»Soll ich dir helfen?«

»Nein, geht schon.« Er rutschte nach vorn und hob mühsam das geschiente Bein vom Stuhl, ehe er sagte: »Obwohl ... Kannst du vielleicht doch?«

Daniella stand auf. »Warte hier.« Sie lief in den Abstellraum der Intensivstation und holte einen Rollstuhl mit angebautem Infusionsständer.

Dave war beeindruckt. »Wieso ist mir das nicht eingefallen?«

Sie hatten es fast zurück in sein Zimmer geschafft, als eine Schwester sie auf dem Gang entdeckte.

»Aha! Ich wusste doch, dass Sie Ärger machen«, sagte sie

schmunzelnd zu Dave. »Wir hatten Sie ja kaum aus dem Rettungswagen, als Sie schon wieder gehen wollten. Sie haben sich hoffentlich nichts getan, oder?«

Dave antwortete, dass alles okay sei, und Daniella beschloss, nicht zu erwähnen, dass er auf Krücken unterwegs gewesen war. Was die Schmerzen anging, musste sie ihn allerdings verpetzen. »Sein Bein tut weh«, sagte sie zu der Schwester.

»Tja, das wundert mich nicht. Übrigens haben Sie die Visite verpasst.« Sie übernahm den Rollstuhl. »Dann bringen wir Sie mal zurück und geben Ihnen etwas von dem guten Zeug.« Sie drehte sich zu Daniella um. »Sie kommen mir irgendwie bekannt vor. Waren Sie gestern Abend schon hier?«

Daniella schluckte. Ihr kam die Schwester ebenfalls bekannt vor. »Ich habe früher hier gearbeitet«, sagte sie rasch.

Zum Glück wollte die Schwester vor allem Dave wieder ins Bett bekommen. Daniella trottete hinter ihnen her und merkte sich die Bettnummer, damit sie später nach ihm sehen konnte. Die Schwester zog die Vorhänge zu, und Daniella hörte, wie sie die Infusionen prüfte und die Schmerzmittel verabreichte. Daves Bett war das einzig belegte in einem Vierbettzimmer. Ein großes Fenster wies hinaus über das Klinikgelände, und Daniella blickte nach draußen.

Die Sonne stand inzwischen höher am Himmel und schien auf die grünen Bäume des Golfplatzes in der Ferne. Weiter vorn war das gewölbte Dach der Busstation zu sehen. Als Daniella noch hier arbeitete, war sie beinahe täglich mit dem Bus gekommen. An dieser Aussicht war sie hunderte Male vorbeigegangen, ohne sie wahrzunehmen. Nun hockte sie sich auf die niedrige Fensterbank, um einen Moment auszuruhen.

Sie hörte Schritte auf dem Gang, dann das hohe Ratschen, als Daves Bettvorhang zurück- und wieder zugezogen wurde. Daniella nahm an, dass es die Schwester war, bis sie eine Stimme hörte, die sie sehr gut kannte.

Jackie hielt den schlafenden Jamie an ihre Brust gedrückt.

Die Nacht war lang und unruhig gewesen, voller Grübeln und Sorge. Bei vielen Dingen, die sie in den letzten drei Jahren gemacht hatte, war sie sich unsicher gewesen, aber jetzt war sie sich einer Sache ganz sicher. Sie zögerte nur, weil Dave zu schlafen schien und sie ihn ansehen wollte. Selbst zerschunden und verwundet war er vollkommen. Sie war so lange wütend auf ihn gewesen, dabei war er ein Teil von ihr, sein Gesicht war ihr so vertraut wie ihr eigenes. Sie hatte sich an ihren verletzten Stolz und an ihre Würde geklammert und geleugnet, wie viel er ihr bedeutete. Doch ihn fast zu verlieren machte all das sinnlos und nichtig. Auch wenn es für ihn vielleicht zu spät war, für sie dasselbe zu empfinden wie früher, musste sie das hier tun.

Vorsichtig setzte sie sich auf die Bettkante. Dave lächelte und öffnete ein Auge. Sobald er sah, wer es war, wurde sein Lächeln ein wenig matter.

Er drehte den Kopf zu ihr. »Autsch«, flüsterte er, als sein aufgeschürftes Ohr das Kissen berührte.

»Entschuldige, dass ich dich geweckt habe«, sagte Jackie verlegen.

»Ich habe nicht geschlafen.«

Eine Weile lang sahen sie einander stumm an. Daves dunkle Augen waren klar und ruhig. Er wartete, was sie sagen wollte, und das mit solcher Geduld, solcher Hoffnung, dass es ihr die Sprache verschlug. Ihre Kehle war wie zugeschnürt, als sie daran dachte, wie seidig sich sein Haar anfühlte und wie oft sie versucht hatte, nette Sachen zu ihm zu sagen, es aber irgendwie immer im Streit geendet hatte. Das konnte sie nicht wieder tun.

Statt zu sprechen, hob sie Jamie in ihre Arme, als wäre er ein Neugeborenes, und reichte ihn Dave. Schützend legte Dave seine Arme um den Kleinen und sah seinen Sohn an, als wollte er den Anblick für immer in sich aufsaugen. Nach wenigen Minuten streckte Jamie einen Arm aus und öffnete flatternd die Augen.

»Hey du«, sagte Dave leise. Er versuchte zu lächeln, obwohl er furchtbar traurig aussah. Und Jackie brach es das Herz. Sie bedauerte alles, was geschehen war.

»Dave«, sagte Jamie.

Jackie berührte Jamies warmen Fuß in der Socke und drückte ihn leicht, damit er wusste, dass sie hier war. »Jamie, Dave ist dein Daddy.«

Sie beobachtete, wie ruhig Jamie es aufnahm. Sie hatte es sich schwierig vorgestellt, aber nun war es das Einfachste, das sie je getan hatte.

Dave blickte mit glänzenden Augen zu ihr auf. Tränen liefen ihm über die Wangen und tropften auf das Krankenhaushemd, während sich seine Brust bei jedem Atemzug hob und senkte. Jackie streckte ihre freie Hand nach ihm aus und wollte ihn sanft am Arm berühren, damit er erkannte, dass ihr leidtat, was sie zwischen ihnen kaputtgemacht hatte.

Aber er fing ihre Hand ein und zog sie zu sich, so dass er sie beide in den Armen hielt. Er drückte Jackie an seine Brust, und sie fühlte seinen Atem auf ihrer Haut, als er sie aufs Haar küsste. Jetzt weinte sie auch. Beim Herkommen hatte sie keine großen Hoffnungen gehabt, und auf einmal schien es denkbar, dass sie einander alles verziehen.

»Daddy?«, fragte Jamie unsicher. Er verstand ja nicht, was los war.

Das eine Wort riss den letzten Damm ein. Daves Tränen wurden zu einem Schluchzen, das er in Jackies Haar vergrub, als er sie beide mit zitternden Armen festhielt.

Daniella hatte ebenfalls Tränen in den Augen, als sie die Station verließ. Sie hatte nicht lauschen wollen, wollte aber auch nicht stören. Und die Vorhänge waren dünn. Sie freute sich aufrichtig für Jackie und Dave, auch wenn ihr in diesem Moment erst recht bewusst wurde, wie isoliert sie war. Was war, wenn sie keine Chance mehr bekam, Mark zu sagen, dass sie sich geirrt hatte? Würde sie die Reue ewig mit sich herumtragen?

Die Gedanken drohten, sie zu erdrücken. Dazu ihr leerer Magen und der Schlafmangel – es war kein Wunder, dass sie sich schwach fühlte und ihr übel war. Sie bog um eine Ecke in einen weiteren weißen Korridor und blieb stehen. Ihr war ein kleiner Knick in der Wand aufgefallen, als wäre beim Bau ein Ansatz nicht ganz bündig geraten. Und daneben hing ein Telefon. Im nächsten Moment hatte Daniella den Hörer in der Hand.

»Klinik«, meldete sich eine gelangweilte Schwester.

»Hallo. Können Sie mir sagen, ob Dr. Bell heute Morgen noch einen Termin frei hat? Hier ist seine Tochter.«

Papierrascheln. »Ja, sogar zwei hintereinander. Eben hat jemand abgesagt.«

»Würden Sie ihm ausrichten, dass ich nach unten komme?«

Der Schwester schien es egal. »Klar. Aber halten Sie ihn bitte nicht zu lange auf. Er wird hier gebraucht.«

So kam es, dass Daniella sich um kurz nach elf in dem vertrauten Klinikraum mit den weißen Wänden und dem blauen Teppich wiederfand. Sie stand in der Nähe des Schreibtischs und wartete, dass der Patient ihres Vaters herauskam. Er war sogar pünktlich; Daniella wusste nicht, ob das ein gutes oder ein schlechtes Zeichen war.

Ihr Vater winkte sie herein und schloss die Tür. »Irgendwelche Veränderungen?«, fragte er, kaum dass sie sich gesetzt hatte.

»Nein, dasselbe wie vorhin«, sagte sie. Sie war unsicher, ob sie dies hier wirklich tun sollte.

»Ich gehe nach der Sprechstunde zu ihm.«

»Danke. Aber ich wollte eigentlich über etwas anderes mit dir reden.« Los geht's, dachte sie.

Ihr Vater nahm seine Brille ab. »Mhm?« Ruhig wartete er ab, was sie ihm zu sagen hatte.

Daniella schluckte. »Etwas ist passiert, hier bei der Arbeit in Brisbane, bevor ich in den Norden gegangen bin«, begann sie. »Das war vor fünf Monaten, und es war der eigentliche Grund, aus dem ich fortgegangen bin.«

Ihr Vater sagte nichts, betrachtete sie nur ruhig und nickte kaum merklich.

»Ich bin weg, weil ich jedes Mal, wenn ich zur Arbeit kam, daran denken musste. Ich dachte, wenn ich eine Weile verschwinde, wird es besser. Dass ich es irgendwie verarbeiten und dann wiederkommen kann.«

»Und, hat es funktioniert?«

Mit der Frage hatte sie nicht gerechnet. Sie hatte eher erwartet, dass er sie fragen würde, was genau passiert war, Einzelheiten wissen wollte, damit er sie analysieren konnte. Und sie hatte so angestrengt darüber nachgedacht, was sie darauf antworten würde, dass sie nun neu überlegen musste.

»Nein, eigentlich nicht. Manchmal werde ich panisch, und ich habe Angst, dass ich auf einmal nichts mehr weiß und vergesse, was ich zu tun habe. Das hat bisher nicht aufgehört.«

Ihr Vater strich sich über den Mund. »Es muss hart für dich sein.«

Wieder war sie überrascht. »Was meinst du?«

Er lächelte verhalten. »Ich meine, dass ich denke, du erwartest von dir, perfekt zu sein. Und wenn du nicht ganz perfekt bist, deutest du es als Versagen. So warst du schon immer.«

Sie runzelte die Stirn. »Aber du bist perfekt! Man muss perfekt sein, um ein guter Chirurg, um in allem gut zu sein!«

Jetzt, da sie die Worte ausgesprochen hatte, kamen sie ihr

lächerlich vor. Ihr Vater sah sich um, als könnte er sie in der Luft hängen sehen, und schüttelte den Kopf. »Was du als Perfektion wahrnimmst, ist nichts als jahrelange Praxis und Übung, und manchmal liegt man trotzdem noch furchtbar falsch. Das sollte dir klar sein, Daniella. Ich glaube nicht, dass du ernsthaft von anderen verlangst, vollkommen zu sein, und du darfst es auch nicht von dir erwarten, erst recht nicht in diesem Beruf.«

Daniella senkte den Kopf. »Heißt das, dass ich es nie werde vergessen können?«

Ihr Vater lehnte sich vor und legte sanft einen Finger unter ihr Kinn. »Du wirst es nie vergessen. Und das solltest du auch nicht. Aber du musst lernen, damit umzugehen, damit es dich nicht sabotiert. Ich würde dir wirklich gerne helfen, doch dafür bin ich nicht der Richtige. Die Grenzen würden verschwimmen – das weißt du.«

Daniella nickte. Sie begriff jetzt, warum er nicht nachgefragt hatte: Sie waren verwandt, und es ging um ein berufliches Problem. Das war ethisch fragwürdig. »Siehst du, du bist doch perfekt«, murmelte sie.

Er lachte. »Ich habe meine lichten Momente. Hast du einen eigenen Arzt?«

Sie verneinte stumm. »Aber ich denke, ich kann mir einen suchen.«

»Tu das. Und geh auch wirklich hin. Ich werde nachhaken … Glaub ja nicht, dass ich es vergesse.«

Unfähig, sich zu rühren, saß sie da und blickte zu der Wanduhr hinter ihm, auf der sich der Sekundenzeiger stetig weiterbewegte. Sie war in der Hoffnung auf einen Freispruch hergekommen, den es nicht geben würde. Und es gab noch etwas, das sie dringend sagen musste.

»Dad, ich habe Angst.«

»Wovor?«

»Dass er stirbt.«

»Tja, wir alle sterben irgendwann.«

»Ich meine, dass er stirbt, bevor ich ihm sagen kann, dass es mir leidtut.«

»Ah.« Er schwieg einen Moment. »Er ist mein Patient, Daniella, bedenk das bitte. Wir haben unsere Arbeit gut gemacht, und jetzt liegt es bei ihm. Er ist jung und stark. Aber er hat eine Menge durchgemacht, deshalb musst du ihn daran erinnern, warum er hier sein will.«

»Das kann ich nicht«, erwiderte sie verzweifelt. »Es sind dauernd Leute in der Nähe, und ich komme mir blöd vor.«

Er drückte ihre Hand. »Rede mit ihm. Sag ihm alles, von dem du denkst, dass du es später nicht mehr herausbringen wirst. Glaub mir, die Schwestern hören das nicht zum ersten Mal.«

Er stand auf und zog sie mit sich hoch. »Ich bringe dich zurück nach oben.«

25

Am späten Vormittag wachte Mark aus einem verworrenen Traum auf. Er war aufgelöst durch ein weißes Nichts geschwebt, aus dem er eine Stimme gehört hatte. Jetzt jedoch fühlte er seine Finger auf dem Laken, den Atem in seiner Brust. Seine Lider waren geschlossen, und er versuchte, die Augen zu öffnen, konnte es aber nicht. Seltsam. Doch wenigstens bewies es, dass er wieder einen Körper hatte.

Er fühlte sich steif. Als er seine Position ändern wollte, spürte er ein Ziehen und einen dumpfen Schmerz im Bauch.

»Mark?« Das war eine fremde Stimme. »Mark? Wissen Sie, wo Sie sind?«

Etwas zupfte an seinen Augen, und er sah Lichtblitze. Mühsam öffnete er ein Auge, aber alles, was er sehen konnte, war grelles Weiß.

Nach und nach zeichneten sich jedoch Konturen ab: weiße Betten, umgeben von Maschinen, Schläuchen und Kabeln. Er war in einem Krankenhaus. Eine Schwester beugte sich über ihn.

»Da sind Sie ja«, sagte sie. »Wissen Sie, wo Sie sind?«

Mark stutzte. Ihre Stimme war nicht die, an die er sich erinnerte, und noch viel weniger wusste er, wo er war. Allmählich registrierte er all die Dinge, an die er angeschlossen war: zwei Infusionen, eine in jeder Hand. Etwas um seinen Hals. Und was war das? Ein warmer dünner Schlauch, der über seinen Oberschenkel verlief. Schneller als ihm lieb war, begriff er, und aus irgendeinem Grund fand er diesen Schlauch am schlimmsten.

Die Schwester trug etwas auf dem Krankenblatt ein. »Wie stark sind Ihre Schmerzen? Auf einer Skala von null bis zehn, wobei zehn am stärksten ist.«

Mark musste überlegen und dann seine Stimme testen. »Vier«, krächzte er. Sein Hals fühlte sich an, als hätte er sich als Feuerschlucker versucht.

Die Schwester nickte, schrieb es auf und trat vom Bett zurück. »Klingeln Sie, wenn Sie etwas brauchen. Der Arzt wird bald hier sein, um nach Ihnen zu sehen. Ich lasse Sie dann mal allein.«

Erst jetzt bemerkte Mark, dass noch jemand neben seinem Bett war, der offenbar nicht stören wollte. Er drehte den Kopf zur Seite, um besser sehen zu können.

Daniella stand neben einem alten Krankenhausstuhl, die Finger gefaltet und nervös an ihrer Unterlippe nagend. Ihre Stimme, begriff Mark sofort. Sie hatte er in seinem Traum gehört. Er wollte die Hand nach ihr ausstrecken, konnte jedoch nur wenige Finger bewegen.

Gleich kam Daniella zu ihm und nahm seine Hand. Sie setzte sich auf den Stuhl neben dem Bett und drückte ihre Stirn an seine Haut. Sie fühlte sich kalt an, was Mark nicht gefiel. Mit enormer Anstrengung bewegte er seinen anderen Arm, von dem Schläuche baumelten, und strich über Daniellas Haar. Seine schlafbenebelten Sinne erwachten langsam. Die Erinnerungen an sie waren stark, zogen ihn zurück in die Realität.

»Es tut mir so leid«, flüsterte sie.

Mark war verwirrt. Ihm fiel nichts ein, was ihr leidtun könnte. Und wie war er überhaupt hierhergekommen? Warum wusste er es nicht mehr? Das Letzte, woran er sich erinnerte, war, dass er auf der Station gewesen war und mit Dave im Hubschrauber losfliegen wollte.

O Gott!

»Was ist passiert?«, brachte er mühsam heraus.

Daniella blickte auf und wischte sich über die Augen. Für ihn war sie immer wunderschön, dennoch entging ihm nicht, wie müde und eingefallen sie aussah. Angst und Erschöpfung sprachen aus ihren Zügen, und er spürte eine Schwere, die er nicht zuordnen konnte.

»Was weißt du noch?«, fragte sie.

Über die lange Nacht war Daniellas Angst um Mark zu einem kalten Stein in ihrem Bauch geworden, der auf ihr Herz drückte. An dem musste sie jedes einzelne Wort vorbeizwingen, als sie mit ihm sprach, bis ihr vor Anstrengung alles wehtat. Ihre Erleichterung wirkte dagegen wie ein Fieberanfall. Er war wach, und alles, was kalt gewesen war, wurde wieder warm: die Tränen in ihren Augen, seine Haut unter ihren Fingern. Ihre Brust fühlte sich so leicht an, dass sie glaubte, ihr würde das Herz davonfliegen.

Um wieder Boden unter den Füßen zu spüren, erklärte sie ihm nach und nach in allen Einzelheiten, was geschehen war, erzählte ihm von dem Unfall und versicherte ihm, dass mit Dave so weit alles okay war. Sie erklärte ihm, dass er in Brisbane war und achtundvierzig Stunden bewusstlos gewesen war. Dann beobachtete sie, wie die Erschöpfung ihn einholte und er wieder einschlief.

Daniella blieb bei ihm und legte ihren Kopf an seine Schulter, so dass sie ihn atmen hören konnte. Mehrere Stunden vergingen, bevor sie merkte, wie er sich erneut regte. Langsam hob er eine tastende Hand zu seinem Gesicht, als wollte er sich vergewissern, dass alles noch da war. Dann streifte er die Wundnaht über seinem Auge und verzog das Gesicht.

»Wie bist du zu der Wunde gekommen?«, fragte Daniella.

»Ist eine lange Geschichte.« Seine Stimme war noch heiser. Er berührte seinen Hals.

»Ist schon gut«, sagte sie. »Dein Hals muss sich von dem Beatmungsschlauch scheußlich anfühlen. Ich kann gehen, wenn du dich lieber ausruhen möchtest.«

»Nein, bleib.«

Behutsam nahm sie seine Hand, wobei sie achtgab, die Kanülen und Pflaster nicht zu berühren. Nachdem die unmittelbare Gefahr überstanden und er klarer war, sorgte sie sich, wie er die Geste aufnahm. War er noch verletzt? War er wütend auf sie? Doch er umfing ihre Hand mit seinen Fingern.

Leider fiel Daniella jetzt nichts mehr ein, was sie sagen könnte. Außerdem waren seine Augen eindeutig matt. Er brauchte Ruhe. »Ich lasse dich ein bisschen schlafen«, sagte sie, »und komme später wieder.«

»Ich will nicht schlafen«, widersprach er. »Rede mit mir.«

»Okay, aber nur, bis du müde bist. Also, was ist mit deinem Gesicht passiert?«

Wieder guckte er gequält. »Ehrlich? Ich habe mich grün und blau prügeln lassen.«

»Von wem?«

»Wie gesagt, ist eine lange Geschichte.«

Für einen kurzen Moment lächelten sie beide. Da war ein Funken von Verbundenheit, und Daniella sah Mark, wie er gewesen war, als sie noch ein Paar waren. Dann war der Moment vorbei. Mit einem leisen Seufzer schloss Mark die Augen. »Vielleicht schlafe ich doch noch ein bisschen.«

Marks Zustand verbesserte sich kontinuierlich, und am nächsten Tag wurde er von der Intensivstation auf die normale Station verlegt. Gegen Mittag des darauffolgenden Tages kam ein Arzt, der ihm den Zentralkatheter abnahm. Cat hatte ihn besuchen dürfen und war sichtlich froh gewesen, ihn in einem Stück vorzufinden. Sie wirkte älter, als er sie in Erinnerung hatte, aber ihre Begeisterungsfähigkeit war dieselbe. Sie freute sich, Daniella kennenzulernen, und die beiden verstanden sich gut. Jetzt war Daniella weggegangen, um einige Anrufe zu erledigen, Vertretungen zu organisieren und Kleidung und Essen zu besorgen. All das hatte sie vernachlässigt, als sie neben seinem Bett gewacht hatte. Außerdem hatte er länger mit Dave gesprochen – der an Krücken bei ihm am Bett erschienen war. Sie redeten über die Strapazen der Reha und auch über den Unfall. Dave wollte unbedingt wissen, was passiert war, welche Verletzungen Mark hatte und wie es ihm ging. Mark versicherte ihm, dass er sich erholte und dass sie wohl beide den Untersuchungsbericht abwarten mussten. Auch Will war bei ihm gewesen, hatte allerdings ihren Vater knapp verpasst, der dringend nach Ryders zurückgemusst hatte. Man konnte den Betrieb nicht zu lange sich selbst überlassen.

Jetzt zappte Mark sich rastlos und gelangweilt durch die Fernsehkanäle. Er hörte das Quietschen von Schuhsohlen auf dem Linoleumboden draußen auf dem Flur, das Tröpfeln der Infusionslösung, das Knarzen der Matratzen im Zimmer, wenn sich einer der anderen Patienten bewegte. Wann immer Mark Schritte hörte, wurde er absurd hoffnungsfroh, um gleich darauf bitter enttäuscht zu werden; Daniellas Schritte erkannte er auf zwanzig Meter Entfernung.

Spät am Nachmittag vernahm er ein bisher unbekanntes Schrittmuster. Kurz danach zog eine junge Frau in einem Polohemd seinen Vorhang beiseite und stellte sich als Liz, die Physiotherapeutin, vor. Liz scherzte, sie sei hier, um Mark das Leben zur Hölle zu machen, aber das Gute daran sei, dass sie ihn möglichst schnell wieder in Form bringen würde.

Wie sich herausstellte, war Liz freundlich, geduldig und gut in ihrem Job. Und Mark war froh darüber. Er brauchte zehn Minuten, um die Beine seitlich vom Bett zu schwingen. Liz hetzte ihn nicht. Sie wartete ruhig, bis sein Schwindelgefühl nachgelassen hatte. Und Mark dankte Gott, dass auch der verbleibende Katheter bald herausgenommen werden sollte. Nun konnte er nachvollziehen, was es hieß, Patient und auf andere angewiesen zu sein. Zum ersten Mal verstand er den Widerwillen seines Vaters gegen Ärzte und was seine Mutter mit der Chemo und den Operationen durchgestanden haben musste.

Irgendwie war es leichter für Mark, dass ihn eine Fremde so sah. Liz war ein Profi und hier, um ihren Job zu machen. Es war okay für ihn, in ihrer Gegenwart zu schwächeln, solange er nicht aufgab. Eine saubere, simple Beziehung. Was ihn allerdings motivierte, waren seine Gedanken an Daniella. Für sie wollte er wieder zu Kräften kommen.

Plötzlich war er auf den Beinen und ging. Er konnte nicht richtig aufrecht stehen, weil sein Bauch noch zu sehr schmerzte, aber er stand und war nicht mehr ans Bett gefesselt. Es war verblüffend, wie viel ihm das bedeutete.

Sie gingen zweimal den Flur auf und ab, wobei Liz seinen Arm hielt und den Infusionsständer mitzog.

»Noch einmal?«, fragte Liz nach der zweiten Runde.

Mark biss die Zähne zusammen. Er hasste es, an dem Schwesternzimmer vorbeizukommen, wo ihn noch mehr Menschen in diesem Zustand sahen. Zugleich war er entschlossener denn je, schnell wieder fit zu werden, damit Daniella ihn nie so würde sehen müssen. »Ja.«

Sie gingen ein weiteres Mal auf und ab. Danach schnalzte Liz anerkennend mit der Zunge und wollte ihn zurück zu seinem Bett führen. »Na gut, das dürfte reichen …«

»Noch einmal«, sagte er. Er wollte sicher sein, dass die ersten drei Runden kein Glücksfall gewesen waren. Auf halber Strecke dann wurde ihm klar, dass Liz ihn nicht mehr stützte und er ganz allein ging. Für einen Augenblick hatte er die blödsinnige Idee wegzulaufen, nur um zu sehen, was passierte.

Dave hatte ihm erzählt, wie er aus seinem Bett ausgebüxt war, und sie hatten so herzlich darüber gelacht, dass Mark sich den Bauch hatte halten müssen.

Schließlich sagte Liz, dass es für heute genug sei. Sie achtete auf seine Schläuche und den Infusionsständer, während er vorsichtig seine Beine wieder auf das Bett hievte.

Dann nickte sie zufrieden. »Okay, ich ahne schon, dass Sie nachher alleine losziehen wollen, aber gehen Sie es bitte langsam an. Ihr Blutdruck ist gut, aber Ihr Baroreflex kann noch ein wenig schleppend sein – das ist der, der verhindert, dass Sie beim Aufstehen ohnmächtig werden. Also vermeiden Sie hastige Bewegungen. Klingeln Sie ruhig, wenn Sie Hilfe brauchen. Ich bin den ganzen Tag hier, und die Schwestern können mich anpiepen. Ansonsten komme ich morgen wieder.«

Nachdem sie gegangen war, kostete Mark den kleinen Erfolg aus. Es war ein erster Schritt auf dem Weg zurück nach Ryders, zur Arbeit, zu Daniella … Er stockte. Nein, egal wie viele Schritte er machte, was würden die daran ändern, dass sie wegwollte?

Als Daniella endlich geduscht und umgezogen wiederkam – sie hatte ein längeres Telefonat mit Dr. Harris geführt und sogar in der Cafeteria gegessen –, fand sie Mark weit besserer Dinge vor. Er hatte wieder etwas Farbe im Gesicht und wirkte entschlossen.

»O-oh«, sagte sie. »Diesen Blick hatte Dave neulich auch, als ich ihn auf der Flucht ertappte. Du willst dich hoffentlich nicht selbst entlassen.«

Er grinste. »Ich hatte daran gedacht.«

»Aber?«

»Tja, wie sich zeigt, schaffe ich es sowieso nicht weiter als bis zum Ende der Station.«

Daniella neigte den Kopf zur Seite. »War die Physiotherapeutin da?«

Marks Grinsen wurde noch breiter. »Woher weißt du das?«

Sie erwiderte sein Lächeln zaghaft. »Weil die Patienten immer grinsen, wenn die Physio vorbei ist.«

Er lachte ein wenig – flach, wie sie bemerkte, weil es wohl noch wehtat. Aber Daniella hatte es so lange nicht gehört, und sie liebte es!

Dann wurde er wieder ernst. »Hör mal, Daniella, es tut mir wirklich leid, was ich gesagt habe. Vor Wochen, meine ich, bevor ich nach Isa gegangen bin. Es war unfair. Ich hätte dich nicht so bedrängen dürfen.«

Daniella wurde unsicher. »Nein, du hattest recht«, sagte sie. »Ich wollte mit dir zusammen sein, aber das hätte geheißen, mich mit dem auseinanderzusetzen, was ich mit mir herumschleppe.« Verärgert stellte sie fest, dass ihr schon wieder die Tränen kamen. »Es war leichter, dich gehen zu lassen. Mir wurde bald klar, wie dumm ich gewesen war. Aber dann ist das hier passiert, und ich dachte, dass ich vielleicht nie die Chance bekommen würde, dir zu sagen ...« Sie setzte sich auf den Stuhl neben dem Bett und streckte die Hand nach seiner aus. »Ich liebe dich«, flüsterte sie. »Ich weiß nicht, wie es zwischen uns wird, aber ich liebe dich.«

Als sie aufblickte, grinste er sie an. »Sag das noch mal.«

»Ich liebe dich.« Sie strahlte unter Tränen.

Mark sah sie mit einem Blick an, der hingebungsvoller nicht sein könnte. »Komm her«, sagte er und machte ihr Platz auf dem Bett, damit sie sich an ihn schmiegen konnte. »Du hast mir gefehlt. Ich bin ein bisschen durchgedreht, als ich versucht habe, es zu leugnen, aber es ist wahr. Und das ist der Beweis.« Er zeigte auf die genähte Braue.

»Erzählst du mir jetzt die Geschichte?«, fragte sie.

»In Isa bin ich über deinen Freund Pete gestolpert. Ich war

sowieso auf eine Prügelei aus, und er hat sie mir mit Freuden geliefert … leider hatte ich nicht bedacht, dass seine Kumpels auch mitmachen wollten.«

»Oh nein!« Daniella schlug sich eine Hand vor den Mund.

»Es war dämlich von mir«, gestand er. »Und ich bin nicht stolz drauf. Zum Glück war Will dort, um mich aus dem Schlamassel zu holen.«

»Lass mich mal sehen«, sagte Daniella, die unbedingt nachschauen wollte, ob sie in Isa anständig gearbeitet hatten. »Hmm, nicht schlecht. Aber achte darauf, dass die Fäden in den nächsten zwei Tagen gezogen werden, sonst bilden sie Narben.«

Er sah sie ungläubig an. »Um die machst du dir Gedanken?«, fragte er und wies auf seinen Oberkörper. »Ich bin ziemlich sicher, dass dein Dad mir da unten weit größere verpasst hat.«

Daniella kniff die Lippen zusammen. »Ich mag dein Gesicht so, wie es ist. Was hast du noch abbekommen?«

»Ein paar blaue Flecken, aber die kann man jetzt nicht mehr von den anderen unterscheiden. Ach ja, und das hier.« Er tippte an seine Seite.

»Die Rippen?«

»Ja, einige sind angeknackst.«

»Zeig her«, befahl sie.

Gehorsam zog er die Decke nach unten und das Krankenhaushemd nach oben. Daniella konnte den gelben Halbkreis um seine unteren Rippen sehen, der die hübschen Muskelwölbungen entstellte. Vorsichtig strich sie über die Blutergüsse, ohne die Verbände zu berühren.

Mark rang nach Luft. »Ja, da ist es.«

Sanft legte Daniella ihre flache Hand auf seine Seite. »Entschuldige«, flüsterte sie. »Ich wollte dir nicht wehtun. Ehrlich nicht.«

Mark zog die Decke wieder hoch und nahm ihre Hand. »Ist halb so wild.«

Endlich wagte Daniella zu hoffen. Sie könnten es wieder hinbekommen. Wenn er aus dem Krankenhaus raus war und sie beide wieder dort waren, wo sie zuvor gewesen waren. Was sie als Nächstes sagen musste, fiel ihr schwer.

»Ich muss wieder zurück. Dr. Harris ist ganz allein und völlig überlastet.«

Mark wirkte enttäuscht, wich aber nicht zurück. »Wann?«

»Morgen wahrscheinlich, je nachdem, wann ich einen Flug bekomme. Ich bin auch nicht froh darüber«, fügte sie hinzu, denn er sollte auf keinen Fall denken, sie würde wieder weglaufen. »Ich möchte am liebsten hier bei dir bleiben. Es bricht mir das Herz, dass ich wegmuss. Aber ich habe keinen Urlaub mehr, und da ist noch etwas anderes, um das ich mich kümmern muss.«

Er hob ihr Kinn an, damit sie ihn ansah. »Willst du darüber reden?«

»Nein, jetzt noch nicht. Aber sowie ich bereit bin, erzähle ich es dir, versprochen. Ich will, dass es klappt.«

»Wirklich?« Er sah sie so hoffnungsvoll an, dass sie beinahe gleich wieder in Tränen ausgebrochen wäre. Sie wusste, dass sie erst mit sich selbst ins Reine kommen musste, wenn es für sie beide eine Chance geben sollte. Und wenn sie nichts gegen die Dinge in ihrem Kopf unternahm, würden sie ein zweites Mal an dem Punkt landen, an dem alles schiefgegangen war.

26

Tatsächlich hatte Daniella schon entschieden, mit wem sie reden wollte. Das Problem war, dass sie bisher nicht den Mut dazu aufgebracht hatte. Ganz abgesehen davon, dass solche Gespräche nicht am Telefon geführt werden konnten.

Den Flug und die Busfahrt nach Ryders Ridge verschlief sie größtenteils, und als sie wieder in ihrem Haus war, schlief sie in dem alten Bett noch ein bisschen weiter. Am nächsten Tag wachte sie früh und mit einem Gefühl der Entschlossenheit auf. Nur leider schien sich nie ein günstiger Zeitpunkt für ein Gespräch zu ergeben.

Es war seltsam, zur Arbeit zurückzukehren, als wäre der Hubschrauberabsturz nie geschehen. Dennoch war sie so beschäftigt, dass sie keine Zeit zum Grübeln hatte, und zwei Wochen vergingen in einem Wirbel aus Arbeit und täglichen Anrufen von Mark. Valerie Turner war wieder auf Daniellas Hausbesuchsliste und fragte sie ohne Ende über alles aus, was passiert war. Die Frau wirkte energiegeladener denn je. Mark selbst ging es besser und besser, und in wenigen Tagen würde er nach Hause kommen.

Seine nahende Rückkehr war der endgültige Ansporn. Daniella ging den längeren Weg von der Praxis nach Hause und blieb am Ende der Hauptstraße stehen, um zur Bank hinaufzusehen.

Seit ihrer Rückkehr war sie nicht mehr hier gewesen. Zu viele Erinnerungen. Und jetzt sagte ihr die schlichte Holzbank mit der kleinen Messingplakette deutlich, wie ihr Leben vor dem Absturz gewesen war. Sie ermahnte Daniella, dass sie zu schnell wieder in ihren Trott verfiel, ohne etwas geändert zu haben. Sie durfte es nicht länger aufschieben.

Am nächsten Morgen um kurz nach elf, als Daniella wusste, dass Dr. Harris zwei Termine hintereinander frei hatte, legte sie ihr Stethoskop zur Seite und ging mit einer neuen Akte unter dem Arm in sein Sprechzimmer.

»Was macht der junge Mark?«, fragte er, als sie sich setzte.

»Der macht sich gut.«

»Schön zu hören. Dave war schon hier. Der Beinschnitt ist gut verheilt, und er kann sich gut bewegen.«

Daniella nickte, ehe sie sagte: »Das ist großartig, Dr. Harris. Aber eigentlich bin ich hier, um über etwas anderes mit Ihnen zu reden.« Sie reichte ihm die Akte und beobachtete, wie er den Deckel las. Auf dem stand ihr eigener Name.

»Natürlich.« Er ließ sich keinerlei Verwunderung anmerken. »Dann erzählen Sie mal.«

Sie ballte die Fäuste in ihrem Schoß und zwang sich anzufangen. »Etwas ist bei der Arbeit in Brisbane passiert, bevor ich hierherkam. Vor ungefähr sechs Monaten.« Sie verstummte, doch Dr. Harris wartete geduldig ab, dass sie weitersprach.

Daniella unternahm einen zweiten Anlauf. »Jedenfalls, ich war für die Notaufnahme eingeteilt, und es kam ein Fall …« Sie stockte und holte Luft. Schaffte sie das?

»Lassen Sie sich Zeit«, sagte Dr. Harris ruhig.

»Ich habe eine Patientin umgebracht«, platzte sie heraus. O Gott, sie hatte es gesagt! Das entsetzliche Geheimnis war draußen. »Ein Kind. Ein kleines Mädchen. Sie … äh, ihre Eltern brachten sie. Die Kleine war sehr unruhig und aß nicht. Sie waren tagsüber bei ihrem Hausarzt gewesen und wieder nach Hause geschickt worden, aber es war Freitagabend, und sie machten sich Sorgen. Die Kleine war erst zwei Jahre alt, hatte Fieber, doch das ging zu der Zeit um.«

Sie hob eine Hand an ihr Gesicht. Ihre Wange war glühend heiß, als hätte sie selbst Fieber.

»Okay«, sagte Dr. Harris. »Was dann?«

»Es war viel zu tun. Wir hatten zwei Massenkarambolagen gehabt, und die Familie musste warten. Das Mädchen stand auf der Liste eines Facharztes, aber als er gerade mit der Untersuchung angefangen hatte, wurde er weggerufen. Ich wurde zu ihr geschickt. Als ich sie sah, überprüfte ich sie zunächst auf Anzeichen für eine Meningitis. Ich fand, dass ihr Nacken ein wenig steif war … doch offen gesagt hatte ich vorher noch nie ein Kleinkind behandelt. Die Kleine war nicht geimpft.

Ich wollte ihr gleich Antibiotika geben, bevor wir es mit einer Lumbalpunktion versuchten. Beim ersten Versuch bekam ich die Nadel nicht rein, und ich machte mich auf die Suche nach dem Facharzt, damit er mir helfen konnte. Aber ich konnte ihn nicht finden, also versuchte ich es noch einmal. Dann kam der Ausschlag. Während ich probierte, den Zugang zu legen, konnte ich dabei zusehen, wie er sich ausbreitete.«

Daniella unterbrach wieder. Sie sah den Ausschlag vor sich, diese furchtbaren lila Flecken, die sich über den winzigen Körper verteilten. Und sie erinnerte sich, nach Hilfe gerufen zu haben. Dr. Harris wartete.

»Ich wurde panisch und war vollkommen auf den Zugang fixiert. Ich hätte eine intraossäre Nadel einsetzen müssen, damit der Zugang sich nicht schließt, aber das hatte ich noch nie gemacht. Bis mir das einfiel, war ich schon drin. Nur dauerte es lange – zu lange.«

»Was ist dann passiert?«, fragte Dr. Harris.

Daniella zwang sich, die Fäuste zu lockern, und wischte ihre schwitzenden Hände an ihrer Hose ab. »Ich hatte eine Schwester geschickt, die Antibiotika zu holen, aber sie war noch nicht zurück. Also ging ich selbst los, um sie zu besorgen. Als ich wiederkam, hatte die Kleine einen Fieberkrampf, und der Zugang rutschte heraus. Ich weiß nicht, ob die Kanüle sich bewegt hatte oder die Vene kollabiert war, aber ich konnte nichts hindurchbekommen. Erst wollte ich gar nicht glauben, wie schnell alles geschah. Ich … äh, ich konnte mich nicht erinnern, was ich tun sollte. Als die Schwester endlich wiederkam, schickte ich sie los, einen anderen Arzt, irgendeinen Facharzt oder sonst jemanden zu holen, und versuchte, einen neuen Zugang zu legen.

Kurz darauf verlor die Kleine das Bewusstsein, und ihr Herz versagte. Da kam das Reanimationsteam … endlich, und übernahm. Sie legten den intraossären Zugang und gaben ihr Antibiotika, aber sie konnten sie nicht mehr zurückholen. Die Pathologie fand Meningokokken in der Lumbalprobe. Ich glaube, sie lag noch wenige Tage auf der Intensivstation, bevor sie die Geräte abstellten.«

»Hinterher passierte nichts«, fuhr Daniella eilig fort, weil sie sich dem Ende näherte. »Es war kein unnatürlicher Todesfall, weil die Infektion so offensichtlich war, deshalb gab es keine Untersuchung. Der Facharzt hatte die Verantwortung und erledigte den Papierkram. Es fühlte sich irgendwie … falsch an. Ich war ja die, die das Mädchen behandelt hatte. Deshalb rechnete ich damit, dass noch etwas folgen würde, was es nicht tat.

Der Facharzt sagte, es wäre schrecklich und tragisch, aber solche Dinge würden eben geschehen. Mir ging die Sache nicht aus dem Kopf. Ich ertappte mich dabei, wie ich in bestimmten Situationen panisch wurde, und ich hatte Angst, dass so etwas wieder passieren könnte. Ich bin hierhergekommen, weil ich dachte, in einer kleineren Praxis und Ambulanz würde ich mich weniger leicht im Chaos verlieren. Ich hatte gehofft, mein Selbstvertrauen wiederzufinden und dann zurückgehen zu können. Aber es hat nicht funktioniert. Und dann, nach dem Helikopterabsturz, passierte es wieder. Ich konnte nicht klar denken, nicht helfen. Manchmal frage ich mich, ob ich das überhaupt noch machen sollte.« Mit einer Handbewegung bedeutete sie, dass sie sowohl die Praxis als auch die Medizin im Allgemeinen damit meinte. »Dann wieder fällt mir nichts ein, was ich sonst tun könnte. Doch mit alldem in mir geht es einfach nicht.«

Sie holte tief Luft und dachte, es müsste noch mehr gesagt werden. Nein, da war nichts. Sie war fertig. Unsicher und beschämt blickte sie über Dr. Harris' Schulter hinweg auf einen Punkt hinter ihm. Es auszusprechen hatte nichts besser gemacht. Eher fühlte sie sich noch hilfloser.

Dr. Harris rieb sich das Kinn. »Lassen Sie mich ein paar Fragen stellen. Welche Antibiotika hatten Sie geholt?«

»Vancomycin und Ceftriaxon«, flüsterte sie.

»Was war sonst noch los?«, fragte er freundlich.

»Was meinen Sie?«

»Wie lange waren Sie schon im Dienst?«

Daniella überlegte. »Weiß ich nicht genau. Wahrscheinlich seit morgens. Ich glaube, ich hatte für jemanden die Schicht übernommen.«

Dr. Harris schwieg eine Weile. »Was hätte Ihrer Meinung nach anders laufen können?«, fragte er schließlich.

Damit hatte Daniella nicht gerechnet. So lange hatte sie das Gefühl mit sich herumgeschleppt, alles falsch gemacht zu haben, dass sie gar nicht über Alternativen nachgedacht hatte. »Na ja, wenn die Antibiotika früher gegeben worden wären, vielleicht …«

»Wie viel früher hätten Sie sie denn geben können?«

»Ähm … vielleicht fünfzehn, zwanzig Minuten?«

»Denken Sie, das hätte etwas geändert?«

Sie überlegte wieder. »Weiß ich nicht«, gestand sie.

»Stimmt.« Dr. Harris seufzte. »Daniella, ich möchte, dass Sie mir aufmerksam zuhören, denn Sie sind eine gute Ärztin, und das war ein furchtbares Erlebnis. Sehr erschütternd. Mir ist zu Beginn meiner Laufbahn etwas Ähnliches passiert. Später erzähle ich es Ihnen vielleicht einmal. Ich denke, der einzige Grund, weshalb ich noch hier bin, ist der, dass mir jemand gesagt hat, was ich Ihnen jetzt sagen will. Sie haben dieses Kind nicht umgebracht. Sie haben die Patientin von jemand anderem übernommen und richtig geschaltet. Das System um Sie herum hat Ihnen nicht geholfen. Keiner von uns arbeitet isoliert, nicht wahr? Nicht mal ich hier. In der Notaufnahme sind Sie die letzte Verteidigungslinie, nicht die erste, verstehen Sie? Dieses Kind hätte geimpft sein können, war es aber nicht. Der Facharzt hätte dort sein können, um Ihnen zu helfen. Der Hausarzt hätte an dem Morgen schon erkennen können, was los war. Ich werde Ihnen nie die ganze Last abnehmen können, die Sie mit sich herumtragen, denn Sie wären keine gute Ärztin, wenn Sie kein Verantwortungsgefühl hätten. Diese Erfahrung wird Sie für immer begleiten. Aber Sie müssen aufhören, sich einzureden, dass Sie unachtsam waren, dass Sie allein all die Dinge hätten ändern können, die bei dem armen Kind falsch gelaufen sind. Dass ohne Sie alles gut gewesen wäre. Der Punkt ist, dass Sie nicht alles kontrollieren können, was geschieht. Sie können lediglich Ihr Bestes tun. Und manchmal ist Ihr Bestes nicht genug.« Dr. Harris nahm seine Brille ab und rieb sich die Augen. Er sah müde aus.

»Ich bin heilfroh, Ihre Unterstützung hier zu haben«, fuhr er fort. »Es wäre wahrlich ein Jammer, Sie wegen so einer Geschichte zu verlieren. Wie einsam Sie mit all diesen Gefühlen gewesen sein müssen.«

Daniella konnte bloß nicken.

»Es muss wohl jedem einmal passieren. Und was die Sache nach dem Absturz angeht…« Er lächelte mitfühlend. »Darf ich Sie daran erinnern, dass Sie direkt am Absturzort gewesen sind und zwei Männer vom brennenden Wrack weggeschleppt haben? Können Sie nicht etwas nachsichtiger mit sich sein?«

Daniella runzelte die Stirn, und plötzlich begriff sie. So wie Dr. Harris es formulierte, klang sie wirklich lächerlich. »Kann sein.«

»Gut. Also, ich denke nicht, dass diese Unterhaltung alle Probleme beseitigt hat. Wir werden gewiss noch mehr darüber sprechen müssen und Sie nach und nach wieder aufbauen. Aber ich bin froh, dass Sie es mir erzählt haben.«

»Ich auch«, sagte sie aufrichtig.

»Schön. Nun, dann lassen wir es erstmal gut sein und machen ein anderes Mal weiter. Wie wäre es, wenn Sie sich morgen einen Tag frei nehmen?«

»Freie Tage liegen mir nicht so«, gestand sie. »Nur Lesen und Fernsehen langweilt mich.«

»Was ist mit Kochen?«, fragte er lächelnd.

»Was soll damit sein?«, erwiderte sie misstrauisch.

»Ich überlege, mal wieder ein Dinner zu geben, dieses oder nächstes Wochenende. Vielleicht könnten Sie das Menü planen?«

Daniella verzog das Gesicht, dachte aber darüber nach. Ihr kamen die Blutspender in den Sinn, Mark und natürlich Dr. Harris. Sie schuldete den Leuten eine Menge, und es wäre immerhin ein kleines Dankeschön.

»Darf ich auch einladen?«, fragte sie.

27

Die letzten Wochen waren für Mark – um Jackie zu zitieren – eine ganz spezielle Hölle gewesen. Die öden Tage im Krankenhaus, unterbrochen von qualvoller Physiotherapie, waren schon schlimm genug gewesen, solange Daniella noch da gewesen war, aber nachdem sie wieder zu ihrer Arbeit zurückgekehrt war, wurde es um ein Vielfaches schlimmer. Er wollte sie dringend wiedersehen, und er sehnte sich nach seinem normalen Leben. Immerhin erholte er sich schnell, und nun durfte er endlich nach Hause.

Er flog nach Isa, wo Catrina und sein Vater ihn abholten und nach Ryders brachten. Das Timing war glänzend, denn für Catrina nahte das Semesterende. Er hatte Daniella Bescheid gesagt, dass er wieder zu Hause sei, doch sie war in der Praxis beschäftigt und hatte danach Bereitschaftsdienst. Erschöpft verschlief Mark den Nachmittag und den Abend.

Am nächsten Morgen jedoch, als die vertrauten Geräusche durch seine Vorhänge drangen, wachte er wahrhaft ausgeruht auf. Sein Körper fühlte sich wieder an, als würde er ihm gehören, und er konnte es nicht abwarten, wieder an die Arbeit zu gehen.

In der Küche war Catrina; sie hatte sich schon wieder in den Alltag hier eingefügt, als wäre sie nie weg gewesen. »Hey, du bist auf! Möchtest du?«, fragte sie und zeigte auf einen Stapel Toast.

Mark aß langsam, weil sein Appetit erst allmählich zurückkehrte, während sie sich über die Ereignisse der letzten Wochen unterhielten, über Cats Pläne für den Tag und für den Rest des Semesters in Brisbane. Dann lenkte Mark das Gespräch zurück auf die Dinge, die sie lange vor dem Absturz am Telefon besprochen hatten: ob Ryders ertragreicher sein könnte, wenn sie neue Technologien einsetzten.

Cat lachte. »Typisch! Du denkst immer an die Station, sogar an deinem ersten Tag wieder hier.« Trotzdem war da ein eindeutig begeisterter Unterton in ihrer Stimme, als sie weitersprach. »Mein Professor ist immer noch interessiert. Er sagte, dass er nach den Ferien mehr weiß. Was hast du heute vor? Bist du bereit, dich erbarmungslos im Monopoly schlagen zu lassen?« Das Spiel hatte zwischen ihnen schon Tradition – sie spielten es mindestens einmal, wenn Cat in den Ferien zu Hause war.

Doch Mark hielt es keine weitere Minute drinnen aus. Allerdings versprach er ihr, dass sie später spielen würden und er es langsam angehen lassen würde. Dann verschwand er nach draußen.

Als er den Hügel hinunter zu den Schuppen schlenderte, kreisten seine Gedanken wieder um Daniella. Sie war jetzt bei der Arbeit, also würde er sie nicht anrufen, auch wenn seine Ungeduld, sie endlich wiederzusehen, kaum auszuhalten war. Um sich abzulenken, nahm er ein Quad und fuhr am Zaun entlang zur Absturzstelle. Die Leute von der Flugsicherheitsbehörde hatten alles untersucht, aber nichts mitgenommen. Eine Stunde verbrachte Mark bei dem schwarzen Helikopter-Gerippe. Dave hatte ihm erzählt, was passiert war, doch Mark erinnerte sich nicht an den Unfall, und so blieb er für ihn irgendwie unwirklich. Er schritt von den Hubschrauberresten zu der Stelle, an der Daniella und Kath vermutlich mit Dave und ihm auf Hilfe gewartet hatten. Etwas klumpiges Braunes war im Sand zu erkennen – getrocknetes Blut vielleicht –, und Mark konnte noch die Schleifspuren erkennen. Die Ermittler hatten sie sogar abgesteckt.

Als er über eine kleine Anhöhe ging, entdeckte er etwas, das sich in einem Grasbüschel verfangen hatte und schlaff im Wind baumelte. Er befreite den verwitterten alten Hut und klopfte den Staub ab. Daniellas alter, schmutziger Hut. Am liebsten hätte er sie sofort angerufen.

Stattdessen kehrte er zum Haus zurück und beschäftigte sich im Büro. Viel später, als er glaubte, wieder einigermaßen auf dem Laufenden zu sein, nahm er ein Quad hinunter zum Hügelkamm. Er liebte es, wieder zu Hause zu sein und zuzusehen, wie die Sonne unterging und sich das Licht in Blau- und Lilatöne verwandelte. Nachdem er das Quad zurück in den Schuppen gefahren hatte, entdeckte er Catrina im kleinen Hof, wo sie ihr Lieblingspferd Buttons fütterte. Ihr blonder Pferdeschwanz war zerzaust, ihr T-Shirt voller Schmutz, aber sie sah glücklich aus.

»Da bist du!«, sagte sie vorwurfsvoll. »Dr. Harris hat angerufen und nach dir gefragt. Er sagte, dass du morgen einen Termin bei ihm hast. Und ich wollte gerade einen Suchtrupp losschicken.«

»Wolltest du nicht. Du würdest mich bei den Kängurus verrotten lassen.«

»Tja, oder so. Alles okay?« Als er nickte, sagte sie: »Steph Morgan ist auch hier.« Sie deutete mit der Karotte in ihrer Hand in Richtung der Ställe.

Mark atmete langsam ein. In den letzten Wochen hatte er kaum Zeit gehabt, über die Morgans und ihre Forderungen nachzudenken. Das hatte ihm kein bisschen gefehlt.

»Danke.« Er brauchte ein wenig länger als nötig für den Weg. Seit kurz vor seinem Aufbruch nach Isa hatte er Steph nicht mehr gesehen, und sein Vater hatte ihm nicht erzählt, wie die Gespräche während seiner Abwesenheit verlaufen waren. Die Morgans hatten ihm Blumen ins Krankenhaus geschickt, aber jetzt ging es wieder ums Geschäftliche. Hoffentlich hatte er die

Kraft dafür. Mark beunruhigte besonders, welche finanziellen Folgen der Hubschrauberabsturz haben würde. Er war geleast gewesen – und versichert. Dennoch könnten auch auf sie Kosten zukommen, die Mark nicht einschätzen konnte.

Stephanie striegelte eines der Pferde. Sie blickte auf und lächelte. »Hi, Mark. Wie geht es dir? Arbeitest du auch nicht zu hart?«

Sie wirkte locker, ließ sich durch nichts anmerken, dass sie ihm das unangenehme Gespräch beim Rodeo nachtrug, und Mark entspannte sich etwas. »Mir geht es gut«, antwortete er. »Ich wusste nicht, dass du in der Stadt bist.«

»Wir veranstalten ein Campdraft Rodeo, also dachte ich mir, ich fahre raus, um noch einige Einzelheiten zu klären. Ist es in Ordnung, wenn ich das Cottage für eine Nacht benutze?«

»Natürlich.« Um etwas zu tun, ging er zum Futterschuppen und bückte sich nach einem Eimer. Er war froh, dass er sich nicht mehr wacklig auf den Beinen fühlte. Während er langsam die Futtermischung für die Pferde zusammenstellte, prüfte er die Vorräte. Die Spreutonne war beinahe leer. Er fuhr mit dem Finger über die Vorratsliste an der Wand und trug Spreu für die nächste Bestellung ein.

Stephanie erschien in der Tür. »Kommst du mit rauf zum Haus? Es gibt gleich Abendessen.«

»Weiß ich noch nicht.« So ungern er es zugab, hatte ihn der Tag ermüdet, und er war sich nicht sicher, ob er die Energie hatte, sich an den Tisch zu setzen und Konversation zu machen. Er nahm ein Zaumzeug, das verknüllt am Haken hing, entwirrte es und hängte es wieder hin.

»Aber ich möchte mit dir reden.«

»Worüber?« Mark prüfte den Stand in den Elektrolyt-Tonnen. Die Vorräte reichten noch für einige Monate. Jetzt schwand seine Kraft schnell. Womöglich hatte er es heute doch etwas übertrieben.

»Das Campdraft. Ich weiß, es sind noch einige Wochen, aber … na ja, wir können ja beim Essen darüber reden.«

»Frag mich jetzt.«

Sie verlagerte ihr Gewicht von einem Bein aufs andere. »Also, wir brauchen einige Rinder für die Veranstaltung und …«

Mark blickte auf. »Die haben wir schon zugesagt. Dad hat den Vertrag vor Monaten unterschrieben.«

»Richtig.« Sie schwieg kurz. »Übrigens, Mark, seit dem Unfall … Ich frage mich, ob du Zeit hattest, über eure Optionen hier nachzudenken. Die Käufer sind extrem interessiert. Sie fragen immer wieder bei uns nach.«

Mark straffte die Schultern. »Wir stehen nicht zum Verkauf, Steph. Und bei dieser Unterhaltung sollte mein Dad anwesend sein.«

»Natürlich«, sagte sie gleichgültig. »Aber sie werden nicht ewig warten. Und dir ist klar, dass die Zahlen nicht toll aussehen. Außerdem wissen wir bisher nicht, was für Nachwirkungen eure Bruchlandung haben wird.«

Marks Stimmung sank rapide. Vorsichtig hob er einen Sattel vom Putzgestell und brachte ihn an seinen Platz. Jetzt war alles ordentlich, und Mark ging zur Tür. Er konnte es nicht erwarten, allein zu sein.

»Ist das nicht eine Schande mit Dave?«, bemerkte Stephanie hinter ihm.

»Schande?«, fragte er und blieb widerwillig in der Tür stehen.

»Du weißt schon, mit Jamie. Dass Dave der Vater ist und die ganze Zeit nichts gesagt hat. Er hat sich nicht direkt ehrenhaft benommen, oder?«

Mark drehte sich um und sah sie an. Sie zupfte mit den Fingernägeln am Türrahmen. In Mark regte sich ein merkwürdiges Bauchgefühl. »So sehe ich das nicht.«

Sie verschränkte die Arme. »Na, anständig ist es jedenfalls nicht gerade.«

»Steph, wir leben nicht in den Fünfzigern.« Mark bemühte sich, ruhig zu bleiben. »Jackie wollte nicht, dass es bekannt wird – und uns steht es wohl kaum zu, darüber zu urteilen.«

Schweigen. Marks ungutes Gefühl verstärkte sich. Etwas an Stephs Haltung und Gesichtsausdruck sagte ihm, dass an der Geschichte mehr dran war.

»Du warst das, stimmt's? Du hast das Gerede über Dave und Jackie losgetreten.«

Sie versuchte nicht, es zu leugnen, und sah auch nicht so aus, als würde sie es bedauern.

»Mann, ist das niederträchtig!« Er zeigte mit dem Finger auf sie. »Was hast du dir dabei gedacht? Die Sache geht niemanden etwas an. Wenn Jackie nicht wollte, dass es jemand erfährt, hättest du deine Klappe halten sollen. Woher wusstest du es überhaupt?«

»Ach, komm schon, Mark! Es konnte ja sowieso nicht ewig ein Geheimnis bleiben …«

»Das war nicht deine Entscheidung.« Mark überraschte, wie wütend er war. Solche Boshaftigkeit hatte er ihr nicht zugetraut. Die Gerüchteküche in kleinen Städten brodelte ohnehin dauernd, aber willentlich Gerüchte zu verbreiten, noch dazu über Leute, mit denen man einmal befreundet gewesen war …

Er wandte sich ab und ließ sie stehen. Als er zum Haus ging, kam Cat ihm mit Buttons Halfter in der Hand vom Hof entgegen.

»Alles okay?«, fragte sie und sah ihn verwundert an.

Mark seufzte. »Ja, prima.« Doch er dachte angestrengt nach. Das Arrangement mit den Morgans hatte ihm noch nie behagt, nun aber bekam es einen zusätzlichen unangenehmen Beigeschmack. Und Mark fragte sich auch, warum

Steph nicht einmal versuchte, ihre Rolle zu leugnen. Es war, als wollte sie, dass er es wusste. Und das gefiel ihm ganz und gar nicht.

Cat holte ihn ein, und sie gingen das letzte Stück zum Haus gemeinsam. Mark war so geschafft, dass er sich am liebsten auf sie gestützt hätte. Sie traten gerade durch die Hintertür, da läutete sein Telefon. Er warf einen Blick aufs Display und bat Cat, ohne ihn vorzugehen. Alle Gedanken an Stephanie waren schlagartig vergessen.

Als er Minuten später in die Küche kam, konnte nichts seine Freude trüben. Daniella war für heute fertig und wollte ihn sehen. Sobald er geduscht hatte, würde er sich auf den Weg in die Stadt machen.

Cat linste um die Speisekammertür. »Fährst du zu ihr?«

Mark grinste. Seine Müdigkeit war wie weggeblasen.

»Schön«, sagte Cat.

28

Um kurz nach halb acht fuhr Mark vor. Daniellas Haar war noch feucht vom Duschen. Sie war sich nicht sicher, wie es laufen würde, und wollte keine zu großen Erwartungen haben ... was sie nicht davon abhielt, ihn durchs Fenster zu beobachten. Er sah ganz wie der alte Mark aus: selbstbewusst und sicher, nur ein bisschen dünner. Daniella wurde kribbelig vor Aufregung. Sie riss die Tür auf, ehe er klopfen konnte.

»Hi«, sagte sie.

»Hi.« Unsicher blieb er stehen. Ihnen beiden war bewusst, wie lange sie sich nicht gesehen hatten.

Daniella trat beiseite, und er ging ins Wohnzimmer. Daniella hockte sich auf die Armlehne der Couch, und er setzte sich ihr gegenüber auf den Stuhl. Trotz ihres Gesprächs im Krankenhaus holte sie hier die Erinnerung an ihre letzte Begegnung in diesem Haus ein. Der Nachhall jener schmerzlichen Unterhaltung schien in der Luft zu hängen.

Daniella merkte, wie sie rot wurde, als sie einander in die Augen blickten und beide überlegten, wie sie anfangen sollten und wie sie das, was zwischen ihnen gewesen war, wieder Realität werden lassen konnten. Etwas war da. Daniella hatte das Gefühl, sie müsste ihn bloß berühren, und der Graben wäre überwunden. Doch bevor das geschehen konnte, mussten sie beide sicher sein, dass sie es wollten.

Mark verlagerte sein Gewicht auf dem Stuhl. Daniella bemerkte das Zögern in seinen Bewegungen: Er war nach wie vor vorsichtig mit sich. Und plötzlich entsann sie sich, wie es sich angefühlt hatte, um sein Leben zu bangen – als wäre ihre Brust hauchdünn und zu schwach, ihr pochendes Herz zu halten. Sie durfte ihn jetzt nicht verlieren.

Ehe sie der Mut verließ, sprang sie auf und ergriff seine Hand. »Ich muss dir etwas zeigen«, sagte sie, führte ihn ins Schlafzimmer und schaltete das Licht ein. »Siehst du?«, flüsterte sie.

Die Veränderungen in dem Zimmer waren noch so neu, dass es Daniella selbst ein wenig fremd vorkam. Das Bett war mit frischen, sauberen Laken bezogen, und der Koffer war ausgepackt und weggeräumt. Sie schob die Kleiderschranktür auf, damit er ihre Sachen darin hängen sehen konnte.

»Heißt das, was ich denke?«, murmelte er. Er machte einen Schritt auf sie zu und rieb sich mit den Fingerspitzen über den Mund, um sein Grinsen zu verbergen. Die andere Hand streckte er nach ihr aus. Daniella schmiegte sich sofort in seine Arme. Mark presste die Lippen in ihr Haar, und sie lehnte ihre Wange an seine Schulter. Natürlich verstand er es: sie blieb. Das war die Entscheidung. Sie hatte ausgepackt, sich hier ihr Zuhause eingerichtet. Sie hatte sich für ihn entschieden.

»Das hat mir gefehlt«, raunte er. »Und wie mir das gefehlt hat!«

»Keine gepackten Taschen mehr«, sagte sie und drückte ihn fester, während Tränen in ihren Augen brannten. »Ich möchte, dass es wieder so ist, wie es war.« Dann ließ sie ihn erschrocken los. »Entschuldige, das war zu fest.«

»War es nicht«, widersprach er. »Mach das nochmal.«

Sie lachte. Es tat unglaublich gut, seine Muskeln zu spüren, als er die Arme fest um sie legte. Er zog sie zum Bett und mit sich nach unten. Es fühlte sich herrlich an, den ganzen Abend vor sich zu haben, als er begann, sie zunächst zärtlich, dann wilder zu küssen. »Das hat mir auch gefehlt«, sagte er heiser und tauchte seine Hände unter ihr T-Shirt, um ihre Haut zu streicheln.

»Bist du sicher, dass du das schon aushältst?«, scherzte sie. Zugleich malten ihre Finger eine zarte Spur von seiner Wange bis hinunter zu der kleinen Narbe vom Zentralkatheter an seiner Halsbeuge. Wie leicht hätte der Absturz alles ändern können. »Möchtest du es mir zeigen?«, flüsterte sie und strich über sein Hemd.

Er zurrte es aus dem Jeansbund und legte sich wieder zurück. Dann führte er ihre Hand zu seinem Bauch. Er fühlte sich warm an. Daniella schob das Hemd höher. Sie versuchte, ihn mit distanziertem, professionellem Blick zu betrachten, aber dazu war sie viel zu vertraut mit seinem Körper. Der Narbenbogen zeigte sich deutlich unterhalb seiner Rippen. Ihr Vater hatte gute Arbeit geleistet; diese Narbe war sein Markenzeichen, die Linie zwischen Marks Überleben und seinem Tod.

Nachdem er ihr erlaubt hatte, ihn so viel zu untersuchen, wie es ihr beliebte, entkleidete Mark sie langsam. Und dann bewies er ihr, wie gut er sich von seinen Verletzungen erholt hatte – Haut an Haut.

Hinterher hielten sie einander in den Armen. Alle noch verbliebenen Spannungen zwischen ihnen waren verflogen. Und Daniella fühlte sich viel zu wohl, als dass sie hätte aufstehen wollen.

»Hast du Hunger?«, fragte Mark schließlich, küsste sie mehrmals auf die Wange und suchte nach ihrem Mund.

»Nein«, log sie und rückte näher zu ihm, damit sie seine Küsse erwidern konnte. Leider gab ihr Magen genau in diesem Augenblick ein lautes, verräterisches Knurren von sich.

»Aha!«, sagte Mark und stützte sich auf. »Wusste ich's doch. Mach dich fertig. Ich werde uns das größte Stück Vieh jagen, das ich finden kann.« Er angelte nach seiner Jeans am Fußboden. Es war ganz wie in alten Zeiten.

»Na gut, aber nur unter der Bedingung, dass es mich nicht beißt!« Und dann erzählte sie ihm die Geschichte von Joe und dem Wildschwein. Schließlich, um mehr Zeit im Bett zu schinden, sagte sie: »Wo wir gerade bei Essen sind: Dr. Harris möchte, dass ich bald wieder eine Dinnerparty gebe. Aber diesmal will ich es wirklich. Ich lade die Blutspender ein, und ich möchte gerne, dass du dabei bist.«

»Kein Problem. Und Catrina hilft dir sicher gerne, falls das okay ist.«

Daniella lächelte beim Gedanken an Marks Schwester, die sie bisher nur kurz im Krankenhaus in Brisbane kennengelernt hatte. »Ja, das wäre schön.«

Mark zog die Brauen hoch. »Hmm, ich bin sicher, dass Leute das schon vorher gesagt und bitter bereut haben, aber Kochen ist nicht ihre Stärke. Na, man kann ja immer dazulernen, nicht? Und mir wäre es sehr lieb, wenn du sie mir ein bisschen vom Hals hältst. Dauernd sagt sie mir, dass ich mich ausruhen soll.«

Daniella gab ein Glucksen von sich. »Also, Ausruhen ist schlecht für die Rekonvaleszenz. Ich kann dir die neuesten Forschungsergebnisse zeigen.«

»Oh ja, die will ich unbedingt sehen!« Dann wurde er ernster. »Bist du dir wirklich sicher, dass du bleiben willst?«

Daniella zog ihn näher zu sich heran und lächelte. Dieser leise Zweifel, den sie empfand, würde weggehen. »Ich bin mir sicher«, sagte sie.

Gegen halb sechs am Sonntagabend atmete Daniella endlich durch. Zu diesem Dinner waren viel mehr Leute eingeladen als zum letzten, und Dr. Harris hatte Stühle aus der Praxis mitgebracht, die sie um den Tisch quetschten. Daniella entdeckte, dass ihre Stärke definitiv Desserts waren und das muntere Dirigieren der übrigen Arbeiten von einem Barhocker am Frühstückstresen aus, von wo aus sie alles überblicken konnte.

Mit Catrina hatte sie viel Spaß. Sie fragte sie nach ihrer eigenen Studienzeit, dann nach Mark. Solche Gespräche waren in Brisbane nicht möglich gewesen. Daniella lachte, als sie den persönlicheren Fragen zu Mark auswich. Catrina nahm es mit Humor, rührte in Töpfen oder spickte Fleisch unter Dr. Harris' strenger Überwachung.

Auch die Gästeliste ging Cat aufmerksam durch. »Wer ist Samuel Parsons?«, fragte sie.

»Einer unserer Blutspender«, antwortete Daniella, die von ihrem Hocker rutschte und nach der Karamellsauce sah. Sie blubberte auf niedriger Flamme, und es war Zeit, den Pudding vorzubereiten.

»Warum kenne ich ihn nicht?«, fragte Cat Dr. Harris.

»Er ist erst dieses Jahr hergezogen«, sagte er und polierte ein Weinglas. »Er ist Elektrikerlehrling, ich glaube er sagte, im letzten Jahr.«

»Wieso steht Steph Morgan auf dieser Liste?«, fragte Cat und sah Daniella an.

Die zuckte mit den Schultern. Mark und später auch Cat hatten ihr erzählt, dass er Stephanie als die Quelle des Geredes wegen Dave und Jackie enttarnt hatte. Als Daniella sah, wie wütend er deshalb war, erzählte sie ihm nicht, dass Steph auch hinter der Beschwerde gegen sie steckte.

»Ich dachte mir, auf die Weise kann sie mich nicht überrumpeln«, sagte Daniella und ging ins Bad, um sich die Hände zu waschen. Beim Rauskommen fiel ihr Blick wieder einmal auf das Foto in der Diele, und sie stand eine Weile davor, bis Cat rief, sie solle lieber nach ihrer Sauce sehen.

Um sechs trudelten die ersten Gäste ein. Jackie und Dave waren die Ersten und deponierten Jamie im Wohnzimmer, das für heute Abend in ein Spielparadies verwandelt worden war. Dann kamen sie in die Küche. Dave trug noch seine Schiene, aber seine blauen Flecken waren längst verblasst.

Daniella umarmte die beiden. »Wie geht's?«, fragte sie Jackie.

Jackie lächelte verhalten. »Besser.«

Als Nächster kam Samuel, saubergeschrubbt, mit gekämmtem Haar und in frischen Jeans und einem weißen Hemd. Daniella bekam den Moment mit, in dem Catrina von dem Topf aufblickte, in dem sie rührte, ihn musterte und sich dann dabei ertappte, dass sie gaffte, worauf sie eilig wegsah. Es entlockte Daniella ein Grinsen. Auf Samuel folgten Donna aus der Taverne und Rich, der Polizist, die ebenfalls beide nach dem Absturz Blut gespendet hatten.

Daniella konzentrierte sich darauf, eine Weinflasche zu öffnen. Dave wollte nichts trinken, aber alle anderen nahmen ein Glas.

Bald wurde das Gespräch am Terrassentisch lebhafter, während köstlicher Schweinebratenduft aus der Küche herauswehte. Daniella blieb noch einen Moment in der Küche und genoss das Alleinsein. Sie freute sich auf Mark, der bald hier sein müsste.

Eine Minute später kam Dr. Harris herein, um nach dem Fleisch im Ofen zu sehen. Sein Spiegelbild in der Ofentür erinnerte Daniella wieder an das Foto in der Diele. »Habe ich Ihnen eigentlich schon das Geheimnis des perfekten Bratens verraten?«, fragte er wohl zum dritten Mal heute.

»Das frischeste Fleisch, das man kriegen kann, die Schwarte anständig gesalzen und ein bisschen Milch in die Fettpfanne«, sagte sie brav auf.

Er wies mit der Fleischgabel in ihre Richtung. »Genau!«

»Dr. Harris, darf ich Sie nach dem Foto in der Diele fragen?« Er drehte sich langsam und merklich verwundert zu ihr um. »Entschuldigen Sie, es geht mich natürlich nichts an, aber es ist so ein schönes Bild, und ich frage mich, wer das ist.«

Dr. Harris wirkte nachdenklich. »Na ja, das bin ich. Und meine Frau. In Sydney, am Circular Quay.«

»Ah, dann ist das die Harbour Bridge im Hintergrund? Man kann es nicht richtig erkennen … Übrigens kann man heute Fotos restaurieren lassen.«

Dr. Harris lächelte halb. »Nein, das da verblasst mit Absicht, Daniella. Theresa starb kurz nach unserem Umzug hierher. Wir wussten, dass sie krank war, und wir konnten nicht viel tun. Sie wollte sicher sein, dass ich mich irgendwo niederlasse, bevor sie stirbt, und es war der richtige Platz für mich – viel Arbeit, wenig Zeit zum Nachdenken darüber, dass sie nicht mehr bei mir ist, auch wenn all ihre Sachen noch hier sind. Kurz nach ihrem Tod stellte ich das Foto auf den Tisch, auf den die Morgensonne fällt. Ich sagte mir, wenn wir beide auf dem Bild verblasst sind, wäre es Zeit weiterzuziehen.« Ein winziges Lächeln erschien auf seinem Gesicht, das Daniella verriet, wie emotional dieses Thema für ihn war. »Wie es aussieht, könnte ich noch einige Jahre länger hier sein.«

Er ging wieder nach draußen, um mit den Gästen zu plaudern, während Daniella über seine Worte nachdachte. Menschen konnten so kompliziert sein. Selbst diejenigen, von denen man glaubte, man würde sie kennen, konnten einen noch überraschen. Darüber dachte sie immer noch nach, als es klingelte. Sie rutschte von ihrem Barhocker und ging den Flur hinter. Mark und sein Vater standen auf der vorderen Veranda.

»Hi, Mark. Hallo, Mr. Walker. Kommt rein.«

Sie wollte zur Seite gehen, doch Mark nahm sie in die Arme und küsste sie auf den Mund. Daniella vermutete, dass sich William Walkers Lippen derweil in eine schmale Linie verwandelt haben dürften. Tja, daran musste er sich gewöhnen, denn sie würde in Marks Armen bleiben.

»Wie geht es Ihnen, Daniella?«, fragte er, sowie Mark sie losgelassen hatte.

»Gut, danke.«

»Das ist schön«, sagte er mürrisch, und Daniella fiel auf, dass er sich furchtbar unwohl fühlte. Sie entspannte sich ein bisschen und führte die beiden hinaus zu den anderen. William Walker ging auf die Veranda, während Mark in der Küche blieb.

»Hi«, wiederholte er vieldeutig, kaum dass sie allein waren, umfing ihr Gesicht mit beiden Händen und küsste sie wieder.

Sie erwiderte seinen Kuss mit Freuden, kostete seine weichen Lippen aus. Erst als irgendein Summer losging, löste sie sich von ihm. Dr. Harris und Catrina kamen herein.

»Das ist meiner!«, rief Catrina und rannte zum Herd.

Dr. Harris brummelte vor sich hin, dass ihm die Herrschaft über seine eigene Küche entrissen worden sei, obwohl er es ganz eindeutig genoss. »Mark, du siehst ja noch besser aus als vor ein paar Tagen!«

»Das Fleisch ist fertig!«, rief Cat.

»Alles ist bereit«, verkündete Daniella. »Wir warten nur noch auf die Morgans.«

»Oh, das hatte ich vergessen: Sie haben anderweitige Verpflichtungen und lassen ausrichten, dass es ihnen leidtut«, sagte Mark.

»Na, dann kann ich ja die Klappstühle wegräumen«, reagierte Dr. Harris prompt.

»Alles in Ordnung?«, fragte Daniella leise.

Mark stieß einen kleinen verächtlichen Laut aus. »Keine Sorge. Essen wir.«

Das Essen war fantastisch. Dr. Harris und Daniella verwiesen beide jedes Lob auf den jeweils anderen und auf Cat, auch wenn Dr. Harris schlecht leugnen konnte, für seinen weithin berühmten Schweinebraten selbst verantwortlich zu sein. Und alle waren sich einig, dass Daniellas Dattelpudding der beste war, den sie je gegessen hatten.

»Sicher kommt Kath demnächst vorbei und verlangt das Rezept«, sagte William Walker mit einem für ihn sehr untypischen Lächeln.

Catrina gelang es, Samuel in eine Ecke zu manövrieren, wo er sich redlich bemühte, ihrem Redeschwall zu folgen, während Dr. Harris mit Donna und Rich plauderte. Jackie und Dave sprachen nicht viel miteinander, doch zwischen ihnen herrschte eindeutig eine unverkrampfte Zärtlichkeit.

Mark setzte sich neben Daniella, schenkte ihr nach und bezog sie in das Gespräch mit seinem Vater mit ein.

»Wie Mark erzählt, haben Sie vor, in der Stadt zu bleiben«, sagte William Walker irgendwann.

Daniella, die gerade ihre Gabel zum Mund führte, legte sie vorsichtig ab. »Ja, das stimmt.« Da war nur noch ein winziger Hauch von Zweifel, und der würde auch noch verschwinden. Dessen war Daniella sich sicher. Sie gewöhnte sich eben selbst erst an den Gedanken.

William nickte, auch wenn an seiner Miene nicht zu erkennen war, was er dachte. »Wollen Sie sich das Campdraft ansehen? Die Leute kommen aus dem ganzen Distrikt, um es zu sehen.«

Daniella gestand, dass sie keine Ahnung hatte. »Was ist ein Campdraft? Ist das wie ein Rodeo?«

Mark wollte es ihr erklären, doch William kam ihm zuvor: »Beim Campdraft zeigen Reiter ihr Können bei der Arbeit mit Rindern. Es sind jeweils sechs Rinder in der Arena – also dem Camp –, und der Reiter trennt ein Jungtier von der Herde. Er muss beweisen, dass er das Tier unter Kontrolle hat, indem er das Rind eine Acht laufen lässt. Das ist der Draft. Eine tolle Veranstaltung!«

»Und sehr gut fürs Geschäft«, sagte Jackie, die ihnen gegenübersaß. »Noch mehr Verletzte als beim Rugby.«

Daniella sah zu Dr. Harris. »Na ja, wenn ich keinen Dienst habe, komme ich gerne.«

»Reiten Sie?«, fragte William.

»Ich bin früher viel geritten, aber inzwischen schon seit Jahren nicht mehr.«

»In diesem Jahr macht Mark mit«, sagte Dave.

»Wirklich?« Daniella blickte zu Mark. Sie war sich nicht sicher, ob er dem schon gewachsen war.

Doch er wirkte entschlossen. »Ja, ich habe von Dr. Harris das Okay bekommen, wieder zu reiten, und es ist erst in einigen Wochen, also bleibt mir noch Zeit.«

»Ah, dann sehe ich dich endlich mal bei der Arbeit«, murmelte sie.

»Ich zeige dir später, wie ich arbeite«, raunte er ihr ins Ohr, als er aufstand, um Dr. Harris mit dem Kaffee zu helfen. Daniella wurde rot, als sie bemerkte, dass William sie direkt ansah.

Nach dem Dinner bestanden Mark und sein Vater darauf, dass die Köche auf keinen Fall aufräumen durften, und zogen sich in die Küche zurück. Daniella lehnte sich auf ihrem Stuhl zurück und blickte hinaus zu den Bäumen. Unwillkürlich zog es ihre Augen hinauf zu dem dunklen, sternengesprenkelten Himmel. Selbst mit der Absage der Morgans – oder vielleicht dank ihrer Abwesenheit – wertete sie den Abend als vollen Erfolg. Sie fühlte sich zufrieden und sicher, hatte den wunderschönen Himmel über und muntere Gespräche um sich herum. Nachdenklich nippte sie an ihrem Wasser. Hier könnte sie wirklich zu Hause sein. Dann schob sie ihre letzten Zweifel beiseite.

Ja, dies war eindeutig ihr Zuhause.

Drinnen spülte Mark, während sein Vater abtrocknete. Der Berg an Töpfen und Schüsseln war beeindruckend, wenn auch nicht annähernd so furchteinflößend wie der auf der Station, wenn Kath beim Viehtrieb für alle Arbeiter kochte.

Plötzlich sagte sein Vater: »Ich war übrigens draußen bei der Absturzstelle.«

Mark erschrak. »Ach ja?«

»Ja, ich wollte sichergehen, dass diese Fernsehfritzen nichts geklaut haben.«

Mark grinste. »Ich glaube, die hat Kath durchsucht, ehe sie wieder weg sind.«

William grummelte und schwieg einen Moment. »Mir war nicht klar, wie übel der Helikopter ausgebrannt ist.«

»Ja.«

»Das muss schaurig gewesen sein.«

»Ich erinnere mich nicht daran.« Mark hielt inne und stützte die Hände auf das Spülbecken. Er dachte an seinen Ausflug zum Wrack. »Was willst du wissen, Dad?«

»Kath hat mir erzählt, dass Daniella erst dich alleine rausgeholt hat und dann ihr half, Dave wegzuziehen. Sie ist zurück, als schon alles brannte.«

Mark stemmte sich vom Spülbecken ab. »Ja, das hat man mir auch erzählt.«

William sagte nichts mehr, sondern warf das nasse Geschirrtuch zur Seite und nahm sich ein frisches. Mark beobachtete, wie sein Vater mit den kräftigen, abgearbeiteten Händen nach dem nächsten Teller griff.

»Die Töpfe waschen sich nicht von selbst ab«, sagte William schließlich.

29

Beim Campdraft roch es nach Staub, Kühen und Aufregung. Jackie und Daniella fuhren gemeinsam hin, die Wagenfenster weit geöffnet und mit Jamie hinten im Kindersitz, der vergnügt mit seinen Dinosauriern spielte. Dave und Mark waren schon draußen. Es war der erste richtige Sommertag des Jahres, und die Hitze stieg in Wellen vom Asphalt auf.

Nachdem Daniella sicher war, dass Mark fit genug für den Wettkampf war, freute sie sich darauf, ihm zuzusehen; etwas an der Vorstellung von ihm auf einem Pferd, wie er Rinder kontrollierte, war ausgesprochen sexy. Sie gestand ihre Gedanken Jackie.

»Ja, das ist eine anerkannte Geisteskrankheit bei Stadtmädchen«, sagte Jackie und fächelte sich Luft zu. »Ihr habt's mit den Pferden, wir kriegen den Mango-Wahn.«

»Was ist denn der Mango-Wahn?«

Jackie verdrehte die Augen. »Eine saisonale Störung. Die Leute merken, dass der Sommer kommt, und flippen ein bisschen aus. Einige werden depressiv, andere benehmen sich schräg. So wie in Schweden, wenn der Winter vor der Tür steht und alle wissen, dass es wochenlang dunkel sein wird. Jedenfalls habe ich das gelesen.«

»Ehrlich? Oder denkst du dir das aus?«

»Wart's nur ab. Noch hast du keinen richtigen Sommer bei uns erlebt. Das hier ist nichts.«

Daniella zog die Mütze, die sie sich zum Schutz gegen die sengende Sonne gekauft hatte, tiefer ins Gesicht. Ihren alten

Hut konnte sie seit Wochen nicht wiederfinden, und irgendwie fühlte sie sich ohne ihn schon fast ein wenig schutzlos. Natürlich konnten sie weder Schirmmütze noch Hut vor der stickigen Luft schützen, die sie mit jedem Atemzug inhalierte. Gewiss würde es nicht mehr lange dauern, bis sie die klimatisierte Praxis über alles zu schätzen lernte.

»Aber freu dich lieber nicht zu sehr darauf, Mark reiten zu sehen«, fuhr Jackie fort. »Die Chancen stehen gut, dass wir zurück zur Praxis müssen, ehe er dran ist.«

Einige Minuten später parkten sie in einer langen Reihe von Geländewagen und Vans. Das Campdraft fand auf einer der Rinderfarmen außerhalb statt, wo die riesige Arena mit Holzpfählen eingezäunt und durch ein Gatter von einem kleineren Pferch abgetrennt war. In Letzterem standen Rinder bereit, und noch mehr warteten auf einer weiteren Koppel, zu der ein abgetrennter Laufgang führte. Pferdetransporter ragten zwischen den geparkten Autos auf, und hinter den Zäunen flanierten Zuschauer übers Gelände. Einige Festzelte und Lautsprechermasten waren aufgebaut worden.

»Da ist Dave«, sagte Jackie und winkte zusammen mit Jamie.

Daniella entdeckte Dave hoch zu Ross in einer Lücke zwischen den Zuschauern und dem Parkplatz. Neben ihm war Mark. Daniella hielt die Luft an. Ja, sie hatte definitiv diese Stadtmädchen-Krankheit. Er sah umwerfend aus: verblichene Jeans, weißes Hemd, Westernhut, entspanntes Lächeln. Mark und Dave kamen ihnen entgegen, und sie trafen sich auf halbem Weg zur Arena. Trotz der Hitze schien er kaum zu schwitzen. Er war fast wieder der Alte. Seine Stute hatte ein freundliches, kluges Gesicht und bog die Ohren in Daniellas Richtung. Jamie wollte sofort aufs Pferd, und Dave ließ die Zügel los, um ihn zu sich hochzuheben.

»Hey, du hast es geschafft.« Mark stieg ab und umarmte sie. »Wie geht es dir, Babe?«

»Wunderbar«, sagte sie ehrlich. Er grinste.

»Ähäm«, machte Jackie und sah Dave an.

»Das ist unfair«, beschwerte er sich, während er sich abmühte, sich und den zappelnden Jamie im Sattel zu halten.

Mark zuckte mit den Schultern. »Tja, das musst du wohl später wiedergutmachen, Dave.«

Daniella streichelte die Nüstern seiner Stute. Sie waren samtig weich, und als Daniella über die Pferdenase strich, schloss die Stute die Augen, reckte den Hals wie eine Katze und blies Daniella heiße Luft in die Hand.

»Das ist Rocket«, sagte Mark. »Nicht wahr, mein Mädchen?«

»Ist sie gut?«, fragte Daniella. »Jackie sagt, es kommt vor allem auf das Pferd an.«

»Stimmt. Du wirst sehen, warum. Und sie ist nicht schlecht. Keine Acres of Diamonds, aber immerhin.«

»Wer ist sie?«

»Eine fantastische Stute hier aus der Gegend.«

»Ist sie heute auch dabei?«

»Weiß ich nicht genau, aber es gibt reichlich andere gute Pferde zu sehen. Übrigens fängt es bald an. Geht lieber schon mal zu euren Plätzen. Cat wollte euch welche freihalten.«

Catrina hatte ihnen Plätze auf einer Tribüne nahe dem Hauptzelt reserviert, so dass sie alles gut hören konnten, obwohl sie hinter den Lautsprechern saßen. Jamie spielte wieder mit seinen Sauriern und ließ sie das Tribünengeländer hinunterrutschen. Zu Daniellas Überraschung setzte sich William Walker zu ihnen, kurz bevor der erste Reiter in den kleinen Ring neben der Arena ritt. Er ließ sich auf den freien Platz neben Daniella nieder und erklärte ihr alles, was in der Arena vorging.

Der erste Reiter war ein Neuling, der schon Mühe damit hatte, überhaupt eine Kuh von den anderen zu trennen. Schließlich ging das Gatter zur Arena auf, und die Kuh trottete munter davon. Der Reiter jagte ihr nach und versuchte nervös, das Tier um das erste der zwei Fässer zu lotsen, die den Parcours markierten. Am Ende gelang das Manöver – jedoch so chaotisch, dass die Kuh in der Arena nur noch im Kreis rannte.

»Sehen Sie, die beiden trauen sich gegenseitig nicht.« William lachte. »Und das Pferd hat auch noch Angst vor Kühen.«

Als Nächstes folgte eine gelungenere Darbietung: Pferd und Reiter führten einen Ochsen sauber in einer Acht, wobei dicke Staubwolken von den Hufen der Tiere aufstoben.

»Besser«, sagte William und applaudierte, als der Reiter unter Jubel den Parcours beendete.

Von den nächsten drei Reitern bestand einer die Übung glänzend, doch die anderen beiden fielen vom Pferd. Der erste stürzte, als er einen zu engen Bogen ritt, weil die Kuh zu entkommen versuchte; beim zweiten stolperte das Pferd rückwärts und warf seinen Reiter schon im kleinen Ring ab. Zum Glück standen beide Männer unversehrt wieder auf und klopften sich unter allgemeinem Spott den Sand ab. »Alles auf der Kamera! Lächeln, Kevie!«

Jackie sah Daniella an. »Jetzt verstehe ich, was du meinst«, sagte Daniella und hoffte egoistisch, dass es, wenn überhaupt, erst nach Marks Auftritt zu ernsten Verletzungen kam.

»Sind das Ryders-Rinder, Mr. Walker?«, fragte sie einen Moment später.

»Sagen Sie William«, antwortete er und rieb sich die Brust. »Ja, die sind von uns. Nur die besten.«

Daniella atmete die erdigen Gerüche tief ein: Kühe, Staub und Schweiß. William schien die Hitze zuzusetzen, so wie er sich die Stirn wischte. »Das ist ein schöner Name, Ryders«, sagte sie.

Er guckte sie fragend an und schenkte ihr seine volle Aufmerksamkeit, obwohl gerade eine Kuh durch die Arena lief.

»Für eine Station, meine ich«, fuhr Daniella fort. »Er passt, finde ich. Jackie hat mir erzählt, dass die Stadt nach der Station benannt wurde. Demnach gibt es sie schon sehr lange, vermute ich.«

William nickte. »Seit den 1850er Jahren. John Walker, der als Erster herkam, hat sie nach seiner verlorenen Liebe in England benannt; zumindest ist das eine von mehreren Versionen der Geschichte.« Er erzählte ihr den Rest, den sie bereits von Mark gehört hatte. Dann sagte er: »Mein Vater hat die Station richtig in Schwung gebracht. Er fing eine neue Zucht an und hat hart gearbeitet, die Stadt mit aufzubauen. Das war damals, als man noch alles auf Pferden machte. Alle seine Geschichten handelten von Ritten über das weite Land, bei denen das Vieh zusammengetrieben oder Zäune überprüft wurden. Und immer begannen und endeten sie an dem Haus auf dem Hügel, in dem wir bis heute leben, auf dem Ridge. Vielleicht stimmt die Geschichte mit dem Namen nicht, aber ich stelle es mir gerne so vor.«

»Ja, das kann ich verstehen«, sagte Daniella, die den stolzen Unterton in seiner Stimme rührend fand.

»Er war ein exzellenter Rinderzüchter«, fuhr William fort. »Im Laufe der Jahre haben wir natürlich Sachen verändert, sogar die ganzen künstlichen Methoden ausprobiert. Man kann in diesem Geschäft heute nicht mehr mithalten, wenn man es nicht tut... Aber der erste Bulle, den er mitbrachte, war das Original. Ein perfekter Bulle, hervorragendes Temperament und bestes Fleisch.«

»Und alle Ihre Kühe stammen von diesem Bullen ab?«

»Ja, sicher doch.« William wandte sich ab, holte ein Taschentuch hervor und wischte sich über das Gesicht. Dies war eindeutig das Ende ihrer Unterhaltung.

Daniella lehnte sich zurück. Zwischen ihnen war es nach wie vor ein bisschen komisch, aber sie war mit den Fortschritten, die sie machten, zufrieden, und seine Offenheit stimmte sie zuversichtlich.

Es gab eine kurze Pause, als neue Rinder in den kleinen Ring gebracht wurden. William stand auf, zog sein Revers zurecht und setzte sich wieder, als Mark in den Ring ritt.

Daniella schaute gebannt zu. Sie liebte, wie er sich bewegte. Er hielt die Hände unten, und Rocket schien unsichtbare Kommandos zu befolgen, als sie eine junge Kuh von der kleinen Herde trennten und auf und ab ritten, um zu zeigen, dass sie das Tier unter Kontrolle hatten. Mark bewegte sich kaum im Sattel, einzig sein Hut kippte ein wenig vor und zurück.

Dann wurde das Gatter geöffnet, und die Kuh lief los. Rocket stieß sich mit der Hinterhand ab und holte sie ein, blieb aber halb hinter und seitlich von ihr, um sie zu den Fässern zu treiben. William stand auf und lehnte sich ans Geländer, um besser sehen zu können. Daniella hielt den Atem an.

Bald waren sie um das erste Fass herum, und Mark verlagerte sein Gewicht, als Rocket mit der jungen Kuh die Seiten tauschte und sie um das zweite Fass führte. Die Zuschauer jubelten und klatschten. Daniella applaudierte wie verrückt, als Mark durch die Arena ritt und sich an den Hut tippte. Es war eine gute, schnelle Runde gewesen.

Daniella drehte sich strahlend zu William um und wurde sofort ernst.

»Dad?«, rief Catrina, die bereits aufgesprungen war.

William krümmte sich, eine Faust an seine Brust gepresst und das Gesicht vor Schmerz verzogen.

Daniella überlegte schnell. Das Herz, dachte sie. Myokard, Ischämie, Infarkt. Sie war sofort bei ihm und setzte ihn wieder auf seinen Platz. »William, reden Sie mit mir. Was ist los?«, fragte sie, während sie nach seinem Handgelenk griff, um den Puls zu prüfen.

»Schmerzen. Schlimm«, japste er. Ihm rann der Schweiß inzwischen in Strömen über das Gesicht.

»Haben Sie ein Spray?« Sie hoffte, dass er sein Medikament bei sich hatte.

»Ja, das hat er irgendwo«, antwortete Catrina panisch und hilflos. Aber William schüttelte den Kopf.

Leute scharten sich murmelnd um sie. »Machen Sie uns bitte etwas Platz«, sagte Daniella und wandte sich zu Jackie. »Hol die Sanitäter. Schnell! Cat, hol Mark her. Jetzt gleich.«

Auf dem Weg zur Praxis verabreichte Daniella William eine Dosis von dem Nitratspray aus dem Krankenwagen sowie Morphium und Aspirin, bevor sie ihm die Sauerstoffmaske aufsetzte. Dr. Harris erwartete sie in der Ambulanz, wo das EKG-Gerät bereitstand.

Gemeinsam prüften sie Puls und Blutdruck, nahmen William Blut ab und wiederholten das EKG in kurzen Abständen.

Bald kamen zwei weitere Patienten, beide vom Campdraft. Ein junger Mann war mit seinem Pferd gestürzt und unter dem Tier begraben worden; der andere war aus dem Sattel gefallen und hatte sich einen üblen Unterschenkelbruch zugezogen. Daniella schickte Jackie mit ihm zum Röntgen, während sie dem anderen eine Halskrause anlegte.

Zwanzig Minuten vergingen, ehe sie wieder zu Dr. Harris und William zurückkehrte.

»Wie geht es ihm?«, fragte sie, als sie beide auf den Flur gegangen waren.

»Er hat keine Schmerzen mehr. Der Blutdruck geht runter, aber der Puls ist noch zu hoch. Auf keinen Fall bleibt er hier. Ich will, dass er zu einem Katheter-Labor gebracht wird. Eventuell braucht er einen Bypass.«

Daniella blickte durch die Tür zu William, der auf dem Rücken lag und unter seiner Sauerstoffmaske sehr blass aussah. »Wissen Mark und Cat Bescheid?«

»Ich wollte es ihnen gerade sagen. Was haben Sie hinten?«

»Eine Gehirnerschütterung mit möglicher Verletzung der Halswirbelsäule und einen Fall, der nach einem geschlossenen Bruch des Sprunggelenks aussieht. Jackie macht gerade die Aufnahmen. Das muss vielleicht operiert werden.«

Dr. Harris nickte. »Ich lasse Roselyn fragen, ob wir einen Transport für beide bekommen können. Und ich sehe mir mal die Halsaufnahmen an. Wollen Sie mit Mark reden?«

Daniella fand ihn mit Cat vorn im Wartezimmer. Cat zitterte und hatte gerötete Augen. Mark wirkte ebenfalls krank vor Sorge.

»Was ist los?«, fragte Cat. Mark stand neben ihr und machte sich offenbar auf das Schlimmste gefasst.

Daniella setzte sich mit den beiden hin. »Momentan geht es ihm gut. Dem EKG nach hatte er einen Herzinfarkt, aber wir konnten ihn frühzeitig behandeln und ihm Medikamente geben, die viele Folgeschäden verhindern können. Wir behalten ihn allerdings weiter unter Beobachtung. Manchmal treten hinterher noch Probleme auf.«

Mark atmete langsam aus, und Cat schlang erleichtert die Arme um ihren Oberkörper.

»Wir müssen ihn verlegen, damit ihn ein Kardiologe untersuchen und entscheiden kann, was zu tun ist«, erklärte Daniella weiter. »Wahrscheinlich braucht er eine Operation, aber das wissen wir erst, wenn sie ihn gründlicher untersucht haben.«

»Wie bald?«, fragte Mark.

»Roselyn versucht gerade, einen Transport zu organisieren. Wir haben noch jemanden, der ins Krankenhaus muss.«

Mark nickte, schien in Gedanken jedoch weit weg. »Tust

du mir einen Gefallen? Sag Dad bitte nichts von dem anderen Verletzten, sonst wird er darauf bestehen, dass der andere zuerst weggebracht wird.«

»Dürfen wir zu ihm?«, fragte Cat.

»Natürlich«, sagte Daniella. »Ich lasse euch eine Minute allein, aber ich bin gleich am anderen Ende des Flurs, falls ihr mich braucht.«

Als er das Zimmer betrat, in dem sein Vater auf einem Bett lag, musste Mark unweigerlich an seinen letzten Besuch bei seiner Mutter im Krankenhaus denken. Innerhalb eines Jahres wieder hier zu sein, diesmal bei seinem Vater, war schwer zu ertragen. Mark hatte das Gefühl, ihm würde der Boden unter den Füßen weggezogen. Zum ersten Mal seit der Brustschmerzattacke vor Monaten musste er akzeptieren, wie ernst es schnell werden konnte. Und dass er eines Tages die Station allein würde führen müssen.

Cat beruhigte sich etwas, als William mit ihr sprach und ihr erlaubte, ihn zu umarmen. Danach fing sie umgehend an, ihn zu schelten.

»Wo ist dein Spray?«, fragte sie streng.

»Habe ich auf der Station vergessen«, gestand er hinter der Sauerstoffmaske.

»Das machst du nie wieder!«

»Schon gut, Kleines.« Er sah zu Mark, der vor dem Bett stand. »Cat, lässt du uns bitte einen Moment allein?«

»Warum?«

»Bitte, Kind.«

Cat sah unglücklich aus, gab aber nach. »Na schön. Ich bin in zehn Minuten wieder da.«

Als sie gegangen war, winkte William seinen Sohn heran. »Dr. Harris sagt, dass ich nach Townsville muss.«

Mark zog sich einen Stuhl neben das Bett und setzte sich.

»Ja, das hat Daniella auch gesagt. Sie organisieren gerade einen Flug.«

»Schon wieder fliegen.« William schüttelte den Kopf. »Tja, ich habe so lange alle Ärzte gemieden … das ist jetzt wohl die Rache dafür.«

»Dad, du solltest wirklich nicht reden.«

»Und ob ich das tue!«, konterte William.

Mark seufzte. Sauerstoffmaske hin oder her, William Walker weigerte sich, kampflos aufzugeben. Immerhin schwieg er eine Weile.

Dann sagte er plötzlich: »Ich möchte mich bei dir entschuldigen.«

Mark blickte erschrocken auf. »Mein Gott, Dad, du stirbst doch nicht!«

William lachte hinter der Maske, was gurgelnd klang. »Bin ich wirklich so schlimm, ja? Denkst du, ich würde mich nur entschuldigen, wenn ich befürchte zu sterben?«

Mark überlegte. »Könnte man denken, du alter Sturkopf.«

William sah tatsächlich zufrieden aus. »Trotzdem, ich habe mich geirrt. Ich lag falsch mit dem, was ich über Daniella gesagt habe. Das war dumm von mir.«

Mark fuhr sich durchs Haar. »Darüber können wir ein anderes Mal reden.«

»Nein, können wir nicht«, widersprach William ernst und zog die Maske zur Seite.

»Setz die wieder auf!«

»Hör mir eine Minute zu. Es ist wichtig. Ist es dir ernst mit Daniella?«

»Dad, das ist wirklich nicht …«

»Ist es? Denn offensichtlich ist es ihr ernst mit dir. Und jetzt spricht sie davon hierzubleiben.«

Marks Herz flatterte. »Ja, es ist mir ernst.«

Sein Vater sah ihn prüfend an. »Dann pass gut auf, was du

tust. Mir ist nicht entgangen, wie unruhig du in den letzten paar Tage warst. Halte sie nicht hin, wenn du …«

»Gott, das ist es nicht«, unterbrach Mark ihn. Er war entsetzt, dass sein Vater glaubte, er würde mit Daniella Schluss machen wollen. »Ich liebe sie. Mehr als alles andere auf der Welt. Aber bevor ich nach Isa ging, hatten wir uns gestritten, weil sie überlegte, einen Job in einer anderen Stadt zu suchen.«

»Und?«, fragte sein Vater, als ahnte er, worauf Mark hinauswollte.

»Na ja, letzte Woche habe ich mit Dr. Harris darüber geredet, wie Ärzte ihre Ausbildung machen. Sie sollten nicht ständig an einer Stelle bleiben, sondern in verschiedenen Kliniken arbeiten, um dazuzulernen. Und ich denke, dass sie das meinetwegen aufgibt. Sie hat es nicht gesagt, aber es beunruhigt mich.«

»Weil du fürchtest, dass sie es irgendwann bereuen und dir vorwerfen wird. Und du würdest dich dann schrecklich fühlen, weil du ihr die Freiheit genommen hast, und dass es dann nie wieder wie vorher wird.«

Mark blickte seinen Vater verwundert an. Ja, genau das befürchtete er.

William setzte die Sauerstoffmaske für einige Atemzüge wieder auf, bevor er sie erneut zur Seite schob. »Bei deiner Mutter und mir war es dasselbe. Sie war eine Reisende. Sie liebte die Station und uns, aber man konnte sie nicht an einen Ort binden. Ich habe eine Zeit lang versucht, mit ihr zu reisen, doch das hielt ich nicht aus. Und ich warf ihr vor, dass sie die Welt draußen lieber mochte als uns. Ich habe sie schlicht nicht verstanden.

Erst als sie im Sterben lag, begriff ich es. Und ich wünschte mir, ich hätte mir mehr Mühe gegeben, als es ihr noch gut ging. Daniella hat denselben Blick, den deine Mutter hatte, als sie versuchte, hier mit mir sesshaft zu werden. Tief im Innern weiß sie, was sie aufgibt, und das wird ihr irgendwann auch klar werden. So wie deiner Mutter.«

Wieder atmete William einige Male unter der Maske. »Jeden Tag wünsche ich mir, ich hätte ihr das Leben leichter gemacht und ihr nicht vorgeworfen, dass sie so war, wie sie war. Immer wieder fuhr sie in die Stadt, setzte sich auf die Bank an der Hauptstraße und blickte zu uns hinaus, weil sie es nicht ertrug, mir näher zu sein. Das wünsche ich mir nicht für dich.«

Mark konnte nichts sagen. Er war sprachlos, weil er nie gewusst hatte, dass seine Mutter deshalb so viel Zeit auf jener Bank verbracht hatte. Jetzt fühlte er sich, als sei er vorhin in der Arena unter seinem Pferd gelandet … und mehrmals von Rocket überrollt worden. Ihm kam es vor, als würde er Daniella noch einmal verlieren. Früher oder später würde es geschehen. Und das könnte er nicht ertragen. Vielleicht war er derjenige, der sich ändern musste. Könnte er die Station verlassen, wie Will es getan hatte? Er hatte es schon einmal gemacht, war aber wieder zurückgekehrt.

»Da ist noch etwas«, sagte William.

Mark hatte ein wenig Angst vor dem, was sein Vater noch sagen könnte. Eigentlich hatte er für heute genug gehört.

»Was deine Ideen mit der Station angeht, diese neuen Technologien oder Getreideanbau, falls das Flusswasser freigegeben wird oder was immer du mir zu erklären versucht hast. Wir sollten das machen.«

»Wie bitte?« Mark traute seinen Ohren nicht.

»Ich habe mit Cat geredet. Sie hat mir von euren Gesprächen erzählt, von den CSIRO-Forschungsprogrammen, an denen mehrere Universitäten arbeiten. Dass sie vielleicht interessiert sind, mit uns zusammenzuarbeiten. Ist das ungefähr richtig?«

Mark nickte benommen. »Ja, das stimmt. Sie glauben, dass sie die Herden mit Satellitenbildern überwachen und sogar erkennen können, wenn Tiere krank sind oder wo das beste Weideland zu finden ist. Das macht den Betrieb effizienter, wir würden Benzinkosten und Zeit sparen. Außerdem gibt es vielleicht Forschungsgelder. Aber das ist ein Scherz, oder? Ich dachte, du willst nichts davon auf Ryders haben.«

William legte eine Hand auf seine Brust. »Tief in diesem alten Herzen, nein, da will ich es nicht. Aber die Welt ändert sich, und ich will nicht, dass die Station untergeht.«

Mark war noch dabei, all das zu verarbeiten, als Cat zurückkam.

Und auch noch, als die Sanitäter eine Stunde später seinen Vater einluden, um ihn zum Flugplatz zu bringen. Im Flieger war nur Platz für einen Angehörigen, also flog Cat mit. Mark musste einiges auf der Station erledigen und wollte am Dienstag nach Townsville fahren.

Als das Flugzeug am späten Nachmittag abhob, flirrte die Luft über der Startbahn in der Hitze und wehte Mark in erdrückenden Schüben entgegen. Daniella blickte dem kleiner werdenden Flecken am Himmel nach, mit einer Hand die Augen gegen die Sonne abschirmend und mit diesem entschlossenen Gesichtsausdruck, den er das erste Mal bei ihr gesehen hatte, als sie Dave nach dem Rugby behandelt hatte. Sie drehte sich zu ihm, und am liebsten wollte er sie in die Arme nehmen, sie zu ihrem Haus tragen und ein paar Stunden alles vergessen, was sein Vater ihm eben gesagt hatte.

Aber das wäre nicht fair.

»Hey, geht es dir gut?«, fragte sie, kam zu ihm und umarmte ihn.

Mark rang sich ein Lächeln ab. »Ja, er ist ein zäher Brocken. Und er hat geredet, als müsste er sterben, also wird er es durchstehen.«

Sie lachte. »Stimmt. Ich werde dir nicht vormachen, dass es nicht ernst ist, aber er ist in guten Händen.«

Mark küsste sie. »Du weißt, dass ich dich liebe, oder?«

Sie sah auf einmal sehr ernst zu ihm auf, denn ihr entging sein merkwürdiger Tonfall nicht. »Ja. Warum?«

»Ich muss zurück zum Campdraft und die Rinder wieder zur Station bringen. Dave ist da draußen ganz alleine.«

»Okay.«

Wieder küsste er sie. Oh Mann! Wie sollte er dieses Problem lösen? Wie konnten sie zusammen sein, ohne sich gegenseitig zu zerstören? Und er fühlte sich furchtbar, weil er nichts von dem sagen konnte, was ihm durch den Kopf ging.

30

Daniella stieg gerade aus ihrer wohlverdienten Feierabend-Dusche, als sie ein lautes Klopfen an ihrer Haustür hörte. »Komme gleich«, rief sie und streifte eilig eine Trainingshose und ein T-Shirt über.

Vor ihrer Tür stand Jackie und hyperventilierte fast.

»Was ist los?«, fragte Daniella besorgt.

»Oh mein Gott, bin ich verrückt? Ich bin verrückt, oder?«

»Warum? Was ist passiert?«

Daniella trat zur Seite, und Jackie kam herein, während sie wild mit den Händen fuchtelte und wie ein Wasserfall redete. »Kann das überhaupt funktionieren? Ich meine, kann es das? Ich muss wahnsinnig sein!«

»Jack, wovon zur Hölle redest du?«

Jackie sank auf die Couch. »Dave. Er ist übergeschnappt.«

»Warum? Jetzt erzähl endlich von Anfang an!«

»Okay, klar.« Jackie verstummte kurz, um ihre Gedanken zu ordnen. »Na ja, er wollte gestern mit mir reden, aber nach dem Drama ging es reichlich chaotisch zu. Also ist er heute Morgen vorbeigekommen und hat gesagt…« Sie holte tief Luft. »Er hat gesagt, dass er sich für einen Job in Brisbane beworben hat. Er möchte, dass wir dort zusammen leben, solange ich die Radiologie-Ausbildung mache. Ich überlege sogar, mich im nächsten Jahr für ein Medizinstudium zu bewerben, woran ich bisher niemals zu denken gewagt habe.«

Daniella war begeistert. »Oh, das ist ja fantastisch! Ich meine, willst du das denn? Mit ihm zusammen sein?«

Jackie begann zu weinen. »Ich dachte, dass ich es nicht will. Ich dachte, dass er hierbleibt und ich wegziehe, und das war's. Nicht mal im Traum hatte ich mir vorgestellt, dass er mit mir kommen will.«

»Selbstverständlich will er. Ich habe gesehen, wie er dich ansieht – euch beide. Er wird immer bei euch sein wollen.«

Jackie lachte unter Tränen. »Vielleicht sollte ich der verfluchten Steph Morgan eine Dankeskarte schicken. Hätte sie nicht geredet, würde ich wohl immer noch überlegen, wie ich es schaffen soll, alleine wegzugehen. Ich meine, ich weiß nach wie vor nicht genau, wie es funktionieren soll. Wir müssen noch eine Wohnung und eine Betreuung für Jamie finden. Weiß der Himmel, wie ich nebenbei studieren will.«

»Ich bin sicher, dass du das hinkriegst.«

Jackie kramte ein zerknülltes Taschentuch hervor und putzte sich die Nase. »Ja, ich denke auch. Kannst du das glauben? Ich hätte es nie für möglich gehalten.«

Daniella freute sich sehr für sie. Das war wunderbar! Allerdings auch ein wenig traurig. »Ich werde dich vermissen«, gestand sie und umarmte Jackie.

»Kommst du uns besuchen?«

Daniella lächelte. »Unbedingt!«

»Was ist mit dir und Mark?«, fragte Jackie. »Ziehst du raus auf die Station?«

»Kann ich nicht«, antwortete Daniella. »Es ist zu weit weg, wenn ich Bereitschaft habe.«

»Stimmt. Also kommt er her und schläft bei dir?«

»Ja, vorerst.« Dieses kleine Flattern war immer noch da.

»Kommt er heute Abend?«

»Ich glaube nicht. Er hat viel zu tun.«

»Willst du dann mit zu mir kommen und *Battlestar* ansehen?«

Daniella atmete tief ein. »Können wir das vielleicht auf

morgen verschieben? Ich würde mir gerne einen ruhigen Abend machen.«

»Ja, sicher. Ich bin sowieso nur gekommen, um dir die Neuigkeiten mitzuteilen.«

Jackie ging zur Tür. Auf der Treppe drehte sie sich noch einmal um. »Hör mal, Daniella, Mark ist ein richtig netter Kerl, keine Frage. Aber willst du wirklich für immer hierbleiben?«

Daniella stemmte die Hände in die Hüften. »Willst du mir jetzt Beziehungstipps geben?«

»Nein, du hast ja recht. Aber denk mal darüber nach.«

Daniella würde es wohl kaum vermeiden können. »Werde ich. Ach, Jackie, kann ich mir vielleicht deinen Wagen leihen? Ich wäre auch nur ungefähr eine Stunde weg.«

»Klar.« Jackie warf ihr die Schlüssel zu. »Ich gehe zu Fuß. Stell ihn hinterher einfach bei mir vor die Tür.«

Eine halbe Stunde später hockte Daniella auf der Motorhaube von Jackies Wagen und beobachtete den Sonnenuntergang. Sie war zu der abgelegenen Stelle am Stausee gefahren, die Mark ihr gezeigt hatte. Wieder einmal war niemand sonst hier.

Trotz der wunderschönen Aussicht war sie beunruhigt, wenn auch nicht wegen der üblichen Sachen. Morgens hatte sie wieder mit Dr. Harris über ihre Probleme mit der Geschichte in Brisbane gesprochen. Sie wurde besser darin, nicht jedes Mal lähmende Schuldgefühle zu bekommen, wenn sie an den Vorfall dachte. Aber es würde noch eine Weile dauern, bis sie ihr Selbstvertrauen endgültig zurückgewonnen hatte. Allmählich glaubte sie jedoch daran, dass sie es schaffen könnte. Was Jackie gesagt hatte, bedrückte sie. Sie liebte alles an Mark, dennoch vermied sie es, zu langfristig zu planen. Sie würde in der Stadt bleiben, das hatte sie bereits entschieden, aber es bedeutete, dass sie nie richtig zusammenziehen könnten. Und was war, wenn sich die Dinge weiterentwickelten, so wie sie es sich hin und wieder ausmalte? Was war, wenn sie heirateten, eine Familie gründeten? Würde sie ihren Job aufgeben?

Seufzend lehnte Daniella sich auf der Kühlerhaube zurück. Das Metall war noch warm vom Motor, aber die Hitze des Tages ließ schon nach. Daniella war nach Ryders gekommen, um ihrer Schuld zu entkommen. Sie hatte angefangen, diese Wunde zu kurieren, aber würde sie eine frische reißen, indem sie hier ein neues Leben anfing?

Sie holte ihr Handy hervor und sah auf das Display. Erstaunlicherweise zeigte sich heute sogar ein Balken für den Empfang. Fast wie mitten in der Zivilisation. Ungefähr zum zehnten Mal heute dachte sie an eine Chirurgie-Ausbildung. Aber die kam vorerst nicht in Frage. Was okay war. Sie hatte Mark, und er war ihr genug. Natürlich war er das.

Die ersten Sterne zeigten sich am Himmel. Daniella zählte sie und versuchte, die neuen in dem Augenblick zu entdecken, in dem sie aufleuchteten. Plötzlich hörte sie einen Wagen, dessen Scheinwerfer die Bäume am anderen Ufer beleuchteten, ehe er um die Kurve bog. Noch jemand kam her, um die Sterne anzusehen. Das war in Ordnung. Der Himmel war groß genug, dass Daniella ihn sich mit anderen teilen konnte.

Sie war jedoch überrascht, als das Motorengeräusch näher kam. Der Wagen kam genau zu dieser Stelle! Dann sah sie den Rover.

Mark hielt neben ihr und stieg aus. Er schien nicht überrascht, sie zu sehen. »Hey.«

»Selber hey. Ich habe gerade an dich gedacht.«

»Hast du?« Er kam zu ihr. »Ich hatte gehofft, dich hier zu finden.«

»Warst du beim Haus?«

Er schüttelte den Kopf und legte sich neben sie auf die Kühlerhaube. »Nein, ich bin zuerst hierhergefahren. Ich hatte so ein Gefühl, dass du hier sein könntest.«

Sie sahen einander an. Daniella wusste, dass er sie durchschaute, dass er erkannte, wie beunruhigt sie war. Sie holte tief Luft und versuchte, nicht zu weinen. »Wir müssen reden, oder?«

Er nickte, stützte sich auf und nahm sie in die Arme.

»Ich meinte es ernst, als ich sagte, dass ich bleibe.«

Mark sah hinaus auf den Stausee. »Ich weiß. Aber ich denke, du solltest gehen.«

Daniella schniefte. »Machst du Schluss mit mir?«

»Nein! Wie kommst du denn darauf?«

Sie zuckte mit den Schultern.

»Daniella, ich habe dir doch gesagt, dass ich dich liebe.« Lächelnd strich er ihr übers Haar. »Aber ich möchte nichts dadurch kaputtmachen, dass ich nur an mich denke. Ich weiß, dass du in deinem Job nicht an einem Ort bleiben solltest. Und ich will nicht, dass du meinetwegen alles aufgibst. Vielleicht denkst du jetzt, dass du es willst, aber ich habe dich arbeiten gesehen. Du liebst deinen Beruf. Also ist klar, dass du wegmusst. Eine Weile habe ich überlegt, mit dir zu gehen. Ich dachte, ich könnte ...«

»Aber du hängst zu sehr an der Station, ich weiß«, sagte sie unglücklich. Das wusste sie schon lange.

»Ja, stimmt. Was ich wissen möchte, ist, bleibst du trotzdem mit mir zusammen? Selbst wenn du woanders arbeitest, bleiben wir ein Paar? Ich komme dich so oft besuchen, wie ich kann, und du wirst hier immer ein Zuhause haben. Ich möchte dich nicht gehen lassen, aber noch viel weniger will ich, dass du hierbleibst und dich immer fragst, was du verpasst.«

Daniella sah ihn forschend an. Jetzt war er es, der ängstlich wirkte. Er fürchtete, dass sie ihm sagte, seine Idee würde niemals funktionieren. »Mark, ich muss dir etwas erzählen. Es ist etwas, über das ich bisher nur mit Dr. Harris gesprochen habe.«

Sie erzählte ihm, was in Brisbane geschehen war und wie sie sich hinterher gefühlt hatte. Er hörte ihr aufmerksam zu, nickte nur und fragte hin und wieder nach.

»Du hattest recht damit, dass ich versuchen würde, alles zu kontrollieren«, gestand sie schließlich. »Das habe ich. Ich kam nach Ryders, weil es so klein ist. Ich dachte, es würde hier leichter, mich wieder in den Griff zu bekommen, und ich wollte meinem Vater und den Ausbildungsprogrammen aus dem Weg gehen. Ich habe mich versteckt.«

»Das verstehe ich«, sagte er. »Manchmal verlieren wir Kälber, und selbst wenn das nicht annähernd so schlimm ist wie das, was du durchgemacht hast, fühle ich mich danach immer schlecht. Ich mag mir gar nicht vorstellen, wie es für dich gewesen sein muss. Und als ich nach Isa ging, habe ich quasi nichts anderes gemacht. Ich hoffte, dass Weglaufen meine Probleme lösen würde. Ich schätze, es gibt nur einen Unterschied.«

»Welchen?«

»Na ja, ich bin froh, dass du nach Ryders gekommen bist. Aber ich bin nicht froh, dass ich nach Isa gegangen bin.«

Sie lachte. »Ja, das ist ein entscheidender Unterschied!«

»Für mich schon.« Er küsste sie zwischen seinen Sätzen. »Ich weiß nicht, ob es klappen wird. Aber ich wünsche es mir.«

»Ich auch. Und da ist noch etwas.«

»Mhm?«

»Ich möchte die Wochenenden auf der Station verbringen. Ich bin noch mindestens vier Monate hier, bevor ich auch bloß davon träumen kann, einen Platz in einem der Facharzt-

Programme zu bekommen. Und ich will mehr Zeit mit dir verbringen.«

Wortlos stieg Mark von der Kühlerhaube, ging zu seinem Rover und holte etwas vom Rücksitz. Als Daniella sah, was es war, stieß sie einen stummen Schrei aus. »Wo hast du den gefunden?«

Mark setzte ihr den alten Filzhut auf und hob ihr Kinn an, um sie wieder zu küssen. »Ich habe ihn gefunden, als er versucht hat, von der Absturzstelle zu fliehen«, flüsterte er. »Also pass auf ihn auf. Ich mag es, wenn du ihn trägst.«

»Hatte ich erwähnt, dass ich dich liebe?«, fragte sie und küsste ihn innig.

31

Am darauffolgenden Samstagnachmittag hockte Mark auf dem Zaun der Hauptkoppel und sah Daniella zu, wie sie Rocket ritt.

»Du hast das wirklich schon gemacht, was?«, rief er. Es gefiel ihm, dass sie mehr über die Station lernen wollte, und nun, da sie offen miteinander geredet hatten, war Mark zuversichtlich, dass sie es schaffen würden. Die Einzelheiten würden sie später klären; er hatte versprochen, dass sie morgen hinaus zur Hauptweide reiten würden, damit sie Zeit hatten, gemeinsam Pläne zu schmieden.

Als er sich umdrehte, sah er seinen Vater vom Haus auf sie zukommen.

William war eine Woche in Townsville gewesen, bevor er auf die Station zurückkehren konnte. Seither befolgte er tatsächlich den Rat, es ruhig angehen zu lassen, aber er war auch abgelenkt gewesen.

»Ich bräuchte mal ein paar Minuten mit dir im Büro«, sagte William.

»Kommst du kurz alleine zurecht?«, rief Mark Daniella zu, die auf Rocket zu ihnen geritten kam und das Pferd am Zaun zum Stehen brachte. Ihre Wangen unter dem Hut waren rosig, und ein breites Lächeln erstrahlte auf ihrem staubigen Gesicht.

»Ja, klar«, sagte sie.

Mark folgte seinem Vater in das Büro im Stallanbau, von dem aus man über die weite Ebene blickte. Die Wände hingen voller Futtertabellen, Viehlisten und meteorologischer Daten. Überall war Papier, sortiert in Ordnern, in Bündeln gestapelt und in Aktenschränken verstaut.

»Ich war in letzter Zeit ziemlich beschäftigt«, eröffnete sein Vater.

Mark zog die Brauen hoch. »Na ja, du hattest gerade einen Herzinfarkt. Aber ich habe das Gefühl, dass du etwas anderes meinst.«

»Da liegst du richtig. Der Ermittler von der Flugsicherheit rief vorhin an. In ein paar Tagen ist der Bericht fertig, und er wollte uns vorab informieren, was sie herausgefunden haben.«

Mark wurde mulmig. »Und was?«

»Vogelschlag«, antwortete William. »Ziemlich eindeutig jedenfalls. Sie denken, dass Dave den Helikopter so gut runtergebracht hat, wie er nur konnte.«

Mark fuhr sich mit der Hand durchs Haar. Nach wie vor hatte er keinerlei Erinnerung an den Absturz, doch die Folgen trug er an seinem Körper. Sein Überleben hatte für Tage genauso in Frage gestanden wie das der Station. Und diese Erkenntnis machte ihn umso entschlossener, den Betrieb zu retten.

»Und es gibt noch mehr«, sagte sein Vater und trat ans Fenster. »Zufällig bekam ich am Tag nach meiner Ankunft in Townsville einen sehr interessanten Anruf von Valerie Turners Sohn. Ich weiß nicht, ob du dich an ihn erinnerst.«

Mark überlegte. »Bruce, nicht? Er arbeitet doch in Townsville, oder? Valerie lebt allerdings noch hier – Daniella hat mal von ihr erzählt. Sie will es nicht zugeben, aber ich glaube, die beiden sind befreundet.«

»Ja, genau der. Bruce war als Teenager oft hier. Du erinnerst dich wahrscheinlich nicht mehr, denn da warst du noch sehr klein. Er ist Anwalt geworden und arbeitet für die Morgans, wie sich herausgestellt hat.«

»Ach ja?«

»Ja, zumindest hat er das bis letzte Woche. Dann hat er gekündigt.«

Mark fragte sich, worauf dies hier hinauslief. »Was hat er gesagt?«

»Anscheinend haben die Morgans uns einen Haufen Blödsinn erzählt. Niemand ist wegen Bohrungen oder eines Verkaufs an sie herangetreten. Vielmehr haben sie aktiv nach einem Käufer gesucht und einen Antrag für eine behördliche Genehmigung eines Verkaufs an eine ausländische Firma vorbereitet.«

»Was?« Das war glatter Verrat!

»Und das ist noch nicht alles. Sie prüfen die Verträge darauf, ob sie uns irgendwie rausklagen können.«

Langsam sickerten die Information in Marks Bewusstsein, und seine Hilflosigkeit verwandelte sich in Wut. Ihm gegenüber hatte Stephanie immer so getan, als würde sie seine Entschlossenheit, die Station erhalten zu wollen, verstehen. Mehrmals hatte sie beteuert, dass sie ihnen lediglich die Alternativen aufzeigen wolle. Er hätte vielleicht noch verstanden, wenn die Morgans ihr Geld wiederhaben wollten, um es lukrativer zu investieren, aber ihr Verhalten war einfach nur hinterhältig.

Zugleich fühlte Mark sich der Sache nicht gewachsen. Er verstand das Land, wie es reagierte, wie er mit den Mitteln, die sie hatten, das Beste aus ihm herausholen konnte. Aber Verträge und Anwälte waren davon so weit entfernt, dass er beim Gedanken daran von Panik ergriffen wurde. »Wie halten wir sie auf?«

»Darüber habe ich im Krankenhaus viel nachgedacht«, sagte William. »Ich habe dir nichts erzählt, weil ich nicht sicher war, ob ich es schaffen würde, und ich wollte keinen Streit.«

Mark erstarrte. Sein Vater hatte die Hände in den Taschen vergraben und blickte hinaus auf das Land, das er immer geliebt hatte. Und Mark bekam ein scheußliches Gefühl. »Was hast du getan?«

William senkte den Kopf. »Ich verkaufe die Roma-Station und ein paar Beteiligungen. Und noch einiges andere.«

»Du tust was?«

»Sobald der Verkauf durch ist, haben wir genug Geld, um den Anteil der Morgans auszulösen. Es befreit uns nicht von den übrigen Krediten, aber wir wären niemand anderem mehr Rechenschaft schuldig. Wir werden diese Station wieder alleine leiten.«

Mark konnte es nicht glauben. Der Besitz in Roma war nicht groß, aber gut aufgestellt. Zu gut, um ihn zu verkaufen, und deshalb natürlich am leichtesten zu liquidieren.

»Was hat Maria dazu gesagt?«, fragte er.

Sein Vater lachte verbittert. »Wir haben gar nicht miteinander gesprochen. Das ist das Einzige, was ich an Anwälten mag. Und ich habe Bruce Turner gebeten, uns ab jetzt zu vertreten. Er ist hocherfreut, aber ich kann mir nicht vorstellen, dass die Morgans entzückt sein werden, wenn ihnen ein Verkauf oder Schürfrechte durch die Lappen gehen. Ich vermute, dass sie das von Anfang an geplant hatten.«

»Umso mehr würde mich wundern, wenn Maria akzeptiert«, sagte Mark.

»Das muss sie nicht.« Sein Vater klang richtig stolz auf sich. »Ich hätte ihr Geld nie angenommen, wenn es bedeutet hätte, dass ich gleichzeitig die Kontrolle abtreten muss. Deshalb habe ich dafür gesorgt, dass eine Klausel in den Vertrag aufgenommen wird, gemäß der wir die Morgans jederzeit wieder rauskaufen können. Nur kam mir dieser Schritt bisher immer zu schwierig vor.«

Mark fühlte sich ein wenig erleichterter. »Dad, das ist …

großartig! Aber wie in aller Welt konntest du das regeln, während du in Townsville im Krankenhaus warst?«

»Bruce Turner ist uns ein guter Freund, wie es scheint. Er hat alle möglichen Anwälte und Papiere organisiert. Und seit diesen Stents fühle ich mich besser denn je. Ich musste etwas tun. Außerdem weiß ich aus verlässlicher Quelle, dass Bettruhe schlecht für die Genesung ist.«

Mark fluchte. »Verschwörst du dich jetzt mit Daniella gegen mich? Es riecht nämlich verdächtig danach.« Aber er war so glücklich wie seit Jahren nicht mehr. Alles schien sich zum Guten zu wenden. Er hatte Daniella zurück, seinem Vater ging es mit jedem Tag besser, und die Station hatte eine Zukunft.

»Da ist noch etwas«, sagte William. »Bruce hat das mit Jackie, Dave und Jamie von seiner Mutter gehört – anscheinend schickt sie ihm immer den neuesten Tratsch per E-Mail. Nachdem sie es erwähnt hatte, fiel ihm wieder etwas ein, was er im Büro gesehen hatte. Er ging einige Papiere durch und fand eine Anfrage zu Jamies Geburtsurkunde.«

»Was hatte die denn im Büro der Morgans zu suchen?«

»Dasselbe hat er sich auch gefragt. Auf jeden Fall wurde die Anfrage von seiner Kanzlei gestellt, was komisch war, weil sie normalerweise nichts mit Familienrecht zu tun haben. Und nachdem er gesehen hatte, dass die Morgans unsere Verträge prüfen ließen, kamen ihm Zweifel an ihren Methoden. Also rief er Jackie an und fragte sie, ob sie die Anfrage autorisiert habe, denn es war ihre Unterschrift darauf. Sie wusste von nichts. Wie sich herausstellte, wurde die Unterschrift gefälscht, und Bruce ist sich ziemlich sicher, von wem. Daraufhin hat er entschieden, dass er nicht mehr für diese Leute arbeiten kann, und hat sofort gekündigt.«

»Oh Mann!«

»Ich habe Steph gebeten, heute Vormittag zu einer Besprechung herzukommen, sie aber erstmal hingehalten. Sie wartet im Cottage. Noch habe ich ihr nichts erzählt. Das überlasse ich dir.« William klopfte ihm auf die Schulter. »Danach besprechen wir, was wir als Nächstes tun.«

Eine schier endlose Minute später, nachdem sein Vater gegangen war, wurde Mark bewusst, was eben geschehen war. William hatte ihm seinen Segen gegeben, seine Pläne für die Station auszuprobieren. Er hatte eine letzte große Anstrengung unternommen, und nachdem die Station wieder ganz im Familienbesitz war, überließ er Mark den Rest. Er hatte das Sagen. Man traute ihm zu, seine Kämpfe alleine auszufechten.

Und das alles war in der einen Geste zwischen Vater und Sohn ausgedrückt worden, in einer winzigen Staubwolke, die eine wettergegerbte Hand ausgelöst hatte.

Mark fuhr mit dem Quad hinunter zum Cottage. Steph öffnete sofort, als er an die Tür klopfte. »Mark!«, sagte sie, als wäre sie überrascht, ihn zu sehen. Sie sah so makellos wie immer aus, auch wenn ihre Züge ein wenig verkniffen wirkten. »Möchtest du reinkommen?«

Mark streifte seine Stiefel ab und trat in den kleinen Flur. Der Küchentisch war unter Papieren begraben: Plakate für die nächste Spendenveranstaltung, Pläne und Tabellen. Steph tat viel Gutes für die Gemeinde, erinnerte Mark sich. Sie kannten sich, seit sie Kinder waren, und das Geld ihrer Familie hatte der Station durch eine Krise geholfen. Umso unvorstellbarer schien ihm, was er eben erfahren hatte. Auf jeden Fall wollte er dieses Gespräch nicht unangenehmer als unbedingt nötig machen.

»Wie geht es deinem Dad?«, fragte sie und setzte sich wieder auf den Stuhl am Küchentisch, an dem sie vor Marks Ankunft gearbeitet hatte. »Ist er jetzt bereit für die Besprechung?«

Mark blieb in der Küchentür stehen. »Ihm geht es wieder sehr gut. Aber die Besprechung findet nur mit mir statt.«

»Aha?«

Mark kam direkt zum Punkt. »Dad kauft euren Anteil an der Station zurück.«

Zu seiner Verwunderung lachte Stephanie und lehnte sich auf ihrem Stuhl zurück. »Dafür hättest du nicht zu mir zu kommen brauchen. Das weiß ich schon. Natürlich wissen wir Bescheid. Die Anwälte aus Townsville haben sofort angerufen, als die ersten Schreiben von ihm eingingen. Übrigens habe ich gerade noch mit ihnen geredet.«

Mark richtete sich auf. Ihm behagte ihr unfreundlicher Tonfall nicht. »Gut.«

Sie schwenkte eine Hand. »War es das dann? Soll ich gehen?«

»Das ist nicht nötig. Deine Mutter und du waren hier lange Zeit beteiligt. Es gibt keinen Grund zur Eile.«

Ihre Augen blitzten. »Willst du jetzt den Guten spielen?«

»Ja.« Das wollte er. Zwar machte er sich keine Illusionen mehr, was die Morgans betraf, aber Feindseligkeit war überflüssig.

Sie trommelte mit den Fingern auf den Tisch und blickte sehnsüchtig aus dem Fenster. »Ich nehme an, du willst es dir nicht noch mal überlegen?«, fragte sie. »Ein Verkauf würde sehr viel Geld bringen. Genug, um alle Schulden zu begleichen. Du könntest leicht woanders neu anfangen, ohne dich mit Altlasten herumzuschlagen.«

Der Gedanke, Ryders zu verlieren, lag jetzt hinter ihm, und Mark war genervt von Stephs Hartnäckigkeit. »Nie im Leben.«

»Hmm. Und was ist, wenn das nicht das Einzige ist, was auf dem Spiel steht?«

Er lehnte sich wieder an den Türrahmen und verschränkte die Arme. »Was soll das heißen?«

Der Stuhl schabte über den Boden, als Steph aufstand. »Tja, sehen wir mal. Ryders Station ist nicht das Einzige, das dir am Herzen liegt, nicht wahr?« Sie kam um den Tisch herum auf ihn zu. »Da ist noch deine reizende Ärztin. Und vergessen wir Will nicht.« Nun stand sie direkt vor ihm, nur einen Schritt entfernt. Ihre Perlenohrringe bildeten perfekte runde Kugeln, die so weiß waren wie ihre Zähne.

Mark kniff die Augen ein wenig zusammen. »Wovon redest du?«

Stephanie neigte sich vor und presste ihren Körper an seinen, als sie ihm ins Ohr flüsterte: »Ich habe Dinge über Daniella Bell herausgefunden, von denen sie sicher nicht will, dass sie allgemein bekannt werden. Aber ihre Patienten dürften sie interessieren. Und ich weiß noch andere Sachen, von denen deine Familie bestimmt nicht möchte, dass sie an die Öffentlichkeit kommen. Aber ich werde nichts sagen, wenn du einfach vernünftig bist und dir die Verkaufsbedingungen ansiehst.«

Schlagartig begriff Mark, wie sehr er sich in Steph geirrt hatte. Ihre Worte zu hören, ihr wahres Wesen zu erkennen, war ein Tiefschlag, gegen den er sich wehren musste. Gefangen zwischen ihr und der Wand, hob er instinktiv die Hände, um Steph wegzuschieben.

»Denk nicht mal daran, mich anzufassen«, fauchte sie. »Wir sind hier allein. Wer weiß, was ich hinterher erzählen würde?«

Marks Herz hämmerte, und er wich zur Seite aus, so dass Steph gezwungen war, einen Schritt zurückzutreten, um nicht nach vorn zu kippen. Mark ging weiter auf Abstand. In seinem Kopf herrschte vorübergehend Chaos. Würde sie wirklich solche Geschichten über ihn verbreiten? Er konnte sich denken, auf welches Geheimnis über Daniella sie sich bezog, aber war der Rest nur ein Bluff? Er ging zur Tür, während sie ihn mit kalter Wut in den Augen beobachtete.

»Weißt du, bis vor einer Minute hast du mir noch ein bisschen leidgetan«, sagte er.

Sie bedachte ihn mit einem vernichtenden Blick. »Sicher doch, Mark. Hier geht es ums Geschäft. Du musst vernünftig sein.«

Mark schüttelte den Kopf, als sie wieder auf ihn zukam. »Das hier ist wohl kaum vernünftig.«

»Ich will doch nur, dass du über das nachdenkst, was ich dir gesagt habe. Es ist ein guter Deal.«

Mark blieb stehen. »Tja, das ist der Grund, weshalb es zwischen uns nie funktioniert hat. Du kapierst es einfach nicht. Du hast noch nie verstanden, was mir dieses Land bedeutet.«

»Du warst schon immer viel zu sentimental«, konterte sie.

Mark presste eine Faust auf seine Brust, wo seine zwei großen Lieben wohnten, die zur Station und die zu Daniella. Daniella verstand es, weil sie ebenfalls zwei Lieben hatte, ihn und ihre Arbeit. Steph war das fremd. Deshalb verstand sie auch nicht, dass dieses Gefühl keine Schwäche war.

»Nimm deine Sachen und geh«, sagte er. »Das hier ist vorbei.« Er wandte sich zur Tür.

»Es ist nicht vorbei!«, brüllte sie. »Du hast keine Ahnung, mit wem du es zu tun hast. Wir sind noch nicht fertig mit dem Vertrag. Ihr solltet anfangen zu packen.«

Seiner Wut freien Lauf lassend, fuhr Mark sie an: »Lass es mich klar und deutlich formulieren. Du hast nichts, was ich will, und ich möchte nichts mehr mit dir zu tun haben. Bedroh ja nie wieder mich, meine Familie, meine Freunde oder Daniella. Und nimm auch keinen Kontakt mehr zu uns auf.«

Steph lachte. »Oder was?«

Mark lächelte eisig. »Ich bin mir ziemlich sicher, dass es illegal ist, die Unterschrift von jemandem zu fälschen. Ich glaube, das nennt man Betrug. Ja, ich weiß, was du getan hast, um das mit Dave herauszufinden. Wir haben den Beweis, also treib mich nicht dazu weiter zu gehen. Das könnte sehr schlecht fürs Geschäft sein.«

Steph sagte nichts mehr, und Mark ging hinaus. Als er sich umdrehte, stand sie in der Küchentür, eine Hand in den Rahmen gestützt. Sie starrte ihn an, als wäre er ein Fremder: Augen und Mund aufgerissen vor Schreck. Ertappt. Dann sah sie weg. Mark merkte ihr an, dass sie überlegte, was sie erwidern könnte, doch offensichtlich fiel ihr nichts ein. Sie ließ die Hand sinken.

»Ich bin froh, dass wir uns verstehen«, sagte Mark und ging.

Sechs Monate später

Es war eine lange Woche gewesen. Daniella zählte die Minuten bis zum Ende ihrer Schicht, während sie die Unterlagen ihres letzten Patienten in eine dicke Krankenhausakte sortierte. Es war ein zwölfjähriger Junge mit Typ-1-Diabetes, die bei ihm mit drei Jahren diagnostiziert worden war. Diese Woche war sein Blutzucker völlig unkontrollierbar gewesen, und am Ende war es zu einer schweren Unterzuckerung gekommen. Dem Blutbild nach war die Zuckerkontrolle lange vernachlässigt worden. Sie versuchten, das Problem unter Kontrolle zu bekommen, doch es passierte immer wieder. Es war falsch, dass ein so junger Mensch schon eine solch dicke Akte hatte, aber Daniella hatte schon zu oft gesehen, wie unfair das Leben sein konnte. Was sie erst recht dankbar dafür machte, ihre Arbeit tun zu dürfen.

Immer wieder ertappte sie sich dabei zu denken, sie sei wieder in Ryders Ridge oder Mount Isa, was jedoch innerhalb der einheitlichen Wände eines Krankenhauses auch nicht schwierig war. Hier drinnen sah Nambour nicht anders aus als andere Kliniken, in denen sie gearbeitet hatte: weiße Wände, wahllos ausgesuchte Fotodrucke, die Kratzspuren an den Ecken, wo Rolltragen und Wäschewagen die Farbe abgestoßen hatten.

Sie legte die Akte in das Fach für Bett fünf und setzte sich an den Computer im Arztzimmer, bevor sie jemand für eine weitere Aufgabe abfangen konnte. Es waren zwei E-Mails von Jackie eingegangen, die sie auf dem Laufenden hielt, was in

Brisbane los war. Das Uni-Semester neigte sich dem Ende zu, und Dave flog wieder. Alles war irgendwie verrückt, aber auf eine schöne Art. Jackie hatte ihr Fotos angehängt, die Daniella ein anderes Mal herunterladen würde. Auch eine E-Mail von Valerie war gekommen. Sie war immer noch ganz aus dem Häuschen wegen Bruce' Kündigung bei den Morgans und der Eröffnung seiner eigenen Kanzlei. Lächelnd nahm Daniella sich vor, die Mail später genauer zu lesen.

Als sie Schritte auf dem Flur hörte, meldete sie sich von ihrem E-Mail-Postfach ab und ging zurück zum Schwesterntresen.

Blake, der die Nachtschicht hatte, stopfte gähnend seine Tasche in einen Spind.

»Hey, Blake«, begrüßte sie ihn.

»Hi, Daniella. Mann, ich habe mich immer noch nicht an diese Nachtarbeit gewöhnt.«

»Wirst du auch nie. Sie gehört zu den grausamen Strafen in unserem Job.«

»Na, vielen Dank«, jammerte er.

»Hey, du hast dasselbe letzte Woche zu mir gesagt.«

»Stimmt, habe ich. Dein gutes Gedächtnis ist lästig. Und ich schätze, du willst jetzt nach Hause. Also dann, was haben wir?«

Daniella ging die Übergabeprotokolle für jedes der Kinder auf der Station durch. Blake nickte. »Bisher keine kritischen Fälle, aber achte auf Trent in der Fünf. Er ist nicht so scharf auf das Krankenhausessen, und wir müssen seine postprandialen Zuckerwerte im Auge behalten für den Fall, dass er sein Essen irgendwo verschwinden lässt.«

»Alles klar.«

Daniella trat hinaus in den lauen Spätsommerabend der Sunshine Coast. Ihre Augen wurden wie immer von dem alten Hut beschattet. Sie hatte versucht, ihn zu reinigen, aber selbst danach sah er noch abgegriffen und schäbig aus. Das Ding hatte nun einmal eine Geschichte, die es nicht verbergen konnte. Der Hut begleitete sie überallhin und erinnerte sie an alles, was sie in Ryders Ridge gelernt hatte – ganz besonders an die Wochenenden auf der Station, die ihr in den letzten Monaten schrecklich gefehlt hatten. Sie konnte es nicht abwarten, bald wieder zu Besuch dort zu sein. Im nächsten Moment hatte sie ihr Handy herausgeholt.

Mark meldete sich nach dem zweiten Klingeln. »Hi, Babe, haben sie dich gerade rausgelassen?«

Sie grinste ins Telefon. »Dir ist schon klar, dass sich das immer ein wenig unverschämt anhört, wenn du es so formulierst, oder?« Er lachte. »Wie oft noch schlafen?«, fragte sie quengelnd.

»Einmal noch, dann bin ich bei dir. Deine freien Tage stehen hoffentlich noch, und was den Bikini angeht, hast du mich nicht angelogen, oder?«

»Nein, alles ist bestens, solange du den Hut mitbringst, wie versprochen.«

»Abgemacht.«

Daniella bog vom Krankenhaus aus nach rechts und ging den Weg hinunter zu dem Haus, das sie sich mit einigen Mitbewohnern teilte. »Übrigens habe ich eine Überraschung für dich.«

»Ach ja?«

»Nach dieser Stelle konnte ich eine in Townsville ergattern. Und danach bin ich wahrscheinlich für ein Jahr in Isa. Dann können wir uns öfter sehen.«

»Du weißt wirklich immer, was ich hören will! Das ist fantastisch. Aber ist es auch das, was du willst?«

»Unbedingt.«

»Du hast dich nicht nur beworben, weil Cat am Wochenende bei dir war und dich bequatscht hat, wieder in den Norden zu ziehen?«

»Nein«, antwortete Daniella. »Es war lustig mit ihr. Wir waren shoppen, und sie hat mir von dem Forschungsprojekt erzählt. Ryders wird also Teil einer nationalen Studie sein, was? Satellitenüberwachung für deine Herden?«

Sie hörte ihn stöhnen. »Ich hatte ihr gesagt, dass sie es für sich behalten soll! Das wollte ich dir doch erzählen. Wir haben in dieser Woche das Okay vom Forschungsausschuss bekommen.«

Daniella erreichte den Gipfel des Hügels und blieb stehen, um nach unten zu sehen. Die weich fließenden Vororte von Nambour, die ihr nach ihrer Zeit in Ryders gigantisch vorkamen, erstreckten sich bis zum Horizont. Doch schon gleich dahinter lagen Maroochydore und das Meer. Und morgen würden Mark und sie an einem der schönen Strände von Alex Heads sitzen. Danach würde es wieder zwei Monate dauern, bis sie ihn wiedersah, wenn sie für vier Tage zur Station fliegen würde. Nur so blieben sie beide halbwegs bei Verstand: indem sie lange im Voraus buchten, so dass sie stets wussten, wann sie sich das nächste Mal sehen würden.

»Wie es der Zufall will, habe ich auch etwas für dich«, sagte er.

»Aha? Und was?«, fragte sie und ging den Hügel hinunter.

»Kann ich dir nicht sagen. Da musst du warten.«

»Das ist fies! Ist es eine Kuh?«

Er klang enttäuscht. »Woher weißt du das?«

»Ehrlich, du schenkst mir eine Kuh? Was für eine?«

Jetzt lachte er wieder. »Nein, nicht ganz. Aber du hättest es mir fast geglaubt, was?«

Sie lachte auch. »Ich liebe dich.«

»Sag das nochmal.«

»Ich liebe dich, Mark.«

»Ahh … willst du wirklich eine Kuh? Ich kann dir eine besorgen. Irgendwo hier müssten welche sein …«

»Ja, ich hätte gerne eine Kuh.«

Ein Stück gingen beide schweigend. Daniella konnte seine Schritte durchs Telefon hören und wusste, dass er ihre ebenfalls hörte. So hielten sie es meistens abends, wenn sie zur Arbeit oder nach Hause ging. Es war ein Ritual.

»Babe, es ist keine Kuh«, sagte er schließlich.

»Aber ich muss noch warten, stimmt's?«

»Na ja, vielleicht nicht so lange, wie du denkst.«

Daniella blieb stehen. »Was meinst du?«

»Geh einfach weiter.«

Sie bog um die Ecke und fühlte ein leichtes Kribbeln. Und da war er. Mark lehnte in Jeans und einem weißen Hemd an einem uralten, verbeulten Geländewagen. Mark mit einem breiten Grinsen in seinem hübschen Gesicht.

»Überraschung«, flüsterte er und zog sie in seine Arme.

Daniella küsste ihn ungläubig. »Was machst du hier?«

»Ich bin früher gekommen. Lust auf einen kleinen Ausflug?«

Er öffnete ihr die Beifahrertür, und Daniella bemerkte, dass der Innenraum sehr gründlich geputzt worden war. Dann stieg Mark auf der Fahrerseite ein und schaltete entschlossen in den ersten Gang.

»Was wird das?«, fragte sie misstrauisch.

Er warf ihr einen Seitenblick zu. »Wir machen einen Ausflug.«

Es dauerte nicht lange, bis sie die Stadtgrenze von Nambour erreicht hatten. Daniella drehte sich zur Stadt um, die hinter ihnen immer kleiner wurde, und sah dann fragend Mark an.

Doch er ließ sich nicht erweichen. »Wart's ab.«

Erst als sie über die Hügel am Meer fuhren und auf Alex Heads hinunterblickten, verlor Daniella die Geduld. »Wir wollten nicht vor morgen hier sein! Und ich bin noch in meinen Arbeitssachen!«

»Deine Tasche liegt hinten. Deine Mitbewohnerin war sehr hilfsbereit.«

Er fuhr hinunter zur Promenade, wo die blauen Wellen träge auf den goldenen Sand des piniengesäumten Strandes schwappten. Von hier führte die Straße wieder nach oben zu den Klippen an der Landzunge, wo Mark auf einem Parkplatz anhielt. Ausnahmsweise ärgerte Daniella ihn nicht, indem sie ausstieg, bevor er ihr die Tür öffnen konnte. Mark hielt sie ihr auf und nahm Daniellas Hand. »Komm mit.«

Sie gingen bis zum Rand der grasbewachsenen Klippe. Unter ihnen erstreckte sich das Meer im letzten Tageslicht bis zum Horizont. Der Himmel war pink gestreift und bisher noch sternenlos. Seite an Seite genoss es Daniella, Marks Wärme neben sich zu spüren. Weiter als hier konnten sie kaum von der Station entfernt sein, aber Orte schienen dieser Tage keine Rolle zu spielen. Es war immer derselbe Himmel, und Mark war hier.

»Daniella, ich muss dir etwas sagen.«

Sie lehnte den Kopf an seine Schulter. »Hat es mit der Aussicht zu tun?«

»Nein. Vielleicht siehst du mal nach, was du in meiner Tasche findest.«

Daniella verbarg ihr Lächeln und schob eine Hand in seine Jeanstasche. Ihre Finger ertasteten einen kleinen Samtbeutel. Ohne ihn zu öffnen, konnte sie den dünnen Metallring darin fühlen.

»Oh, Mark …«

Er ergriff ihre beiden Hände und sank auf ein Knie. Einige der anderen Leute auf dem Aussichtspunkt drehten sich lächelnd zu ihnen um. Daniella aber hatte nur Augen für Mark.

»Mir ist klar, dass wir nicht ganz dem üblichen Schema entsprechen, aber ich liebe dich mehr als alles andere«, sagte er.

»Ich möchte dich für immer, egal wo du bist. Willst du das auch?«

Daniella dachte an die vielen Reisen, die sie unternahmen, um sich zu sehen, an die einsamen Nächte ohne ihn, an das Studium und die Arbeit. Und dann dachte sie daran, wie sie sich jetzt gerade fühlte, wenn sie bei ihm war.

Sie lächelte. »Ich will.«

Danksagung

Angefangen hat *Ryders Ridge* als eine Unterhaltung bei einem Ausflug unserer Schreibgruppe, und ich danke all meinen Sisters of the Pen – Bek, Fi, Kim, Meg, Sal und Nic – für ihre Unterstützung. Ein besonderer Dank geht an Rebekah Turner, die das Manuskript mehrmals las und viele Punkte mit mir durchsprach. Du bist die beste Schreibpartnerin aller Zeiten! Kim Wilkins: Danke dir, dass du mich zum Schreiben gebracht hast, für deine Freundschaft und deine Weisheit. Meinem Ehemann Kevin: Danke für deine Liebe, deine Unterstützung, deinen Humor, deine Geduld und deine Vorschläge. Und auch vielen andere Freunden bin ich zu tiefstem Dank verpflichtet: Barnaby, der sich mit mir über Satellitentechnik in der Landwirtschaft (und auf der ISS) unterhielt; Nic und Ben für ihre Gastfreundschaft und die Informationen über Helikopter und Kühe; und Craig für all die witzigen Stunden und die Hinweise zu Geländewagen und allem, was mit der Army zu tun hat. Und nicht zuletzt möchte ich dem fabelhaften Team von Hachette Australia um Bernadette Foley und Kate Ballard danken. Mit euch zu arbeiten war einsame Spitze!